莫言作品

与大师约会

Meeting
the
Master

浙江出版联合集团
浙江文艺出版社

與大師約會

莫言

莫言2012年诺贝尔文学奖获奖证书

诺贝尔奖晚宴致辞（原稿）

尊敬的国王陛下、王后陛下，女士们，先生们：

我，一个来自遥远的中国山东高密东北乡的农民的儿子，站在这个举世瞩目的殿堂上，领取了诺贝尔文学奖，这很像一个童话，但却是不容置疑的现实。

获奖后一个多月的经历，使我认识到了诺贝尔文学奖巨大的影响和不可撼动的尊严。我一直在冷眼旁观着这段时间里发生的一切，这是千载难逢的认识人世的机会，更是一个认清自我的机会。

我深知世界上有许多作家有资格甚至比我更有资格获得这个奖项；我相信，只要他们坚持写下去，只要他们相信文学是人的光荣也是上帝赋予人的权利，那么，"他必将华冠加在你头上，把荣冕交给你。"（《圣经·箴言·第四章》）

我深知，文学对世界上的政治纷争、经济危机影响甚微，但文学对人的影响却是源远流长。有文学时也许我们认识不到它的重要，但如果没有文学，人的生活便会粗鄙野蛮。因此，我为自己的职业感到光荣也感到沉重。

借此机会，我要向坚定地坚持自己信念的瑞典学院院士们表示崇高的敬意，我相信，除了文学，没有任何能够打动你们的理由。

莫言2012年诺贝尔奖晚宴致辞（原稿片段）

玉鼠蓬人说大师装疯
卖傻堪称奇，剥开皮
叹死你，折穿骗局破
痴梦，闹动脑筋多沉
思。求神不如求自己，
打油词仿浣溪沙，
述与大师玖会道故事。

甲申九月初九 莫言

题《与大师约会》

到处逢人说大师，装疯卖傻塔称奇，剥开画皮笑死你。

拆穿骗局破痴梦，开动脑筋多沉思，求神不如求自己。

打油词仿浣溪沙词牌，述《与大师约会》故事。

丙申九月初九　莫言

目 录

- 1 　长安大道上的骑驴美人
- 14 　白杨林里的战斗
- 28 　一匹倒挂在杏树上的狼
- 49 　蝗虫奇谈
- 60 　祖母的门牙
- 71 　儿子的敌人
- 90 　沈园
- 100 　学习蒲松龄
- 102 　与大师约会
- 118 　天花乱坠
- 127 　茂腔与戏迷
- 131 　枣木凳子摩托车
- 144 　冰雪美人
- 165 　倒立

182	嗅味族
193	木匠和狗
210	火烧花篮阁
219	月光斩
230	普通话
259	大嘴
271	挂像
290	养兔手册
299	麻风女的情人
314	小说九段
325	蓝色城堡

长安大道上的骑驴美人

四月一日下午,侯七从西单地铁站钻出来,一抬头就看到了太阳。它有点大,有点红,正沿着几座高楼间的缝隙下落。侯七已经好几年没沿长安街走过,每次去单位上班时都是坐地铁在地下穿行,所以他不知道太阳摩擦着的那几座高楼的名字。侯七从自行车堆里认出了自己的自行车。他的自行车很破,敢整天扔在地铁站的自行车几乎没有一辆不破的。车锁也是坏锁,戳了三分钟它才不情愿地开了。取了车,推着走了十几步,然后瞅个空子,笨拙地骑上去,正要随着车流穿越长安街回家,就听到从西边传来一阵喧哗。侯七侧目西望,猛然看到……

还是先说说侯七上班的情况吧。这一天其实也没正经干活,上午一到办公室,就听到同事们又在谈论日全食与海尔-波普彗星的事。侯七说这日全食与海尔-波普彗星不是去年已经出现过吗?同事们说你真是老糊涂,你一点都不关心天下大事,难道去年出现过的事今年就不能出现了吗?在他们的批评声中,侯七诺诺连声,自己承认糊涂、昏聩,已经基本上被日新月异的社会淘汰。见侯七检讨得真诚,那个穿着一条背带裤、上身特长、双腿特短的姑娘,递给他一块用墨汁涂黑的玻璃,然后对那几个男青年说:"老侯同志基本上还是个好同志,你们不许骂他了!"那几个男青年说:"我们骂他是因为爱他,你说对不对老侯?"侯七连声说对。然后他们就大声地议论起外星人的问题,听得侯七神魂颠倒,如醉如痴。九点整,小青年们说:"时辰到了!"侯七拿起黑玻璃,跟着进步的青年,沿着曲折的楼梯爬到楼顶上。原以为会看到辉煌无比的天文奇观,但除了一个无精打采的太阳和一个更加无精打采的破风筝,别的啥也没看到。不单是侯七,大家都感到很失望。据说那海尔-波普彗星下次露面要两千三百年后,而上溯两千三百年连秦始皇的爷爷都没出生,侯七一时竟感到灰心丧气,本来要写一篇关于观彗星的文章,也就不写了。中午吃了一碗韭菜炒猪血,几个热爱侯七的青年还捏着他的鼻子灌了一碗啤酒。下午接着议论日全食与彗星,熬到五点,下班,走一里路,到了地铁站,钻下去,像一匹小耗子。人贵有自知之明,侯七想,其实我哪里能比上一匹小耗子?地铁车厢里,有人坐着,有人站着,站着的比坐着的多。到了复兴门,哗啦啦下去许多人,零落落上来几个人,这时坐着的与站着的差不多。侯七抢了一个座,坐了几分钟,车内的广播说本次列车的终点站就要到了。终点站说到就到了。侯七跟着人们下车,往前走一百米,坐三分钟电梯,爬五十四级台阶,一抬头侯七就看到了太阳。看到它时,侯七自然想起了去年它被月亮温存了一会儿的事。紧接着发生的事情刚才说过了⋯⋯侯七侧目西望,猛然看到:

一个身穿红裙的少妇,骑着一匹油光闪闪的驴,黑驴,小黑驴,旁若无人地闯了红灯,从几乎是首尾相连的汽车缝隙里穿越马路。在骑驴少妇的身后,紧跟着一个骑马男子。那男人披挂着银灰色的盔甲,胸前的护心镜闪烁着刺目的白光。他那个浑圆的头盔上竖着一个尖锐的枪头,枪头上高挑着一簇红缨。他的左手揽着马缰,右手握着一枝木杆的长矛,矛尖当然也是闪闪发光。他胯下那匹马是匹纯粹的白马,美丽的白马,雄伟的白马,骄傲的白马,它完美得过分,令人怀疑它的真实性,简直就是"白马非马"。它昂着白瓷般的头,昂头必然地就扬起了脖子。这形态让侯七立即就联想到了天鹅。它迈着优雅的小碎步,从容不迫地紧跟着黑驴穿越马路。因为这是下班时间,车像拥挤的羊群,所以车速无法快,车速不快,刹车声就不刺耳,尽管一男一女一马一驴闯了红灯,也没发生车辆追尾现象。而且一向牛气冲天的司机们表现出了极好的修养,没有一个骂人,也没有一个操起刀子杀人,他们甚至连喇叭都没按。他们脚踩着车闸,让马达平缓地运转着。他们摇下了车窗玻璃,探出头,看着正在穿越马路的牲口和人。他们的神色都很平静,有的人还面带微笑。十字路口正中岗台上的那个年轻的警察呆呆地看着,嘴巴没有说话,手也没做动作。大家就这样很平静很肃穆地看着一驴一马驮着一男一女穿过了马路。

汽车的队伍没乱,自行车的队伍却大乱了。因为大家都歪着头看景,一辆车倒下去,就有几十辆车倒下去。但这天骑自行车的人也表现很好,大家都很克制,很宽容,没人骂娘,也没人吵架,当然更没人动刀子。那个漂亮的小警察对倒在地上的那片自行车挥着手,动作很轻柔,满怀着善意,令侯七感动,心里热乎乎的。大家扶起车,有继续穿越马路的,有掉转头往回走的。往回走的意图十分明显:想去追踪那一男一女一马一驴。侯七犹豫片刻,也调头返回,北京人爱看热闹,侯七也沾染上了这毛病,或者说是爱好。此时那马那驴已经到了鸿宾楼门前,侯七紧蹬车子,飞快地赶上去。车子非常多,骑车人的肩膀几乎碰着肩膀。大家尽力保持着身体的平衡,好像变成了一个整体。侯七有幸被挤在最前排,与那匹白马丰满的臀部仅距一米,只要把脚踏子用力一蹬,自行车的前轮肯定要撞到马腿上。那样会发生什么后果侯七不知道,当然侯七的车技保证了绝不会发生这种不幸。侯七无暇去多看左右的骑车人,别人也一样,人们调回头不回家为的就是看马看驴看马上的男人和驴上的女人。当然如果仅有一个骑马的男人,不管那马是多么样的完美无缺,人们,起码是侯七,也不会有这么大的兴趣。人们,起码是侯七,主要是想看那个骑驴的女子。如果那骑驴的女人很老了或者很丑,人们,起码是侯七,也不会有这样大的兴趣。就在刚才的一转头间,人们,起码是侯七,感到眼前一片红光闪烁,黑暗的心灵深处出现一道耀眼的光明,就像日全食食甚之后的贝利珠。

遗憾的是那女人不回头,她好像并不知道侯七们尾随在她身后,或者是她根本就没把侯七们看在眼里。侯七只能看到她的背和她的侧面,只能看到小黑驴的臀和它的侧面。尽管红墙外边的玉兰花已经花蕾丰满,个别的花蕾也已经开绽,变成了花朵,但天气还是很凉,侯七穿着毛衣毛裤,有的人还穿着羽绒服,但那驴上的女子竟然只穿着一条单薄的红裙。那红裙是用绸子缝成的,绸子是好绸子,朦胧地透着明,人们,起码是侯七很喜欢这朦胧的透明。借着阳光,侯七看到了她的应该是粉红色的皮肤,肩是那种溜溜的肩,腰是那种细细的腰,严格地说也不是水蛇腰,水蛇腰是没骨的,她的腰却挺得很直。她的脖子当然很长,当然不粗。她的后脑袋很圆,头发嘛,也很繁茂。头发的颜色基本上是黑的,但中央一撮却是红的,不是纯粹的红,说是金黄也可以。她的耳朵很白,让侯七想起"耳白于面名满天下"的话。她的耳朵垂上有扎过眼的痕迹,但她没戴耳环耳坠什么的。她的左耳后边,有一颗像绿豆那般大小的黑痣,侯七忘了相书上对女人耳后的痣是怎么说的了。她骑的是一匹光腚驴,也就是说那驴背上既没鞍子也没搭上条褥子或是毛毡什么的。骑着这样的光腚驴是舒服还是不舒服当然只有她知道。她的腰里还扎着一条棕色的皮带,是羊皮的还是牛皮的侯七分辨不出,但肯定是条真皮的不是一条人造革的,这一点侯七敢肯定。皮带上,挂着一柄短剑,侯七看不到剑锋,只能看到剑柄和剑鞘。剑柄侯七敢说是象牙的,上边还镶着几颗宝石,侯七不认为这样的一个女人会佩戴一把镶彩玻璃的剑。剑鞘是棕色的,应该也是兽皮的,上边也镶着钻石。她的双腿紧紧地夹着驴腹,如果她给驴佩上鞍鞯,她就不必紧紧地夹驴腹。因为是一匹小黑驴,她又是个高个子女人,所以她的双腿几乎垂到了地面。如果她想下驴,会十分方便。她的胳膊也是长的,红袖肥大,露出一双玉腕,腕上套一只碧绿的玉镯子，也许是翡翠镯子。驴不能算胖，但也不能算瘦，虽然个头小，但走起来很快，驮着一个女人并没让它很吃力。它的速度侯七估计大约在每小时十五公里左右。这在下午六点多钟的长安街上算得上是行云流水。

转眼间侯七们就跟随着她到了六部口。正碰上红灯，侯七本能地捏了一下车闸，车晃了晃，险些歪倒。借着这机会，那匹白马驮着骑手，蹿上去几步，硕大的马脑袋，在黑驴的屁股上方摇摇晃晃。马伸出舌头，舔了一下驴臀，驴却毫无反应。马上的骑士，身体僵硬，活像个木偶。他的头盔是那种带面罩的，有点像节日里使用的大头娃娃面具。无论是从正面还是侧面，都看不到他的脸，但能看到他的黑洞般的眼窝和从他的鼻孔里伸出来的那两撮黑毛。夕阳照耀着他的盔甲，放射出一种含情脉脉的橘红色，一摊鸟屎从天而降，落在他的头盔上，发出"啪嗒"一声响。侯七听人说鸟屎落到头上没有好运气，但骑士并不在意，骑自行车尾随着他的众多市民也没有在意。原以为他们会再次闯红灯，但出侯七意料的是那女子竟在红灯亮起时勒住了驴缰绳。驴停，马跟着停。马低下头，翻着粉唇，嗅着驴的屁股，嗅一下，就把头扬起来，屏住呼吸，对着灰蒙蒙的天空幻想。黑驴的尾巴在微微地颤动。驴上的女子回头与马上的男人低声说了一句话。她的话带着浓重的地方口音，跟外语差不多，也许有人听懂了，反正侯七没有听懂。她的回头让侯七们这些追随者十分兴奋。她的确非常美丽。侯七顾不上去仔细地看她脸上的部件，当然没法子鼻子眼睛地描写，她的美丽像一道灿烂的阳光，时髦地说像"一道靓丽的风景"，把人们、起码是把侯七彻底征服了。可惜好景不长，她说完那句话，就把头扭了回去。骑车人左顾右盼，你看看侯七，侯七看看你，好像都想说点什么，但谁也没说出什么。其实大家的意思大家都很清楚，大家都想感叹一声，为了她的美丽。侯七们在长安大道上发现了她和她的随从，心里边惊讶不已，但人家却十分坦然，人家根本就没把侯七们放在眼里。

这时候，站在安全岛上的那个警察用戴着白手套的手指向侯七们这边。他指的肯定是骑驴骑马的人，可见警察也认为这两骑不应该出现在这里。站在安全岛下的一个上了年纪的警察小跑步过来，一辆桑塔纳轿车险些撞了他的腰。他顾不上收拾桑塔纳，直对着侯七们跑来。当他跑到黑驴面前，举手敬礼时，黄灯跳了一下，绿灯随即亮了。那女子一驴当先，驴后是马，马后是自行车，像一股汹涌的潮水，冲过了斑马线。那位警察大声喊叫着，身体宛如一个陀螺，滴溜溜地旋转着，那样子的确有点儿狼狈。侯七们跟随着驴和马继续前行，听到身后那个警察大声喊叫着，但没人回头看他。人多力量大，法不责众，自行车多了就敢闯红灯，就敢欺负汽车，甚至就敢不怕警察。何况侯七们前头有驴有马，天塌下来有大个顶着，无论如何也整不到侯七们头上。又往前骑了一段，大家感到有些无聊。

有人大声问："伙计，你们是干什么的？"

没人回答问话，骑驴女人和骑马男人若无其事地往前走，驴蹄和马蹄，踏得地面脆响，蹄铁闪烁，耀眼明亮。驴和马都走得潇洒，迈着小碎步，流畅似水，宛如舞台上的青衣花旦。

"喂，哥们姐们，你们是马戏团里的吧？"

问话消散在暮色和空气里，问话的人便低声说了一句粗话，还啐了一口唾沫。侯七猛蹬了几下脚踏子，想冲到前面去看看那个女子的脸。侯七的自行车往前一蹿，那个骑马的男人，好像是有意地，也好像是无意地将手中的长矛横了过来，矛杆子拦在侯七的前胸，好像拦住了一匹马。侯七嗅到了矛杆发出的香气，像白檀木的香气，也有点像芒果的香气。旁边的人也想往前挤，是不是想看骑驴女子的脸侯七不知道，但同样遭到了骑马男子有意或无意的拦挡。看样子他是骑驴女子的保护者。侯七用力往前冲，人们都往前冲，终于把他的矛杆冲歪了。矛杆刚歪那一刻，他拔出了悬挂在腰间的长剑。剑光闪闪，恰似蓝色的冰凌。侯七本能地伏下身子，感到一阵凉风从头顶上掠过去。紧接着一个剑花在空中一晃，长剑就劈向了另一边。侯七看到一个人的头发被削去,好像一顶黑帽子在空中飞起,然后就散开,乱发落在了侯七们肩上,也落在了地上。侯七们这才领略到了骑马男人的厉害,再也不敢轻举妄动。他的剑看似很钝,剑刃上生满绿锈,想不到竟是如此的利器。既然能削发好似风吹帽,必然地也能砍头好似砍烂泥。侯七们领教了骑马人的厉害,都变成好乖乖,慢慢地稳住车,跟随在他马后,不敢逾越。身后一阵摩托响。有人说:"警察来了!"

果然是警察来了。而且就是刚才那个受了委屈的警察。他紧贴着把人行道和汽车道分开的那道铁栏杆,追了上来。他身边的轿车都乖乖地给他让路。骑马的人把马往前一催,马就贴近了铁栏杆。摩托与马平行时,警察侧过头,大声喊叫着:

"站住!听到了没有?我让你们站住!"

骑马人仿佛石头,对警察的喊叫不做任何反应。看那副稳如泰山的样子不像在装糊涂。警察左手扶着车把,伸出右手,摘下腰间的警棍,敲了一下骑马人的头盔。头盔发出空洞的声音,好像里边什么都没有。但就在这时,他狼狈地挂在了道路隔栏上,头上的大盖帽也掉了。倒地的摩托摩擦着地面蹿到了路中央,制造出一起相当严重的交通事故。几十辆汽车铿铿锵锵地撞在了一起,幸好没有死人,但碰得额头流血的人有好几个。没人管这起交通事故,也没人去扶起那位分明伤得不轻的警察。大道上一片鸣笛声,东去的车辆被出事故的车拦住,好像水闸拦住了河水。

侯七们跟随着驴马,大大方方地穿过了府佑街路口。红墙外边的玉兰花放出的幽雅香气穿越马路飘过来。尽管这香气被汽车尾气污染得够呛,但还是让嗅细胞兴奋。侯七不由自主地打了一个喷嚏,车子扭了几扭,险些歪倒。那匹白马也打了一个喷嚏。白马上的骑手也打了一个喷嚏。紧接着那头黑驴也打了一个喷嚏。这时,一个令人心痒难挨的期待产生了:人们,起码是侯七,期待着骑驴美人的喷嚏。如果她打个喷嚏,那就说明她也是凡胎俗骨,是与侯七们一样由父精母血结合而成；如果她不打喷嚏，那她的来路就值得怀疑。侯七也弄不清楚她打了喷嚏之后，自己的心情会是什么样子。侯七希望美人是凡人，但真要看到美人像自己一样打嗝噫气又会感到失望。所以曹雪芹只写林黛玉吐血而不写林黛玉吐痰。她没打喷嚏，让侯七的期待落了空。她用大腿夹了夹驴腹，黑驴便加快了前进的步伐。

过了新华门，感觉到大街突然宽广了许多，好像到了大江大河的入海口。因为后边刚出了车祸，东上的这半边道路，没有车辆，显得空空荡荡，让人的心像一口深井般没有着落。侯七回头看看，几百辆自行车紧紧跟随，当然不是跟随着侯七，当然是跟随着驴上美人和马上怪客。驴上美人突然叫了一声，好似春天的黄鹂鸟。侯七吃了一惊，弄不明白她为什么要叫。但马上侯七就弄明白了她为什么要叫。她纵驴往路边跑去。路边是一堵高大宽厚的黑砖墙，与路对面的红墙恰成对照。黑墙上悬挂着一盆盆的花朵，表现出很欧洲的艺术情调。花朵有红的，有黄的，还有白的和蓝的，没有绿的，但叶子和藤蔓是绿的。她纵驴到了墙边，在一盆蓝花前停住。她先是伸出纤纤玉指，去抚摸花朵上的茸毛——那些花朵便像蝴蝶一样颤动着，蓝色的花瓣变成了蓝色的翅膀。然后她就把头伸过去。她的头微往后仰，鼻子触在花心里。侯七油然想起鼻子是男性的象征，而花心是女性的象征……侯七对自己进行了严厉的批评，制止了这种接近流氓的联想。她在嗅花，或者说是在与花朵交流。她在驴背上侧着身体，更显出胳膊与脖子的长度。她在蓝花面前定住，好像鼻子被粘住无法挣脱。侯七心里有一些烦，但也未必就是真烦。其实侯七就是想看到一点稀奇古怪的事，有的人也许还想看到她的身体。这时，一个碧绿的东西从天而降。

从天而降的东西落在了她的头上，弹跳了一下，落在了她的肩上；又弹跳了一下，落到了黑驴的臀上；又弹跳了一下，落在了地上；又弹跳了一下，便静止不动了。这时，侯七才看清楚，从天而降的是一个很德国的啤酒瓶子。美人吃了一惊，驴也吃了一惊。美人仰起脸来，仿佛要寻找天上的飞鸟。这一下侯七大饱了眼福。跟了这么远，终于比较长久地看到了美人的脸。美人的五官其实难以描写，重要的是她的五官搭配在一起所产生的整体效果。效果很好，可以说是古典，也可以说是现代；可以说是东方，也可以说是西方。蒙娜丽莎是她奶奶，戴安娜王妃是她姨，宋美龄是她姥姥，巩俐是她姐姐。谁是她的娘谁是她的爹侯七就不好说了。接下来一个令人烦恼的问题是：谁是她的丈夫或谁将成为她的丈夫？谁是她的情人或谁将成为她的情人？但侯七心里清楚，即使她跑到侯七的面前，对侯七说"愿做你的妻子或者做你的情人"，侯七肯定要撒腿逃跑。在这样的女人面前，只要有一点自尊心的男人，都会变成无能之辈。真正的美人只能供着看，不能搂着玩。所以这世界上真正的美人总是被地痞流氓丑八怪消受，就像俗话说的一样：好汉无好妻，癞汉娶花枝。鲜花插在牛粪上。鲜花基本上都插在了牛粪上。你们信不信？你们不信，反正侯七信。

　　侯七在胡思乱想，很多人却在谴责那个不讲社会公德、乱扔酒瓶子的人。有一个人义愤填膺地说：

　　"如果我当了皇帝，一定要下道圣旨，把乱扔啤酒瓶子的人手指剁掉！"

　　"你太温柔了！"另一个人说，"如果我当了皇帝，一定要下道圣旨，把乱扔啤酒瓶子的人剁成肉酱！"

　　"你还是太温柔，"又有一个人说，"如果我当了皇帝，一定要下道圣旨，把乱扔啤酒瓶子的人，做成一只啤酒瓶子！"

　　"对极了，乱世就应该用重典，"一个很有学问的人说，"现在，对坏人，实在是太温柔了，要不怎么会出这么多的贪官污吏？怎么会出这么多的假冒伪劣？怎么会出这么多的地痞流氓？怎么会出这么多的卑鄙小人？就是应该杀杀杀！杀尽不平方太平，该出手时就出手！"

　　一个成熟的人说："你们这是叫花子咬牙发穷恨，说这些，屁用也不管,关键的是,真要让你们当了官,你们腐败得比火箭都要快!"

"没劲没劲!"一个人说,"说些这个真是没劲!"

大家都感到没劲极了。面对着绝世美人,你们还说这些俗不可耐的话,真是煞尽了风景。当然侯七理解你们,如果这个啤酒瓶子砸在一个捡垃圾的老婆子头上,你们都会视而不见,甚至还会有人认为砸得好呢!

不知不觉中,人们竟然把驴上美人和马上男人围住了。人们把她们围在了黑墙边上,挡住了她们的出路。黑驴和白马显然有些惊慌,黑驴摇着大耳,白马喷着响鼻。美人掐了一朵蓝花,叼在嘴里,显出一种潇洒之美,好像一个女侠,或者像个女匪。她的眼睛对着侯七们。她让侯七们都感到她的眼睛脉脉含情,对自己情有独钟,美丽的女人大多都有这种本事。马上的男人不动声色,但从他那柄横在胸前的长剑上,侯七们知道他处在严阵以待的状态。有这样一个男人和这样一柄利剑,无论什么样的包围圈也等同纸糊的障壁。只要他把剑抡圆,侯七们的头颅就会落在地上,长安大道的这一段,就会变成老百姓的西瓜地。但嘴里叼着一朵鲜花的女人实在是太迷人了,侯七们这些已经在圈子里的人本不想再往前挤,但外边的人却拼命往前挤。这就把侯七们这些最里边的人弄到了最幸福也最危险的地步。幸福当然是来自驴上的美人。侯七的头距她的头只有一米,现在侯七可以看清楚她脸上的毛孔,如果她的脸上有毛孔的话。她的脸上根本就没有毛孔。她的脸光滑得只能用光滑来形容。她的脸娇嫩得只能用娇嫩来形容。最让侯七心醉神迷的是她的气味。她身上散发出的气味是赤子的气味,与那朵蓝花的气味混合起来,便成了大爱的催化剂。不仅仅是爱美人,还爱这地上的一切。

这时候,从人民大会堂西侧那条胡同里,突出来两辆摩托和一辆警车。摩托头前开路,警车鸣着警笛,从宽阔的人行道上逆行而来。侯七心里有点发慌,很想抽身而走,但侯七被身后许多的自行车阻挡住了,只能等待结果。侯七发现外圈的人还在往里挤,警察的到来并没有让他们害怕。也许他们害怕了才往里挤,挤到里圈总比在外边安全。这样子最里边这些人便不由自主地更接近了驴马与骑手。侯七们的身体都脱离了自行车。侯七的一只脚踩在车子的辐条上。侯七听到了辐条崩断的声音。侯七为这辆任劳任怨地驮了自己十几年的自行车难过。侯七甚至开始后悔跟着人群来看热闹。侯七忘了初来北京时父母的教导,父母谆谆教导侯七不要看热闹,一定要躲着热闹走。但事已如此,千金难买后悔药,只能想法子保护自己。侯七听到身边的人发出哀鸣,有一个人大叫:"天哪!我的腿……"

警察在外边严厉地说:"闪开!闪开!"

没有人听警察的话,这是不可思议的。

就在侯七的鼻子差不点儿要碰到骑驴美人脸上时,白马上的骑士把长矛举了起来。他将长矛往人群里横着扫了几扫,就扫出了一条通道。侯七也弄不清自己是怎么样地躺在了别人的身体上。在侯七的屁股下,是一个男人的坚硬的头颅。侯七并不想坐在他人的头颅之上,但那人不管三七二十一,在侯七屁股上咬了一口,痛得侯七大叫了一声。侯七弹跳起来,看到那个咬侯七的头龇牙咧嘴,嘴里满是鲜血。侯七伸手摸摸屁股,摸了一手血。侯七想真是倒霉透顶。但那个咬侯七的人更倒霉,侯七的屁股刚弹起,就有一个更大的屁股蹾了上去。侯七看不到那张沾血的嘴了,心里却清楚,这个人的头不破也要扁了,这个人的牙不全部掉光也要掉一半。

一个胡茬子发青的警察虎虎地走了进来。他说:"你们,围在这里干什么?"

侯七们哑口无言,不是不想回答,是不知怎样回答。

警察眯着眼睛,打量着这两个怪客。他的脸上红光闪闪,侯七明知这是被夕阳映照的结果,但却硬把他想成是因为害羞红了脸庞。

白马骑士面对着警察,似乎毫无反应。他将那杆长矛往警察前胸一扫,警察便仰到了侯七的身上。侯七感到警察的骨头像钢铁一样,硬,还有棱角。侯七的肋骨痛疼难挨。另外几个警察也想往前靠,但都被马上人的长矛拨到一边去了。就这样,他一马当先,美人骑驴随后,大模大样地走了出去。他和她沿着宽广平坦的大道继续前行。

一阵很大的混乱过后,侯七们各人推着自己的车,散开在人行道上。侯七的车子后轮变形,只能推着走,不能骑着行了。还有几个人躺在地上,好像睡着了似的。警察上去,很温柔地将他们扶起来。那个有胡子的警察说:"都散了吧,天黑了不回家,难道你们的家人不挂念你们?"

有十几个人听了警察的话,推着车子往西去了。大多数的人却站在原地,望着前方的马驴和骑马驴的人。

警察又说:

"还有什么心事?你们没看过马和驴?有什么好看的?真是的!"

又有几十个人往西去了。

警察也上了摩托与警车。那个年长的警察把头从车窗里探出,大声说:"散了吧散了吧,回家该干什么干什么去,别在这里瞎起哄!"

又有几十个人推车走了。

警察也开车走了。

剩下几十个人还站在这里。大家相互看看,突然都笑了。侯七也跟着笑了。一个剃着光头的中年人说:"我今天不回家了,非要跟着她,看个究竟。"

他跨上自行车,追着马驴去了。他的车链条摩擦着链盒,发出嚓嚓的响声。

侯七到底是个好奇的人,也许还是个好色的人,他不顾自行车负了重伤,硬是骑上去,嚓嚓啦啦,摇摇晃晃,去追随驴上美人。

侯七们在天安门前面追上了驴马。如果不是国旗护卫队举行降旗仪式,侯七们不可能这样快就追上。国旗护卫队的士兵们一个个神色庄严,令人肃然起敬。侯七看到驴上美人身体挺直,恰似一尊玉雕;马上骑士手举长矛,分明是用古老的姿势,向国旗护卫队致敬。

队伍过去了,天安门前暮色苍茫。广场上的华灯通了电,渐渐地放出光明。侯七们跟随着驴马从天安门前走过,马上骑士在行进中又把黑驴让到头前。他横矛在后,担任护卫。一切都没变化,过了南池子大街还没变化,过了王府井大街依然没变化,到了东单路口还是没变化……到了国贸大厦时,跟随在他们身后的只有十几人了。这时已是真正的夜晚,大道两边华灯齐放,路两边的高大建筑物里灯火辉煌,大街上的车辆,成了一条电光的河流。侯七们跟随着驴马行进在树木的斑驳暗影里,路边烤羊肉串的小贩对着他们大声喊叫:"羊肉串!羊肉串!"

当驴马后边只剩下侯七一个人时,白马停住脚步,黑驴也停住了脚步。侯七的心一阵狂跳,期待已久的结局也许就要出现了,让他怎能不心跳!

白马翘起尾巴,拉出了十几个粪蛋子。

黑驴翘起尾巴,拉出了十几个粪蛋子。

然后马和驴像电一样往前跑去。

(一九九八年)

白杨林里的战斗

爬上农场后边的胶河大堤,一眼就看到了在河滩的白杨树林里,有一群英俊的少年,追逐着另一群英俊的少年。他们像走马灯一样在我的眼前转来转去,转得我头晕眼花。过了片刻,我的眼睛适应了,才发现说他们英俊是很不妥当的。他们一个个都是小短腿、大脑袋、红脸蛋,腮帮子鼓得溜圆。他们的小模样还算可爱,但他们嘴里发出的声音却很凶残。杀杀杀,杀杀杀,杀声震耳,从他们嘴里喷出。前面那队少年,身后都拖着木棍;后边那队少年,手里都攥着菜刀。追逐了几圈之后,拖棍的少年突然都立住脚,转回头,端起木棍,瞪着眼,张大口,呼呼地喘着粗气,摆出了一副严阵以待的架势。后面那队少年,都有些煞不住脚,像一堆球似的挤在一起碰撞着,脑袋发出哞哞的声响。持棍的少年们并没有趁持刀少年们立脚未稳时冲杀上去,而是很耐心地等着他们将队伍排列整齐。现在,我终于看清楚了,这两队追逐厮杀的少年,都是胶河小学的学生。前面那队持棍的,是三年级一班的;后边那队攥刀的,是三年级二班的。两队少年之间,是一片平整的沙地,沙地上生长着一些瘦弱的黄草。一只拳头大小的野兔蹲在一束黄草根上,紧缩着身体,一动也不敢动。我心里明白,它是被众多的人声给威住了,它蜷缩在那里,抱着侥幸的心理,希望能躲过这场灾难。还好,少年们暂时还没发现它;如果少年们发现了它,它的小命绝对难逃。我不知道这些小家伙今天为什么打架,但我绝对知道,他们尽管腿短,但奔跑起来比成年的野兔子还要快。我心里为小野兔子祈祷着,愿万能的上帝保佑它。小野兔子泪眼婆娑地望着我,我感到它对我充满了感激之情。

我在为野兔子祈祷的同时,心里想着:这些像水银珠儿一样好动的小子们,为什么要这样一本正经地打仗呢?他们都是喝一条河里的水长大的,他们父母都是抬头不见低头见的邻居,他们之间绝不会有你死我活的矛盾,值得这样动刀动棍吗?他们的棍不是一般的棍,而是那种从东北森林里砍伐、用火车运进关内、光滑笔直、摆在供销社里高价出售的柞木棍。这种棍子,像茅坑里的石头,又臭又硬,擂到头上,肯定要头破血流,弄不好很可能要脑浆四溅,我亲眼看到我们村里的大队长用这种棍子将孙四的脑袋打破。再说这些菜刀吧,都是好刀,寒光闪闪,能斩钉截铁,更别说切菜剁肉。这种刀是我们县惟一的部优产品,行销海内外,尽管价格昂贵,但也不是轻易能够买到的。想到此处,我感觉到今天这场战斗,不是一般的顽童打架,而是一场阶级斗争。

棍子队里,跳出了一个下穿红裤头、上穿绿背心的黑小子。他的额头上有一块明亮的疤痕,见到了这块亮疤我马上就认出了他是谁。他是我们村书记的儿子,他额头上那块疤是被赵大婶家那头嘴尖的毛驴子啃了一口留下的。当时我正在街上玩耍,阳光照耀着许多东西闪亮,其中最亮的就是赵大婶家那头黑叫驴,黑叫驴身上最亮的地方是它的圆滚滚的屁股。这头驴在我们村子里大名鼎鼎,它一身好活,无论是拉磨还是拉犁,一头驴胜过两头驴。它惟一的毛病就是嘴尖,爱好咬人,被它咬伤的人前后有二十几个,但是它的活儿实在是太好了,就是那些被它咬过的人,也坚决不同意把它卖到杀驴铺子里。那天我看到书记的儿子在黑毛驴面前转转,心里就感到要出事,正要上前去把书记的儿子拉开,马上就感到自己是多管闲事。黑驴谁都敢咬,但它怎么也不敢咬书记的儿子,它要敢咬了书记的儿子,它就等于给自己判了死刑。忽听得一声惨叫,黑驴一口就把书记儿子的脑袋给啃破了。黑驴龇着白色的大牙笑,书记的儿子咧着红色的大嘴哭。我当时就想:黑驴,你这次死定了,你这次要是不死,才是天大的怪事!但事情的结局却出乎我的意料之外,黑驴不但没死,反而受到了隆重的礼遇。据我所知赵大婶家已经把黑驴送到了杀驴铺,杀驴铺里的掌柜围着黑驴抓膘估价,正在这危急关头,书记飞马赶到,把黑驴从死亡线上营救出来。至于书记为什么要把咬破儿子脑袋的黑驴救出来,我们都猜不出原因。是啊,如果我们能猜出书记的心思,那我们不也能当书记了吗?后来还听说了书记给黑驴镶金牙的事,镶金牙是夸张,但书记给黑驴镶了一颗铜牙倒是真的。书记的儿子左手拄着棍子,右手指着菜刀队里骂阵:

"你们哪个不服?哪个不服就跳出来比划比划!"

一语未了,就听到菜刀队里尖啸了一声。只见一个小家伙双腿并拢,像传说中的独脚兽一样,一蹦两蹦三蹦,蹦到了队伍前面,与书记的儿子只隔着三尺的距离。这小家伙白皮肤吊眼睛,双耳生得怪异,好似两扇蚌壳。我当然也是一眼就认出了他是黑驴主人赵大婶的儿子,这小子有个外号,叫做猴子阮英。我很久都不知道猴子阮英是谁,去年才听说猴子阮英是古典小说《七侠五义》中的一个人物。猴子阮英有什么本事我不清楚,但赵大婶的儿子的本事我十分清楚。这小家伙从小就不省油,在同年龄的孩子群里出类拔萃,打架敢动狠手,与他家那头驴一样,爱好咬人,村子里被他咬过的人,比被他家的驴咬过的人还要多。除了善咬人,还善于爬树,参天的大白杨,县里的电工脚上戴着螳螂刀,半天还爬不上去,他赤着脚,转眼间就爬到了顶梢,站在一根柔软的细枝上,好像一只怪鸟。他跳出来了,与书记的儿子四眼相望,有那么一星半点儿仇人相见分外眼红的意思。他说:

"老子不服!"

"你哪里不服?"

"我哪里也不服!"

"不服就试试吧!"

"试试就试试!"

于是,书记的儿子往手心里吐了一点唾沫,双手攥紧了柞木棍;赵大婶的儿子把菜刀放在大腿上拍了拍。两边的小妖们连同我都屏住呼吸注视着他们。他们的眼睛对着眼睛,身体做着横向的移动,嘴里嘟哝着不知什么话语。就这样过了一刻钟。就这样又过了一刻钟,他们抖擞起来的精神渐渐地萎靡了。众人都长长地出了口气,不知是感到欣慰还是感到失望。但就在这时,情况突然发生了大变化。只见书记儿子仿佛漫不经心地将棍子往前一捣,几乎就捣在了赵大婶儿子的胸膛上。赵大婶的儿子伸出一只手抓住了棍子,然后举起菜刀,对着那棍子的中段,毫不留情地剁起来。刀光闪烁,木屑横飞,两边的小妖一齐呐喊助威。书记的儿子双手攥着木棍,身体往后使力气,想把棍子夺出,赵大婶的儿子把菜刀对着他的手一比划,书记的儿子就撒了手。赵大婶的儿子将那棍子按在地上,一阵乱剁,然后,将菜刀往腰里一掖,拿起棍子,攥住两头,横过来,往膝盖上一磕,就听得咔嚓一声,棍子断了。菜刀队里的小妖们欢呼雀跃,庆祝他们的胜利。赵大婶的儿子有点得意忘形,他举着那两半截断棍,好像举着金杯,对着观众炫耀。书记的儿子冷不丁地捅出一拳,正正地捅在赵大婶儿子的鼻子上。赵大婶的儿子叫了一声,扔掉棍子,捂住鼻子就蹲在了地上。黑色的血从他的指缝里流出来。菜刀队里的小妖们围上来,有的蹲在他的面前,有的弯着腰站在他的身后,都瞪大了眼睛,连眼皮也不眨,仿佛在数着那些落在沙地上的血滴。一滴,两滴,三滴……血珠落地,立即与黄沙凝在一起。书记的儿子搔着脖子,显出了一些张惶失措的样子,但他的嘴里却说:

"狗东西,现在你知道大爷我的厉害了吧?实话对你说,大爷我还没舍得用劲呢,大爷我要是舍得用劲,这一拳,连你的两颗眼珠子都会打出来!你以为你们家的驴就白白地咬了我一口?这就叫做父债子还!"

书记儿子的话让我感到好生纳闷,难道赵大婶的儿子的父亲是那头咬了书记儿子一口的黑驴?尽管民间流传着毛驴太子的传说,但我是有一些生物学知识的人,我知道人和毛驴是不可能生出后代的。你要说人和大猩猩生出一个后代,我还能半信半疑,但你要说赵大婶和黑驴生出了这个鼻子流血的小家伙,我是宁死也不相信的。补充几句:民间传说的毛驴太子,是一匹唐朝的黑驴和武则天合伙生的,那家伙尽管武艺平平,但因为相貌奇特,嗓音特别洪亮,临阵一鸣,往往能威慑敌胆,所以很打了一些漂亮仗。赵大婶的儿子分明是被书记的儿子打败了。由此可见他的父亲也不可能是那匹黑驴。但且慢,赵大婶的儿子擦干了脸上的血迹,猛烈地站了起来。他的眼睛里放射出复仇的火焰,他的牙齿切磨得格格作响,好像咀嚼着一嘴玻璃。他从腰里抽出菜刀,说:

"孙子,你的末日到了!我们受你家的压迫已经受够了,哪里有压迫,哪里就有反抗!今天,我要为民除害,如果我不把你剁成八大块,我就往自己嘴里连塞八口黄沙!"

发完了这个古怪的誓言,他就挥舞着菜刀扑上前去。书记的儿子见事不好,转身就跑。赵大婶的儿子在后边穷追不舍。他们俩奔跑的速度几乎一样,所以他们俩之间的距离既没有拉长也没有缩短。我感到有些无聊,不由地打了一个长长的哈欠。我看到无聊的表情也出现在那些小妖们的脸上。事情总是在无聊到极点的时候发生有趣的转机:一个浑身黑色的人仿佛从地下冒出来似的,凸出在菜刀队与棍子队之间的沙地上。这个人穿着黑色的紧身衣服,脸上蒙着一块黑色的面纱,背后还拖着一条漫长的披风,脚上自然是黑靴子,手上戴着黑手套。他的身上惟一裸露的是头发,头发自然也是如墨一般黑。这人从一出现就开始冷笑,他的笑声仿佛一群夜猫子在白杨树间飞翔。他慢慢地往河堤上倒退着,一直退到了我的面前。我闻到了他的身上散发出一种昏天黑地的气味,站在他的背后,我感到暗无天日,好像到了世界的末日。我挖空心思,想猜出他的真面目,但我的脑子里是一团漆黑,连一线光明也没有。终于,他开始说话了。他的腔调很怪,声音好像从井里发出,他说:

"孩子们,你们应该上树,你们为什么不上树?!"

说完了这句话,他继续冷笑。

书记的儿子四肢扒住一棵光滑的树干,简直就是一匹壁虎,噌噌地上了树。赵大婶的儿子原本就是爬树的高手,紧随着书记的儿子,他也噌噌地上了树。他爬树时只用了一只手和两条腿,他那只没用来爬树的手里高高地举着那把菜刀。新的追逐在树上展开了。书记的儿子爬到顶梢,眼见着到了穷途末路,赵大婶的儿子举起菜刀,果断地剁下去,书记的儿子身体一转,从树干的另一侧,一滑到地,动作流畅,无半点挂碍。赵大婶的儿子怎甘示弱?他用力把菜刀从树干上拔出来,也是一滑到地,好像炮弹滑入炮筒。但等到赵大婶的儿子一滑到地时,书记的儿子又沿着树干噌噌地爬了上去。赵大婶的儿子自然又跟着爬了上去。

站在我面前的黑色人从袖子里抽出一面黑色的令旗,在阳光下展开。他将黑旗一挥时,菜刀队里的孩子与棍子队里的孩子就疯子似的向对方扑上去。他们很快就找到了自己的对手,一个对一个,正好配成了十对。他们决斗的方式与书记的儿子和赵大婶的儿子的方式一模一样,没有一丝一毫的区别。也是先像斗鸡一样相互瞅着,瞅到懈怠时,拿棍的往前一戳,几乎戳到拿刀的肚皮,拿刀的握住棍子,挥刀乱砍,接下来也一样,恕不重复。最后,他们都在树上追逐,你上我下,我下你上。他们的追逐游戏把十几棵大杨树弄得生气勃勃。就这样过了很久很久,杨树上的叶子由绿变黄,胶河里的水由黄变绿,秋风从河对岸吹来,一行大雁从天空飞过,雁声嘹唳,我打了一个寒战。黑色人一挥令旗,把树上的孩子全都定住了。拿菜刀的都举起刀,对准了头上那些孩子的屁股,我知道只要黑色人一挥手,就会有十几块屁股落在沙地上,那么,我们村子里就有了十几个半腔孩子,那么,我们村子里就永无安宁之日了。

黑色人转过脸,尽管我看不见他的眼睛,但我非常清楚地知道他的眼睛在盯着我。我知道,严峻的考验摆在了我的面前。我的心里有一些紧张,但我努力克制住自己,装出了一副满不在乎的样子,静静地等待着。他说:

"现在,这些孩子的命运,就系在了你的身上!你是愿意让他们变成残废,然后疯狂地报复这个社会呢,还是希望他们健全地成长,长成健全的青年?"

我想了想,坚定地说:

"先生,我别无选择,您说吧,需要我干什么?"

"你什么样的苦难都愿意承担吗?"

我点点头,算是对他的回答。

"你应该知道,"他冷如寒冰地说,"我们中国有几句俗话,一句叫做'开弓没有回头箭',还有一句叫做'君子一言,驷马难追'。"

我虽然看不到他的眼睛,但我知道他那两只肯定也是黑如煤球的眼睛一定在黑色的面纱后边死死地盯着我。尽管我心中怀着大恐怖,但我还是抱着一种悲壮的精神,坚定地说:"先生,您什么都不要说了,我已经做好了牺牲自己的准备。这样做并不是我有多么勇敢,也不是要为了什么理想来献身,我只不过是自己厌倦了自己罢了。"

他点点头,说:"很好,你的话甚至让我有了一点微微的感动。几十年来我听了许多慷慨激昂的话,但事到临头,总是要大打折扣,所以我宁愿相信低调的无奈诉说,而不愿再听高亢的誓言。"

我说:"先生,可以开始了。"

他说:"是的,可以开始了,第一行秋雁,已经从我们头上飞过去了!"

他把身后拖着的漫长的斗篷挥舞起来,让它如同一面涨满海风的黑帆。他随着斗篷旋转着,也可以说是斗篷随着他旋转着。然后,就如变戏法一样,两块方形的状如门墩的石头出现在我面前的沙地上,紧接着,一块青色的石板落在那两块石墩上。随即,在石墩之间和石板之下,一堆劈柴燃起了黄色的火焰。一股十分好闻、让我心情愉快的松木的香气猛烈地扑进了我的鼻子。我看到,那块被强劲的松木火烧烤着的青石板渐渐地改变了颜色。先是由青变黄,继而由黄变红,最后由红变白。我知道,石板上的温度已经非常之高了,如果把新鲜的羊肉放上去,立即就会冒出白色的油烟,随着那白烟的散发,白杨树林间马上就会弥漫了烤羊肉的香气,如果再撒上点孜然、辣椒粉,如果再打开两瓶子啤酒,野餐会就可以开始了。

"请吧,先生,请您坐上去吧!"我听到黑色人在我身后客客气气地催促着。

我的心脏猛地就收紧了,眼前飞舞着许多柳絮状的东西。我想起了自己方才说过的话,感到后悔无比。但男人的自尊心不容我退却。我硬着头皮挪到火堆前。猛烈的火烤着我的肌肤,我感到脸皮紧缩,头发直竖起来。我低下头,往石板上吐了一口唾沫。只听到"刺啦"一声响,唾沫缩成了一个珍珠般的小球,在石板上兴奋地跳动着,转眼就消逝得无影无踪。我不由得打了一个寒战,仿佛亲眼看到了屁股坐到石板上时猛然窜起的那圈白与黄夹杂着的烟雾,我的鼻子也闻到了那股难闻的气味,同时我的屁股也感受到了痛苦。

"请吧,先生,坐下去吧,这是一个让你顷刻间便能成为英雄的宝座,您如果横下一条心,一咬牙,一闭眼,也就坐下了。人生一世,这样的机会并不是很多,就像俗话说的那样,过了这个村,就没有这家店了。"

我知道,把我逼上这条路的,并不是身后的黑衣人,更不是那些倒悬在树上的孩子。把我逼得进退两难的,是我自己发的誓言。而逼着我发出那些誓言的,是我的所谓的良心。

"当然,我不会硬逼你坐到这热如炮烙的石板上,我更不会运用超自然的力量把你放到这石板上。尽管我完全可以把这世界上的任何一个人放到这石板上。"他在我的身后冷静地说着,"我想让你明白,这个世界上,最可怕的就是'话语'。如果你不是一个货真价实的流氓,你就不要轻易说话。你实在要说话,最好说一些模棱两可的废话。你千万别想借说话的机会来表现你的所谓个人风格或是雄心壮志,古往今来,有多少英雄豪杰像你一样被自己的话逼上了不归之路。我想,你是个比较聪明的人,总不会不明白我的意思吧?"

我回过头,感激地望着黑色人那张被黑纱笼罩的脸。我说:"大师,您真是善解人意。您法力无边,所以您才能如此宽容。"

他说:"你又在重复刚才的错误了。你不知道,当面吹捧任何一个人,其结果与乱发誓言是一样的,都将受到话语的惩罚。你难道没听说过这样的话?吹捧一个人,不如吹捧一头奶牛,因为吹捧一头奶牛可以让奶牛多下奶,而吹捧一个人,却什么都得不到。我的话你明白不明白?"

我说:"似乎有点明白,但好像什么都不明白。您也许不知道,六十年代时,我与许多少年一样,因为得不到足够的营养,把大脑饿坏了。尽管到了八十年代,我吃了许多鸡鸭鱼肉,进行了恶补,但我的大脑已经停止了发育,鸡鸭鱼肉只是让我的体内积存了大量脂肪,一丝一毫也没有增添我的智慧……"

"你的话让我感到厌恶!"黑色人说,他的声音仿佛青色的刀刃在秋风中颤动,"你应该知道,真正的愚蠢并不是智力低下,真正的愚蠢是抱怨,是委过于他人、委过于社会。这就像俗话说的那样,'拉不出屎来怨厕所不正,不会游泳怨鸟挂藻菜'。你们这样的人,虽然活着,但其实早就变成了行尸走肉!"

我感到自尊心受到了巨大的伤害,一股怒火在胸中酝酿,像窖藏的老酒一样,终于成熟。我说:"请您不要教训我了,我豁出屁股,坐在这被鬼火烧红的石板上不就行了吗?士可杀而不可辱,这道理您应该懂!"

说完这句话,我就抱着必死的决心,一屁股坐到了那被烈火烧烤得泛白的石板上。但是我的屁股并没有感到灼痛,我的眼睛也没有看到腾起的烟雾,我的鼻子也没有嗅到烤肉的气息,我的耳朵听到了黑色人响亮的大笑。定睛一看,我已经坐在了胶河的大堤上。阳光照耀着白杨树林,树干上的孩子像一个个丰满的宝葫芦在闪闪发光。那石墩那石板那烈焰都在,只是我莫名其妙地远离了它。

黑色人站在河堤下,因为他的身体高大无比,所以他的脸与我的脸在一个海拔高度上。尽管我还是无法看到他的眼睛,但我感觉到他的眼睛里放出了一丝丝温情,宛如明亮的蚕丝在微风中飘摇。他把面纱掀开一点,露出了下巴和口唇。我惊异地发现,他的下巴光滑得如同一只老牛的角,而他的嘴唇鲜红如樱桃,与我想象中的样子大相径庭。他一定看出了我的惊异,我从他的红唇边角上看出了嘲讽之意。他说:"这是对你的奖赏!多少年来,还从来没有人看到过我身体上的一丁点儿皮肤,更甭说看到我的下巴和红唇。我在这河堤上等待了半个多世纪,见到过将军也见到过士兵,见到过贵族也见到过平民,见到过英雄也见到过无赖,但还没见到过一个像你这样的敢一屁股坐到石板上的人,尽管我知道你是带着情绪往石板上坐,但这就让我十分地感动了。你已经基本上完成了英雄壮举,社会只看结果,不看目的。但我不忍心毁了你的一生。你难道没有看到,海峡对面,正在进行一场争论,争论的焦点是,一个男孩,屁股被烫伤后,是否就必然地丧失了生儿育女的能力。为了不让你在将来也陷入这无聊的论争,所以,在你的屁股即将接触到石板时,我把你提起来了……"

我感到温热微咸的泪水流进了嘴角,我的心中充满了对黑色人的感激之情,还有对自己的满意之情。我终于在最容易动摇的时刻,下定了牺牲的决心,从此后我就可以问心无愧地活下去了。

"从今后我就可以问心无愧地活下去吗?"我问黑色人。

他拉下面纱,蒙住了红唇和下巴,天空中顿时布满了阴霾,好像随时都会落下冻雨。他说:"恰好相反,这个世界上,问心无愧的永远是流氓和强盗,而不是良民和圣徒。也就是说,问心无愧的人无论做了什么,他都是问心无愧的;问心有愧的人无论做了什么,他都是问心有愧的。这就像狼生下来就要吃肉,狗生下来就要吃屎是一个道理!"

黑衣人的话,宛如一股严肃的西北风,吹散了我心中刚刚滋生的温情。温情散尽,我也就明白,温情是一种害人不浅的不健康情绪,很多事情就坏在温情里。温情是叛徒的培养基,心中充满温情的人很容易叛变,而心中没有温情的人很容易不叛变。这就跟"狼走遍天下吃肉,狗跑遍天下吃屎"是一个道理。

黑色人分明是看透了我的心,他说:"你果然是个聪明人,尽管你少年时脑子缺了营养,但总起来看还算发育正常。你已经基本上明白了人生的小道理,人生的小道理就是没什么道理,如果你非要把原本就没道理的事说出一点所谓的道理,你要么是圣人,要么是蠢驴。"

他的话我越听越糊涂,但我却伪装出大彻大悟的样子,虚伪地说:"真是'听君一席话,胜读十年书',真是'如坐春风,如沐春雨',真是'打开两扇脑门骨,一瓢醍醐灌顶来'!"

他说:"既然如此,那么,就请你去帮我买一包香烟吧!"

我说:"小事一桩,愿意效劳!"

我爬下胶河大堤,手掌上扎满了酸枣刺,膝盖上扎满了蒺藜。其实我完全可以挺直腰板,堂皇地走下河堤。没人逼我爬下河堤,但我却像一条狗似的爬下了河堤。我头朝下臀朝上爬着下河堤时,感到许多血液流进了脑袋,头晕眼花,但我并没有感到这下河堤的方式包含着侮辱的意味,我只是到了河堤下站起来时才感到内心屈辱。我用牙咬掉了手掌上的硬刺,泪水如雨点般乱纷纷地落在了手上。我挥挥手,把泪水甩掉。回头望望高高的河堤,我看到黑色人像一棵松树,挺立在河堤上。我还是看不到他的脸,但我还是仿佛看到了他脸上的笑容。我心里有委屈有恼怒,但充满胸怀的是一种感恩戴德的情绪。我记得自己飞快地向着农场的小卖部跑去,小卖部里卖一种味道很臭的三棱形香烟,据说是出口转内销的东西。出口转内销的东西往往就是好东西,譬如说出口转内销的干电池就比不出口转内销的干电池电力充足,经久耐用。

我冲进小卖部时,恰好有一束金色的阳光照耀着售货员的脸。这是一张葵花盘子般的圆脸,颜色自然也是金黄,上边还挂着厚厚一层花粉。有几只蜜蜂在那张脸旁嗡嗡地飞舞着,其意图十分明显。但那张脸的主人显然是误解了蜜蜂的意图,她也许以为蜜蜂要螫她,所以她的那只粗大的手不时地挥舞起来,把蜜蜂打得像子弹般钉在墙上。

我可顾不上去抢救蜜蜂,与挂在树上的那十几个孩子相比,几只蜜蜂算什么?但我刚这样一想,耳边就传来黑色人阴险的声音:

"我对你真感到失望,谁跟你说过孩子就一定比蜜蜂重要?难道是我对你这样说过吗?"

"您的意思是让我把蜜蜂抢救出来?"

"我说过这样的话吗?我会说这样混账的话吗?"

我为动辄得咎感到恼火,心里想:去你妈的,爱怎么着就怎么着吧!我抬起一只脚,把一只正在地上团团旋转的蜜蜂一脚碾死,然后怒冲冲地拍了一下柜台,大喊:

"买烟!"

那张葵花脸在阳光中睁开了一条细缝,一些金黄的花粉掉下来。我听到一声比蚊子哼哼还要细弱的声音,从葵花脸上传出:

"没有烟了……"

我把头往前探出去,分明地看到一盒出口转内销的香烟端正地摆在货架上。

"那是什么?"我用手指着那盒烟,愤怒地说,"那是什么?!"

葵花脸扭转,看看那盒烟,回转过来,对我说:"那是一盒香烟。"

我说:"我就要买那盒香烟!"

葵花脸说:"没有烟了……"

她的声音比蚊子哼哼还要细弱。

明明货架上摆着一盒香烟，她却说没有香烟。我感到怒火中烧，回头望望，空旷的小卖部门前看不到一个人影，只有几只鸭子在摇摇晃晃地散步。于是我就一纵身蹿进了柜台。葵花脸气急败坏地提高了嗓音："你干什么？你想干什么？"现在她的嗓音沙哑而高亢，我估计三里之外都能听到她的吼叫。她伸手扯住了我的胳膊，用力把我往她的胸前拉，我嗅到了从她的嘴里发散出发酵饲料的气味。起初我认为这种气味很难闻，但一会儿工夫，我就被陶醉了。我感到脑袋微晕，好似喝多了老酒。尽管我心里还在惦记着香烟的事，模模糊糊地还想挣脱她的牵拉，但事实上已经丧失了反抗能力。即便还有反抗能力我也不一定反抗了，因为那股甜丝丝的糖化饲料的气味实在是太醉人了。然后我们就如一对老朋友似的坐在了一起。

我与她对面而坐，在我们之间安着一个竹编的茶几，茶几上摆着一套精致的紫砂茶具，浓郁的香气从壶嘴里散发出来。我目不转睛地盯着从壶嘴里溢出的袅袅热气，盼望着她能倒一碗茶水给我品尝，可是她全然没有倒茶的意思。她坐在我对面，大大咧咧地劈开着两条腿，还用双手很有节奏地拍着膝盖，一些前言不搭后语的话从她的嘴巴里吐出来，就像碎草从铡草机的出草口喷吐出来。我听了好久才听明白她似乎是在对我讲述自己的家史，她的两边嘴角上，各挂着一朵小泡沫。我早就听说，嘴角挂泡沫的女人讲起话来比万里长江还要长，如果我听完她的话再喝茶，那壶茶将变成白毛苍苍的老人，空将香气四溢的青春浪费。古人早就教导我们，不要暴殄天物，那么，我自己倒一杯茶润润喉咙，不但不是不懂礼貌，而是遵循了古人的教导，干了一件替天行道的好事。想到此我就提起茶壶，往茶碗里倒水。我看到茶汤金黄，好像琥珀。一盏入口，先是有点苦头，但几分钟后，就有一种奇特的甘甜充满了口腔，甘甜过后是润滑，那感觉好似口腔里挂上了丝绸。

我一连喝了三杯茶，便义无反顾地站起来，顺手从货架上拿起那盒香烟,大摇大摆地走出店门。我沿着长满荆榛的小路向前走,把河滩上那群打糊涂仗的孩子抛到脑后,把那个神神鬼鬼的黑衣人抛到脑后,把那嘴角上挂着泡沫的女人抛到脑后,把一切的一切抛在了脑后。我只要向前走,我只为向前走,我只是向前走,我只想向前走,哪怕前面是地雷阵,或是万丈深渊。

(一九九八年)

一匹倒挂在杏树上的狼

元朝的时候,我们那地方荒无人烟,树林茂密,野兽很多,有狼有豹有猞猁,据说还有一窝老虎。明朝的时候,朱元璋下令往这里移民,还把一些犯了错误的人撵来。这里人烟渐多,树林被砍伐,土地被开垦,野兽的地盘渐渐缩小。到了清朝初年,我们这地方就成了比较富庶之乡,树林更少了,野兽自然更少。到了清末民初,德国人在这里修建铁路,树木被砍伐净尽,野兽彻底地丧失了藏身之地,只好眼含着热泪,背井离乡,迁移到东北大森林里去了。到了近代,国家忘了控制人口,使这里人满为患,一个个村庄,像雨后的毒蘑菇,拥拥挤挤地冒出来,千里大平原上,全是人的地盘,野兽绝迹,别说狼虎,连野兔子都不大容易看见了。大人吓唬小孩子虽然还说"狼来了",但小孩子并不害怕。狼是什么?什么是狼?大孩子在连环画上也许还看到过,小孩子脑子里就一团模糊了。在这样的背景下,突然有一匹狼,深更半夜里,进入了我们的村庄。

我们看到它的时候,它已经被拴住一条后腿,吊在杏树的枝杈上。杏树生长在我们的同学许宝家的院子里,树冠庞大,满身疤瘤,是棵老树。我们曾经蹲在树枝上吃过杏子。现在,狼被挂在我们蹲过的树杈上。今年的杏花已经落了,鹅黄色的叶片间,密集地生长着毛茸茸的小杏。

听到狼的消息时,我正在去学校的路上。同学苏维埃从学校的方向迎着我狂奔而来。我拦住他问:

"苏维埃,你跑什么?是不是你的娘死了?"

"你娘才死了呢!"苏维埃气喘吁吁地说,"你这傻瓜,还到学校去干什么?"

"上学呀,难道今天不上学了?"

"还上什么学呀!"他说,"都到许宝家看狼去了,都去了。"

苏维埃不再跟我废话,朝着许宝家的方向跑去。苏维埃是个很不诚实的孩子,他曾经对我们说:快快快,快去生产队的饲养室里看看吧,那头蒙古母牛生了一个妖怪,有两条尾巴五条腿!我们一窝蜂窜到饲养室,才知道是个骗局。耽误了上课,老师把我们训了一顿。我们对老师重复了苏维埃的谎言,老师揪着他的耳朵把他拖到门外罚站。我们在教室里听老师讲枯燥的算术,他在门外对着我们扮鬼脸。我追着他的背影喊:"苏维埃,你又在撒谎!"

"爱信不信!"他不回头,一边喊着,一边朝着许宝家方向跑去。

我还在犹豫不定,就看到一大群人,从我们学校的方向跑过来了。人群中有老师,有学生,还有村子里的干部。

"你们这是干啥去?"我问。

我们班的体育委员王金美推了我一把,说:"走走走,看狼去!"

她长了两条仙鹤腿,跑得快,跳得高,连男生都不是她的对手。我紧跟着她跑起来。她的步伐很大,她跨一步我要跑两步。她很友好地伸出一只手拉着我的手,我紧挪小腿跟着她蹿,就像骏马尾巴后的一头笨驴。

我和王金美是许宝的好朋友。我们三个之所以能成为好朋友是因为我们都喜欢看小人书。我有一整套的《三国演义》连环画。王金美有一整套的《铁道游击队》连环画。许宝什么书都没有,但他会刻图章,还会讲一些令人胆寒的鬼怪故事。许宝少年老成,额头上有抬头纹,咳嗽起来活像老头。看熟了《三国演义》,他额头上的皱纹更深,整天说一些老谋深算的话,我们不高兴他这样,就骂他:妈的许宝,不许冒充诸葛亮。我和王金美叫他老许,他听了很喜欢。每逢星期天,我们就坐在他家的杏树杈上,或是看那两套看了几百遍的连环画,或是听他讲鬼故事。许宝的爹死了,许宝和他娘一起过日子。我们认识许宝的娘,许宝的娘也认识我们。我们认识许宝家房檐下那两只燕子,那两只燕子也认识我们。我们坐在杏树杈上看书入迷时,那两只燕子就蹲在院子里晒衣服的铁丝上看着我们。我们还认识经常到许宝家来玩的小炉匠章球。章球脸色靛青,外号古巴人,也有叫他章古巴的。他阅历丰富,闯过关东,有一手锔锅锔盆的好活,据说能把电灯泡从里边锔起来。我们坐在杏树杈上,可以看到他坐在许宝家的炕沿上跟许宝的娘说话。

等我们跑到许宝家的土墙外边时,院子里已经挤满了人。后来的人还想挤进去,两扇不坚固的大门吱吱嘎嘎响着,连那个小门楼子也在摇晃。院子里一片乱哄哄的议论声,听不清楚人们说了些什么,只听到许宝大声喊叫:"都走吧,都走!有什么好看的?真是的。想看就回家等着去吧,没准今天夜里狼就到你家去!"

听到了老朋友的声音,我们兴奋地大喊:

"老许!老许!"

"老许!老许!"

老许不回答我们,我们听到他在院子里大声地骂人:

"滚滚滚,都滚,把我们家的大门挤破了!"

王金美发挥了她的体育特长,伸手抓住土墙头,一蹿,就上去了。

我也跟着往上蹿,上不去,着急。老王,拉我一把!真笨!还是个男的呢!她伸手把我拽上去。墙外的人受到我们的启发,跟着跳墙,许宝举着一把竹扫帚,挤到墙跟,对着墙头上的人连戳带骂:

"混蛋!下去!下去!"

除了我们之外,爬上墙头的人都被许宝给戳了下去。

"老许。"

"老许。"

"还老许什么?"他把我们拉下墙头,说,"你们带了坏头,把我家的墙头草都给毁了!"

"对不起,老许。"

"对不起,老许。"

"别客气了,跟我来吧。"

我们跟着老许,向杏树下挤去。

"闪开,闪开!"老许头前开路,用扫帚把子粗鲁地戳着人们的腰和屁股,"闪开,闪开!"

我们挤到杏树下,眼睛一亮,见到了这匹神秘的狼。

我们看到它时,它已经被拴住一条后腿倒挂在杏树的杈子上。它的头和我的脸在同一条水平线上,后边的人一拥挤,我的鼻尖就触到狼的额头。我从它的头上,嗅到了一股烟熏火燎过的气味。它的身体约有一米多长。全身的毛都是灰突突的。那条被拴住的后腿承受着它全身的重量,显得特别细长。它的尾巴与那条没被拴住的后腿委屈地顺在一起往下耷拉着,尾巴根子正好遮住了它的屁眼,使我们一时也分不清它是公还是母。奇怪的是它的尾巴只剩下半截,根儿齐齐的,散着一撮长毛,好像是被人用铁锹铲掉的,或是让人用菜刀剁掉的。这是一匹瘦骨嶙峋的狼,肚子两边肋条凸现,肚子瘪瘪的,看样子胃里没有一点食。当然,它被挂在树上时已经是条死狼,否则我怎么敢与它面对面呢?

后边的人拼命往前挤,像浪潮一样。我的头先是撞到狼的头上,然后和狼的头一起被挤到杏树的老树干上。狼头坚硬,宛如钢铁。王金美的脸和狼的肚子贴在一起,弄了她一嘴狼毛。狼正褪毛,轻轻一捏,便成撮脱落。王金美噼噼地吐着狼毛,大声喊:

"挤什么,挤什么?"

老许推了我一把,说:"伙计,咱们上树吧!"

我们三个轻车熟路,爬上杏树的枝杈,坐在习惯的位置上,轻松地舒了一口气。我们居高临下地看着倒吊的狼和拥拥挤挤地看狼的人。当然也有人满怀醋意地看着我们。苏维埃在人堆里踮着脚尖大喊:"老许,让我也上树吧!"

"想上树?"老许轻蔑地说,"那要绑住你一条腿,把你吊起来!"

众人哈哈大笑起来。人们能看到狼的就看狼,看不到狼的就仰起脸来看我们。有的人还趴在许宝家窗台上往屋子里望着,好像要窥探什么秘密。在人群里,我突然看到了班主任老师陈增寿,他个头很高,脖子特长,三角脸上生满了粉刺。看到他时我的心里不由得格登了一下。他的严厉在我们学校是有名的,无论多么调皮捣蛋的学生,到了他的班里都变得服服帖帖。这家伙像驯兽师一样,掌握着一套驯服野学生的方法。我们私下里送给他的外号也叫狼。

我低声对老许说:"坏了,狼来了。"

"我已经有了对付狼的经验,我已经根本就不怕狼了!"老许大声地说,好像故意要让狼听到似的。

"许宝,给大家说说,到底是怎么一回事?"狼在人群里举起一只手,对着树上的我们摇了摇。

树下的人们困难地扭回脖子,看看陈增寿,然后又举目看树上,七嘴八舌地说:"对对对,许宝,快给我们说说。"

许宝好像还嫌不够高似的,手扶着树杈站起来。他起身太猛,头碰到上边的树杈,杏树的枝叶嗦嗦地抖,十几颗缺乏营养的小毛杏像雨点似的落在地上。我看到许宝布满小疤的腿在打哆嗦。树下的人说:"坐下说,坐下说,我们能看见你。"于是他就坐回了原处。

他清了一下嗓子,说:

"昨天夜里,我在东间屋里给王金美刻图章,从窗户外边刮来一阵风,把油灯刮灭了。我划着火把灯点燃,这时,俺娘在西屋里说,'宝儿,这么晚了,还点灯熬油的干什么?''给同学刻图章呢。''火油五毛三一斤呢,快睡吧!'俺爹死得早,俺娘一个人把我拉扯大不容易,我不敢惹她生气,就吹灭灯,爬到炕上睡了。我刚要睡着,就听到俺娘在西屋里大叫一声。我没顾得上穿衣服就跑了过去。'娘,怎么啦?''宝儿宝儿快点灯!'我划火点上灯,看到俺娘围着被子坐在炕上,脸色像黄杏子似的。'娘,怎么啦!'俺娘把头往墙上一靠,'哎呀,吓死我了……''什么呀,娘?''你赶快端着灯,炕前锅后地照照,看看有什么东西。'我端着灯,炕前锅后地照了照,什么也没有。'照了,什么都没有。'娘着急地说:'肯定有东西,有个毛茸茸的大东西,压在我身上,还用大舌头舔我的脸呢!'我端着灯更仔细地把墙角旮旯都照了,什么都没有。'您肯定是做了噩梦。''我还没睡着呢,做什么噩梦?'娘伸手摸摸脸,'你试试,我的脸上还黏糊糊的呢!''那肯定是您睡着了流出来的口水。''放屁拉臊,我会流出这样的口水?'

"我回到东间里,看着月光很明地从窗棂间射进来,心里想着那个用大舌头舔俺娘脸的毛茸茸的大东西,迷迷糊糊地睡着了。这时,俺娘又发出一声尖叫,比刚才那一声还要可怕,我顾不上穿衣服就跳下炕,跑到西间房里。俺娘哭着说:'宝儿宝儿,快快点灯……'我慌忙点着灯,看到俺娘用手捂着后脑勺子说:'痛死我啦……痛死我啦……'我拉开俺娘的手,把灯凑近俺娘的头,一看,不得了了!俺娘的后脑勺子上,有四个像豌豆粒那么大的洞,上边两个,下边两个,洞里流出了黑血,看样子很深。俺娘将身体缩到炕角上,吓得浑身打哆嗦。俺娘打着哆嗦说:'宝儿,一个大东西,一个毛茸茸的大东西……我说有毛茸茸的大东西,你非说没有东西……'俺娘被吓坏了,我心里也怕得要命,但是我一想,我是男人,如果我也怕了,那谁来保护俺娘呢?'娘,你别害怕,我给您报仇!'我从房门上抽下门闩,紧握在右手里。我左手端着油灯,右手举着门闩,在屋子里搜索着。我搜遍了三间房子的每个角落,连墙角上的老鼠洞都伸进门闩去戳了,还是什么都没有。堂屋的门是闩着的,即便是真有一个毛茸茸的大东西,它也只能在屋子里,可屋子里什么也没有。'娘,什么也没有。''有,一个大东西,毛茸茸的,嘴巴里湿漉漉的一股臭气……'我心里纳闷,看来屋子里有个毛茸茸的大东西是肯定的了,有俺娘后脑勺子上的四个黑洞为证,但是这个毛茸茸的大东西到底能藏到什么地方呢?我心里怕极了,不管它是什么样的大东西,如果我能看到它,我心里的怕还不会这样大,可怕的是我看不到它,但它又确实存在着。'狗东西,'我大声喊叫着,'我不怕你,我就是挖地三尺也要把你个狗东西挖出来!'俺娘缩在炕角上说:'不是狗,不是狗!'我端着灯,在屋子里大声叫骂着来来回回地走着,看样子我很野,其实我是靠这样子给自己壮胆呢,因为我听章古巴大叔说过无论什么样子的猛兽,说到底还是怕人,如果你自己先草鸡了它就扑上来把你吃了,如果你不怕,硬对着它走过去,它就灰溜溜地跑了……"

  我和王金美交换了一下眼神。对,章古巴大叔的确这样说过,而且是当着我们三个人的面说的。那是在去年杏子黄熟的时候,我们三个蹲在树杈上吃杏子,章古巴大叔坐在树下抽烟,许宝的娘蹲在一块捶布石前,用一根紫红色的棒槌捶打着一块白布。远处传来布谷鸟持续不止的叫声:咕咕咕咕,咕咕咕咕;近处是许宝娘的不紧不慢的捶布声:嘭—嘭—嘭,嘭—嘭—嘭—。空气里满是麦子花的清香气,混合进杏子的香甜和烟草的辛辣。章古巴大叔仰脸看着我们说:这三个孩子,处得真是义气。许宝娘说:俺宝儿孤儿一个,没有朋友怎么行?所以我再穷,这棵树上的杏子一个也不去卖,让孩子们吃。这两个孩子长大了,没准就是俺宝儿的左膀右臂。章古巴仰脸看看我们,坚定地说:我信!就是那天章古巴大叔给我们讲了许多东北大森林的故事,也给我们讲了人跟野兽的关系,还给我们讲了狼的故事。古巴大叔说,狼虽凶恶,但全身都是宝,即便在关东,谁要能得到一匹狼,也要发笔不大不小的财。许宝问:在我们这儿,谁要得到一匹狼,那会怎样?古巴大叔仰脸望着杏树上的许宝,说:小子,在我们这儿,谁要得一匹狼,那就要发大财,出大名!许宝说:老天爷,那就让我得到一匹狼吧!古巴大叔说:只怕狼真的来了,吓得尿了你的裤子！狼是什么？狼是山神爷爷的看家狗！那可不是闹着玩的。许大娘训斥许宝道：宝儿，往后不许说这些疯话！古巴大叔道：不要紧，不要紧，其实，狼真要到了平原，也就变成了狗。但说到底狼还不是狗。狗啥都不是，狼全身是宝，就连狼粪，也是好宝。古人在烽火台上点火报警，必用狼粪。狼粪燃烧时冒出的烟是笔直的，像松树一样，八级风都吹不散。古书上说'狼烟四起'，说的就是用狼粪点火冒出的烟……

"我实在是有点累了，就把灯挂在门框上，一屁股坐在了门槛上。这时候，我的目光一斜，天哪！有两只绿油油的眼睛，在黑洞洞的锅灶里闪烁着。我不由得大叫一声：'娘，我看到了！'我举起门闩，在锅灶口挥舞着，嘴里呀呀地叫唤着。这时，俺娘也从炕上跳下来，问：'在哪里？在哪里？''在锅灶里！'俺娘搬过一块面板，堵住了锅灶口，还用身体死死地顶住面板，生怕这东西跑出来。'怎么办？宝儿？'我想起了《三国演义》，诸葛亮动不动就用火攻，点火，放烟，烧不死也熏死了。'火攻，火攻！'我点燃了一个草捆，让火燃得很旺了，然后让俺娘把面板猛地撤了，我把熊熊烧的草捆猛地戳进了锅灶。

"我找到那根俺娘用来捶布的大棒槌攥在手里，在灶门口等待着，只要它敢往外钻，我就一棒槌砸破它的脑袋。俺娘忍着头上的痛，不停地往锅灶里续草，让灶中的火一刻也不熄灭。我听章古巴大叔说过，野兽最害怕的就是火，不但狼怕，连老虎也怕。屋子里的柴草烧完了，俺娘就跑到院子里往屋里搬草。烧着烧着，锅上的盖垫突然冒起了白烟，一掀锅盖，发现锅已经红了。我们光顾着火，竟忘了往锅里添水。我从水缸里舀了一瓢水倒进锅里，只听得嗞啦啦一阵怪响，一股白气直冲到房顶上去，把壁虎都冲了下来，掉到锅里烫死了。紧接着就听到锅里一声爆响，我家的铁锅爆炸了。俺娘哭起来，'宝儿，锅炸了，咱娘儿两个用什么煮饭吃呀……'我心中充满了对这东西的愤怒，那时候我还不知道它是一匹狼。我说：'娘，咱豁出去吧，反正锅已经炸了，咱不能让这个狗东西好过，烤不死它咱也要用烟呛死它。'娘同意了我的意见。我们娘儿俩把一垛棉花柴都烧光了,积存的草木灰把锅灶里塞得满满的。我们把半年的柴草都烧光了,把那个烤糊了的破盖垫也踩碎了塞进锅灶。我们的锅也烧化了,满屋子烟气腾腾,呛得人喘不上气来。我说:'娘,差不多了。'娘拿起一把破扇子,使劲往锅灶里扇着风,没烧透的草梗燃起青白的火苗,我知道这种蓝白火热度特别高,这也是章古巴大叔告诉过我的。后来草梗也燃完了,我端起一张铁锨,猛地往锅灶里铲去。锨刃铲到灶底上,一股热灰从灶口飞出来。这东西不在锅灶里了。我说,娘,这个狗东西钻到炕洞里去了,而且百分之百是让烟给熏死了。娘说,你怎么知道它熏死了?万一熏不死呢?我说保证熏死了,我天天研究《三国演义》,知道这火攻的厉害。

"我用面板堵住灶门,板外又顶上一块捶布石。院子里的风刮进我家,感到特别清凉,我家像个刚刚停火的大砖窑,堂屋里热,西间屋里也很热。我娘的炕就像热鏊子似的,完全可以在炕上烙饼。炕上的苇席变成了黄色,炕席下的垫草也焦糊了。我说娘您伸手摸摸你的炕,有多么热,那东西即便是铜头铁腿也活不了了。我说娘您到院子里凉快一会儿,我来揭开炕洞看看这东西到底是个什么东西。俺娘还是不放心,她握着一把菜刀守在锅灶旁,万一那东西像孙悟空似的,掌握了避烟避火法,昏头昏脑地往外蹿,俺娘就会给它一菜刀。我搬走俺娘的铺盖,揭了炕席,抱走了铺草,铺草都酥了,一动就碎成粉末。我找了一把二齿钩子,把炕面上的泥刨去,掀开了土坯。一股子呛鼻的烟气直冲屋脊。俺娘攥着菜刀,双腿直打哆嗦。我掀开一块土坯,看不到那东西;又掀起一块土坯,还看不到那东西;我心里扑通扑通乱打鼓,见了鬼吗?难道这东西变青烟从烟囱里飞走了吗?又掀开一块土坯,我看到这东西的尾巴了。举起二齿钩子等待着,只要它一动,我就给它一下子,决不客气。但是它一动不动,用二齿钩子捣它也不动,我才知道它已经死了。我说,娘,它已经死了。俺娘攥着菜刀,晃晃悠悠地进来,问:'在哪里?在哪里?'我伸手扯住它的尾巴,把它往外拽了拽。俺娘一看到它,叫唤了一声,双腿一罗锅,就坐在了炕前地上。待了一会儿,俺娘问我:'宝儿,这是个啥东西?'我想了想,说:'娘,我看它是一匹狼……'"

老许说完了打狼经过,一时没有人说话。众人的眼睛一会儿盯着杏树,一会儿又下移到狼身上。老许真不简单,与咬人的恶狼斗智斗勇,最后取得了胜利。我感到他一夜之间变成了大人,跟我们拉开了距离。

"许宝,你是一个勇敢的少年,我回去一定要把你勇斗恶狼的英雄事迹往上汇报,你自己要有点思想准备。"我们的班主任陈增寿说,"许宝可以在家休息,其余的人回去上课。"

陈老师往外挤去,有一些听话的好学生跟随着他往外挤。我看看王金美,看到她正在看许宝,我也看着许宝。

许宝说:"你们别走,咱们不是早就说好了吗?'不能同年同月同日生,但愿同年同月同日死'吗?"

"我们不走,老许,"王金美说,"我们要好好陪着你。"

这时杏树下有人问:"许宝,光听你一个人吹,你娘呢?"

"俺娘到章古巴大叔家治伤去了。"

"是啊,"那人说,"你娘的伤,也只有章古巴能治好……"

"俺娘来了!"许宝激动地说,"俺娘和章古巴大叔一起来了!"

我们的目光越过土墙,果然看到许宝的娘与章古巴一起,从那条弯弯曲曲的小胡同里走出来。

许宝的娘是个白脸长身的中年妇人,因为头痛,双眉之间捏出一个紫红的印子,长年不褪,好像点了一个大胭脂。她说起话来细声细气,对我们态度和蔼,我们叫她许大娘。

章古巴大叔的牙其实并不很白,但由于黑得发青的脸色,他的牙看起来就特别白。

章古巴大叔与许大娘站在一起,对比鲜明,黑的更黑,白的更白。

众人主动地让开了一条道路,让他们很顺利地来到了杏树下。

"娘。"

"许大娘。"

"许大娘。"

"你们这些孩子,怎么又上了树?"许大娘仰脸看看我们,幽幽地说。

她双眉间的紫印像一块葡萄皮,两腮上有一些红晕,好像喝了酒。

有一个女人问:"许大婶,咬得重吗?"

她叹了一口气,眼睛里汪着泪水,说:"连狼也欺负我们孤儿寡母……"

"许大婶,让我们看看您的伤。"

"娘,给她们看看,她们还以为我在撒谎呢!"

"这难道还是件光荣的事?"许大娘抬头看看树上的我们,又转身看着院子里的人们,"要不是我们宝儿胆大,我就被这个狗东西给祸害了……"

她掀起脑后的发髻,现出了那片伤痕。那儿原本有四个深深的牙印,但此刻那四个牙印被一些黑乎乎的膏状物覆盖了。

"痛吗?"

"痛得我,说句丢人的话,痛得我放声大哭,大汗淋漓,衣服就像放在水里泡过似的……多亏了他章大叔的药,这药一抹上,就感到一阵清凉,虽然还是痛,但比不抹药时轻多了……"

"章古巴,你弄的是什么灵丹妙药?"

"告诉你,告诉你我的饭碗不就打破了吗!"章古巴笑嘻嘻地说,"这是祖传秘方,你如果想知道,就跪下磕头拜师吧!"

章古巴大叔从腰里摸出一把剪刀,一个小布口袋。他用剪刀仔细地剪下狼身上的毛,一撮一撮地放在小口袋里。

"老章,你剪狼毛干什么?"

"按说我不该告诉你这尖嘴猴腮的货,但是我不能不告诉乡亲们,"章古巴扫了众人一眼,大声说,"乡亲们,宝儿娘去找我时,痛得呜呜地哭,像个小孩子似的,我拿出药给她抹上,是个什么效果,我不说,让她自己说,我看她也不用说了,事实就在眼前明摆着。这药,还是我闯关东时合成的,这十几年来,咱这周围十几个村子里,被狗咬了的,被猫抓了的,都到我那儿去讨药,都是药到痛止。这药我只剩下一个壶底子了,寻思着再也不能用我的药给乡亲们服务了。但天赐良机,药源来了!药源是什么?"他剪下一撮狼毛举起来,说,"药源就是这狼毛!乡亲们,亲不亲,一乡人,今日个我就把这秘方毫无保留地贡献给大家,也为我自己积点阴德。把一两狼毛烧成灰,用一两蜂蜜、二两香油,搅拌在一起。要用新竹筷子搅,左搅三百六十圈,右搅三百六十圈,再左搅三百六十圈,再右搅三百六十圈,一直搅到用筷子一挑,能拉出像蛛网一样的透明细丝,然后装进不透明的瓶子里,放到阴凉处就行了。乡亲们,我这秘方,要是卖给医院,怎么着也得卖个三百五百的,今天我把它无偿地贡献给大家了!"

章古巴剪了一小袋狼毛,对许大娘说:"别说咱这大平原地区,现在,就是东北大森林地区,要弄匹狼也不是件容易的事情。我剪你这口袋狼毛就算我给你治伤的报酬了,剩下的狼毛,我看你把它剪下来,合成药卖给医院,没准能让你们娘儿两个发点小财。"

"卖药的不积德,积德的不卖药,"许大娘说,"乡亲们,你们谁想合药,就过来剪狼毛吧!"

"宝儿娘,"章古巴说,"您这觉悟,真是没说的!乡亲们,谁要狼毛?俺老章今日为大家服务!"

"俺要一点!"

"给俺剪点!"

"俺也来点!"

……

咔嚓,咔嚓,咔嚓……

一撮,一撮,一撮……

狼身上的毛被剪得乱七八糟,显得更加瘦弱,从上边往下看,如果不知道它是一匹狼,一定会把它看成一条可怜巴巴的癞皮狗。

一个抱着小孩子的年轻妇女挤到前面来,要了一撮狼毛。她怀里那个拖着两道黄鼻涕、正在咿呀学语的小男孩伸出一根胖嘟嘟的手指,指着倒吊在树上的狼,含含糊糊地说:"狗……狗……"

章古巴大叔停住剪狼毛的剪刀,目光炯炯地盯着那个小男孩。男孩的娘显得很不好意思,拍了一把男孩的屁股,说:"傻孩子,这不是狗,这是狼!"

男孩把嘴里的手指拿出来,流着哈拉子,指着倒挂在杏树上的狼,说:"狗……狗……"

男孩的娘羞得满脸通红,不好意思地看着章古巴,再看看许大娘。

章古巴叹口气,把一撮狼毛塞给那个年轻的妇女,说:"别说一个吃奶的孩子,这满院子的大人,除了我以外,谁又见过狼呢?"

"章球,你给我们讲讲狼和狗的区别吧,经这孩子一说,我也看着这东西像条狗。"白胡子赵大爷拄着拐棍,颤颤巍巍地说。

"小孩子把狼看成狗,是情有可原的,可您经多见广的赵大爷把狼看成狗,就丢了眼力见儿了!"章古巴盯着发问的老汉,说,"要说狼不像狗,那是不可能的,因为狗的祖先就是狼。但狗和狼还是有明显的区别的,稍微有点见识,就能分辨出来。"他用剪刀敲敲狼的脑壳,发出嘭嘭的响声,"听到了吗?像敲小鼓似的,你们自己去打一个狗脑壳敲敲,听听能不能发出这样的响声?为什么?狼是铜头麻秆腰!"他把剪刀揣进怀里,搬起狼头,让狼的脸朝向众人,"好好看看,狗脸是什么样子?狗脸是那样的,可狼脸是这样的!"他用手掰开狼嘴,狼龇出两排雪白的牙,"看到了吧?狼牙是这样的,可狗牙是那样的!"他扯起一只狼耳朵,说:"狗耳朵是耷拉着,狼耳朵是支棱的!"他扒开一只狼眼,"狼眼是绿的,狗眼呢?狗眼是什么颜色?谁能说出狗眼是什么颜色?"他抬头看看我们,问:"你们三个大学生,能说出狗眼的颜色吧?"

我和王金美看着老许,听得老许低声说,黄色,于是我们就像回答老师提问一样,大声回答:

"黄色!"

"对极了,狗眼是黄色的!"章古巴大叔高兴地说,"现在,我相信大家都能分辨出狼与狗的区别了。"他猛地放下狼头,还用力推了它一把,让它的身体在杏树下悠荡着。

"章大叔,"一个满脸雀斑的小青年挤到前面来,用手指指狼尾巴,问,"俺有点闹不明白,您说它是一匹狼,俺看着它也像匹狼,可它的半截尾巴是怎么回事?"

"你问这个呀,"章大叔用手拨弄了一下狼的半截粗大尾巴,说,"这的确是个问题,但如果你知道了狼尾巴的功能,这个问题也就不成为一个问题了。"他环顾四周,看到众人焦渴的目光,得意地说:"我这辈子,最有价值的是东北十年,其余的都是白混日子。在东北,狼不叫狼,你们知道在东北狼叫什么?"

我们在杏树上大喊:"章三!"

"对,狼在东北叫章三,为什么把狼叫章三,这个问题比较复杂,我在东北问好些个白胡子老头,请教为什么把狼叫成章三,他们说祖祖辈辈都是这么个叫法,为什么他们也不清楚。到东北的头一年,我在孙家大院里当马夫,睡到深更半夜里,听到圈里的猪吱吱地怪叫,与我睡在一起的车喝子马大叔一骨碌爬起来,对我说'小章小章,快快起来,章三来偷猪了!'我急毛火三地披上棉袄,提着一把铁锨,跟着马大叔就往掌柜家的猪圈那儿跑。马大叔提着他的红缨大鞭子跑在前,我提着铁锨跟在后。那天晚上,不是十五就是十六,月亮像个明晃晃的大银盘,挂在半天空,照着地上的雪,亮堂堂耀眼明,就像大镜子似的,连雪上的老鼠脚印都看得清清楚楚。我们大老远就看到一个章三,用嘴咬着孙大爷家那头白头的大肥猪的耳朵,用那条大扫帚一样的粗尾巴,啪啪啪地抽打着肥猪的屁股。那头大肥猪没命地叫着,吱吱吱,吱吱吱,一边叫着一边跟着章三往桦木林子里跑。那情景真是好看极了。大月亮明晃晃地照着白雪,章三的大尾巴啪啪啪地抽打着猪腚,卷起一阵阵雪粉……好看极了,真是好看极了……我看到这情景就呆了,马大叔抽了一鞭,没打着章三,打在了猪腚上,这等于帮了章三的忙。马大叔说:'小章,你还傻愣着干什么?上啊!'我提着铁锹冲上去,对准了章三的尾巴就是一家伙!"

众人都喘了一口粗气,仿佛亲眼看到了章古巴铲断狼尾巴、救出大肥猪的情景。

"现在,你明白了它为什么只有半截尾巴了吧?"章古巴对那个雀斑脸青年说。

雀斑脸青年点点头,因为兴奋,他的脸皮发红,好像一个布满斑点的红皮鸡蛋。"可是,"他仿佛害羞似的喃喃着,"咱这地方离长白山好几千里,它为什么要到这里来?它又是怎么样来到了这里?"

众人都齐声附和着雀斑青年,并把充满期待的目光投射到章古巴的脸上。

"这个问题嘛……"他拖长了声音,好像被这个问题逼到了绝境,但马上他就提高了声音,焕发了精神,"这个问题看起来是个问题,其实也算不上一个问题。实话对你们说吧——这匹狼是来找我报仇的。"

他的话仿佛是一撮盐,投进了沸腾的油锅,人们的口里发出了各种各样的声音。他举起一只手,像一个权威很大的演说者,制止了人们的七嘴八舌。

"你们应该看得出,"他用屈起的中指与食指的关节,敲了敲狼的头,说,"这是匹老狼,两眼昏花,尾巴上的毛都发了白。它起码有了三十岁。狼的三十岁,就是人的八十岁。这是匹公狼,一匹三十岁的老公狼,就相当于一个八十岁的老头。章三,老伙计,我以为逃回家乡,就把你摆脱了,没想到事隔十多年,您又千里迢迢地追寻了来……"

"老章,您的意思是说,这匹狼就是当年那匹被您铲断了尾巴的章三?"

"尽管我不愿意承认,但我也必须承认,我不承认就对不起这匹狼,我不承认就埋没了这匹狼的光荣……"他满脸都是激动不安的表情,眼泪汪汪地说,"其实,我一进院子就认出了它。这个魔鬼,实在是太可怕了,实在是太可敬了,十几年里你让我做了多少噩梦,从今之后我可以安眠了……"

接下来,章古巴大叔绘声绘色地向我们讲述了这匹断尾巴狼的故事,听得我们如醉如痴。

他说,自从铲断狼尾之后,坏运气就跟他结了不解之缘。先是他的鹿皮靴子被嚼得烂碎,然后是马车上的皮绳被全部咬断,最后,那匹被孙大爷视为宝贝的大青马青天大白日被咬断了喉咙。掌柜的生了气,撵了他的佃户。他说,我背着铺盖卷,走到树林子里,大声喊叫着:章三,你这个狗杂种!你有种就出来,老子跟你拼个你死我活,人暗中使坏不是好人,狼暗中使坏也不是好狼!山林里寂静无声,只有风吹着树叶子哗啦啦响。我知道章三就在树林子里藏着,我的话它全部听到,并且全部听懂,但是它不露头。我背着铺盖往前走,这里待不下去了,只能到别的地方去找饭吃。掌柜的还算仁义,给了我三十块钱,算是我半年的工钱,按说我给人家糟蹋了一头大青马,人家一分钱不给也是应该的。我沿着林间小道向三叉子林场走去,听说林场正在招伐木工人,那时候我还没有小炉匠的手艺,只能靠卖大力吃饭。走在林间小路上,我的心里毛毛的,总感到后边有脚步声,可回头看看,什么都没有。走着走着,忽听到树林子里扑棱棱一阵响,吓得我三魂丢了两魂半,定睛一看,原来是一群野鸡在打架。我擦了把冷汗,继续往前走。树林子里的小鸟叽叽喳喳地叫着,一片和平景象,我的心里渐渐放松了。走到一处山泉时,我感到口渴,正想停下来喝点水,就看到在前面十几步远的地方,断尾巴狼蹲在那里满脸冷笑地看着我。我倒退着,退到一棵大松树旁边,扔掉铺盖卷儿就往树上爬,断尾巴狼飞扑过来,猛地往上一蹿,差一点就咬着了我的腿肚子。等它再一次上蹿时,我已经爬到了它够不着的地方。我蹭蹭地往上爬,一直爬到树梢上。我怕自己掉下来,就解下腰带,将自己绑在树杈上。我坐在树杈上,紧紧地搂着树干。山风把树林子吹得呜呜响,松树摇摇晃晃,好像坐在船上一样。我低头看着树下的狼,狼仰脸看着树上的我。就这样不知过了多少时间,我的肚子里呼噜呼噜地响着,眼前一阵阵发黑,如果不是用腰带把自己捆住,早就掉下去被狼吃了。狼也有点烦了,它撒开我的铺盖卷,往我的被子上撒尿。我知道它是故意气我,想让我下树去跟它拼命,可我不上它的当。别说你往被子上撒尿,你就是往上边拉屎,我也不会下树。但这样等到何时是个头呢?一天行,二天还行,三天四天都能挺,五天六天,饿也把我饿死了。但我听人说,狼可以一连半个月不吃东西,这样熬下去,最终我还是要死在它嘴里。天傍黑时,狼走了,狼走了我也不敢下树。我往四下里打量着,果然看到在灌木棵子里,有两只绿幽幽的眼睛。如果我冒冒失失下了树,正好中了它的奸计。熬到太阳下山,月亮上山,树林子里处处都是暗影子。暗影子里仿佛有无数的眼睛在闪烁。这时候我更不敢下去了。这时我要下树,即使不被断尾巴狼吃掉,也要被别的山猫野兽吃掉,长白山大森林里可不止一匹断尾巴狼。这时,山风停了,所有的树梢都不动了。月光把树叶子照得像涂了一层银粉。夜猫子在树影子里哇哇地叫唤。我的心里一阵发酸,眼泪哗哗地流出来。我知道断尾巴狼不会轻易放了我,心里一横,我就是死在树上变成人干,也不能让你吃了。想到此,我把自己更紧地绑在树上。月亮升高变小,但月光却更加明亮。这时,我看到一个特长的怪物从远处飞奔而来,近前时才看清,原来是断尾巴狼驮着一个三分像狗、七分像羊的东西。跑到树下,那个东西从狼背上下来,后腿坐在地上,举着两条短短的前腿,那模样像一个袋鼠。我心中大惊,知道狼把狈搬来了。他特别对我们讲解,说狈是狼的军师,因为前腿太短,行动不便,平时待在狼窝里,由狼打食供养着;遇到重大事情,就由狼驮到现场。他说,狈仰起脸,往树上看着,月光照耀狈的脸,白白的,像一块面团。狈眼也是绿的,闪闪烁烁,好像墓地里的鬼火。他说,接下来发生的事情,全世界都没人看到过,被我亲眼看到了,说是坏运气吧,也是好运气。狈往上看了一会儿,与断尾巴狼碰了碰鼻子,好像是交换意见。然后,狈就把鼻子扎在地下,发出了一种低沉的叫声,呜呜的,就像小孩子吹喇叭。他说,这声音听起来不大,但传得非常远,方圆百里的狼都能听到。狼国里的规矩是,只要听到狈的叫声,不管多忙,都要赶来集合,他说大概有抽一袋烟的工夫,就有三十多匹狼在大松树下集合了。新来的狼都走到狈面前,与狈碰碰鼻子,好像晚辈晋见长辈,好像学生晋见老师。把这套礼节弄完了,群狼就绕着树转起圈子来。它们一边转圈子,一边仰脸嚎叫着。呜——嗷——,呜——嗷——,声音又尖又长,连月光都在哆嗦,幸亏我把自己捆在了树上,否则非掉进狼口里不可。它们折腾了一阵,看到不能把我从树上吓下来,狈就出了一计,让它们五个一拨,轮番啃树。树下发出狼牙啃树的咔嚓声,树梢在嗦嗦地抖动。我朝着老家的方向祷告着:娘啊娘,儿原本想闯关东挣点钱,回去好好孝敬您,想不到却在这里被狼给吃了……那些狼越啃越起劲,一片狼牙在月光下闪烁。我心里绝望极了,再粗的树,也架不住三十匹狼啃,何况还有狈在旁边给他们出谋划策。与其担惊受怕活受罪,还不如让它们吃了利索。想到此我就解开腰带,正想往下跳,就听到树林深处一声吼叫,震得大地都哆嗦。紧接着林子里响起了呼呼的风声,刮得那些枯树叶子哗哗地响。群狼停止啃树,都看着狈,狈用两条后腿支撑着身体,三跳两跳跳到了断尾巴狼背上,尖叫一声,断尾巴狼驮着它就跑。群狼跟随它们,随风而去。又一阵风响过去,枯树叶了卷在小道上。我看到一只金黄色的大老虎,懒洋洋地,一步一步地,迈着比马蹄子还大的大爪子,啪哒,啪哒,走到了树下。我叫了一声亲娘,心里想,狼跑了,老虎来了,这下子更没有活路了……

他从怀里摸出烟包和烟纸,不紧不慢地卷了一支烟,吧嗒吧嗒地抽起来。

"怎么着了?"

"怎么着了?"

"老虎蹲在树下看了我一会儿,就迈着比马蹄子还大的爪子,啪哒,啪哒,啪哒,走了。"

我们蹲在杏树上,长长地喘了一口气。

"等到天亮,一伙挖参的人来了,把我从松树上救下来。我的腿弯着,像罗圈一样,伸不直了。我的手指像鸡爪子一样,伸不直了。出了山林,我一天也没耽误,买了一张火车票,就上了火车。我坐在火车上,还看到这个东西追着火车跑。"他盯着倒挂在杏树上的狼,感动地说,"想不到啊,想不到,隔了十三年,你竟然翻山越岭地追到这里来了……"

"狼怎么会知道你在这里呢?"雀斑青年好奇地问。

"狗日的小金弟,就你事儿多!"他好像很生气,其实没生气,压低了嗓门,神秘地说,"告诉你们,狗鼻子嗅五百里,狼鼻子嗅一千里。幸亏咱这地方离长白山一千多里,有它的鼻子闻不到的地方,如果咱这地方离长白山不足一千里或是正好一千里,乡亲们,我哪能活到今天!"

"可是它为什么不到你家去找你报仇,却到许大婶家来咬人呢?"

"这个嘛……吭吭……"他咳嗽着,说,"我经常坐在你大婶的炕头上抽烟,留下了气味,另外,狼毕竟是老了,鼻子不太灵了,脑子也木了,就像八十多岁的老头子,身上的器官,都不太灵了……"

许大娘的脸上的红晕更大了,好像抹了一脸红颜色。

"宝儿他娘,都怨我,给你招了祸,"他说,"让你挨了咬,让你费了一垛柴火,让你炸了一口锅,还让你把炕掀了……"

"你这是说的什么话?俺家也是该有这一劫。"

"你和宝儿,孤儿寡母,日子过得不容易,我不能让你们白受这磨难,"他拍拍狼头,说,"乡亲们,狼这东西,全身都是宝。狼皮,做成褥子,能抗最大的潮湿,铺着狼皮褥子,睡在泥里也不会得风湿。狼油,是治烧伤烫伤的特效药。狼胆,治各种暴发火眼,比熊胆一点也不差。狼心,治各种心脏病。狼肺,专治五痨七伤。狼肝治肝炎。狼腰子治各种腰痛。狼胃,装上小米、红枣,用瓦罐炖熟了,分三次吃下,即便你的胃烂没了,它也能让你再生出一个新胃,这个新胃,连铁钉子也能消化得了!狼小肠,灌成腊肠,是天下第一美味,还能治小肠疝气。狼大肠,用韭菜炒吃,清理五脏六腑,那些水泥厂里的工人,吃一碗韭菜狼大肠,拉出的屎,见风就凝固,像石头蛋子似的,用铁锤都砸不破。狼的肛门,晾干,研成粉末,用热黄酒冲服,专治痔疮,什么内痔外痔,都药到痔根断,永不复发。狼尿脬,装进莲子去炖服,什么样的顽固遗尿症,也是一副药。狼眼治青光眼。狼舌治小儿口疮、大儿结巴。狼脑子,宝中之宝,给一根金条也别卖,留着给宝儿吃。狼肉,大补气血,老关东说,'一两狼肉一两参'。狼鞭嘛,治男人的病。狼骨,治风湿性关节炎,虽比不上虎骨,但比豹骨强得多。就是狼肠子里没拉出来的粪,也能治红白痢疾……乡亲们,你们买不买?你们不买,我就把它弄到县城里去卖。"

众人看着,好像拿不定主意。

"老章,卖什么呀!"许大娘说,"你就把它收拾了,分给大家吧,没被它咬死,俺就磕头不歇了,还想靠这个卖钱?"

"话不能这样说,你家受了这样大的祸害,总得找补一下。再说,这样的宝物,有钱也买不到的。"

"算了,算了。"许大娘说。

"不能算了,"他说,"祸是因我而起,这事就由我做主吧。我看还是把它弄到县城里去,卖个好价钱,让你们孤儿寡母过几天好日子!"

"既是这样的好东西,肥水不落外人田,"许大娘红着脸说,"还是分给乡亲们吧,有病的治病,没病的补补身子,也算俺娘儿俩积点德。"

"他大婶,"赵大爷说,"你同意把它卖给乡亲们就是积了德。章球,把狼皮给我留着,我出五块钱,少了点,但我这把子年纪了,你们就委屈点吧!"

"这话说得,让俺脸红,"许大娘说,"赵大叔,狼皮归您,钱俺是不要的。"

"那不成,"赵大爷说,"你挨了一口呢!"

"我看这样吧,"章古巴说,"您也别一个钱不要,您要是一个钱不要,赵大爷也不会要狼皮,三块钱,我斗胆替你做主了!"

这时,一群苍蝇飞来,围着狼飞舞,发出嗡嗡的叫声。

众人催促章古巴:"古巴古巴动手吧,别让苍蝇下了蛆,糟蹋了好东西!"

"肥水不落外人田,"章古巴不错眼珠地盯着许大娘的脸,说,"您这话说得多好啊!都说头发长见识短,我看您是头发长见识更长!"

在众人的密切注视下,章古巴从怀里摸出一把牛耳尖刀,弓着腰,开剥狼皮。

(一九九八年)

蝗 虫 奇 谈

一九二七年四月的一天,我爷爷扛着锄头到田里去锄小麦。从头年秋天开始,跨过一个漫长的冬季和一个荒凉的春天,几乎没下一点雨雪。河流干涸,池塘见底,一堆堆蝌蚪干死在臭水坑里。井水落下去一扁担。街道上尘土飞扬。南边胶州岭地人畜饮水发生了困难,早几日已有马车拉着大缸和牛皮口袋来村里拉水。村长马大爷看看村里那口惟一能饮用的井中水日渐下落,便派人手持棍子站在井边护着。任凭那些拉水的胶州人怎么样苦苦哀求,马大爷也不许他们再从井里打水。爷爷扛着锄头走在街上,有人问他:管二,还锄啥呢?麦苗子都能点着火了。爷爷说:闲着心烦,到田里去转转。走进自家的麦田,爷爷感到心灰意懒。他看到那些麦子只有一虎口高,顶上挑着一个苍蝇那么大的穗。完了,爷爷想,大歉收已成,连种子也收不回来了。爷爷对我们说:咱家的麦子还是长得好的呢,甭管大小还算有个穗儿,弄好了兴许还能打上半斗"蚂蚱屎",大多数人家的麦子连穗子都没秀出来就"鸡窝"了。爷爷站在麦田里,放眼望去,看到三县交界处的宽广土地一片荒凉景象。往年这时候,应该是麦浪翻滚、禾苗葱绿,可今年此时,只有那些极其耐旱的茅草和小蓟顽强地挑着一点绿。干旱使土地返了碱,沟畔和荒地里一片银白,好像落了一层霜。爷爷坐在黑土地上,装上了一袋旱烟。苦辣的烟雾呛出了他的眼泪。爷爷的心里比那旱烟还要辛辣。擦擦眼泪,看到眼前那几棵垂死挣扎的野草上,排列着密密麻麻的蚜虫。几只火红色的大蚂蚁扛着蚜虫跑来跑去。爷爷挖了一把黑土,用手攥着。他感到黑土又硬又烫,好像从热砖窑里抓出来的。田野里热浪滚滚,阳光毒辣,令人不敢仰视。高远的天空万里无云,只有在遥远的地尽头,好像有一些似烟似雾的东西在袅袅上升。一声乌鸦叫,声如裂帛。天越旱鸟越少。前几天还有成群的麻雀跟着胶州拉水的马车低飞,这几天也不见了踪影。村子里那眼水井壁上,每天都撞死若干鸟儿,有麻雀,有燕子。为了保持井水的卫生,不得不用一个木轮车的花轱辘盖住了井口。现在麻雀没了,燕子也不知飞到哪里去了。只剩下些黑乌鸦和人做伴。干渴已极的乌鸦经常跟人从桶里抢水喝,但抢到水喝的机会并不多。它们晕头转向地瞎飞着,有的飞着飞着就死了,像石头一样掉在地上。远处响起了枪炮声,不知是谁的军队跟另一个谁的军队打仗。天灾加人祸,百姓在死亡线上挣扎,也就没有心思去管打仗的事。就在这一天,爷爷亲眼看到了大批蝗虫出土的奇景。这种奇景,所有的书上都没有记载。因为是我爷爷亲口所说,所以我深信不疑。

爷爷在他的有生之年起码给我们晚辈讲述过一百遍关于蝗虫出土的情景。

他攥着一把滚热的黑土,坐在麦田里抽烟,不经意地一低头,忽然看到脚前有一片干结的地皮在缓缓升起。他以为自己看花了眼,急忙搓眼定睛,那片地皮还是在缓缓上升。紧接着,那片地皮像焦酥的瓦片一样裂开,一团暗红色的东西长出来,形状好像一团牛粪。爷爷心中好纳闷。他是农业知识相当丰富的人,也不知道地里冒出来的是个什么东西。他蹲起来,仔细观察,不由得大吃一惊。原来那团暗红色的牛粪似的东西竟然是千万只蚂蚁似的小蚂蚱。这些东西虽小,但一切俱全,腿是腿眼是眼,极其袖珍。三步之外看,是一团牛粪在阳光下闪烁着怪异光芒,近前一看,只见万头攒动,分不清个儿。爷爷胆战心惊地看着那团蚂蚱慢慢膨胀,好像昙花开放。他目瞪口呆,不知所措。发现奇迹的兴奋促使他转动头颈想找一个人交流惊叹,但田畴空阔,渺无人烟。地平线犹如一条银蛇在翻腾起舞,阳光炙热如火,高空鸟鸣惊心,军队在远处开枪放炮,没有人来关心蚂蚱出土的事。但我的爷爷还是跳起来,大叫一声:蚂蚱!蚂蚱出土了!

爷爷一声未了,就听到眼前那团膨胀成菜花形状的小蚂蚱啪的一声闷响,向四面八方飞溅。它们好像在一分钟之内就学会了跳跃。顷刻之间,爷爷的头上脸上褂上裤上都沾满了蚂蚱。它们有的跳,有的爬,有的在跳中爬,有的在爬中跳。爷爷脸上发痒,抬手摸脸,脸上顿时黏腻腻的。

初生的蚂蚱很是娇嫩,触之即破。爷爷手上和脸上都是它们的尸体。爷爷闻到了一股陌生的腥臭气。他拖着锄头,仓皇逃出麦田。他看到,在麦垄间东一簇、西一簇,都是如牛粪、如蘑菇的暗红蚂蚱团体从干结的地皮下凸起来,膨胀到一定的程度它们就爆炸。在四周的嘭嘭爆炸声里,低矮的麦秆上、黑瘦的野草上,密密麻麻的都是蠕动的小蚂蚱。有一只小蚂蚱停留在爷爷的指甲盖上,好像故意让他欣赏似的。爷爷仔细地观察着它,发现这个暗红色的小精灵生长得实在是精巧无比。它那么小巧,那么玲珑,那么复杂。能做出这样的东西的,只有老天爷!爷爷浑身刺痒起来,起初他还摸肩擦背,后来便乱蹦乱跳。他的心中,又是烦躁又是恐怖,仿佛身临绝境。尽管远近无人,但他还是又一次大声喊叫:

出土了!出土了!神蚂蚱出土了!

在他的眼前,又有一个马蹄那么大的蚂蚱团在膨胀,随时都会爆炸。他挥起锄头,对准那团蚂蚱砸下去。只听到啪唧一声响,蚂蚱像稀牛屎一样溅出去。锄刃也从锄钩上脱下来。低头捡锄刃时,他又一次嗅到了那股陌生的腥气。他被那腥气熏得迷迷糊糊,一手捏着锄刃,一手拖着锄杠,六神无主地往村里走去。他目光迷茫,丢魂落魄,嘴里念叨着:毁了,这下毁利索了,神蚂蚱出土了……

爷爷带回村的消息令村里人更加惶惶不安。那时我们的村子很小,只有十几户人家,一百多口人。当下就有人跑到田野里去看究竟。我父亲对我们说他也跟去看了,那一年他才五岁,刚刚有了记忆力。他们没看到蚂蚱出土的奇观。他们只看到在耀眼的阳光下,被干旱折磨得死气沉沉的田野突然活了。所有没死的植物上都有蚂蚱在跳跃,一阵阵细小但是极其密集的窸窣声在茫茫大地滚动。观看的人都感到浑身发痒,眼花缭乱,说不清哪里不舒服。

从田野里观蝗归来,父亲看到他母亲也就是我们的奶奶在堂屋里摆起了香案。两根蜡烛三炷香,烛火跳跃,香烟缭绕,鬼气横生。奶奶跪在香案前,嘴里念念有词,然后磕头不止。奶奶说蚂蚱就是皇虫,是玉皇大帝养的虫。造字的人在"皇"字边上加了个"虫"字,就成了"蝗"虫。蝗虫就是皇虫,皇虫就是蚂蚱,翻过来也一样。

几天后,东南风浩浩荡荡,大团的乌云也滚滚而来。空气变得潮湿了,傍晚时村前的池塘里散出恶臭。被褥黏腻,跳蚤肆虐,爷爷难以入睡。他对我们说那年的一切都不正常,人们总感到大祸就要临头。蚂蚱出土以后,田野更是一片白地,连那些硬草棍儿也被啃光了。那些小神虫牙口可真好。爷爷说,前几天村里还有人到叭蜡庙里去烧香磕头,乞求它们能够口下留情,事实证明,这种活动毫无用处,它们根本不领这份情。男人们对女人的迷信活动不管不问,他们知道地里已经没有什么东西可供神虫们吃了,求不求都一样。它们总不能吃土吃人吧?吃光了能吃的,它们就该迁移了。

东南风一起,人们有了希望,但也有了忧虑。希望能下一场透雨,好种上秋苗。令人忧虑的是那些把草梗都啃光了的蝗虫们恋恋不肯离去,就好像等待着啃秋苗似的。

爷爷睡不着,便到院子里踱步。东南风吹着人的胸膛,破窗户纸在他身后啪啪地响着。风里满是腥气,有土腥、水腥,更多的还是那种令人作呕的蚂蚱腥。雨来了,雨真的要来了。尽管有蝗虫在,但被干旱熬苦了的村民们还是兴奋异常。雨越来越近了,天边上已经有了抖动的电光。爷爷知道那不是兵们在打炮,而是雷公在摇晃手中的破扇子。爷爷暗中祷告:希望天老爷能下一场特大暴雨,抽打死那些害人虫,同时也就解了土地的干旱。

那夜果然下了大雨,雨里还夹杂着杏核大的冰雹。村民们都欢欣鼓舞,感谢老天爷,既解了酷旱,又消灭了害人虫。但天亮后到田野里一看,才知道事情并不像人们想象的那样乐观,雨水和冰雹的确要了一些蝗虫的小命,但更多的蝗虫却在茁壮地成长。它们在雨后的数天里,便把各自的身体扩大到和大粒的花生米相似。它们一个个生龙活虎,腻腻嫩嫩,肉感强烈,令人望之生畏。现在,满眼都是它们蠢蠢欲动的身体。那么多的触须在抖动,那么多的眼在闪烁,那么多的肚子在抽搐。喝饱雨水的大地,为苦熬了一冬一春的植物提供了极好的生长机会,所有的植物都在萌生新叶,所有的种子都在破土发芽。但是,新长出的一切,都变成了蝗虫们的美餐。它们决不挑食,它们不怕中毒,无论是有怪味的薄荷,还是有剧毒的马钱草,只要是从地里冒出来的,就啃吃干净。它们龇着两瓣紫色的大牙,嘴里喷吐着绿色汁液,让田野里洋溢着腥臭。蝗虫的气味毒化了空气,粉碎了人们的勇气。

雨后的大地依然光秃秃的,生出来的绿叶还不够填蚂蚱爷的牙缝。植物们生了气,去你妈的,我们不往外长了,看你们还怎么吃。有本事你们变成拉拉咕,钻到地下来吃我们的根。它们说不往外长就不往外长了,蝗虫们也有些焦躁不安了。它们焦躁不安的表现就是由田野往村子里转移。它们爬墙上屋,吃光树上那些新叶就开始啃树皮。风传丰村头上李大人家的小儿子被蝗虫们啃掉了半个耳朵。对这个问题,爷爷持否定态度。他说:蝗虫的确很凶,但也没凶到啃人耳朵的程度。

村头的叭蜡庙里和村后的刘猛将军庙里的香火又大盛起来。

据爷爷讲，叭蜡庙的正神是一匹像小驴似的大蚂蚱，塑得形象古怪，人头蚂蚱身子，令人望之生畏。刘猛将军庙的正神自然是刘猛。我查了资料，得知刘猛是元朝吴川人。曾授指挥职，带兵剿灭江淮盗贼，乘舟凯旋，正值蝗虫成灾，民不聊生。刘猛率队灭蝗，但越灭越多，气得他投江自杀。有司奏于朝，授刘猛将军之职，列入神位，专门负责为民驱蝗。但我感到这里边有矛盾：既然蝗虫是玉皇大帝养的家虫，那刘猛灭虫不是要遭天谴吗？怎么还给他加官晋爵呢？这事说不清楚，我们不去管他，我们还是说蝗虫的事。老百姓对付蝗虫，就像朝廷对付老百姓一样，有收买有镇压，软一手，硬一手。有时单用一手，有时软硬兼施。

我们村对付蝗虫的手段是抚慰。先是在叭蜡庙里烧香磕头，供献香草，看看无效，又到各家凑了点钱，在村中搭起戏台，请来一个草台班子，为蝗虫们献上了三台大戏。说是为蝗虫献戏，其实还是演给人看。我父亲是那三台大戏的最热心的观众。几十年后他还对当日情景记忆犹新。他说那三台大戏是：《陈州放粮》、《捉放曹》、《武家坡》。父亲对我们说当年演戏的盛况，四乡的百姓都来看戏，台下人山人海。儿童的印象总是放大的。我不相信在当时的情况下，荒凉的高密东北乡能集合起"人山人海"。在我的想象中，六十年前的那场为了蝗虫们的演出大概是如下的情景：在空旷的原野里，搭起一个低矮的土台子，台上活动着几个涂脂抹粉的人物，台下坐着或是站着几个无聊的闲人，还有十几个孩子，其中那个头上扎着抓鬏的就是我的父亲。在演出的过程中，那些蝗虫就蹦到舞台上，蹦到演员们的脸上，有的还蹦到演员们的嘴里，让他们无法开口唱戏。

也许是百姓的真诚感动了蝗虫，也许是刘猛将军的钢鞭发挥了威力——最可靠的解释是蝗虫们同心协力地把我们高密东北乡吃成了"白茫茫大地真干净"——它们终于开始迁移了。这又是一个奇观。看到这个奇观的就不止我爷爷一个人了。十几个村中的老人，包括我的父亲，都给我讲述过蝗虫过河的情景。

我们村子后边是一条胶河,村子前边是一条顺溪河,蝗虫们要迁移,必须越过这两条河流。大雨过后,河里又有了半人深的水。蝗虫们当时都有三厘米左右长,脑袋硕大,背上背着两个"小包袱"(发育中的翅膀),正处在既笨又丑的跳蝻阶段。让我们听听它们是怎样越过河流的。

据说,那天,村里人都站在河堤上,观看蝗虫过河。人们先是听到田野里响起了低沉的嘈杂声,然后便看到田野里抽搐起来。光秃秃的土地上翻滚着蝗虫的浊浪。蝗虫结成浪,一浪接一浪,涌到河边来。小孩子们生怕大人看不到似的大叫着:来了来了,蚂蚱神来了!这时,河里是滚滚的流水,蓝色水;河外是蝗虫的浪涌,红色浪。大人们面色如土,痴呆呆地看着那蝗虫的长浪追逐着涌上河堤。飒萨洒撒,沙煞嘎唛……一批接着一批,一列跟着一列,几千几万匹压着几千几万匹,层层叠叠,层出不穷。爷爷心有余悸地说:如果蝗虫吃土,吃掉一条河堤也不算难事。

目睹了蝗虫过河情景的老人们补允说:蝗虫们互相搂抱着,数不清的嘴巴里往外喷吐着黑绿色的汁液,濡染着数不清的蝗虫兄弟。数不清的蝗虫肢体相互摩擦着,发出惊心动魄的巨响。在河堤上看热闹的人都吓破了胆,想逃跑,但是腿脚酥软,挪不动脚步。

话说那蝗虫的长龙在河堤上停顿了一会儿,好像整顿队伍一样。龙体眼见着就收缩,变得坚硬、紧密,像一根根粗大松木,轰隆隆地响着,滚到河里去了。河中顿时水花四溅,河面上远远近近都响起了水面被龙砸破的声音。时当一九二七年五月十八日,中华民国战火连天,弹痕遍地;官僚趁火打劫,贪赃舞弊,苛捐杂税多如牛毛;土匪风起云涌,兵连祸结,疫病流行;老百姓在水深火热里挣扎。

蝗虫们在河水中翻滚着,犹如一条条长龙。原本如蓝缎子似的河水此时变得千疮百孔。满河色彩,浊浪腾起,一片欢腾。

它们在众人的密切注视下靠近对岸,然后突然迸裂,分散成千千万万的个体,顿时改变了对岸河堤的颜色。

最终,它们消失在对岸的茫茫原野里。众人长吁一口气,心中好似一块石头落了地,但同时又感到怅然若失。

当天下午,爷爷便到地里去播种。

半个月后,青翠的小苗子给大地披上了一层轻薄的绿装。接下来的日子里,天遂人愿,风调雨顺。到了古历的七月份,高密东北乡的广袤大地变成了绿色的海洋。虽然麦季颗粒无收,但只要不出意外,再过两个月,丰收的秋季足可以解决百姓一年的嚼谷。

谁也不敢乐观,春天时神赐在胶河对岸的蝗虫们留下的巨大阴影,始终笼罩在高密东北乡上空。对蝗虫的恐怖像石头一样压着百姓的心,当然也压迫着我爷爷的心。

在劫难逃。

蝗虫们卷土重来那天,是农历的八月初九。那天阳光很好,天空很蓝,鸟儿很多。满坡的高粱都晒红了米。秋风吹拂,高粱前呼后拥,宛如大海的波浪。爷爷用木轮车往田里运粪,他一手扶住车把,另一手提着长鞭,不时地抽一下在前头拉车的黑毛驴。推车送粪不用赶牲口的,这是爷爷的绝活,村子里只有他一个能,别人不能。爷爷推了几车粪,天已近正午。他突然感到一阵莫名其妙的心烦意乱。拉车的黑驴也横冲直闯,不听招呼,好像被什么猛兽惊吓了似的。木轮车在驴子的斜拉下歪倒了。倒了车子,对爷爷来说,是一个莫大的耻辱。他扔开车把,挥起鞭子,正要教训毛驴,忽然看到从西北方向的天空飘来了一片暗红色的厚云。爷爷心中一惊,手中的鞭杆落在地上。转瞬之间,那片红云便飞到了村子上空,又迅速地移到了田野上空。爷爷听到那团红云里发出了咔咔嚓嚓的巨响,好似甲胄摩擦之声。那团红云转了一会儿,好像进行地面侦察似的,然后,便猛然炸开,一天黄雨,万千金星,箭矢般落了地。眼前的一切,红色的高粱、金黄的谷穗、绿色的树木,都变成了刺目的红褐色。毛驴将硕大的头颅钻到车子下边,屁眼里汩汩地往外窜着稀屎。田野里有十几个农人惊慌失措地奔跑着,一边跑一边恐怖地喊叫着:"回来了……

蚂蚱神回来了……"

爷爷僵立着,像一棵枯死多年的树木。两行热泪从他的脸上淌下来。

第一批是先头部队,随着它们的降落,大批的蝗虫源源不断地飞来。天空中翻滚着一团团毛茸茸的云,无数的翅膀扇动,发出令人胆战心惊的巨响。天空昏黄,太阳被遮没,腥风血雨,宛若末日降临。

村民们惊魂稍定之后,纷纷跑到自家的庄稼地边,敲打着铜盆瓦片,挥舞着扫帚杈杆,大声呐喊,希望蝗虫们害怕,不要在这里降落。但蝗虫们根本不害怕,它们依然铺天盖地降落下来。数月不见,它们背上已生出发达的翅羽,后腿变得坚强有力,春天时柔软的肢体现在好像用铁皮剪成的一样。它们疯狂地啃嚼着,田野里响起急雨般的声音,满坡丰收在望的庄稼转眼间便消失了。

爷爷说:春天时它们是往肚子里吃;现在它们不吃,只是咬,咬断就算完。前者是为了生存,后者仿佛存心破坏。见识过飞蝗之后,回想起春天时的跳蝻,才感到它们实在是温柔善良。

天过早地黑了,大批的蝗虫还从西北方向往这增援。它们到底有多少部队?好像永远不会穷尽。偶尔有一缕血红的阳光从厚重的蝗云缝里射下来,照在筋疲力尽、嗓音嘶哑的人身上。人脸青黄,相顾惨淡。就连那血红的光柱里,也有繁星般的蝗虫在煜煜闪烁。

入夜之后,田野里滚动着节奏分明的嚓嚓巨响,好像百万大军在操练。人们关闭门窗,躲在屋子里,忧心忡忡地坐着,连小孩子也不敢入睡。人们听着田野里的声响,也听着冰雹般的蝗虫敲打房顶的声响。村庄里的树枝咔吧咔吧地断裂着,它们被蝗虫压断了。

第二天,人们费劲地推开房门,看到村里村外都被蝗虫覆盖了。片绿不存,连房檐上的枯草都被啃光了。蝗虫充斥天地,俨然成了万物的主宰。

既然它们把可吃的东西全都吃光了,村民们也就不害怕了。你们总不能吃人吧?!在爷爷的号召下,村民们被动员起来,与蝗虫展开了大战。他们操着铁锹、扫帚、棍棒、铲、拍、扫、擂。他们越打越愤怒,越愤怒越打。蝗虫啃草木充满了破坏的快乐;村民们打蝗虫充满了杀生的快乐,充满了报仇雪恨的快乐。但蝗虫是打不完的,人的力量却是有限的。死亡的蝗虫堆集在街道上,深可盈尺。被人的脚踩得吱吱唧唧响,黑汁四溅,腥臭扑鼻,令大多数人呕吐不止。

爷爷说村里有个名叫五乱子的人在村头上点燃了一个柴草垛,烟柱冲天,与蝗虫相接;火光熊熊,蝗虫们纷纷坠落。村人们添柴加薪,增大着火势。柴草烧光了,就往里投木料,木料投完了,就卸下了家里的门板。为了与蝗虫斗争,我们的先人豁出一切。我们不求叭蜡发善心,不求刘猛显神威,要保护老百姓的庄稼地,全靠我们自己。人们还把那些死蝗虫用铁锹铲进火里去,于是油烟滚滚,恶臭冲天,几个老人当场晕倒,并且再也没有醒过来。

十几天后,像来时一样突然,遍野的蝗虫消逝了。它们去了哪里?谁也不知道。只余下光秃秃的树木和坚硬的植物根茎在秋风里瑟瑟颤抖。

蝗虫,这种小小的节肢动物,一脚就能捻死一堆的小东西,一旦结成团体,竟能产生如此巨大而可怕的力量,有摧枯拉朽、毁灭一切之势,号称万物灵长的人类,在它们面前,竟然束手无策,这里隐藏着发人深省的道理。

蝗虫,这肮脏的昆虫,总是和腐败的政治、兵荒马乱的年代联系在一起,仿佛是乱世的一个鲜明的符号。这里同样隐藏着发人深思的道理。

一九二七年高密东北乡的蝗灾,给爷爷们带来了灾难,但也给他们留下了关于这个世界的惊愕印象。爷爷们看到的仅仅是头上的一角天空,实际上,在这一年里,蝗虫像飓风一样横扫了山东大地,又波及了河北、河南、安徽数省,受灾面积近百万平方公里,灾民数百万人。爷爷们亲眼目睹的情景已让我惊讶不止了,更令人惊讶的情景爷爷们没有看到。据一位在胶济铁路上当过火车司机的老人说：那一年,蝗虫伏在铁路上,累累如山丘,挡住了火车的去路,胶济铁路交通中断了七十二个小时。

我们只能想象那惊人的情景了。

(一九九八年)

祖母的门牙

据说我刚生下来时就有两颗门牙。我的祖母遵照古老的传统用打火的铁镰给我开口时,还以为我的牙床上沾着两粒黄瓜子儿呢,但她马上就听到了我的门牙碰撞铁镰时发出的清脆响声。祖母的脸顿时就变黄了,因为在民间的传说中,生下来就有牙的孩子多半都是复仇者——是前世的仇人投胎转世——这个复仇者不把这个家庭弄得家破人亡是不会罢休的。祖母扔下火镰,提着我的两条瘦腿,像提着一个剥了皮的猫,毫不犹豫地就要往尿罐里扔。她老人家曾经是专业接生婆,在周围十几个村子里都有名气,经她的手接下来的孩子不计其数,经她的手溺死在尿罐里的小妖精同样不计其数。

我出生时,新法接生已经实行多年,村里的人家生孩子已经不来请祖母,她的饭碗让新法接生给砸了。我母亲的肚子刚刚鼓起来时,祖母那两只闲了多年的手就发起痒来。我母亲从过门那天起,就听她咒骂新法接生。她说新法接生是邪魔歪道,接下来的孩子不是痴就是傻,不痴不傻长大了也是罗圈腿。我母亲是上过识字班的人,认识起码三百个字,能看简单的小人书,在农村妇女中算知识分子,她当然不相信我祖母的鬼话,但五十年代初期的农村家庭,还笼罩着浓厚的封建气息,我父亲又是个出了名的孝子,我祖母说什么他就信什么,即便心里有怀疑,也不敢提出异议。他对我祖母的感情远远超过对我母亲的感情,他和祖母经常联手欺负我母亲。

我母亲嫁过来的第三天,我祖母就对我父亲说:"富贵,该给她个下马威了!"

他有点羞涩地说:"才三天……再说,她也没犯错误……"

我母亲说:"你爹话还没说完呢,你奶奶那个老混蛋就把一个鸡食钵子摔了!"

啪!祖母把鸡食钵子扔在地上,跌成了三六一十八瓣。

"富贵呀,富贵,你个杂种,我一把屎一把尿把你拉扯大容易吗?"祖母瞪着金黄的眼珠子,指着我爹的鼻子控诉,"你可真是'山老鸹,尾巴长,娶了媳妇忘了娘!把娘扔到山沟里,把媳妇背到热炕上!'"

"娘,我没把您扔到山沟里……"

"你还敢跟我犟嘴,你翅膀硬了是不是?自打这个小狐狸精进了门,你就不像我的儿子了!你说吧,今日你打不打?不打她,就打我!"

母亲说:"从来就没见过你爹这样的窝囊废,他心里其实是舍不得打我的,我进门三天,连大门朝哪开都没摸清楚,你说我会有什么错误?"

我父亲见我祖母发了大脾气,把嘴一咧,呜呜地哭起来。

祖母一屁股坐在地上,双手轮番拍打着地面,呼天抢地地哭着、数落着:"老头子啊……你在天有灵,睁开眼看看这个好儿子吧……老头子啊,我这就跟随着你去了吧……"

我母亲看到这种情景,自己从屋子里走出来,跪在我父亲面前,说:"娘让你打,你就打吧!"

母亲说:"我硬憋着不哭,但那些眼泪就像断了线的珠子一样,扑扑簌簌地滚下来。"

父亲从灶前捡起一根烧火棍,在我母亲的背上抽了一下子。

祖母瞪着眼说:"我说富贵,你演戏给谁看呢?"

父亲为难地说:"还得真打?"

祖母气得身体往后一挺,眼见着就背过气去了。

这一下可把我爹给吓坏了,他大叫着:"娘啊娘,您别生气,我这就打给您看,我狠狠地打给您看……"

父亲抡起烧火棍,抽打着母亲的背。打顺了手,也就顾不上拿捏,一下是一下,打得真真切切,鲜血渐渐地沁透了母亲的衣衫。母亲起初还咬牙坚持着,后来就哭出了声。

母亲说:"痛是次要的,主要是感到冤屈。"

祖母长长地出了一口气,活了过来。

父亲看到祖母醒了,手上更加不敢惜力,一下比一下打得凶狠。

母亲身体一歪,倒在地上。

祖母抽着大烟袋,懒洋洋地说:"行了吧,念她初来乍到,饶了她吧!"

父亲扔掉烧火棍,眼里含着泪,嘴一咧一咧的,活像个鬼。

祖母严肃地问我母亲:"你是不是心里觉得冤?"

母亲的眼泪哗哗地流着,说:"不冤……"

祖母说:"我看你心里冤,冤得很呐!"

母亲哭得连话都说不出来了。

祖母问:"知道为什么打你?"

母亲摇摇头。

祖母说:"当年,我进门三天,我的婆婆也是这样,让你公公打了我一顿,当时我也觉得冤,连死的心都有,但是现在我明白了,我婆婆让你公公打我,是告诉我一个道理,知道是啥道理吗?"

母亲摇头。

祖母站起来,拍拍腚上的土,说:"多年的水沟流成了河,多年的媳妇才能熬成个婆!"

这句话让母亲在黑暗中看到了一线光明。

母亲说:"如果不是听了她这句话,那天夜里,我很可能一绳子就把自己撸死了。"

多年后我问母亲："为什么不去找政府？为什么不去法院告她？"

母亲摇摇头说："你说什么呀！"

母亲怀着我将近临盆时，曾经动过请李瓶儿来接生的念头，私下里也跟父亲提出过请求。父亲说："你这不是让我到老虎腔上去拔毛吗？"

祖母看出了母亲的心思，敲山震虎地说："李瓶儿那个小婊子，只要她敢跨进我的家门一步，我就把她那个臊尿豁了！"

就这样，我一出生就落在了祖母那两只冰凉的手里。

在我的头就要被浸入尿罐的危急关头，母亲一跃而起，蹿到炕下，从祖母手里把我抢下来。祖母大怒，道："富贵屋里的，你想干什么？"

祖母说着就把她的铁硬的爪子伸过来，想从母亲手里把我夺回去。母亲抱着我的头，祖母扯着我的腿，我在她们两个的手里放声大哭。那时刻我好像一只刚蜕壳的蝉，身体还是软的，在她们两人的拉扯下，我的身体就像一块橡皮，眼见着就被抻长了。我是母亲身上掉下来的肉，尽管我长了两颗暂时不该长的门牙，但母亲还是疼我爱我，生怕在这样的强力牵拉下把我拽成两段。祖母这个老妖精，她不疼我也不爱我，在我还没出生时她就开始咒骂我，因为我在母亲肚子里让母亲干活的速度和质量受了影响，祖母就骂我母亲怀了个狗杂种。她一看到我长了两颗门牙就把我判为复仇鬼，为了家庭的安全，她要把我摁在尿罐里溺死。母亲因为爱我不敢用力，祖母因为恨我往死里用力，这场拔人比赛一开始母亲就注定要输，眼见着我就要落在祖母的手里，落在祖母的手里也就等于落在尿罐子里，而落到尿罐里也就等于落到了死神手里。在我母亲的眼睛里，祖母满头的白发根根都带了电，就像阳光曝晒下的猫的毛。祖母的眼睛闪着绿油油的光好像暗夜里的猫眼。祖母的鼻子弯曲，牙床突出，下巴又尖又长，活像一个捣蒜的锤子。祖母突出的牙床上挂着两颗大门牙，牙根暴露,渗出血丝。这老东西自己明明也生着门牙,而且是很大的很长的发黄的像老马的门牙一样的大门牙臭门牙,却不允许我长门牙!这算怎么个说法?你也太霸道了!俗言道:父不慈,子不孝;奶奶不仁就休怪孙子口出恶言:你这个老妖精!母亲在危急关头,护犊情深,把三纲五常二十四孝统统抛到脑后,抬起一只手,在运动中攥成了拳,对准了祖母的嘴巴,捅了一家伙。只听到一声肉腻腻的响,祖母怪叫了一声,松了扯住我的双腿的手,捂住了嘴巴。我的身体在母亲怀里很快地收缩起来,缩得比刚脱离母体时还要短,我恨不得重新回到母亲肚子里去,当然这是不可能的。难产的孩子其实都是先知先觉的孩子,他们不愿意出来,是他们已经预见到世道的艰难和不公正。我之所以在母亲的肚子里连门牙都长了出来,是因为我在母亲肚子里已经多待了三个月,这也是祖母把我当成了妖精的重要原因。其实,我之所以不敢出生,十分里倒有八分是怕这个老妖精。母亲这一拳有点狗急跳墙的意思,也有点困兽犹斗的意思,她是劳动惯了的人,怀我到了八个月时,还挑着一担水爬河堤,干活练得胳膊上全是一条条的腱子肉,这一护犊子拳捅出来,少说也有二百斤的力气,腐朽得快要透了顶的祖母如何承受得了?受不了也得受,这就叫哪里有压迫哪里就有反抗。正义的铁拳打到祖母的嘴巴上,打得她发出了怪叫,打得她连连倒退,那两只从小就裹残了的地瓜脚缺少根基,倒退连连是正常的,如果她不倒退才是不正常的。她的脚让门槛绊了一下,然后她就一屁股鏖在了地上。如果她生着尾巴,这下子肯定把尾巴蹾断了;尽管她没有尾巴,也把本来应该生尾巴那个地方的骨头鏖痛了。她就那样双脚在门槛里屁股在门槛外坐着,张开口往地上吐了一摊血,血里有两颗大门牙。这老家伙的门牙其实已经摇摇欲坠,母亲不用拳头捣它们它们也挂不了几天了。祖母捡起门牙,放在手心里托着,仔细地观看了一会儿,然后就嘤嘤地哭起来,那声音像一个受了委屈的胆小如鼠的小姑娘。

母亲说:"听惯了你奶奶扯着大叫驴嗓子哭嚎,乍一听她换了这样一副腔调,感到很不习惯。"

母亲说:"我原来是准备与她拼个鱼死网破的,但没想到她会这样。"

母亲一只手抱紧了我,另一只手抄起了一把剪刀,等着被打掉了门牙的婆婆发起疯狂反扑。母亲说当她看到祖母吐出她的大门牙时,心里就做好了最坏的打算。但出乎意料的是:祖母就那么老老实实地坐着,嘤嘤地哭着,平时骂惯了人的嘴巴里连一个脏字儿都没出。

母亲认为这是狂风暴雨前的平静,就说:"马张氏,祸我已经闯下了,今日我是破罐子破摔了,人活百岁也是死,砍掉脑袋碗大个疤,自从进了你家的门,我过的就是牛马不如的生活,人说世上黄连苦,我比黄连苦三分,与其忍气吞声活,不如轰轰烈烈死!我不后悔,我很痛快,我准备好了,你来吧,我先用剪子戳了你,接着就戳我自己!"

母亲发表了她的血泪控诉与豪言壮语,祖母丝毫没有反应,还是捧着她的门牙在那里哭泣。母亲纳闷极了,心想这是怎么回事?这事就好像是武松打掉了老虎的门牙老虎竟然坐在地上哭一样。母亲说:"马张氏,你别装了,该动手了!"

祖母还是那样。母亲仔细研究着祖母的脸,发现丢了大门牙的祖母脸变了,甚至可以说变得可怜巴巴,或者说变得很像个弱者。后来的事实也证明,母亲一拳把一个母老虎打成了一只老绵羊,从此祖母就从家庭霸主的地位上退了下来,母亲当家做了主人。至于我父亲,祖母当家长时,他是个好成员;母亲当家长,他表现得更好,因为他当年毕竟在祖母的指示下充当过欺负我母亲的打手,心中有愧,自然想好好表现。

祖母性格的突变,作为一个问题,困扰了母亲几乎一辈子,直到祖母年近一百、母亲年近六十时,才无意中找到了答案。

祖母九十九岁那年,萎缩得如一条干蚯蚓般的牙床上,竟然又长出了两颗小牙,这两颗小牙长在门牙的位置上,说明了这是两颗门牙。这情形很像一棵枯萎的老树上生出来两个嫩芽。对祖母嘴里的这两颗牙起初我们感到好奇，还把这当成了个新鲜事儿出去宣传。公社里一个报道员正为稿子不能见报发愁，听到了这个传闻如获至宝，骑着自行车到我家来转了一圈，回去就添油加醋地写了一篇稿子，说是新人新事新社会，新生事物层出不穷，铁树开花，枯枝发芽，百岁老人返老还童，重新生了两颗门牙。这篇稿子很快就见了报。我母亲对这种宣传很反感。她对祖母重新长门牙心中不安，认为年近百岁的祖母重新长牙就像公鸡下蛋母鸡打鸣一样，很可能是个不祥之兆。后来发生的事情证明，母亲的预感是正确的。

自从祖母长牙的消息见报后，到我家来看稀奇的人络绎不绝。开始我们也把这当成了光荣，人来了就热情接待，但很快我们就烦不胜烦。本村的人差不多都来了一遍，外村的人也来了。来了就让祖母到院子里，坐在太阳底下，仰起脸张开口，龇出那两颗白白的儿童般的小牙。这样的两颗牙如果生在儿童嘴里，一龇出来就像小狗一样，的确很可爱，但这样两颗牙生在一个鹤发鸡皮的老太太嘴里，看起来不但不可爱，反而有点别扭。这种不好的感觉你也不能说是恶心，你也不好说就是硌碜，反正是够别扭的。不久，在我们村插队的一帮知青试验成功了一种特效菌肥"5248"，说是比日本尿素的肥效还要高一百多倍，把一棵地瓜秧的根儿放在"5248"的水里蘸蘸，栽到地里去，两个月后，长出来的地瓜就像石磙子似的。这一下子我们村成了典型，轰动了半个省，前来参观、"取经"的人一拨接着一拨。不知道哪个跟我们家有仇的混蛋造了一个谣言，说我祖母的门牙就是喝了一口"5248"溶液后长出来的。这下子我们家可热闹了，前来参观的人必来我家，村里和公社里那些干部也揣着明白装糊涂，他们明知道根本就没有这码子事，也不站出来辟谣。起初他们还支支吾吾羞羞答答，后来干脆顺水推舟，把看我祖母的门牙当成一个法定的参观项目。

我母亲烦透了，当着那些参观者大骂公社干部和村干部，说根本就没有这码事。但我母亲越是这样说,参观的人越认为这件事是真的。村党支部书记宋大叔把我母亲叫到大队办公室里去,苦口婆心地开导她。

宋大叔说:"大牙他娘,你这人怎么这样死性?"

"大牙"是我的外号,这个外号太响亮了,把我的乳名"红星"和我的学名"马千里"都给盖住了。提起"大牙"没人不知道是我,提起"红星"和"马千里",就没有几个人知道是我。

我母亲说:"他大叔,这不是睁着眼说瞎话吗?哪有这码事?就算他奶奶喝了'5248',那也应该满口长牙,怎么单单长了两颗门牙?"

宋大叔说:"说你死性吧,你还反吵,你以为我不明白?我啥不明白?这叫社会,这叫政治,懂吗?政治!"

我母亲说:"不懂你们的这个政治!"

宋大叔说:"打个比方吧,一九五七年,谁不知道吃不饱?可谁要说吃不饱,马上就是个'右派'!一九五八年,说 亩地能产一万斤麦子,谁不知道这是放屁?可谁敢说这是放屁,立马让你屁滚尿流!这样一说你就懂了吧?"

我母亲说:"懂了!"

宋大叔说:"大牙他娘你真是个明白人!"

我母亲说:"但是,他大叔,这么多人,天天像赶大集一样,惊得俺家的鸡也不下蛋了,猪也掉了膘。他奶奶的嘴也给弄得合不上了,喝点水就顺着嘴角往外流,这样下去怎么得了!"

宋大叔说:"这个问题嘛,支部已经研究了,决定给你们家补贴三百斤玉米,让大牙去找王保管领就行了,就说是我说的。"

我母亲说:"三百斤是不是少点了?"

宋大叔说:"大牙他娘,可别得寸进尺!三百斤玉米,一个整劳力一年的口粮呢!"

用暂时的眼光看,祖母的门牙给我们家带来了好处,但祖母可吃尽了苦头。她每天白天的大部分时间都得坐在墙根的向阳处,人来了她就得张开嘴巴,龇出门牙,让人观看。时间长了,口水就沿着她的嘴角流下来,把胸前的衣服都弄湿了。最讨厌的是那些人光看还不行,偏要追根刨底地问:

"大娘,您怎么想到要喝'5248'?"

我祖母眯着沾满眵的老眼,反问:"什么?"

"'5248'是什么味道?"

"什么?"

"您原来的门牙是怎么掉的?"

除了这句问话之外,我祖母一律用"什么?"来回答,好像她是个昏聩的老糊涂,但惟有这句话她回答得很清楚。

"您原来的门牙是怎么掉的?"

祖母猛地睁开眼睛,眼睛里放出幽幽的绿光,用绿光幽幽的眼睛盯住我母亲的脸,响亮地说:"是让我的孝顺儿媳一拳打掉的!"

于是,众人的目光便齐齐地射到我母亲的脸上。我母亲在众目睽睽之下,如同受审的罪犯。

就因为那三百斤玉米,我母亲忍气吞声,把这场戏艰难地往下演着。

我到生产队的仓库里找到了王保管领玉米,王保管皮笑肉不笑地说:"大牙,你们家可真是好运气!白得了三百斤粮食!"

我把那三百斤玉米分两次扛回家。母亲长叹一声说:"人穷志短,马瘦毛长,我们等于把你奶奶当猴耍了……"

我安慰她:"娘,不能这么说,这是政治需要!"

母亲解开麻袋,抓起一把玉米看看,说:"王保管这个杂种,尽给了些发霉的!装包时你就不看看?!"

"我去的时候他就把麻袋装好了。"

"这个杂种是眼红呢!"

"我找他算账去!"

母亲拦住我,说:"算了,咱们丢不起人了!"

因为天天接待参观者,母亲顾不上给猪打饲料,就挖了一瓢霉玉米倒进猪槽,顺便抓了几把撒给母鸡。

当天夜里,我们家的猪死了。

第二天早晨开鸡窝,发现鸡也死了。

母亲从猪圈跑到鸡窝,又从鸡窝跑到猪圈。跑到猪圈里她摸摸那头关系着我们家经济命脉的猪,眼泪哗哗地从她眼里流到她的脸上。跑到鸡窝前她摸着那七只为我家提供日常开支的母鸡,眼泪哗哗地从她的眼睛里流到她的脸上。

第二天,母亲紧紧地关上了大门。当赵大叔带着一群参观者来看我祖母的门牙时,我母亲站在院子里破口大骂:

"狗娘养的赵大山,领着回家看你娘去吧!你娘也喝了'5248',你娘不但嘴里长了新牙,你娘的肛门里都长了牙!"

我母亲是个有文化的人,我从来想不到她也会骂人,而且骂得如此幽默。

我听到参观者在门外哈哈大笑起来。

我听到赵大叔低声嘟哝着:"这个老娘们,疯了!"

我祖母不知什么时候从屋子里出来了,还坐在她坐惯了的地方,仰着头,好像在回答着参观者的提问:

"什么?"

我祖母眯着沾满眵的老眼反问:

"什么?"

我祖母猛地睁开眼睛,眼睛里放出幽幽的绿光,用绿光幽幽的眼睛盯着我母亲的脸,响亮地说:

"是让我的孝顺儿媳一拳打掉的!"

我母亲像让电打了似的愣住了。我祖母不间断地重复着上面那三句话,简直就是个老妖精。

我母亲想了许久,冷笑着说:"不错,是我打掉的!"

我母亲大踏步地走进厢房。

我听到厢房里稀里哗啦地响着。

我母亲提着一把生锈的铁钳子走了出来。

我母亲走到我祖母面前。

我大叫一声:"娘!"

我祖母猛地睁开眼睛,眼睛里放出幽幽的绿光,用绿光幽幽的眼睛盯着我母亲的脸,响亮地说:

"是让我的孝顺儿媳一拳打掉的!"

母亲弯下腰,一手捏住了祖母的长下巴,一手举起钳子,夹住了祖母嘴里那两颗招灾惹祸的门牙,猛地往下一拽。

祖母的手挥舞了几下,然后就嘤嘤地哭起来。

母亲扔掉钳子,站了几分钟后,也坐在了祖母身旁,嘤嘤地哭起来。

我像根木头似的站在她们面前,耳朵听着她们俩难分彼此的哭声,眼睛看着她们同样苍老的脸,油然地想起一句俗语:

多年的父子成兄弟,多年的婆媳成姐妹。

(一九九八年)

儿 子 的 敌 人

一

黎明时分,震耳欲聋的连串巨响把正在噩梦中挣扎的孙寡妇惊醒了。她折身坐起来,心里怦怦乱跳,头上冷汗涔涔。窗外,爆炸的强光像闪电抖动,气浪震荡窗纸,发出簌簌的声响。她披衣下床,穿上蒲草鞋,走到院子里。没有风,但寒气凛冽,直沁骨髓。她抬头看天时,有一些细小冰凉的东西落在了脸上。下雪了,她想,大慈大悲的观世音菩萨,保佑我的儿子平安吧。

攻打县城的战役在村子西南二十里外进行,大炮的阵地设在村子东北十五里的河滩柳树林里。炮弹出膛的红光与炮弹爆炸的蓝光在东北和西南方向遥相呼应,尖利的呼啸把它们联结在一起。三天前,民兵队长带着人来把院门和房门借走了,说是绑担架要用。他们噼里喀啦地卸门板时,她的心情很平静,脸上没有难看的表情,但民兵队长却说:大婶,您是烈属,又是军属,卸您家的门板,我知道您不高兴,但实在是没有办法,我们村要出五十副担架呢。她想表白一下说自己没有不高兴,但话到唇边又压了下去。此刻,在抖动不止的强光映照下,被卸了门板的门口,就像没了牙的大嘴,断断续续地在她的眼前黑洞洞地张开。她感到浑身发冷,残缺不全的牙齿在口腔里各尽所能地碰撞着。她将左手掖在衣襟下,用右手的肥大袖筒罩着嘴巴,在院子里急急忙忙地转着圈子,脚下的草鞋擦着地面,发出踢踢踏踏的声音。每一声爆炸过后,她都感到心头剧痛,并不由自主地发出长长的呻吟。从敞开的大门洞里,她看到被炮火照亮的大街上空无一人,十几只黄鼠狼拖着火炬般的肥大尾巴在街上蹦蹦跳跳,宛如梦中景物。邻居家那个刚刚满月的孩子发出了一声嘶哑的哭嚎,但马上就没了声息,她知道是孩子的母亲用乳房堵住了孩子的嘴。

她有两个儿子,大儿子孙大林前年冬天死在打麻湾的战斗中。那次战斗也是黎明前发起的,先是从东南方向传来了一声惊天动地的巨响,震荡得房子摇晃,窗纸破裂,然后就是爆豆般的枪声。当时她与现在一样,也是把左手掖在衣襟下,用右手的袖筒罩着嘴,在院子里一边呻吟一边急急忙忙地转圈子,好像一头在磨道里被鞭子赶着的老驴。她的小儿子小林披着棉袄、赤着双腿从屋子里跳出来,眺望着东南方被火光映红了的天空,兴奋地嚷叫着:打起来了吗?打起来了,好极了,终于打起来了!她用长长的像哭泣一样的腔调说:你这个不懂事的孩子啊,打起来有什么好?你哥在里边呐!小林今年十九岁,是个号兵,此刻他正在攻城的队伍里。从大儿子当了兵那年开始,只要听到枪炮声,她就心痛、呻吟、打嗝不止,只有跪在观音菩萨的瓷像前高声念佛,这些症状才能暂时得到控制。

她进了屋子,点着豆油灯盏,找出一束珍藏的线香,引燃三炷,插进香炉里。如豆的灯火颤抖不止,房梁上的灰挂飘飘摇摇地落下来,三缕青烟变幻多端,屋子里扩散开浓郁的香气。她跪在菩萨瓷像前的蒲团上,看到蓝色的闪光中,低眉顺目的菩萨脸庞宛若一枚绿色的光滑贝壳。她仿佛听到菩萨在轻轻地叹息。她闭着眼睛,大声地念着:南无观世音菩萨,南无观世音菩萨……她的嗓音颤抖,尾声拖得很长,听起来像哭诉。念着佛号,她渐渐忘记了自己的身体,炮声不再进入她的耳朵,打嗝也止住了。但此时她的脑海里出现了大儿子血肉模糊的脸。她极力想忘掉这张其实并没有看见过的脸，但它却像浮力强大的漂木一样，固执地浮现在她的脑海里。麻湾战斗结束后，在村长的陪同下，她与小林一起赶到了东南方向的一个小村子里，一位用绷带吊着胳膊的军人，将她带到了一片新坟前。受伤的军人指指一座新坟前的写着黑字的白木牌子，说：就是这里了。她感到脑子里突然变得迷糊起来，木木地想着：大林怎么会埋在这里呢？心里想着，嘴里就说了出来：大林怎么会埋在这里呢？受伤的军人用那只好手握着她的手说：大娘，您的儿子非常勇敢，他用炸药炸开了敌人的围墙，开辟了通往胜利的道路。听了军人的话，她还是有点迷糊，茫然地问着：你说大林死了？军人沉重地点了点头。她感到好像有人在身后猛推了自己一把，糊糊涂涂地就趴在了眼前的新坟上。她并没感到有多么难过，只是喉咙里甜甜咸咸的，像喝了一口蜜之后，接着又吞了一口盐。她甚至还亲切地嗅到了新鲜黄土的醉人的气味。只是当村长和受伤的军人将她从新坟上拉起来时，她才嘤嘤地、像个小姑娘似的哭起来……大林的脸像鱼儿似的沉了下去，小林的面孔紧接着浮现出来。这孩子有张生动的娃娃脸，面皮白净，口唇鲜红，双目晶亮，两道弯眉就像用炭画上去的。大林死了，小林成了独子。她原以为独子可以不当兵，但村长杜大爷让他去当。她跪在了村长面前，说：他大爷，开开恩吧，给我们老孙家留个种吧。村长说：孙马氏，你这话是怎么说的？现如今谁家还有两个三个的儿子预备着？我家也只剩下一个儿子，不是也当兵去了吗？她还想说什么，但小林把她拉起来，说：娘，行了，当就当吧，人家能去，咱们为什么就不能去？村长说：还是年轻人思想开通……

  三天前小林回来过一次，说是连长知道他是本地人，特批给他一天假。她看到当兵不满一年的小儿子蹿出了半个头，嘴唇上那些茸毛胡子变黑了也变粗了，但还是那样一张笑盈盈的脸，生动活泼，像个没心没肺的大孩子。她的心中充满了欣喜，目光就像焊在了儿子脸上似的，弄得他不好意思起来，说：娘你别这样看我好不好？她的眼泪哗哗地就流了出来。他说：你哭什么？我这不是好好的吗？她抬起手背擦着眼，笑了，说：我是高兴呢，这次回来就不走了吧？儿子说：下午就走，连长给了一天假。她的眼泪又冒了出来。儿子不耐烦地说：娘，你怎么又哭了？她问儿子在队伍上能不能吃饱，儿子说：娘，你好糊涂，难道你没听说过"旱不死的大葱，饿不死的大兵"！她问儿子吃得好不好，他说：有时吃得好，有时吃得不好，但总起来说比在家里吃得好，你没发现我胖了，高了？她伸手想去摸摸儿子的头顶，但儿子像一匹欺生的儿马蛋子一样往后退了一步。接着她问儿子，当官的打不打人，儿子说：不打人，有时候骂人，但不打人。她还有许多问题想问，儿子却问起了小桃。她说小桃挺好的。他说娘我去看看小桃，然后撒腿就跑了。

小桃是宋铁匠家的老闺女，黑黑的面皮，乍一看不怎么地，但这闺女耐看，越看越俊。小桃跟小林从小就要好，还扎着小抓鬏时，大人们问她：小桃小桃，长大了给谁当媳妇？她说：小林！儿子进了家门说了没有三句话就急着去看小桃，多少让她有点心酸，但她的心很快就被幸福充满了。人哪，谁没从年轻时过呀？亲爹亲娘，那是另外一种亲法，与姑娘小伙子的亲不是一回事。她看到儿子斜背着一把黄铜色的军号，号把子上拴着一条红绸子，很是鲜艳。儿子穿着一套灰色的棉衣，腰里扎着一根棕色的牛皮带，走起路来大步流星，如果单从后边看，倒像个大人物了。她将埋在杏树下的一小罐白面刨出来，去邻居家借了三个鸡蛋、一小碗油，从园子里掘了一把冻得硬梆梆的葱，就忙碌着给儿子做葱花鸡蛋油饼。

半下午时儿子才回来。他的脸上蒙上了一层尘土，但眼睛却像火炭一样闪闪发光。她没有多问，就赶紧把热了好多遍的油饼从锅里端出来，催着儿子吃。儿子有些歉意，对着她笑了笑，然后就狼吞虎咽起来。她目不转睛地看着儿子，不时地把盛水的碗往他面前推推，提醒他喝水，以免噎着。转眼间儿子就把两张像荷叶那般大的油饼吃了下去，然后端起水碗，仰起头来喝水。她听到水从儿子的咽喉里往下流淌，咕嘟咕嘟地响着，就像小牛喝水时发出的声音。儿子喝完了水，用手背擦擦嘴巴，说实在对不起，娘，连长让我回家帮您干点活，可是我忘了。她说没有什么活要你干。他说娘我该走了，等打完了县城我就回来看你。他突然发现自己说漏了嘴，忙说，娘，这是军事秘密，您千万别对人说，我连小桃都没告诉。她忧心忡忡地说：怎么又要打仗？话未说完，眼泪就流了出来。他说娘您就放心吧，我会照顾自己的。我们连长说过，越怕死越死，越不怕死越死不了。上了战场，子弹专找怕死鬼！她什么话也说不出来，只是一个劲地用衣袖擦眼泪。儿子吭吭哧哧地说，本来想给您买顶帽子，但我的津贴让老洪借去买烟了，等打完了仗，他说，我一定攒钱给您买顶帽子，我看到房东家一个老太太戴着一顶呢绒帽子，暖和极了。她只是擦眼泪，说不出话来。儿子说，我走了，我跟小桃说好了，让她常过来看看，娘，您觉着她怎么样？让她给您做儿媳妇行不行？她点点头，说，是个好孩子。儿子说，娘，我走了，我还要赶三十里路呢！她急忙把锅里剩下的两张饼用包袱包起来，想让儿子带走，但等她把饼包好时，儿子已经走到了大街上。她拐着小脚跑出去，喊叫着：小林，带上饼！儿子回过头来，一边倒退行走着，一边大声地喊着：娘，您留着自己吃吧！娘，回去吧！娘，放心吧！她看到儿子把手高高地举起来，对着她挥动。她也举起了手，对着儿子挥动着。她看到儿子转回了头，好像要逃避什么似的，飞快地跑起来。她追了几步，便站住了。她的心痛得好像让牛用角猛顶了一下，连喘气都感到困难了。

  黎明前那阵黑暗过去了，她在院子里，转着圈子打嗝、呻吟。往常里只要跪在菩萨像前就可以心安神宁，但今天她无论如何也跪不住了，只好跑到院子里转圈。大炮的声音不知什么时候停止了，从西南方向，传来了一阵阵刮风般的枪声，枪声里似乎还夹杂着人的呐喊，而军号的声音似乎漂浮在枪声和人声之上。她知道，只要有号声，就说明自己的儿子还活着。小雪还在飘飘地下落，地上积了薄薄的一层，她的草鞋在雪地上留下了一大圈凌乱的痕迹。她嗅到尖利的东北风送来了浓浓的硝烟气味,这气味让她想起了儿子走后自己去柳树林子里找他的情景。她听村子里那些来征集门板的民兵说,村子东北方向的柳树林子里有部队。她将儿子吃剩下的葱花鸡蛋油饼揣在怀里,走了半上午,找到了那里。她看到灰蒙蒙的柳树林子里,有几十门大炮高高地伸着脖子,一群小兵蚂蚁般地忙碌着。没等走到柳林边上哨兵就把她挡住了。她说想见见儿子。哨兵问她儿子是谁?她说儿子叫孙小林。哨兵说我们这里没有个孙小林。她说让我过去看看,我儿子在哪里我一眼就能认出来。哨兵不让她过去,她说,你这孩子怎么这样呢?要是你的娘来看你,你也不放她过去吗?哨兵让她问得一时语塞,这时一个帽子上插满柳枝的黑大汉走过来,问:大娘您有什么事?她说找儿子,找孙小林,她说我儿子是个吹号的,个子高高的,脸很白。黑大汉说,大娘,我们团里没有叫这个名的,我是团长,不会骗您,您的儿子,很可能在围城的步兵部队里。如果您想找,就到那里去找吧,不过,团长说,您最好别去,大战当前,部队忙得很,您去了也不一定能见到他。眼泪从她的眼睛里流出来。团长说:大娘,放心吧,我们现在有了大炮,跟打麻湾时不一样了。那时候攻城,步兵死得多,有了大炮之后,步兵发起冲锋前,我们的大炮先把敌人打懵了,步兵冲上去抓俘虏就行了。团长的话让她感到很欣慰,也很感激,她将手里的包袱递给团长,说:团长,我听你的,不去给小林添麻烦了,这是他没吃完的饼,您要不嫌弃,就拿回去吃了吧。团长说:大娘,您的一片心意我领了,但这饼您还是拿回去自己吃吧。她说:您还是嫌脏。团长慌忙说:大娘,您千万别误会,我们有军粮,怎么好意思吃您的口粮?她怔怔地盯着团长的脸,团长接过包袱,说:大娘,好吧,我拿回去,谢谢您老人家。

西南方向响了一阵枪,但很快就沉寂了。她又跪在菩萨面前,磕头,念佛,祷告。她相信那个炮兵团长的话,心里确凿地认为,儿子的队伍,已经攻进了城市,战斗已经结束了。但大炮又一次响起来,她跑到院子里,看到许多炮弹在空中就像黑老鸹一样来来回回地飞翔着。有一颗炮弹落在了村子中央，发出一声惊人的巨响，她的耳朵就像进了水一样嗡嗡着，过了好大一会儿才听到声音。她看到一根灰色的烟柱从村子里升起来，一直升到了比树梢还要高的地方，才慢慢地飘散。她听到村子里响起了女人的哭声，男人的喊叫声，还有杂沓的脚步声，好像有许多人在大街上奔跑。她嗅到早晨的空气里弥漫着浓浓的火药味，比大年夜里村子里所有人家一起放鞭炮时的气味还要浓。就在大炮轰鸣的间隙里，枪声、呐喊声、军号声，又像潮水一样，从西南方向漫过来。听到军号声，她知道自己的儿子还活着。她回到屋子里，给菩萨上香，然后磕头、念佛、祷告。就这样她在院子和屋子里出出进进，不渴也不饿，脑子里乱哄哄的，耳朵里更乱，好像装进去了一窝蜜蜂。

中午时分，又一阵激烈的枪声响过，但这一次她没有听到军号声。她感到裤子里一阵发热，过了一会儿她明白自己尿了裤子。一群黑色的乌鸦从她的头顶上怪叫着飞了过去，一个不祥的念头占据了她的心灵。她手扶着门框子，浑身打着哆嗦。她知道自己的儿子死了，军号不响，就说明儿子已经死了。她晃晃荡荡地出了家门，走到胡同里。她感觉不到自己的双腿了，但她知道自己正在向前走。她走到大街上，看到一匹黑马从西边飞奔过来。马上骑着一个人，身体前倾着，黑色的脸就像一块生硬的铁，闪烁着刺目的蓝光。黑马像一股旋风从她的面前冲了过去。她的心里有些迷惑，迷茫地盯了一会儿马蹄腾起来的黄尘，然后继续往前走。街上出现了一些穿灰色军衣的兵，她知道他们是和儿子一伙的。他们的脸都紧绷着，一个个脚步风快，谁也顾不上跟她说话。她还看到从那间临街的碾屋里，拉出了几十根电线，有很多人在里边大声地喊叫着，好像吵架一样。一个穿着黑色棉袄、腰里扎着一根白布带子的男人弓着腰迎面过来。她感到这个人似曾相识，但一时又记不起他是谁。那人拦在她的面前，大声问：你到哪里去？这人的声音也很耳熟，但她同样记不起这是谁的声音。那人又问：您要去哪？她哭着说：我去看看我儿子，军号不响了,我儿子死了……那人伸手拉住她的袖子,往路边的屋子里拖着她。她努力地挣扎着,说:放我走,我去看看小林,大林死时我就没看到他,这次说什么也要看看小林……她放声大哭起来,我的儿子,我的小林,我的可怜的小林……在她的哭声里,那个既熟悉又陌生的男人松开了拉住她的衣袖的手,用同情的目光看着她。他的眼睛里有一些闪烁不止的光芒,似乎是泪水。她摆脱了男人,对着西南方向跑去。她感到自己在奔跑,用最快的速度。没等她跑出村子,络绎不绝的担架队就挡住了她的去路。

她看到第一副担架上抬着一个脑袋上缠满白布的伤兵,他静静地仰面躺着,身体随着担架的起伏而微微抖动。她感到心中一震,脑子里一片白光闪烁。小林,我的儿子……她大声哀号着扑到担架前,抓住了伤兵的手。在她的冲击下,前头那个抬担架的小伙子腿一软跪在了地上。担架上的伤兵顺下去,庞大的、缠着白布的脑袋顶在了前头那个小伙子背上。这时,一个腰扎皮带、斜背挎包、乌黑的头发从军帽里漏出来的女卫生员,从后边匆匆跑上来,大声批评着:怎么搞的?当她弄明白担架夫跪倒的原因后,就转过来拉着她的胳膊说:大娘,赶快闪开,时间就是生命,您懂不懂?

她继续哀号着:我的儿啊,你死了娘可怎么活啊……但她的哭声很快停止了,她看到伤兵的手上有一条长长的刀疤,而自己的儿子手上没有疤。卫生员拉着她的胳膊把她从担架上拖开,然后对着担架队挥一下手,说:赶快走!

她站在路边,看着一副副担架小跑着从面前滑过去,担架上的伤兵有的呻吟,有的哭叫,也有的一声不吭,好像失去了生命。她看到一个年轻的伤兵不断地将身体从担架上折起来,嘴里大声喊叫着:娘啊,我的腿呢?我的腿呢?她看到伤兵的一条腿没有了,黑色的血从断腿的茬子上一股股地蹿出来。伤兵的脸白得像纸一样。他的挣扎使前后抬担架的民夫身体晃动,担架悠悠晃晃,就像秋千板儿,前后撞击着民夫的腿弯子和膝盖。

担架队漫长得像一条河,好像永远也过不完,但终于过完了。她铁了心地认为小林就在其中的某副担架上。她哭嚎着,跟着担架队往前跑。一路上跌跌撞撞,不断地跌跤,但一股巨大的力量使她跌倒后马上就能爬起来,继续追赶上去。

担架队停在了高财主家的打谷场上,场子中央搭起了一个高大的席棚,担架还没落地,就有七八个胸前带着白色遮布的人从席棚里冲出来。放下了担架的民夫们闪到一边,有的坐着,有的站着,不管是站着的还是坐着的都张开大口喘粗气。那些医生冲到担架前,弯下腰观看着。她也跟随着冲过去,大声哭喊着儿子的名字。一个戴眼镜的男医生瞪了她一眼,哑着嗓子对那女卫生员说:小唐,把她弄到一边去。卫生员上来,拉住她的胳膊,粗声粗气地说:大娘,行了,如果您想让您的儿子活,就不要在这里添乱了!

卫生员把她拉到一边,按着她的肩头,让她坐在一个半截埋在土里的石滚子上,像哄小孩子似的说:不哭不哭,不许哭了!

她把哭声强压下去,感到悲哀像气体一样,鼓得胸膛疼痛难忍。她停止了哭叫,就听到了伤兵们的呻吟和哭叫。伤兵们一个个地被抬进席棚,她听到一个伤兵在席棚里大叫着:不要锯我的腿,留下我的腿吧……求求你们,留下我的腿吧……

做完了手术的伤兵陆续从席棚里抬出来,放在场院中央,她逐个地观看着,心里满怀着希望,不断地念叨着:小林啊,我的小林……她既想看到儿子,又怕看到儿子。这个下午在她的感觉里,漫长得像一年,又短暂得像一瞬。伤兵一批批送来,几乎摆满了整个的场院。她在伤兵之间走来走去,那个姓唐的女卫生员好几次想把她拉走,都没有成功。黄昏时刻,做完了手术的伤兵大部分抬走了,那些神情疲惫、胸前血迹斑斑的医生和嗓音嘶哑的女卫生兵小唐也随着担架走了。留在场院里的,除了几个看守的民夫,便是死去的士兵。天依然阴沉着,但西边的天脚上出现了一片杏黄的暖色。零星的枪响如同秋后的寒蝉声凄凉悲切,拖着长长的尾巴滑过天际,然后便如丝如缕地消失在黄昏的寂静中。还是没有风,轻薄的雪片在空中结成团簇,宛如毛茸茸的柳絮,降落在死者的脸上。她一遍遍地看着那些死人,从一具尸体前挪到另一具尸体前。为了看得更加亲切,她用颤抖的手,小心翼翼地拂去他们脸上的雪花。她感到自己手上那些粗糙的老皮,摩擦着那些年轻的面皮,就像摩擦着绸缎。有时候她发现一个与儿子有点相似的面孔,心便猛地撮起来,接着便怦怦狂跳。她没有发现自己的儿子,但她总怀疑儿子就在死人堆里,是自己粗心大意把儿子漏掉了。后来,村长和几个民兵架着她的胳膊,提着马灯,把她送回了家。一路上她像个撒泼的女孩,身体往下打着坠儿,嘴里大声喊叫着:放开我,放开我,你们这些坏种,放开我,我要去找我的儿子……村长把嘴巴贴在她的耳朵上说:大婶子,你家小林没受伤,更没牺牲,您就放了这颗心吧。村长吩咐民兵硬把她抬到了炕上,然后大声说:睡觉吧,老婶子,小林没死,这一仗打下来,最次不济也得升个排长,你就等着享福吧!

她嗫嚅着:不,你们骗我,骗我,我家小林死了,小林,我的儿,你死了,你哥也死了,娘也要死了……

她还想下炕到场院里去找儿子,但双腿像两根死木头不听指挥,于是她迷迷糊糊地闭上了眼睛。

二

她刚刚闭上眼睛,就听到胡同里一阵喧哗。一个清脆的声音问讯着:

"这里是孙小林的家吗?"

她大声答应着坐起来。然后她感到腿轻脚快,就像一团云从炕上飘下去,随即就站在了被卸去门板的大门口。她感到自己的身体一点重量也没有,地面像水,总想使她升腾起来,只有用力把住门框,才能克服这巨大的浮力。胡同里一片红光,好像不远处燃起了一把冲天大火。她心中充满了惊讶,迷惑了好大一会儿,才弄明白,原来并没有起火,而是太阳出来了。阳光照在邻居家的土墙上,一只火红的大公鸡,端正地站在墙头上,伸展脖子,看样子是在努力啼鸣,但奇怪的是一点声音也不发出,公鸡啼鸣的雄姿,就变得像吞了一个难以下咽但又吐不出来的毒虫一样难看。土墙下大约有二指厚的积雪,白得刺目,雪上插着一枝梅,枝上缀着十几朵花,红得宛如鲜血。有一条黑狗从远处慢慢地走过来,身后留下一串梅花状的脚印。黑狗走到梅花前便不走了,坐下,盯着花朵,默然不动,如同一条铁狗。她看到,那个昨天在场院里见过的女卫生兵手里提着一盏放射出黄色光芒的马灯,身上背着一个棕色的牛皮挎包,挎包的带子上拴着一个伤痕累累的搪瓷缸子,还有一条洁白的毛巾。她带领着一副担架从胡同口儿走了过来,清脆的声音就是从她的口里发出来的:"这里是孙小林家吗?"

她说是的,这里是孙小林家。她的心里有很多怀疑,这个女子,昨天晚上还是一副嘶哑的嗓子,好像破锣一样,怎么一夜工夫就变得如此清脆了呢?接着她就听到了墙头上的公鸡发出了撕肝裂胆般的叫声,公鸡也就趾高气扬,充满了英雄气概。随即她还听到了墙根上的狗叫和邻居孩子沙哑的哭声。从听到了公鸡啼叫的那一刻,她感到那股要把自己的身体飘浮起来的力量突然消失了,取而代之的是她感到自己的身体沉重无比,仿佛随时都会沉到地下去。刚才只有把住门框才能不漂起来,现在是不把住门框就要沉下去了。随着担架的步步逼近,她的身体越来越沉重,脚下俨然是一个无底的黑洞,身体已经悬空挂起,只要一松手,就会像石头似的一落千丈。她双手把住门框,大声地哭叫着,企望着能有人来援手相救,但卫生员和两个民夫都袖着手站在一旁,对她的喊叫和哀求置若罔闻。她感到手指一阵阵地酸麻,逐渐变得僵硬,最后一点力气也没有了。然后她就感到身体飞快地坠落下去,终于落到了底,并且发出了一声沉闷的巨响,身体周围还有大量的泥土飞溅起来。她在坑底仰面朝天躺着,看到一盏昏黄的马灯探下来，在马灯的照耀下，出现了女卫生兵的涂了金粉一样的辉煌的脸。那张脸上的表情慈祥无比，与观音菩萨的脸极其相似，感动得她鼻子发酸，几乎就要像一个小孩子似的放声大哭。随即有一条黄色的绳子伸伸缩缩地顺下来，绳子的头上，有一个三角形的疙瘩，很像毒蛇的头颅。她听到一个声音在上边大喊：

"孙马氏，抓住绳子！"

她顺从地抓住了绳子。绳子软得像丝棉一样，抓在手里几乎没有感觉，好像抓着虚无。同时她也感到自己的身体很轻，像一个纸灯笼的壳子，随着绳子，悠悠晃晃地升了上去。

女卫生兵身体笔挺地站在她的面前，脸上的表情十分严肃，与刚才看到的菩萨面庞判若两人。两个身穿青衣的民夫抬着担架站在她的身后，两张脸皮宛如青色的瓦片。她看到绑成担架的门板，正是自家的门板。门板的边缘上刻着两个字，那是小林当兵前用小刀子刻上的。她不认字，但知道那两个字是"小桃"。门板上放着一个用米黄色的苇席卷成的圆筒，为了防止席筒滚下来，中间还用绳子捆了一道，与门板捆在一起。一种不祥的预感笼罩在她的心头，但这时她的心还算平静，等了一会儿，那个女卫生兵从怀里将一把金黄色的铜号摸出来时，她知道，最可怕的事情已经发生了。女卫生兵将那把黄铜的军号递到她的手里，严肃地说：

"孙大娘，我不得不告诉您一个不幸的消息，您的儿子孙小林，在攻打县城的战斗中，光荣地牺牲了。"

她感到那把军号就像一块烧红了的热铁，烫得手疼痛难忍，并且还发出了嗞嗞啦啦的声响。她感到自己的双腿就像火中的蜡烛一样熔化了，然后就不由自主地坐在了地上。她把烫人的铜号紧紧地搂在怀里，就像搂住了吃奶的婴儿。她嗅到了从号筒子里散发出的儿子的独特的气味。女卫生员弯下腰，伸出手，看样子是想把她从地上拉起来。她紧紧地搂着铜号，屁股往后移动着，嘴里还发出一些古怪的声音。女卫生员无奈地摇摇头，低声说：

"孙大娘,您节哀吧,我们的心里与您同样难过,但要打仗就要有牺牲,死人的事是经常发生的。"

女卫生员对着那两个民夫挥了挥手,他们心领神会地将担架抬起来,小心翼翼地往院子里走去。他们抬着担架从她的面前走过时,她嗅到了儿子身体的气味从席筒里汹涌地洋溢出来。她被儿子的气味包围着,心里产生了一种暖洋洋的感觉。抬担架的两个民夫个子都不高,担架绳子又拴得太长,过门槛时,尽管他们用力将脚尖踮起来,门板还是磨擦着门槛,发出了干涩锐利的声响。民夫将担架抬到院子当中,急不可耐地扔到地上。担架发出一声闷响,心痛得她几乎跌倒。女卫生员恼怒地批评他们:你们怎么敢这样?那两个民夫也不说话,蹲到墙根下抽起旱烟来。温暖的阳光照耀着他们黑色的棉衣和黑色的脸膛,焕发出一圈死气沉沉的紫色光芒,光芒很短促,像牛身上的绒毛。青色烟雾从他们的嘴巴和鼻孔里喷出来,院子里添了烟草的辛辣气,部分地掩盖了儿子的气味和雪下泥土的腥气。女卫生员站在她的面前,用听起来有几分厌烦的口吻说:

"孙大娘,您的儿子牺牲在冲锋的队列里,他的死是光荣的,你生养了这样的儿子应该感到骄傲。我们还很忙,我们遵照着首长的指示,要把牺牲了的本地籍战士送回各家去,您儿子是我们送的第一个人,还有几十具尸体等着我们去送,所以,我请求您赶快验收,腾出担架,我们好去送别人的儿子回家。"

她尽管心如刀绞,但还没到丧失理智的程度。她觉得女卫生员的说辞通情达理,没有理由不听从。于是她就站了起来,往担架边走去。这时,她听到一个女人的像高歌样的哭声在大街上响起来。哭声进了胡同,越来越近,转眼间就到了大门外。她擦擦眼睛,看到那个用一条白色的手绢捂着嘴巴、跌跌撞撞哭了来的女人是铁匠的女儿宋小桃。小桃身披重孝,腰里扎着一根麻辫子,头上顶着一块折叠成三角形的白布,手里拖着一根新鲜的柳木棍子。按说没过门的媳妇是不应该戴这样的重孝的,但她戴了这样的重孝,可见对小林的感情之深。她心中十分感动,随着小桃大放悲声。

小桃走到担架前,一屁股坐下,双手拍打着地面,哭喊着:

"天哪,天哪,你说好了打完仗跟我成亲的,为什么急急忙忙地死了呢?"

女卫生员不耐烦地劝着她:

"行了,行了,别哭了,人死了,哭也哭不活了对不对?"

小桃根本不理她,双手轮番拍打着地面,继续哭喊。

村长和民兵队长带着几个肩挎大枪的民兵走进院子,女卫生员迎上去,问:

"你们是村子里的干部吧?劝劝她们,让她们别哭了,赶快验收,我们还要去送别人呢!"

"孙大婶,宋小桃,哭几声就算了。"村长对着她们冷冰冰地说,然后他歪过头去吩咐民兵队长:"把席子解开吧,让大婶看看儿子。"

民兵队长将肩上的大枪递给身边的一个民兵,蹲下身,解着把席筒与门板捆在一起的绳子。他的手因为寒冷变得很笨,解了好久也没能解开。村长用膝盖把他顶到一边,愤愤地说:

"你还能干什么?"

村长从民兵的腰里拔出一把刺刀,插到绳子和席筒之间,轻轻地一挑,绳子就崩断了。他把刺刀还给民兵,蹲下身,仔细地打量着,好像在寻找席筒的合缝处。女卫生员的脸上挂着一种嘲讽的微笑,像看一个傻瓜似的看着村长。村长恍然大悟地说:

"原来是这样的!"

他弓着腰,使出很大的力气,将席筒翻转,席筒与门板联结的地方,发出了剥裂的声音,然后就猛地张开了。一道灿烂的绿光随着席筒的张开突然地流泄出来。她的哭声一下子堵了,小桃的哭声也停止了。她看到,那些积聚的绿光像轻烟散尽之后,一个身穿绿衣的士兵鲜明地出现在眼前。她听到从众人的嘴里发出了一片惊叹。菩萨啊,她的心欢快地跳动着,不是我的儿子,他们抬来的不是我的儿子!

她用肮脏的袄袖子擦着眼睛，把头低下去，一直低到离那个士兵的身体很近的地方。她嗅到了冰冷的、像结了冰的糖葫芦散出的甜丝丝的气味。死者的脸很年轻，跟她的儿子同样年轻，肯定也没超过二十岁。他没戴帽子，一绺看上去非常柔软的头发遮了他的光滑的额头。他的脸色像冻了的苹果一样，凝着一层深红的蜡光，两道柳叶状的浓眉下，漆黑的睫毛交叉在一起。这是一张年轻漂亮的脸，看上去那样宁静，脸上凝固着甜蜜的微笑，丝毫看不出这是一个死在了战场上的士兵，倒像一个正在梦中恋爱的少年，仿佛一阵歌声就能把他唤醒。他穿着一身略嫌肥大的墨绿色军装，军装的面料很好，比儿子的灰色军装要高级许多。他的脚上却没穿鞋子，连袜子也没穿，两只赤红的大脚高高地翘着，脚趾上生了好多冻疮，脚底下沾满灰色的泥巴。

她抬起头，看到众人都把头垂得很低，专注地研究着席筒里的人。连那两个蹲在墙角抽旱烟的民夫也围上来，探着头观看。村长盯着女卫生员，不停地搓着手，什么也不说。女卫生员也不停地搓着手，眼睛里跳动着惊恐不安的光芒，絮絮叨叨地说："这怎么可能？我亲眼看着把他卷进席筒的，这怎么可能？他根本没穿这样的衣服，他的连长还亲自把他的大睁着的眼睛合上了，如果你们不信我的话，可以问问他们俩。"她指了指两个抬担架的民夫。民夫们摇着头，不肯定也不否定。女卫生员着急地说："你们说话呀！"民夫摇着头，躲到一边去了。

女卫生员问她："那么，老大娘，您说吧，这是不是您的儿子？"

她低下头，更仔细地观看着担架上的尸体，并且努力回忆着儿子的面貌，但奇怪的是，她竟然记不起儿子的面貌了。

民兵队长冷冷地说："好啊，你们竟然把一个敌人抬了回来！你们把敌人的尸体抬回来，就说明你们把烈士的遗体抛弃了，很可能你们把烈士的遗体卖了，然后拉一个敌人的身体来冒充！这可不是个小问题！"

女卫生员声嘶力竭地大喊着："你胡说！"

民兵队长把大枪往肩上耸了耸,说:"村长,我看这事得赶快往上汇报,出了事我们可担当不起!"

"别急,"村长老练地说,"也许是临时换了套衣服?这种事情打扫战场时是经常发生的,去年我就看到咱们的一个营长,穿了一套这样的衣服在大街上骑马奔跑,头上还戴了一顶大盖帽子。大婶子,你好好认认,这是不是小林?"

她努力回忆着儿子的模样,但脑子里依然一片空白。

"打仗前他不是刚回来过吗?"村长说,"小桃,你年轻,眼尖,你说吧,这是不是小林?"他又对民兵们说:"你们也想想,孙小林是不是这个模样?"

小桃迷惑地摇着头,一言不发。

众民兵也摇着头,说:"平时觉得怪熟,但这会儿还真记不起他的样子了……"

村长说:"大婶,您说吧,您说是就是,您说不是就不是。"

她把自己的眼睛几乎贴到了士兵青红的脸上,鼻子嗅到一股熟悉的奶腥气。她畏畏缩缩地将死者额上那绺头发拢上去,看到他双眉之间有一个蓝色的洞眼,边缘光滑而规整,简直就像高手匠人用钻子钻出来的。接着她看到他的脖子上蠕动着灰白的虱子。她大着胆子,抓起了他的手,看到他的手指关节粗大,手掌上生着烟色的老茧。她心中默念着:也是个苦孩子啊!于是她的眼泪就如同连串的珠子,滴落在她自己和死者的手上。这时,她听到一个细弱的像蚊子嗡嗡的声音在耳边响起:

"大娘,我不是您的儿子,但我请您说我就是您的儿子,否则我就要被野狗吃掉了,大娘,求求您了,您对我好,我娘也会对您的儿子好的……"

她感到鼻子一阵酸热,更多的眼泪流了出来。她把脸贴到士兵的脸上,哭着说:"儿子,儿子,你就是我的儿子……"

村长说:"行了,小唐同志,您可以放心地去了!"

那个姓唐的女卫生员感动地说:"大娘,谢谢您……"

"这里边有鬼!"民兵队长怒冲冲地说,"孙小林根本就不是这副模样,这分明是个敌人!你们把敌人当烈士安葬,这是什么性质的问题?"

她看着民兵队长的气得发青的脸,说:"狗剩子,你说小林不是这个样子,那么你给我说说,他是什么样子?"

"对啊,"女卫生员说,"你说他是什么样子?难道母亲认不出儿子,你一个外人反倒能认出?"

民兵队长转身就往外走去,一边走一边回头来说:"这事没完,你们等着吧!"

村长说:"好了,就这样吧。"

村长大踏步地往外走去,民兵们跟在他的后边一路小跑。

女卫生员招呼了一下那两个民夫,急匆匆地走了。两个民夫跟在她的身后也是一路小跑,好像身后存在着巨人的危险。他们连担架都不要了。但转眼之间女卫生员又折回来,从怀里摸出一个黑色的呢绒帽子,戴到她的头上,说:"我差点把这个忘了,你儿子的连长说,这是你儿子给你买的礼物,连长说你儿子是个孝子。"

她感到头上温暖无比,眼泪连串涌出,流到脸上马上就结了冰。

女卫生员抖着嘴唇,好像要说点什么,但没有说。她只是伸出一只手,摸了摸那顶帽子,转身就跑了。

小桃脱下孝衣,夹在腋下,不忘记提着那根柳木棍子,对着她点点头,转身也走了。

院子里只剩下她和躺在担架上的年轻人。她蹲在担架旁边,端详着他的虽然冻僵了但依然生气勃勃的脸,大声说:"孩子,你真的不是我的小林吗?你不是我的小林,那我的小林哪里去了?"

死者微笑不语。

她叹息一声,将双手伸到他的身下,轻轻地一搬就把这个高大的身体搬了起来,他的身体轻得就像灯草一样。

她将他安放在观音像前,出去拉了一捆柴火,回来蹲在锅前烧水。她不时地回头去看他的脸。在通红的灶火映照下,死者宛若一个沉睡的婴儿。

她从箱子底下找出一条新的白毛巾,蘸了热水给他擦脸,擦着擦着,小林的面貌就从记忆深处浮现出来。她将脑海里的小林与眼前的士兵进行了对比,越来越感到他们相似,简直就像一对孪生的兄弟。她的眼泪落在了死者的脸上。她将他身上的绿衣剥下来。衣服褶皱里虱子多得成堆成团。她厌恶地将它们投到灶火里,虱子在火中哔哔叭叭地响。死者赤裸着身子,脸色红晕,好像羞涩。她叹息着,说:在娘的眼里,多大的儿子也是个孩子啊!她用小笤帚将死者身上的虱子扫下来,投到灶火里。死者瘦骨嶙峋的身体又让她的眼泪落下来。她找出了小林穿过的旧衣裳,给他换上。穿上了家常衣裳的死者,脸上的稚气更加浓重,如果不是那两只粗糙的大手,他完全就是个孩子。她想,无论如何也得给这孩子弄副棺材,不能让他这样入土。她把墙根上那个木柜子拖出来,揭开盖子,将箱子里的破衣烂罗揪出来,扔到一边。她嘴里嘟哝着:"孩子,委屈你了……"

她把他抱到箱子里。箱子太短,他的双腿从箱子的边沿上探出去,好像两根粗大的木桩。她抱住死者的腿,试图使它们弯曲,但它们僵硬如铁,难以曲折。这时,走了的小桃又回来了。她看着小桃哭肿的眼睛,低声哀求着:小桃,好孩子,帮帮大娘吧,把他的腿折进去。小桃噘着嘴,气哄哄地走到墙角,提过来一柄大斧,用手指试试斧刃,脸上显出一丝冷笑,然后她紧了紧腰带,往手心里啐了两口唾沫,抓住斧柄,将斧头高高地举起来。她不顾一切地扑上去,托住了小桃的胳膊。两个人正在僵持着,就听到有人在胡同里大声喊叫:

"孙马氏,你出来!"

三

她听到有人在胡同里大声喊叫着:

"这是孙小林的家吗?"

她急忙从炕上爬起来,下炕时糊糊涂涂地栽到了地上。顾不上头破血流,她腾云驾雾般地到了大门外,看到昨天见到过的那个女卫生员手里提着一盏马灯,身上斜背着一个棕色的牛皮挎包——挎包带子上拴着一个伤痕累累的搪瓷缸子和一条洁白的毛巾——急匆匆地走过来。在女卫生员的身后,两个身穿青衣的民夫抬着一副担架,担架上捆着一根粗大的席筒。女卫生员站在她家门口,满面悲凄,低声问讯:

"这里是孙小林的家吗?"

(一九九九年)

沈　　园

　　一声霹雷在面包房外的槐树梢上炸开,树下的电车线上,闪烁着耀眼的火花。这是入夏以来的第一声惊雷,街上的行人愣了片刻,便匆匆忙忙跑到街道两边的商厦下躲藏。骑车的人则弓着腰,贴着街边往前蹿。一阵凉风吹过,密集的雨点倾斜着砸下来。马路上更加混乱,人们在风雨中四散奔逃。

　　他与她对面坐在一间幽暗的面包房里,每人面前摆着一杯饮料,明亮的冰块在杯子里浮动着。在他们两人之间的桌子上放着两个陈旧的羊角面包,一只苍蝇围绕着面包飞舞着。他歪着脑袋,看着街上乱糟糟的风景。槐树的枝叶在风中惊慌地摇晃着,地面上蹿起一股股细小的尘土,浓烈的土腥味夺门而入,几乎盖住了面包店特有的那种奶油气息。几辆电车咬着尾巴从远处缓缓地驶过来,急雨敲打着车厢,形成了一层灰白的水雾。车厢里人满为患,敞开的车窗里探出几个光溜溜的头颅,承受着雨鞭的抽打。车门的夹缝里抻出一角红色的裙裾,湿漉漉的粘在脚踏板上,仿佛一面失败的破旗。

　　"下吧,下吧,下得越大越好,早就该下一场大雨了,这座城市已经干透了,起码有半年没下雨了,再不下场大雨连树都要干死了。"他突然咬牙切齿地说起来,那神态很像某部革命电影里的一个反面人物,"你们那里怎么样？也是好久没下雨了吧？我每天看完新闻联播后就看天气预报,特别关注你们那里的天气。你们那个城市给我留下了非常美好的印象。我最讨厌大城市,如果不是为了孩子,我早就搬到小城市里去了。小城市安静,悠闲,你们那里的人我估计起码要比大城市里的人多活十年……"

"我想到沈园里去看看。"她说。

"沈园？"他正过头,面对着她,说,"沈园好像是在浙江的什么地方,是杭州？还是金华？人到中年,脑子不行了,退回去三五年,我的记忆力还是非常好的,几年工夫就不行了……"

"我每次来北京,都想到沈园去看看,但总是去不了。"她的眼睛在幽暗中闪闪发光,干枯的脸上焕发出一种生气蓬勃的光彩。

他心中暗暗吃惊,不敢正视她的灼人的目光。他听到自己用干瘪的嗓音说：

"北京有圆明园,颐和园,但我从来没有听说过有个沈园……"

她匆匆地收拾着座位下的东西,将两个小纸袋装进一个大纸袋里,然后又将大纸袋装进一个塑料手提袋里。

"这就走吗？你的火车不是晚上八点才开吗？"他指指桌子上的面包,用轻松的口吻说："你最好把它吃了,上了车未必有饭吃。"

她将塑料袋子抱在胸前,目光死死地盯着他,用低沉但是坚定不移的口吻说："我要到沈园去看看,我今天必须去沈园看看。"

一阵夹杂着雨点的凉风从门外吹进来,他抚摸着自己的胳膊,不由得打了一个寒战。

"据我所知,北京根本没有什么沈园。对了,我想起来了！"他兴奋地说,"我终于想起来了,沈园在浙江绍兴,十几年前我去过一次,距离鲁迅故居不远,就是南宋大诗人陆游和唐婉题词应答的地方,什么'红酥手,黄縢酒,满城春色宫墙柳'之类,其实只是一座荒凉的破园子,到处都是野草,就像那个陪同我去的朋友说的,不看很遗憾,看了更遗憾……"

此时她已经站了起来,整理了一下衣服,拢了一下头发,再次对着他,又好像自言自语地说:

"这一次,无论如何我也要到沈园里去看看。"

他伸出一只手拦在她面前,小心翼翼地说:"就算沈园在北京,咱们也得等雨小一点时再去吧?如果想去绍兴看真正的沈园,那只能等明天,火车一天一班,早已开走,这样的天气飞机绝对不会起飞,而且,好像也没有去绍兴的航班。"

她绕开了他的手,提着塑料口袋,出了面包房,走进灰白的雨幕中。他匆匆地跟那两个目光闪烁的服务员结了账,急忙追了出去,站在面包房探出去的门廊里,他听到急雨抽打着廊檐上的铁皮,发出令人心烦意乱的嘈杂声。他的目光透过门廊上挂下来的瀑布般的水帘,看到她用那个塑料口袋遮着脑袋,正在急匆匆穿越马路。几辆轿车从她的身后急驰而过,溅起的水花顷刻之间将她的裙子打湿,使她的瘦骨伶仃的身体显示出来。他站在长檐下,侧目望了望不远处自家居住的那栋灰色的楼房,似乎看到了急雨从阳台上新近安装的海蓝色玻璃下千变万化地流淌下来。一股浓郁的茶香仿佛也在鼻子里氤氲,甚至听到了女儿娇滴滴地喊着:爸爸,你来呀!

她站在马路对面的急雨里,对着一辆辆的轿车招手,不管是出租车,还是不是出租车。她的脸朦朦胧胧,让他突然想起了将近二十年前,在寒冷的雨夹雪里,站在她宿舍的玻璃窗户外,看到她端坐在椅子上,身穿着一件洁白的高领毛衣,清秀的脸上带着微笑,愉快地拉着手风琴的情景。后来他曾经想对她说说那个几乎把他冻僵了的夜晚,但事到临头他总是克制住自己袒露心怀的欲望。那个拉手风琴的年轻姑娘似乎在急雨中复活了,他心中的残余的激情猛烈地燃烧起来。他冲进了急雨,跑到了马路对面,站在了她的面前。片刻的工夫,他的全身也像她一样,湿得通透,冰凉的、夹杂着冰雹的雨水使他的身体马上就凉透了。他抓住她的胳膊,试图将她拖到能够遮挡雨水的商厦里,但她用力地挣扎着,使他的努力化解在拉拉扯扯之中。

他感到似乎有芒刺在背,侧目便看到商厦下那些鬼鬼祟祟的目光,而且还有好几张脸似曾相识,但他知道自己已经没有退路,如果撒手而去,他的良心将会永世不得安宁。

他终于将她拉进了路边的电话亭中,两个半圆的罩子一边一个,遮住了他们的上半截身体。他说:"我知道在前面的胡同里有一家台湾茶馆,很有情调,我们到那里去坐坐,喝杯热茶,等雨小点了,我就送你去车站。"

她的上半截身体隐没在庞大的半圆形罩子里,看不到她脸上的表情,只能看到黑裙紧贴在她腿上,两个膝盖丑陋地突出着。她一声不吭,似乎没听到他的提议。马路上的车辆已经很稀少,她坚韧地对着每一辆轿车招手,不管是不是出租车。

在大雨变成了中雨的时候,他们终于拦住了一辆红色的夏利出租车。他拉开车门将她让了进去,随着他也钻了进去。司机冷冷地问:"去哪?"

"去沈园!"她抢着说。

"沈园?"司机问,"沈园在哪里?"

"不去沈园,"他脱口而出,"去圆明园。"

"去沈园!"她的声音麻木而固执。

"沈园在哪里?"司机问。

"不去沈园,去圆明园。"他说。

"到底去哪里?"司机不耐烦地说。

"我说去圆明园就去圆明园!"他的嗓门突然提高了。

司机侧着脑袋看了他一眼,他对着司机那张阴沉的脸点点头。接下来她又重复了三次说去沈园,但司机一声不吭,出租车在空旷的大街上急驰,车子两边的水哗哗地溅出去,让他产生了一种莫名其妙的悲壮感。他偷偷地观察着她的脸色,看到她的嘴噘得很高,似乎是在赌气。他还看到她的手在车门把手上微微颤抖,好像在酝酿着什么阴谋。为了防止她突然跳车,他紧紧攥住了她的右手。他感到她的手冰凉黏腻,好像一条鱼的尸首。她的手在他的手里一动不动,没有丝毫要挣脱的意思,但他还是牢牢地攥住它不敢放开。

车子拐进了一条狭窄的小街,街道两边堆满了白色垃圾,白色垃圾里有许多墨绿色的西瓜皮在放光。几家临街的小饭馆门口悬挂的彩色粘蝇纸在风雨中招展着,几个蓬头垢面的女人袒胸露背地倚在门边,嘴里叼着香烟,满脸都是无聊的表情。这情景使他恍惚回到了她的那个小城。他惊问:

"伙计,这是到了哪里?"

司机不回答,车内雾气弥漫,雨刷器紧张地工作着,发出令人心烦意乱的单调声响。

"你这是往哪里开?"他不由得惊呼起来。

司机恼怒地说:"你吵什么?不是去圆明园吗?"

"去圆明园怎么走到这里来了?"

"不走这里走哪里?"司机减缓了车速,冷冷地说,"你给我指一条路吧,往哪里走?"

"我也不知道该走哪条路,但我感觉着不应该这样走。"他将态度缓和下来,说,"你们干这行的,当然比我路熟。"

"知道吗?"司机轻蔑地说,"我给你们抄了近路,起码少跑了三公里。"

"谢谢。"他连忙说。

"我原本是想收车回家睡觉的,"司机说,"这样的大雨天,谁还在外边跑?我是可怜你们……"

"谢谢,谢谢!"他说。

"我不黑你们,"司机说,"多给十元吧,你们运气,碰上了我这样的好人,如果……你们如果嫌贵,现在可以下车,我一分钱也不要。"

他看看车窗外昏暗的天地,说:"兄弟,不就是十元钱吗?"

车子冲出小街,拐上了一条更为荒僻的土路。路上已经积存了很深的浊水,车子在积水中发疯般地冲刺着,溅起的雨水泼洒到路两边湿漉漉的树干上。司机低声咒骂着,不知是骂路还是骂人。他憋住火不敢吭气,心中充满不祥的预感。

车子从土路上挣扎出来,上了明亮的水泥路。司机又骂了一阵,然后猛一拐弯,就将车子停在了一座敞开的大门前。

"到了吗?"他问。

"这是小门,进去不远就是西洋景,"司机说,"我知道你们主要是想看西洋景。"

他看看计价器上打出来的数字,又加上了十元,从铁丝格子里递过去。

"我可是没有发票。"司机说。

他没有理睬他,推开车门钻到外边。他等待着她从这边钻出来,但她却从那边钻出去了。

司机掉转车头走了。他低声骂了一句,骂完他感到对这个司机不但没有恶感,反而有些许好感。

雨还在下,路边的树木叶片鲜明,干净得可爱。她站在雨里,面色苍白,目光迷离。他拉了一下她的胳膊,说:"亲爱的,走吧,前面就是你的沈园。"

她顺从地跟随着他进入园门。道路两侧的商亭里,小贩们热情地叫卖着:

"雨伞,雨伞,最漂亮最结实的雨伞……"

他走过一个商亭,买了两把雨伞,一把红色的,一把黑色的。然后他到售票处买了两张票。售票员生着一张粉团般的大脸,两道眉毛文得像两条绿色的菜虫子。

他问:"你们这里几点关门?"

"这里永远不关门!"粉团大脸说。

他们举着雨伞走进圆明园。他举着黑伞走在前面,她举着红伞随在后边。雨点抽打着伞布,发出嘭嘭的响声。有三五成群或是成双成对的游人从他们对面走过来。有的举着花花绿绿的伞缓缓地走,有的没举伞,在雨中仓皇地奔跑。

"我以为只有我们两个有病……"话一出口他就感到非常后悔,于是就赶紧地说,"不过确实非常有意思,如果不是下这样的大雨,这里每天都是人满为患的。"

他很想说一句,"今天的圆明园属于我们俩",但又是话到嘴边憋了回去。他们沿着弯曲但明净如镜的小路往前走,路边的池塘里,生长着许多半大的荷叶与蒲草,几只蛤蟆在水边蹦跳着。

"太好了!"他兴奋地叫起来,"如果再有一头在塘边吃草的水牛,如果再有一群在塘边游动的白鹅,那就更妙了。"他亲切地看着她的苍白的脸,感动地说:"你的感觉从来就是最好的,如果不是你,我这辈子也见不到这样的圆明园。"

她长长地叹了一口气,说:"这不是我的沈园。"

"不,这就是你的沈园,"他感到自己像在一出戏里表演一样,用含义深长的腔调说,"当然,这里也是我的沈园,是我们的沈园。"

"你还会有沈园?"她的目光突然变得锐利无比,刺得他几乎无地自容。她摇摇头,说:"沈园是我的,是我的,你不要来抢我的沈园。"

他感到刚刚兴奋起来的心情顿时变得沮丧无比,眼前的景色也变得索然无趣。

"你踩死它们了!"她突然惊叫了一声。

他下意识地往路边一跳。她用更加凄厉的声音喊叫着:"你踩死它们了!"

他低头看到,路面上蹦跳着成群结队的小蛤蟆。它们只有黄豆般大小,但四肢齐全,十分袖珍。在他走过来的地方,无数被踩扁了的小蛤蟆的尸体鲜明地标出了他的脚印。她蹲在地上,用手指拨弄着那些蛤蟆尸体。她的手指泛白,指甲灰暗,指甲缝里满是污垢。一丝厌恶之情从他的心底像沉渣一样泛起,于是他就用嘲讽的腔调说:

"小姐,你踩死的并不比我少,是的,你踩死的不比我少。尽管我的脚比你的脚大,但你的步子比我小,因此你不比我踩死的少。"

她站起来,喃喃自语着:"是的,我不比你踩死的少……"她用手背擦了一下眼睛,说:"蛤蟆,蛤蟆,你们为什么这样小……"然后她就泪眼婆娑了。

"行了,小姐,"他心中厌恶,却用玩笑的口吻说,"世界上还有三分之二的劳动人民在水深火热中挣扎呢!"

她用汪汪的泪眼盯着他说:"它们这样小,但它们的胳膊和腿都长全了呀!"

"再全不也是蛤蟆吗?"他抓住她的胳膊,拉着她往前走,她将雨伞扔在地上,用另一只手努力地剥着他的手。

"为了几只蛤蟆,我们总不能在这里过夜吧?"他松开她的手,忿忿地说,但他从她的眼神里看到他无法强制她踩着蛤蟆前进。他收起雨伞,脱下衬衣,提在手里抡动着,驱赶着地上那些令他厌恶无比的东西。小蛤蟆四散奔逃着,终于闪开了一线干净的道路。他拉着她,说:"赶快走!"

他们终于站在了废墟前面了。雨基本上停止了,天色也略显清明,他们收了雨伞,爬上了一块曾经被工匠们精雕细琢过的巨石,他将衬衣用力地拧了拧,抖了抖,穿到身上。他不无夸张地打了一个喷嚏,期望能引起她的关切,但她对此毫无反应。他自我解嘲地摇摇头,然后就像所有的登高望远的人一样,努力扩展开胸膛,大口呼吸着新鲜空气,心情如雨后的天空一样,渐渐变得晴朗起来。这里的空气实在是太好了,他想说,但没有说。偌大的园子里似乎只有他们两个人,这的确有点像个奇迹。他用很好的心情观看着前面的废墟。它们是那样的著名,是那样的深入人心,它们出现在多少人的镜头里,出现在多少人的诗句里,但现在它们是这样平凡。它们默默无言,但似乎又在倾吐着千言万语,它们是沉默的石头巨人。在废墟的面前,二百年前的喷水池里,现在许多他叫不出名字的野草从石头缝隙里顽强地钻出来。

他们相互援着手,爬上了一块更高更大的石头,清凉的风吹过来,身上黏湿的衣服渐渐干爽,她的黑裙的裙角在微风中开始飘动。他用手抚摸着被雨水冲洗得十分洁净的石头,鼻子嗅到了一股清冷的气息。他好像发现了一个秘密似的说:"你闻闻,石头的气味。"

她目光专注地盯着那根曾经支撑过高大建筑的圆柱,看样子根本就没听到他的话。她的目光似乎要穿透石头的表面,深入探究里边的内容。这时他看到她鬓角花白的头发,不由得从心底发出了长长的叹息。他伸手捏下了她肩头上的一根落发,感慨地说:"光阴似箭,一转眼之间,我们就老了。"

她没头没尾地冒出一句:"刻在石头上的话是不是就不会变?"

"石头本身也会变,"他说,"所谓的海枯石烂不变心,那不过是个美好的幻想。"

"但是在沈园里,一切都不会变。"她的目光死盯着石头,好像是在跟石头对话,而他不过是个无关紧要的听众。但他还是积极地响应着她的话,大声地说:

"在这个世界上,永恒的东西是根本就不存在的,譬如这座名园,三百年前,当清朝皇帝建筑它时,大概不会想到用不了多久它就会变成废墟,当年皇上和他的嫔妃们寻欢作乐的大厅里的大理石地面,也许现在变成了老百姓猪圈里的垫底石……"

他自己也感到了这些话枯燥无味,与废话没有什么区别,而且他也知道,她连一个字也没听进去,于是他就停止了演说,从口袋里摸出一包被雨水浸湿的烟,从中选出一根比较干燥的,打火点燃。

两只喜鹊追逐着从他们头上飞过去,落在远处的树梢上,喳喳地噪叫着。他想说,鸟儿是多么自由啊,但还是依从了自己的习惯,将到了嘴边的话咽了下去。这时,从她的嘴里发出一声兴奋的尖叫,她的黯淡的眼睛里也同时放出了光彩。他惊讶地看着她,接着就顺着她的手指方向,看到了灰蓝色的天空中,出现了一道艳丽的彩虹。她像个孩子似的跳起来,大声地喊叫着:

"看那儿,看那儿!"

她的愉快马上就感染了他,横亘天际的虹桥使他暂时忘记了黯淡的现实生活,沉浸在孩童般的愉悦中。他们的身体在不知不觉中贴近了。他们的目光亲切地交流着,没有躲闪和回避,没有犹豫和动摇,他们的手十分自然地握在一起,他们的身体同样十分自然地拥抱在一起。

　　当他从她的嘴里嗅到一股浓浓的淤泥味道时,天际的美丽彩虹已经消失了。废墟里一片苍茫,横倒竖卧的石头上泛起青紫的光芒,显示出许多庄严和狞厉。水草中的虫鸣响成一片,远处传来鹅的叫声。他无意中瞥见了她腕上的手表,时针已经指向七点。他惊慌地说:

　　"糟糕,你的车是八点开吧?"

(一九九九年)

学习蒲松龄

从我家西行三百里，有一个地方叫淄川。三百年前，在淄川蒲家庄的一棵大柳树下，坐着一个白胡子老头。他的面前摆着一张小方桌，桌上放着茶壶茶碗、烟笸箩烟袋锅。来来往往的人如果口渴了或是走累了，都可以坐在小桌前，喝一杯茶或是抽一袋烟。在你抽着烟或是喝着茶的时候，白胡子老人就说："请讲个故事给我听吧。随便讲什么都行，奇人奇事、牛鬼蛇神……随便讲什么都行……求您啦……"他虽然白发苍苍，满脸皱纹，但眼睛却像三岁孩童的眼睛一样清澈，让人无法拒绝他的要求，何况还喝了他的茶水抽了他的烟。于是，一个个道听途说的、胡编乱造的故事，就这样变成了《聊斋》的素材。这个白胡子老头当然只能是蒲松龄，一个右胸乳下生着一块铜钱大黑痣的天才。

我的爷爷的老老老……爷爷是一个贩马的人，每年都有几次赶着成群的骏马从蒲家庄大柳树下路过。他喝过蒲松龄的茶，抽过蒲松龄的烟，自然也给蒲松龄讲过故事。《聊斋》中那篇母耗子精阿纤的故事就是我这位祖先提供的素材。这也是《聊斋》四百多个故事中惟一发生在我的故乡高密的故事。阿纤在蒲老前辈的笔下很是可爱，她不但眉清目秀、性格温柔，而且善于囤积粮食；当大荒年里百姓绝粮时,她就把藏在地洞里的粮食挖出来高价粜出,娶她为妻的那个穷小子也因此发了大财,并且趁着荒年地价便宜置买了大片的土地,过上了轻裘宝马的富贵生活。惟一不足的是,阿纤睡觉时喜欢磨牙,但这也是天性使然,没有办法的事。

  得知我写小说后,这位马贩子祖先就托梦给我,拉着我去拜见祖师爷。祖先骑一匹白马,我骑一匹红马。我们纵马西行,跑得比胶济铁路上的电气列车还要快,一会儿就到了蒲家庄大柳树下。祖师爷正坐在树下打瞌睡,我们的到来把他老人家惊醒了。祖先说:"快下跪磕头!"我慌忙跪下磕了三个头。祖师爷打量着我,目光锐利,像锥子似的。他瓮声瓮气地问我:"为什么要干这行?!"我在他的目光逼视下,嗫嚅不能言。他说:"你写的东西我看了,还行,但比起我来那是差远了!""蒲大哥,我把这灰孙子拉来,就是让您开导开导他。"祖先在我屁股上踢了一脚,大喝:"还不磕头认师!"于是我又磕了三个头。祖师爷从怀里摸出一支大笔扔给我,说:"回去胡抡吧!"我接住那管黄毛大笔,低声嘟哝着:"我们已经改用电脑了……"祖先踢我一脚,骂道:"孽障,还不谢恩!"我又给祖师爷磕了三个头。

(一九九九年)

与 大 师 约 会

一

在那次轰动全城的美术展览现场,我们在人群里钻了很久,终于挤到了大师的面前。怀着激动不安的心情,我们前言不搭后语地向大师表达了发自内心的崇拜和五体投地的敬仰。大师用他汗津津的小手与我们因为紧张和激动而汗湿的手一一相握。大师的手给我们留下了难忘的印象,当然,让我们更加难忘的是大师脸上那平易近人的微笑。当我们用颤抖的声音向大师乞求他的电话号码时,大师非常慷慨地摸出了几张名片,一一分发给我们。因为在我们的身后还有更多的崇拜者往前拥挤,大师和蔼地对我们说:

"好吧,朋友们,这里乱糟糟的,改天我们找个清净地方好好谈谈。"

我们顿时感到,大师与我们已经成为亲密的朋友。大师的意思是让我们暂且把前面的位置让开,让他接待后边的人,而这样做,他是不情愿的,场面上的事,没有办法嘛。大师抱歉地对我们点点头,我们便十分理解地撤到了后边。其实根本不需要我们主动后撤,只要我们的身体一松懈,后边的人就挤到了前面,转眼之间,我们就到了人群的最外边。

看完展览的第二天晚上，我们按照名片上的号码，给大师打电话。从话筒里传出来的却是彬彬有礼的电脑应答：对不起，没有这个电话号码。我们感到失望。但没有死心，便按照名片上的号码拨打大师的手机，话筒里传出的依然是彬彬有礼的电脑应答：对不起，您要的用户不在服务区。再打，电脑告诉我们：对不起，您要的用户没有开机。不管是"不在服务区"还是"没有开机"，对我们都是一个安慰，这说明，大师告诉给我们的手机号是真的，起码可以说，这个号码是存在的。手机要不通，我们就拨打大师的呼机。传呼台的小姐用懒洋洋、甜蜜蜜的声音要我们留言。我们交换了一下眼色，不约而同地说："大师，我们是您的崇拜者，我们想请您出来喝杯咖啡，顺便谈谈看了您的展览之后的感想，请务必回话，满足几个深深地爱您的年轻人的愿望。"

我们从电话听筒里听到传呼小姐手下的键盘劈里啪啦地响着，知道我们一片至诚的邀请正转换成讯号飞向大师腰间悬挂的呼机——如果大师的呼机是挂在腰间的话。小姐问了我们的电话号码，我们告诉了她酒吧的电话号码，然后就开始了满怀希望的等待。

我们等待的地点在距离大师住处很近的一家名叫"蓝帽子"的酒吧里。大师的住处当然也是从大师送给我们的名片上获知的。至于这个地址是不是大师与他的美丽胜过天仙的妻子居住的地方，我们无从得知；大师在这座城市里究竟有几处房产我们当然也无从得知而且也不应该得知，但大师名片上的地址肯定是大师的住处之一则是千真万确的。为此，我们曾经提前进行了侦察。那座戒备森严的公寓楼的门卫虽然毫不客气地把我们拒之门外，但他还是中了我们的计谋，泄露了大师的信息。起初，我们指点着名片上大师的名字，向那个严肃的门卫询问大师是不是真的住在这里，门卫用一副冰冷的面孔和外交家的冷漠口吻说：

"对不起，无可奉告！"

我们早就料到了这一步，于是就按照预先的设计，在大门口转来转去，然后，仿佛是漫不经心地说："他也真是的，那样一个美丽的妻子，不就是跟别的男人睡了一觉吗，怎么舍得用刀子捅呢？听说他的丈母娘带着十几个壮汉来了，把他狠狠地揍了一顿……"

我们一边散布着有损大师形象的流言蜚语，一边偷偷地观察那个门卫脸上的表情。我们想，如果门卫脸上没有表情，说明大师名片上的地址十有八九是假的；如果门卫脸上出现激动或是对我们表示轻蔑的表情，就说明大师的确就住在这栋豪华的公寓楼里。结果比我们预料的还要好，当我们的谣言刚说了不到一半时，就看到那个年轻的门卫就把他的上唇翘到了鼻子尖上。然后我们听到他低声地嘟哝着："胡说八道……"

于是我们就像与正在梦中呓语的人搭上了腔一样，瞪着眼对那个忠诚的门卫大喊：

"你凭什么说我们胡说八道？你怎么知道我们是胡说八道？我们的消息都是从公开发行的报纸上看到的，怎么可能是胡说八道？"

"我今天早晨还看到他们两口子在院子里遛狗！"门卫怒气冲冲地说。

"你能担保你没有看错吗？"我们按捺住心中的狂喜，故意地与门卫较劲，"你也许是看错了吧？"

门卫用鼻子哼了一声，表示了对我们的轻蔑后，就把脸扭到一边，眼睛盯着的也许是那棵树干上还缠着草绳子的银杏树，再也不理睬我们。

这样，我们就把约会的地点定在了蓝帽子酒吧。我们平日里粗心大意、自私自利，但这次却一反常态，考虑到了大师的时间宝贵，考虑到了大师的人身安全，考虑到了大师的身体健康。蓝帽子酒吧与大师的住处只隔着一条引水渠道，渠道上架设着一座用钢筋和木板搭起来的小桥，小桥十分牢固，一百个人站在上边蹦跳也绝对不会塌陷，小桥两边焊着钢管栏杆，如果不想跳河自尽，安全是绝对有保障的。大师如果愿意跟我们见面,从他的住处走出来,用不了十分钟,就可以与我们坐在一起。

发出呼叫信息后,我们耐心地等待着回应。我们心中回忆着大师和蔼的面孔和亲切的许诺,心中满怀着希望。吧台上的电话每响一次,我们就像豹子扑羚羊一样蹿过去一次,但每次的结果都是失望。时间过去了一个小时,我们决定,斗胆再给大师打一次传呼。这次,我们对寻呼台的小姐下达了急呼三遍的命令,尽管我们怀疑小姐是不是会不折不扣地执行我们的命令,尽管我们担心这样的呼叫方式会让大师感到不快,但急于与他相见的心情使我们顾不上这些细枝末节。

急呼三遍之后,我们又等待了一个小时,大师依然没有回应。酒吧里涌进来一批摩登少年。他们有的留着披肩的长发,有的剃着泛青的光头。她们有的剪成寸长的、看起来乱糟糟的刺猬头,有的将长发染成了五颜六色,乍一看还以为把染料碟子扣在了头上。我们马上想起,附近有一所著名的艺术院校,这些人,肯定是这所院校的学生。他们一进来,宁静安谧的酒吧就变成了喧闹的市场。他们根本不征得酒吧老板的同意,就把四张桌子拼在了一起,看样子不是仗着人多势众欺负店家,就是这里的常客宾至如归。一阵杂乱的响声过后,学生们围桌而坐,桌子中央的蜡烛放出红光,把他们的脸映红了。我们自惭形秽地缩在墙角的一张桌子周围,屏住呼吸,保持着沉默,即便是说话,也尽量地压低嗓门,生怕引起他们对我们的厌恶。在这个城市里,像我们这样的没有文化的次人类,要想热爱艺术,必须小心翼翼,否则就要让人耻笑甚至带来祸殃。我们等待着大师的回应,尽管失望的情绪越来越重,但还是盼望着能够出现奇迹。如果大师出现在酒吧里,与我们坐在一起,那该是什么样的效果啊!我们相信,眼前这些艺术学生,可能分不清麦苗子和韭菜,可能分不清骡子和毛驴,但他们肯定能从茫茫人海里,一眼就把大师认出来。

我们很快就听明白了,学生们聚集在这里,是为那个头发像火焰、面色如焦土、眼神像老猫、嘴唇如锡箔的女孩过二十岁的生日。酒吧的服务小姐端上来一个插满了红色小蜡烛的大蛋糕,他们起立,大声唱起那首连狗都会唱的生日歌曲,然后就是那个女孩子把嘴巴噘起来,用一口长气,将二十支蜡烛通通吹灭。学生们一阵欢呼,欢呼中还夹杂着几声锐利的口哨。然后他们就开始吃蛋糕。这群学生本来与我们没有任何关系,但他们吃完蛋糕之后的话题,却将他们与我们联系在一起。

"金十两这个杂种。"一个光头男生竟然把大师光辉的名字和杂种联系在一起,引起了我们心中的不快。他喝了一口啤酒,嘴唇上挂着啤酒泡沫,大不敬地说:"真是色胆包天!"

"什么呀!"一个刺猬头女生娇声娇气地说。

"金十两的'幸福生活展览'呀,没去看?"

"不就是卖人肉吗?恶心,没劲!"

"不不不,美眉,您太优雅了,"一个小个子男生将滑到鼻尖上的大眼镜往上托了托,严肃地说,"这是一次艺术革命,非常非常值得一看,如果不看,必将后悔终生!"

"夸张吧?"

"有这么严重吗?"

"不就是后现代吗?"

"行为艺术,其实也是作秀。"

"恰好是对比比皆是的、令人厌恶的、触目惊心的作秀现象的一次抗议和反叛!"

"他成功地将神圣和凡俗、高贵和低贱、爱情和肉欲嫁接在一起。"

"他推倒了私人空间和大众空间之间的最后一堵墙壁,是真正的先锋。"

"我看他是把性表演和艺术混合在一起。"

"把色情合法化。"

"把卖淫合法化!"

"言重了,同志!"

"把红灯区开进了美术馆。"

"把美术馆变成了桑拿浴!"

"按摩。"

"洗头。"

"洗脚。"

"不管你们怎么说,这是本世纪先锋艺术的一次最骇世惊俗的表演。"

"超级秀!"

"不管你们怎么想,老金这一次算是一举成名了。"

"名利双收,金钱和名声滚滚而来。"

"无耻!"

"无耻者无所耻!"

"不择手段。"

"成功者从来就是不择手段的,万里长城下边,是累累白骨。"

"太深刻了吧?这是我的生日,不是我的葬礼!"

……

二

我们完全没有想到能在世纪末看到这样精彩、这样不同凡响、这样让人惊心动魄、这样让人百感交集的展览。我们三人,原本是在美术馆前的斜街上无所事事地闲逛来着,但美术馆售票窗口前拥挤的人群和那两辆"雪铁龙"警车引起了我们的注意。我们虽然没有文化,但我们是三个热爱艺术并时时刻刻梦想着一举成名、然后就金钱滚滚、然后就美女成群、然后就过上了花天酒地的后中产阶级生活的无业青年。我们之所以有这样的想法,是因为有很多与我们差不多一样的人为我们树立了光辉的榜样。因为有了这样的抱负和理想，我们的无所事事东悠西逛就有了深刻的意义。我们是在体验生活，我们是在寻找灵感。美术馆前那个每天下午都来卖唱的外地歌手赵一是我们的知音；我们也是他的知音。他经常用卖唱得来的钱请我们三个到路边的小饭馆里吃拉面，有时候也要上几瓶啤酒，几个小菜。几杯啤酒下肚后赵一就情绪激动，说着说着就唱起来。如果饭馆里没有别的顾客，店家不干涉我们；如果店里还有别的顾客，店家就很客气地请我们降低调门。我们的窃窃私语也完全是围绕着艺术的。在交谈中我们发现，其实我们对祖国的艺术状况十分熟悉。举凡美术、音乐、文学、影视各界的名人泰斗和后起之秀，几乎没有我们不知道的。我们的渊博把我们自己吓了一跳，鬼知道我们是如何地掌握了这样多的知识。如果我们不谦虚，完全可以以文艺界的知识分子自居，但我们比较谦虚，在人前人后还是以没有文化、但正在努力学习的艺术青年的面貌出现。

我们正要挤到售票窗口前看个究竟时，赵一却满头大汗地从人群里挤出来了。他的手里高举着几张票，好像捏着几只鲜活的蝴蝶。我们看到他的时候他也看到了我们。究竟是谁的展览能让这样多的人冒着酷暑来抢票呢？没等我们把心中的疑问表达出来，赵一就怒气冲冲地说："你们这三个混蛋，死到哪里去了？"

"发生了什么事？"

赵一指着在美术馆大门一侧的墙壁上贴着的那张粉红海报，说："大师的画展，今天是第一天，大概也是最后一天。"

我们还想问个明白，但赵一把票子分到我们手里。他带领着我们，急匆匆地向展厅跑去。

大师的画展布置在美术馆辽阔得如同广场的地下展厅里，我们沿着潮湿的台阶深入下去时，仿佛进入了海底世界。

一进展厅，首先扑入我们眼帘的，是一张放大得如同台球桌子那样大的结婚证书。大师的名字和他的爱妻的名字每个字如篮球般大,让我们过目难忘。绕过了结婚证书,就是大师和他的爱妻的结婚照。照片放得比他们的结婚证小一点,但还是需要我们蹦跳起来才能摸到他们的头顶。在这张照片上,身穿礼服、胸前插着花朵的大师和他的身披洁白婚纱、头上缀满花朵的爱妻紧紧地依偎在一起,他们的幸福表情使他们的脸显得很不真实,仿佛用蜡塑成的艳丽苹果。这张照片让我们心中感叹不已,嗨,看起来大师也不能免俗,竟然拍出这样的结婚照,而且还有点恬不知耻地放在大厅里展览。我们是几条野狗一样的光棍汉,不是我们不想结婚,是我们不愿意像俗人一样地结婚。在我们的心目中,所有的艺术家,只要是成了大师级别的,在对待婚姻和女人的问题上,就不应该和常人一样,否则你算什么大师呢?想想人家梵高,想想人家毕加索,想想人家歌德……我们不得不承认,看到了大师和他的爱妻结婚照的那一瞬间,我们心中充满了失望,我们甚至怀疑那些排队买票的人跟我们看的是不是同一个展览。

　　当我们把疑问的目光投向民歌手赵一时,赵一却仿佛是胸有成竹地引导着我们绕到了结婚照的后边,于是,一个崭新的世界突然地出现在我们眼前。我们的血液凝固了,但马上就沸腾起来。我们感到心脏像擂鼓一样,呼吸像铁匠炉的风箱一样,腿软得像猴皮筋一样,互相搀扶着才没有晕倒在地。这可是一个惊心动魄的造型。是大师和他的爱妻赤身裸体地站在那里,比巴黎的蜡像馆里的蜡像还要逼真,仿佛能听到他们的呼吸,仿佛能感受到他们的体温。尽管大师的身体也大概可以用雄伟来形容,尤其是他的生殖器官正处在膨胀的状态,很有些生气勃勃的意思,但我们的目光在他的身上只是一扫而过,然后就久久地停留在大师爱妻的身上。尽管大师爱妻身上没有悬挂禁止触摸的牌子,但没有一个人胆敢伸手触摸。我们这些肮脏的爪子更不敢伸出去,即便大师允许我们去摸,我们也不敢。我们毕竟是热爱艺术的人,我们知道美的东西就像池塘中的荷花一样,只能远观,不能亵玩,连我们的目光刚开始时也是羞羞答答的,我们生怕我们的眼睛把她弄脏。但几分钟后我们就约束不住自己了。我们把她从头看到脚,然后再把她从脚看到头。她的繁茂的头发,她的挺拔的脖颈,她的凹陷进去的肩窝,这些都不必说了。她的造型优美的乳房可以好好说说,但我们不愿意用磨损得不成样子的语言来描述它们,可我们又想不出崭新的语言来描述它们,因此也就不必说了。要想知道它们究竟有多么美好,惟一的办法是亲自去看看。但可惜你们已经没有这样的眼福了,画展已经被禁止了。她的腰也是那种好腰,实在也想不出什么好词来形容。她的肚脐是那种小鼓脐,上边穿着一个金色的小圈子,很生动,很俏皮。再往下我们就更想不出好词来说了……

我们继续往前看,看到的景象只能用惊心动魄来形容了。大师调动了绘画、摄影、雕塑等手段,把他和爱妻之间的那点事儿淋漓尽致地展示出来。这次展览其实是很难概括的,大师把摄影搞得像绘画,把绘画弄得像摄影,把活人弄得像雕塑,把雕塑弄得像活人。大师和他的爱妻的各种各样的做爱姿势,被大师表现得栩栩如生。有一组大师和他的爱妻用面对面体位交欢的雕塑,是活动的,是发声的,大师和他的爱妻的呻吟声此起彼伏,有时又交织在一起。大师的身体像油田的抽油机一样不知疲倦地运动着,大师身上布满了汗珠。如果不是大师的动作过分的僵硬,杀死我们我们也不敢相信这是一组雕塑……

后来我们回忆起来,在刚看到大师和妻子的第一组裸体雕塑时,我们耳边还有一些人在发表批评意见,有些话说得甚至还很难听,但当我们看到后边那些大胆的、坦率的、旁若无人的图片、绘画和雕塑后,我们身后只有一片紧张的喘息声。人们的嘴巴已经顾不上说三道四了。有必要补充一句,这位大师拿出来展览的作品,全部都是大尺幅的,最小的也与真人差不多大小,而且我们还发现,大师不管是用雕塑还是用绘画表现他与爱妻的生殖器官时,都有一点"燕山雪花大如席"的意思。也就是说,他把自己的生殖器和他妻子的生殖器进行了适度的夸张,当然,赵一认为大人物就是异于常人的,当然也就包括了大师和大师夫人的生殖器官本来也许就是这样的尺寸。

……

三

夜渐渐深了,大师还没有踪影。那群给同学过生日的学生,有的将脑袋放在桌子上,腮帮子沉浸在酒液里。有的将脑袋抵在窗户玻璃上,一下一下地碰撞着。窗户外边不远,是城市的引水渠道,远处高楼上巨大的霓虹灯,放射出艳丽的光芒,将渠中的流水和渠边的垂柳,映照得情调浪漫。那座通向大师寓所的小桥,在这样的夜晚,更显得情意绵绵。一个男人,一个女人,站在小桥上,将上身伏在桥栏上,看着桥下的流水。

那个光头的男生大吼着:"老板,老板!"

个戴着小蓝帽的服务生走过来,问:"先生,有什么吩咐?"

"音乐,换音乐,给我们换上老柴,换上巴赫!"

这时,那个伏在桌子上的脑袋猛地抬起来,大骂:

"换上你奶奶的屁股!"

光头抓起一个啤酒瓶子,对着骂他的脑袋砸过去。啤酒瓶子碰到墙上,反弹回来,落在地上,粉碎了。

"你们不要打了!"过生日的女生尖利地喊叫着。

一个留着长发、面相凶恶的男子走过来,低沉地问:"怎么回事?"

"你怎么回事?"光头男生瞪着眼反问。

长发男子上前,捏着光头男生的脖子,往外就走。光头男生挣扎着,喊叫着:

"老子是艺术家!老子是艺术家!"

长发男子把男生推到门外,屁股上加了一脚,说:

"你给我出去吧,艺术家!"

"你们,谁负责买单?"长发男子回来,问那些学生。

"买单?什么叫买单?"一个男生懵懵懂懂地问。

"甭给我装丫挺的,谁买单?"

"我们是大师请来的客人!"那个过生日的女生说。

"哪个大师?"

"金十两,金大师啊!"

"金十两啊,"长发男子鄙夷地说,"他算什么鸡巴大师,欠着我一大笔酒债还没有还呢。"

"你敢骂我们金大师?"那个用脑袋撞玻璃的男生回过头来,说,"谁骂金大师我们跟谁急!"

"骂他,骂他是便宜了他,只要让我逮着,我让他跪在地上学狗爬。"长发男子怒冲冲地说,"这块不但出卖肉体而且出卖灵魂的人渣,用鞭子抽着老婆去给大赛评委送礼,送什么礼?送屄!这下更彻底了,让全城人民见识了他老婆身上那些玩意儿。真他妈的丧尽廉耻!"他越说越来气,从学生们的酒桌上,抓起半瓶子啤酒,一仰脖子,咕嘟咕嘟地灌了进去,"你们说他还算个人吗?"

"他当然不能算个人了,"一个刺猬头女生说,"他只能算一个畜生!"

"他连畜生也不如!"长发男子道,"你们一定看过《动物世界》,许多动物,其实是最讲贞节廉耻的——"

"譬如鸳鸯!"一个女生喊叫着。

"譬如天鹅!"一个男生喊叫着。

那个被轰出酒吧的光头男生,转到窗户外边,用拳头敲打着玻璃,嘴巴显然是在喊叫着什么,但是我们在里边,听不到他的声音。

长发男子对着玻璃外边的男生挥挥拳头,男生抽身跳到一边去了。

提着酒瓶子,长发男子来到我们桌前,问:"你们,在这里干什么?"

"我们在等待金大师。"

"你们也在等他?"长发男子看看我们桌子上那几瓶尚未开启的啤酒和那几碟子一点都没动的下酒菜,冷笑着问,"难道也是他替你们买单?"

"不,"赵一拍拍腰间的钱包,说,"我们自己买单。"

"难道你们也是搞艺术的?"

"当然,我是民歌演唱家,每周一、三、五在美术馆前面演唱。"赵一指指我们,说,"他们几个,有写诗的,有写小说的,有画画的,总之,都是艺术青年。"

长发男子轻蔑地哼了一声,说:"现在,随便一个阿狗阿猫,都成了艺术家。大师,那些自封的大师,比河里的蝌蚪还多!但你们要知道,满河的蝌蚪,能长成青蛙的,寥寥无几!"

"看您这样子,"我们当中的一个,也许是我,也许是赵一,小心翼翼地问,"看这样子,您也是搞艺术的?"

"行,还有点眼力嘛,"长发男子用赞赏的目光看着我们,说,"谈起艺术来,我可以大言不惭地说,金十两那厮,给我提鞋子,我都不用,如果用他这种方式,我早就出名了。"

"请问,您是搞什么艺术的?"

"搞什么的?我也不知道该怎么回答你们。"他有些为难地说,"圆明园那个画家村知道吧?第一个村民,就是我。现在那拨在通县混世的,都是我的孙子辈的。至于写诗,那就更早,知道那个用镰刀砍死老婆的诗人吧?他是我的小兄弟。金十两这个孙子,最早也是写诗的,前几年因为勾搭一个朋友的女朋友,在黄盖子酒吧,被我们吊在梁上,用沾了辣椒末的鞭子抽。这厮没法在诗坛混了,才异想天开,搞什么行为艺术。他那个老婆,本来就是京城四大名鸡,艺术圈里的公共厕所,所以,才能跟他一起办那样的展览,你们想想,正儿八经的女人,谁肯那样?你们竟然崇拜他,可见你们品位之低。年轻人,想成名成家,这没有错,但是你们要走正路,不能跟金十两这样的人渣学。"

"原来他是这样一个败类!"那个头碰玻璃的男生说。

"我早就知道他是这样一个败类!"那个头发染得五彩缤纷的女生说。

"看看,又是一个受害者,"长发男子说,"来来来,姑娘,给这几个小伙子现身说法,让他们从痴迷中清醒过来。"

彩头女生来到我们面前,指着我们面前的酒瓶说:"我要喝酒!"

长发男子拿起一瓶酒,用牙齿咬开酒瓶盖子,倒满一杯,递给女孩,说:"姑娘,我知道,他一定对你痛说了他的革命家史,然后给你看手相,先摸你的手掌,然后摸你的胳膊,然后……"

"你说的根本不对,"姑娘气哄哄地说,"他既没痛说家史,也没给我看手相,他掀开衣服,让我看他在大森林里跟老虎搏斗时留下的疤痕。"

"这就更加可恶,"长发男子义愤填膺地说,"他那块伤疤,其实是被生产队里的毛驴咬的。"他语重心长地说:"年轻人,要想学艺,首先要学习做人。近朱者赤,近墨者黑,跟着金十两这样的人,永远学不出好来。"

女孩接过酒杯,一饮而尽,然后,直着眼看着长发男子,眼泪哗哗地流了出来。

"那是去年的秋天/你头戴着丁香编成的花环/身穿着白云裁剪的长裙/在我家门前的小径上蹒跚/蹒跚复蹒跚/向日葵金色的花粉/迷蒙了你的双眼……"长发男子低沉地朗诵着,眼睛闪着光,直盯着那个彩发女孩,女孩也盯着他。

"知道这是谁的诗吗?"

女孩摇摇头。

"我的,我的诗。"长发男子用食指戳戳自己的胸膛,悲伤地说,"这是二十年前,我还是一个青年时,写给我的初恋情人的诗。可是,后来,她,竟然跟着一个满嘴假牙的老头走了。为什么?为什么?难道我一个抒情诗人,还不如一个老头吗?"长发男子将啤酒瓶子插到嘴巴里,咕嘟咕嘟地灌了一阵,声嘶力竭地喊叫着:"为什么夜莺能那样美丽地鸣啭,是因为荆棘刺破了它的心——"他又灌了一口酒,"我,一个可以随时把耳朵割下来赠给情人的大画家,一个可以用鼻血写诗的大诗人,竟然被一个老头子把情人勾引走了,奇耻大辱啊奇耻大辱!知道那个著名的评论家柳木叉吧?这个孙子,从来不给男人写评论,但他破例给我写了诗评,他说'桃木橛是真正的诗人,是可以和普希金媲美的大师',可是,我竟然败在了一个假牙老头手下,我,一个著名的抒情诗人,一个大师,一个可以和普希金媲美的大师,竟然惨败在一个老头手下。当我想象着我的头戴丁香花环的情人,在那个满嘴臭气的老家伙身下呻吟时,我的心,哗哗地流血!哗哗地流啊!让我把这一腔热血流干/让我化成一股白色的轻烟/缭绕在你的身边——"大师将空酒瓶子砸在地上,瓶子破裂,声音清脆,"让我的心,像这个酒瓶一样破裂吧。"

大师伏在桌子上,用额头不断地碰撞桌面。

彩发女孩上前,抚摸着大师的头发,哇哇地哭着,眼泪啪嗒啪嗒地滴落在大师的头上。

我们心中也十分难过。我们想安慰他,但一时又找不到合适的语言。在一个出口成章的大师面前,我们的语言实在是太贫乏了。那个被赶出去的光头男生又在外边敲打窗户玻璃,过生日的女孩对着他做了一个手势,那男生就鬼鬼祟祟地溜了进来。

为了防止大师的额头被坚硬的桌子撞破,我们灵机一动,趁着他抬起脑袋的短暂间隙,将窗台上那个花瓶里插着的一束塑料花抽出来,垫了了桌子上。大师的额头撞在塑料花束上,嘭嘭的声音没有了,嚓啦啦的声音出现了。大师将那束塑料花拿起来,放在鼻子上嗅嗅,然后放在面前,仔细地端详着,滔滔的诗句,又像浊流一样喷涌而出:"尽管你有花的娇艳/但你没有花的芬芳/你在我的心中,造成花朵的威胁/但你没有生命的汁液/尽管你已经没有汁液/但我躺在床上想着你就直立起来/好像一门大炮/向着天空发出警告/我看到两只臭虫/吸饱了鲜血/沿着肉的柱子/往高里爬升/追逐着爬升/它们不知道在最高处/等待着它们的/是一道深深的裂谷/在那里它们将陷入灭顶……"

大师嗅嗅花束,继续即席赋诗:"仿佛是金钱豹子/嗅着带刺的玫瑰/爱情成为交换/诗歌成为通行证/通向那些未开垦的处女地……"

大师念到这里,不由得号啕大哭起来,塑料花扔在地上,巴掌拍打着桌子,溅起星星点点的啤酒泡沫,我们被大师的纯情深深感动,同时心中也充满了怒火。我们终于想到了安慰大师的语言:"大师,您把那个假牙老头的姓名、地址告诉我们吧,我们虽然在艺术上狗屁不通,但打架都是行家里手,我们一定要帮您出了这口气,您说吧,是卸下这老丫挺的一只胳膊呢,还是砍下他一条腿?"

"不,不……"大师抬起头,浸透了泪水的眼睛里,闪烁着灿烂的光芒,"我是诗人,我要用诗人的方式解决这个问题。"

"什么方式?大师?"

"我和他决斗!"

"对,和他决斗!"刚刚溜进来的光头学生拍着巴掌说,"就像普希金和那个军官决斗一样。"

"我不用枪,"大师说,"我用剑!"

"对,用剑,一定要用剑!"我们齐声呐喊着,"用剑,洞穿他的心脏,然后,把那个丁香女人抢回来。"

"不,不,我不要那个女人了,她的每个毛孔里,都散发着愚蠢的气味,从那天之后,她的脸就变得像医院的墙壁一样苍白……"大师痛苦地说。

"那怎么办?"

"把那老家伙刺死之后,当着那女人的面,我用剑,刺穿自己的心脏。"

"不值得,大师,不值得啊!"我们和那些被大师的遭遇深深感动了的学生一起喊叫着,我们的眼睛里都饱含着泪水。

"我要用我微不足道的生命,唤起她的良知!"大师悲壮地说。

"其实,大师,这个世界上,优秀的女人还有许多。"彩头女孩说。

"是啊,天涯何处无芳草。"

"纵有弱水三千,我只取一瓢饮。"大师说。

"可是,大师,您那瓢水,已经污染了,不能喝了。"

"你这个软弱的女人,"大师痛苦万端地说,"尽管我恨你,但假如还有来世,我还是要爱你。"

我们交换了一下眼神,为了大师的不可救药感叹不已。是啊,大师都是这样痴情,不痴情也成不了大师。

"在北极之北/南极之南/东海之东/西藏之西/在九天之上在九地之下/在冰块里在骆驼的耳朵眼里在比目鱼的肛门里/在一切可能的地方/不可能的地方/爱你/因为爱你/我的身体成为一根成条/在锅里也要弯曲成一个/成熟的'爱'字……"大师捶着胸膛吼叫,眼泪哗哗地流,还有鼻涕。

我们的眼睛里又一次盈满了泪水。

"是谁在呼我啊?"随着门响,金十两大师站在我们面前,眼睛一亮,蔑视地问:"桃木橛子,你这个流氓,又在勾引纯真的少女!你们——"金大师用食指划了一个圈子,将我们全部圈了进去,语重心长地说:"你们,千万不要上了他的当,他方才念的诗,都是我当年的习作。"金大师端起一杯酒,对准桃木橛的脸泼去。浑浊的酒液,沿着桃木橛的脸,像尿液沿着公共厕所的小便池的墙壁往下流淌一样,往下流淌,往下流淌……

(一九九九年十二月)

天 花 乱 坠

一

在我的童年印象里,凡是有一条好嗓子的女人,必定一脸大麻子,或者说凡是一脸大麻子的女人,必定有一条好嗓子。当然她的面部轮廓是很好的,如果不是麻子,她肯定是个美女。当然她的身体发育也是很好的,如果遮住她的脸,她肯定是个美女。

有一年春节前夕,青岛的歌舞团下来慰问他们的知青,到我们这里来演出革命现代舞剧《沂蒙颂》。露天的舞台搭在一座小山下,舞台上铺上了崭新的苇席。还特意从公社驻地牵来了一条电线,电线上结了一个大喇叭两个大灯泡,就像一根藤上开了一朵喇叭花结了两个放光的瓜。演出定在晚上,但刚吃过午饭山坡上就钉满了人。舞台前的平地上人更多,闹闹哄哄,拥拥挤挤,活活地就是开水锅里煮饺子。到了傍晚,人更多,全公社的贫下中农和地富反坏右的子女都来了。地富反坏右分子不准来。怕他们趁机搞破坏,便将他们集中到生产队的猪圈里,由手持红缨枪的民兵看守着。演出一开始,民兵们也忍不住了,有的爬到树上,有的爬到房顶上,往舞台的方向看,看不明白,就听音乐。电流一通,电灯就放了光,照耀得天地通明,远看还以为起了一把大火。电喇叭哧啦啦地一阵响,一个青岛来的大胖子上台讲话,拖着长腔,很是张狂。大胖子讲完话下去了。公社的那个小瘦子上来讲话。小瘦子讲完话下去了。一个知青代表上来讲话。知青代表下去了。终于都下去了。

音乐起,像刮风一样,呜呜地响。演出开始了。先是出来几个人在舞台上蹦蹦跳跳,个个活泼,劈腿下腰,一蹿老高,男的像猿猴,女的赛花豹。他们在舞台上蹦来蹦去,打着各种各样的手势,看得我们眼花缭乱,脑袋发晕。但他们一句话也不说,有时候看到他们的嘴唇打哆嗦,好像那话就到了唇边,但最终还是什么也不说。我们起初还觉得新鲜、惊奇,但渐渐地就生出厌烦来。青年们另有关注点,馋得口水流过下巴,但老人和孩子,就齐声抱怨。说这青岛怎么派来一群哑巴,比比划划的,什么意思嘛!就算我们听不懂青岛话,懒得给我们说,但他们的知青总能听懂青岛话吧?大老远地跑了来装哑巴,真他娘的不像话!正当我们失望到极点时,突然从舞台后边发出了惊天动地的声音。俺的个娘,可了不得了!我们兴奋无比,当然也吃了一惊。旁边那些有文化的人就说:听,幕后伴唱!在幕后伴唱的那个女高音激起了我们无穷无尽的联想。她的嗓子实在是太好了,太美妙了,我们活了十几岁,还从来没有听见过这样好听的声音。人的嗓子,怎么能发出如此美妙的声音呢?不像公鸡打鸣,也不像母鸡下蛋;不像鲜花,也不像绿草;不像面条,也不像水饺;比上述的那些东西都要好听好看好吃。难道我们听见的都是真的吗?能发出这种声音的女人会是个什么样的女人呢?她在幕后高声唱道:

"蒙山高,沂水长,俺为亲人熬鸡汤……"几句歌儿从幕后升起来,简直就是石破天惊,简直就是平地一声雷,简直就是"东方红",简直就是阿尔巴尼亚,简直就是一头扎进了蜜罐子,简直就是老光棍子娶媳妇……百感交集思绪万千,我们的心情难以形容。这时候舞台上的戏也好看了,那个穿着红棉袄绿棉裤的小媳妇也活起来了,她打着飞脚,模仿着一把把往灶里填柴的样子,后边伴唱道:"加一把蒙山柴炉火更旺……"她用脚尖点着地走路,拿着个大水瓢,一趟趟地往锅里倒水,后边伴唱道:"添两瓢沂河水情深意长……"

　　第二天,我们一到学校,议论的必然是头天夜里看到的演出,看电影是这样,看舞蹈也是这样。那时候我们的文化生活虽然没有现在丰富,但印象极其深刻,看一次胜过现在一百次。现在的人是用皮肉看演出,当年我们是用灵魂看演出。大家议论最多的毫无疑问是那个幕后伴唱的女高音,竟然就有人说了:她是个身材高大的女人,一脸黑麻子,非常难看,但她的嗓子是一等第一的好,是无法替代的好,全青岛找不到第二个,于是就给她安排了一个幕后伴唱的角色,这也算是废物利用吧。张小涛说他到后台去看过,说那个女人坐在一把椅子上,身上裹着一件军大衣,戴着一个大口罩,把大部分的脸都遮了,只露出两只眼,目光十分严肃,谁都不敢惹她的样子。说轮到她伴唱了,就慢吞吞地站起来,从耳朵上摘下口罩带子,露出了半个脸,脸上一片黑麻子,嘴很大——这是一个伟大发现,唱歌的或是唱戏的,绝对找不到一个樱桃小口,一个个都是血盆大口——然后她张嘴就唱,没有一点点预备动作,譬如清理嗓子运气什么的。我们学校的音乐教师唱歌之前,一般地都需要十分钟的准备时间,就像运动员上场之前的热身运动,伸伸腿,抻抻腰,呜呜啦啦,一般地还要喝上几口胖大海。那是一种中药,据说对嗓子特别地保养,即便你是个天生的公鸭嗓子,喝上几口,嗓门立刻就变得像小喇叭一样,哇哇的,特别嘹亮,特别清脆,无论唱多么高的高音,哪怕比树梢还要高,都不在话下。还是说那个女大麻子,人家张口就唱,那条嗓子,光滑得像景德镇的瓷器,连一点儿炸纹都没有,简直是绝了后了,盖了帽了,没法子治了,只能用天生地养来解释了,除此之外别无解释。后来我进了也算是文艺界,见了一些唱歌的,听了一些别人封的或者是自己吹的金嗓子银嗓子,但都比不上三十年前青岛歌舞团下来慰问他们的知青演出革命现代舞剧《沂蒙颂》时在寒冷的露天幕后披着军大衣戴着大口罩身材高大健壮皮肤黝黑一脸大麻子的那个女人的嗓子好。那个嗓门气冲牛斗的青岛的大麻子女人，你如今在哪里？如果一个人真的有来生，我一定要去苦苦地追求你，就像资本家追求利润一样，就像政治家追求权力一样，就像那个先被财主的女儿追求后来又转过来追求财主的女儿的黑麻子皮匠一样。

二

所谓皮匠，就是补鞋的。这个名称有点古怪，因为在我们那里，很少有人穿皮鞋，补鞋的基本上只跟麻绳子和针锥打交道，但硬把补鞋的叫皮匠，也没人反对。我说的这个皮匠也是个黑麻子，也有一条好嗓子，他不唱歌，他唱戏。皮匠的故事大概发生在清末民初，太早了太晚了都不合适。这个故事是我在棉花加工厂当临时工时，听看门的许老头讲的。许老头说，那个皮匠是外地人，年纪大概三十出头，身体不错手艺也不错，如果脸上没有麻子，应该算条好汉子，可惜让那一脸大麻子给毁了。他白天在街上缝补破鞋，手艺好态度好生意当然就好，生意好收益自然就好。光棍一条，不攒钱，什么好吃就吃什么。到了晚上，回到租住的小店里，要上二两黄酒，用锡壶烫了；切上半斤猪头肉，用蒜泥拌了；再要上两个烧饼，切开用肉夹了。吃饱了喝足了，靠在被窝上养神，这一刻赛过活神仙。许老头特别向往这种生活，每每说到此处，眼睛里就放出光来，但放光也白搭，二两黄酒，半斤猪头肉，两个烧饼，在我们的年代，别说没钱，有钱也不一定能买到，那时酒要酒票，肉要肉票，烧饼要粮票。皮匠酒足饭饱赛过活神仙的时候，小店掌柜的就提着胡琴来了。掌柜的是个戏迷，嗓子不行，但拉得一手好琴，从西皮到二黄，天下的调门没有他不会拉的，即便有不会拉的，只要让他听上一遍，马上就会了。他拉琴时歪着头，眯着眼，嘴巴不停地咀嚼着，好像嘴里嚼着一块没煮烂的牛板筋。掌柜的一来，住店的客人都兴奋起来，围上来，等着听戏。那时的店，多数都是大通铺，大家围在一起，就像一家人似的。真正会唱戏的人其实都有瘾,胡琴一响,他的嗓子就会发痒,你不让他唱他也要唱,只有那些半会半不会的人,才需要别人三遍四遍地请。话说那小店掌柜的在铺前一坐,把胡琴往大腿上一架,拧着旋子,调了两把弦,然后就吱吱咯咯地拉了起来。皮匠起初还绷着,眯着眼睛,装做没事人儿,但很快就绷不住了,嘴唇巴哒,眼睛放出光来,然后就挺身坐起,放开五分嗓子,和着胡琴,唱了一个小段子。众人习惯性地喊了一声好。其实真正好的还在后边呢。只见那皮匠从铺上蹦下来,站在掌柜的面前,舒展了一下腰身,轻轻地咳了一声,然后就目光流动,手指微颤,进入了大戏《武家坡》,第一句西皮导板,"一马离了西凉界——",正像那俗话说的"穿云裂石,气冲霄汉",众人发自内心地喝了一声彩,一个个也都进入了情况,忘记了人世间的痛苦和烦恼。接下来转成原板,"不由人一阵阵泪洒胸怀。青是山绿是水花花世界,薛平贵好一似孤雁归来……"他的歌唱像一群美丽的鸟,在我的故乡一百年前的夜空中飞翔;他的歌唱像一股明亮的水,从小店里漫出去,在我的故乡一百年前的大街小巷里流淌。他的歌唱进入一般人的耳朵,基本上等于浪费,所谓对牛弹琴大概就是这么个意思。所以你的嗓子再好,要寻一个知音也不太容易。拉胡琴的小店掌柜和围着他听戏的房客们,顶多也就是一些比较高级的戏剧爱好者,皮匠真正的知音,是一个女人。这个女人,据许老头说是貌比天仙,好看得无法子形容,究竟有多么好看,每个人可以根据自己的需要去大胆地想象,怎么想象也不会过分。这个女人是本地最大的财主的女儿,芳龄十八,待字闺中。这个女子不但长得好看,而且还有出色的艺术鉴赏力,她精通音律,会弹琴吹箫,能赋诗填词,还喜欢听戏。那时没有电视机、录音机之类的东西,所以听戏的机会并不多,而且能到我们那地方来演戏的戏班子,水平一般不会太高,所以说小姐对戏曲的鉴赏力基本上是天生的,小姐对戏曲的爱好也基本上是天生的。话说那天夜里,小姐正在闺房里写诗,突然听到一阵美不胜收的声音,像一群美丽的鸟,像一股明亮的水,穿越了她的窗户,进入了她的房间,准确地说是直接进入了她的内心。那时候还不兴自由恋爱,要想冲破封建礼教的束缚去夜奔不容易,就算是小姐有这个勇气,也没有那个体力。因为小姐的脚裹得格外成功,是本地最著名的小脚,这样的小姐虽然令男人艳羡令女人嫉妒,但实际上是半个残废,一行一动都要丫鬟搀扶,风稍微大一点就站立不稳。那时的道路不好,别说没有水泥沥青路,连稍微平整点的砂石路都比较难找。路边不可能有路灯,连电都没有嘛,手电筒当然也没有。那个年代里人们夜间轻易不出门,万不得已出门,富人家就点一个纸灯笼,穷人家就点一根火把,真正的穷人连火把也点不起,只好摸着黑走。我列举了这些难处,就是为了把小姐夜里偷偷地循着歌唱去找皮匠的可能性排除,然后好让这个故事沿着我设计的道路前进。当然,从根本上说,这个故事还是我在棉花加工厂当临时工时听看门的老许头讲过的,老许头讲述的基本上是事实,让他造谣,他也没那才能。小姐得了相思病,这是老许头说的,不是我的编造。那时候得相思病的小姐比较多,现在得相思病的小姐基本上没有了。在那个封建落后的时代,家里有一个得了相思病的小姐,是一件很不光彩的事情。起初还不知道是什么病,财主夫妻审问丫鬟,丫鬟说,可能是被一个唱戏的给害了。到了夜里,财主夫妻注意听,果然听到了那迷人的歌唱。第二天悄悄地打听,知道了那歌者是一个外地来的皮匠。财主是个善良的人,如果是个恶霸地主,就会派人把皮匠杀了,或是买通官府,捏造个罪名,把他送进大狱。那年头进了大狱十有八九是活不出来的,即便能活着出来,也肯定不会歌唱了。财主知道女儿得了这样的病,感到很耻辱,很愤怒,气头上甚至产生过由她死去的念头。但年过半百,膝下只有此女,还得指靠着她招个女婿来养老,于是就悄悄请医生来治疗。医生装模作样地把了脉,说心病还得心药医,解铃还得系铃人,这样的病,靠药是不可能治好的。眼见着小姐病势沉重,财主夫妻商量,索性就把那个皮匠招来为婿吧,至于面子啦、门当户对之类的就顾不上了。财主装作修鞋,到街上去看那个皮匠,不看不知道,一看吓一跳。回家后对着妻子长吁短叹,说如果把女儿嫁给皮匠,真就把一朵鲜花插到牛粪上了。财主的妻子是个大户人家的女儿,饱读诗书,很有头脑,听了丈夫的话,她的脸上不但不愁,反而浮起了一片喜色。她问丈夫那个皮匠到底有多丑,财主摇着头说,就像咱女儿美得没法子形容一样,那人丑得也是没法子形容,说他三分像人七分像鬼都是美化了他。老夫人大喜道,好了,老爷,咱家闺女有救了。第二天,老夫人化装成一个贫妇,亲自去看了那个皮匠。回来后,她对丈夫说,老天保佑善人,闺女真的有救了。第二天,财主夫妻对女儿说:孩子,我和你爹知道你的心事,事到如今,我们也顾不了许多了,救你的命要紧。我们明天就把那个唱戏的招来家做女婿,但听说这个人长得比较难看,明天,你在帘子里,偷偷地相一相他,相中了马上就拜堂成亲,相不中再做商量。小姐兴奋无比,当天晚上就吃了两个馒头。第二天,财主撒了一个谎,说有许多破鞋,请皮匠到家里去修。皮匠高兴而来。财主让下人找来了几双破鞋,摆在大堂里,让皮匠修着,然后让丫鬟将小姐悄悄地搀扶到帘子后边。小姐心里像揣着一个兔子似的,想好好看看这个朝思暮想的心上人是个什么模样,打眼一望,顿时昏了。皮匠不知帘子后边的事,还在那里得意洋洋地补鞋。小姐的相思病就这样好了。世上没有不透风的墙,财主家发生的故事传进了皮匠的耳朵,皮匠感到好像一块到了口里的肥肉又被人抢走一样,心中无比的遗憾。这个不知深浅的人,竟然每天夜里跑到财主家院墙外边歌唱,想把小姐勾出来。小姐还是喜欢听他的歌唱,但跟他结为连理的念头是彻底地没有了,有的只是纯粹的艺术欣赏。皮匠还不死心,制造了一只小弓箭,箭头上插着一些表示爱心的书信,一箭一箭地往小姐的窗户里射。小姐看了皮匠那些文理欠通、错字连篇的信,心里感慨万千,说,你这人啊,哪怕你的相貌有你的嗓子十分之一的好,俺也就狠狠心嫁给你了,可惜啊!小姐感念皮匠一片真情,也珍惜自己那一段阴差阳错的痴情,就将自己的一只绣鞋用红纸包了,并且附上了一张纸条,纸条上写着"看人不如听声,见鞋胜过见人"，让丫鬟送给他，想用这种方式把这件风流案了结。皮匠得了绣鞋，回去一看，当场就昏倒在地。活过来后，把玩着绣鞋，爱不释手，如获至宝。自知身份地位相差太远，但一片痴心难改，很快就得了相思病。从此后，鞋也不修了，不分白天黑夜，在财主家的院墙外边，歌唱不休，歌词大概是："小姐小姐好丰采，九天仙女下凡尘。何日让俺见一面，这一辈子没白来……"歌词虽然不错，但好话说三遍狗不要听。财主夫妇烦得要命，想采取果断措施，又怕惹女儿生气，闹出个旧病复发，所以只好由着他唱。秋去冬来，寒风刺骨，大雪飘飘。皮匠被火热的爱情燃烧着，不吃不喝，如同交尾期的鸟儿歌唱不休，终于口吐鲜血，倒在地上死了。

他为了爱情而死。

他为了歌唱爱情而死。

地保带着两个叫花子将他抬到乱葬岗上。叫花子说这个家伙轻得像一节枯木，简直无法想象这样一个熬干了精血的身体，如何还能发出那样凄凉高亢、令全村人长夜难眠的歌唱。棉花加工厂的看门人老许头几十年前对我说，地保被皮匠的事迹感动，为了防止野狗糟蹋了这个天才歌唱家的身体，特意让叫花子在乱葬岗上挖了一个深坑，将他的身体推下去。当他的身体往深坑里跌落时，小姐的那只精巧玲珑的绣鞋从他的怀里掉出来。地保和叫花子感叹几声，便把他和害了他性命的绣鞋埋掉了。

三

自从十八世纪的英国人琴纳发明了牛痘接种法，人类就有了消灭麻子的最安全最有效的方法。但一直过了二百多年，直到中国共产党领导人民群众建立了新中国，接种牛痘预防天花才真正开始全面实行并被广大老百姓接受。从此，天花这种夺去过无数儿童生命的恶症被消灭，麻子也基本上绝了迹。那个在一百年前怀揣着绣鞋死在雪地里的麻子,他的爹娘不给他接种牛痘是可以原谅的,因为那时老百姓对新事物不理解甚至抱抵触态度。也可能是家里太穷,连接种牛痘的费用都没有,或者兄弟姐妹太多,父母照顾不过来,总之是可以原谅的。但那个在三十年前的寒夜里披着军大衣在露天的幕后为舞剧伴唱的女子,她的爹娘为什么不给她接种牛痘呢?她生在新中国,长在红旗下,享受着免费接种牛痘的权利,但她的父母硬是没给她接种牛痘,让她落了一脸大麻子,这样的父母是不可原谅的。当然,如果她不是一脸大麻子,她能发出那样的如泣如诉、如怨如慕、欲生欲死、似甘似苦让我三十年还忘不了的歌唱吗?进一步还可以说,那个皮匠,如果不是落了一脸大麻子,又如何能成为一个悲惨爱情故事中的主角被我们口耳相传而永垂不朽呢?

麻子被牛痘疫苗消灭了,用灵魂歌唱的人被光滑的脸消灭了。

还有一种比较粗俗的传说:说皮匠得了小姐的绣鞋之后,摩挲把玩,春心动荡,可以与《红楼梦》里得了风月宝鉴的贾瑞大爷相比。贾大爷最终死在那面镜子上,皮匠死在那只绣鞋里。还有一种对小姐名声极为不利的说法:皮匠寒冬腊月里赤着下体,将绣鞋挂在阴茎上,在财主家院墙外边,一边高歌一边行走,引来了许多看客,使小姐的名誉受到了极大的伤害。财主忍无可忍,只好雇来杀手,趁着一个风雪之夜,将皮匠给整死了。我在感情上不愿接受这种结局,但既然有人这样传说,只好记下,供大家参考。

(二〇〇〇年)

茂 腔 与 戏 迷

　　茂腔是一个不登大雅之堂的小剧种,流传的范围局限在我的故乡高密一带。它唱腔简单,无论是男腔女腔,听起来都是哭悲悲的调子。公道地说,茂腔实在是不好听。但就是这样一个不好听的剧种,曾经让我们高密人废寝忘食,魂绕梦牵,个中的道理,比较难以说清。比如说我,离开故乡快三十年了,在京都繁华之地,各种堂皇的大戏,已经把我的耳朵养贵了。但有一次回故乡,一出火车站,就听到一家小饭店里传出了茂腔那缓慢凄切的调子,我的心中顿时百感交集,眼泪盈满了眼眶。茂腔这个不好听的小戏为什么能迷住人?这个问题放下暂且不表,各位看官,不才小子今天就给诸位讲两个关于茂腔的故事。

　　我们村的人几乎都爱听戏,但喜欢到入迷程度的,大概只有三五家,孙驴头算一家。孙驴头的老婆、儿子都是戏迷,娶来家一个儿媳妇更是一个超级戏迷,这叫做"不是一家人,不进一家门"。有一大傍晚,孙驴头在灶前烧火,儿媳妇站在锅前和面,准备往锅沿上贴饼子。这时,忽听到旷野里传来一声胡琴声,拉的是茂腔的过门。公公和媳妇都把耳朵竖了起来。媳妇说:"爹,您听。"

　　孙驴头说:"听到了,今晚谭家村有戏。"

媳妇说:"爹,加大火,吃了饭好去听戏。"

孙驴头捏起儿媳妇的脚就要往灶里填,儿媳妇怒道:"爹,老没出息,您想干什么?"

孙驴头看看儿媳妇穿着红绣鞋的小脚,不好意思说,只好和着旷野里传来的胡琴调门唱道:"叫声儿媳莫错怪,误把金莲当火炭儿——"

锅热了,儿媳挖起一团面,放在手里颠巴颠巴,"吧唧"一下子就贴到了孙驴头的额头上。孙驴头大叫道:"媳妇,你干什么?"

儿媳妇看看公公的狼狈相,和着胡琴的腔调唱道:"叫一声公爹莫错怪,误把额头当锅沿儿——"

这个故事过分夸饰,属于民间笑话一类,其真实性值得怀疑。下面讲一个真实的故事。

"文革"后期,我们村来了一支工作队,队员二十多人,全是县茂腔剧团的演员。我们村情况比较复杂,在县里都挂了号,工作队下来,是要帮我们揭开阶级斗争的盖子。自从工作队进村之后,村子里欢天喜地,好像过年一样。因为这些队员里,几乎包括了县茂腔剧团的全部名角。譬如青衣宋丽花,花旦邓桂秀,老旦焦闺英,老生高人滋,小生薛尔名,武生张金龙……都是如雷贯耳的人物,平日里可望而不可即,如今就在我们眼前,与我们同吃同住同劳动,我们的幸福和兴奋,无法子用语言形容。工作队自己不开伙,吃派饭,一般是三人一个小组,挨家轮户地吃。那时生活十分困难,每人每年只分二百多斤粮食,麦子只有二十来斤,也就是够过年包饺子的。但为了让工作队的同志吃好,家家户户都把过年的麦子拿出来磨了。这是完全彻底地自发自愿,甚至带有比赛的色彩,家家都想做出新花样来,让工作队的同志们吃得高兴。原以为这支工作队与过去那些工作队一样,顶多住十天半月就会撤走,但没想到他们住了一个月还不走。家家那点白面已经消耗得差不多了,想给同志们换成糙饭,一是面子上过不去,二是心里舍不得。因为那些做饭的女人们不管是不是戏迷，都喜欢这些演员。我们生产队会计的老婆是一个麻子，相貌差点，但心肠特热，见到那些演员同志们，尤其是见到男演员同志们，她的眼睛里水汪汪的，感情充沛得要命。为了在没有白面的情况下让同志们吃饱吃好，她充分地发挥了粗食细做的天才，把家里的绿豆、豇豆泡涨轧碎，裹上蔬菜，用棉籽油炸成焦黄的颜色，让同志们吃。同志们吃了都赞不绝口。这种做法很快普及开来，每到做饭的时候，村子里就洋溢着炸丸子的气味。——几十年过去了，这种食品还在我们村子里流传，并且有了一个美丽的名字：茂腔丸子。

给工作队做饭的家庭，必须是贫下中农，表现好的中农也可以。这是一种政治待遇，也是一种荣耀。那些捞不到给工作队做饭的黑五类分子家的女人们，心中的痛苦是十分深沉的。富农王金的女儿王美，人物标致，嗓子也好，是村子里唱戏时的主角。自从工作队一进村，她的眼睛里就始终饱含着泪水。她将自己家里的麦子磨成面粉送到麻子家，让她做了给同志们吃，麻子不领情，还向大队里揭发了她，说她想拉拢腐蚀革命干部。村里想游她的街，但遭到了工作队的反对。她送面不成，就把面粉做成火烧、大饼等精美食品，偷偷地送到工作队同志们的窗前。她曾经对麻子女人说："婶啊婶，我恨不得把心扒出来给同志们吃了。"麻子女人当然不会替她保密，很快就宣传得全村皆知，工作队的同志们当然也听说了。那个小武生张金龙感慨地说："她如果不是富农的女儿该有多好！"

小武生短小精悍，目光炯炯有神，走起路来脚下像踩着弹簧。他不但能翻空心筋斗，嗓子也不错，村子里的女人们都喜欢他。尽管他感叹王美的出身不好，但他还是跟王美好了，就在打谷场边的草垛里，被人当场捉了双。小武生立场不稳，中了糖衣炮弹，犯了路线错误，被提前打发回去。有人提议将王美判刑，报到县里，县里说交给村子里批斗。挨批斗时，王美始终面带笑容，看那样子丝毫没有悔意。她的态度激起了以麻子为首的女人们的反感，她们扑上去，一边撕咬一边骂："撕了你这个浪货！咬死你这个骚狐狸！"

第二年夏天,村子里的女人们在一个月内生了十几个孩子——麻子最能干,一胎生了两个。这些孩子长大后,有的像薛,有的像高,其中有八个都像小武生。他们目光炯炯,走起路来脚步轻捷,脚下仿佛踩着弹簧,天然地会翻空心筋斗。

(二〇〇〇年)

枣木凳子摩托车

一、父亲的枣木凳

农历正月十五是公认的耍日子,但十五岁的失学少年张小三,一大早就被母亲叫起来,与他的父亲一起,在院子里,用一张大锯,分解一根粗大的枣木。张小三的父亲是高密东北乡有名的细木匠,他制作的最有名的产品就是那种像元宝形状的枣木小凳子。这种小凳子不是用来坐的,而是用来枕的。在过去的许多年里,高密东北乡的人,基本上不枕枕头,只有几户从外地迁移来的人家枕那种用谷糠或是麦秆草填充的布枕头。对他们的软枕头,本乡的人从内心里瞧不起。因为从小就枕这种坚硬如铁的枣木凳子,张小三们的脑袋的后边和左右两侧都很平坦,有点像某些异想天开的日本农民试种的方形西瓜。

张小三父亲的出名,是在张小三的爷爷去世之后——张小三的爷爷也是一个出名的细木匠——而张小三爷爷的出名,是在张小三的老爷爷去世之后——张小三的老爷爷也是一个出名的细木匠——这就是说,张小三家是一个木匠世家。想当年,张小三的老爷爷跟随着他的父亲流落到高密东北乡时,这里的人们是得着什么枕什么:

有枕蒲草捆的,有枕麦草墩子的,有几户极穷的人家枕砖头。后来张小三的老爷爷发明了这种元宝型的枣木小凳子,才渐渐地结束了高密东北乡人得着什么枕什么的混乱局面。可以这么说:张小三家从表面上看是个木匠世家,实际上是雕塑世家,高密东北乡许许多多的方形头颅就是张小三家的杰作。张小三的一个在上海教书的叔叔回来说,每年都有几个家乡的孩子考到他们学校里去,而他总是能根据他们的方头从满校园乱窜的新生群里把他们一眼认出来。那种枣木的小凳子,经过多年的头皮摩擦和头油浸润,颜色变成鸡肝色的深红,温润如玉,光可鉴人,其实就是一件宝物。枣木是一种品质优良的硬木,如果它不干裂,就永远不会坏,用头油浸润了的枣木根本就不可能干裂,所以这样的枣木小凳子,几乎没有损坏的可能。幸好这里的老人死后,生前枕过的枣木小凳子要随着下葬,这才使张小三家的产品有了源源不断的销路。

改革开放以来,随着人们眼界的开阔和文化的提高,枣木小凳子的地位受到了海绵芯枕头、荞麦皮芯枕头的严重挑战,年轻人结婚,谁也不会再像过去那样买上两个枣木小凳子摆在炕头上,现在摆的都是绣花枕头,上面还蒙着丝光毛巾。而最赶时髦的青年,结婚已经不在热炕头上而是挪到了席梦思床上,席梦思床上摆上两个枣木小凳子也的确不像话。所以,张小三家的辉煌事业,到了张小三父亲这一代,从鼎盛到衰落,眼下基本上是癞蛤蟆垫桌子——硬撑。从此之后,方形西瓜一样的头颅,将在高密东北乡的土地上逐渐地减少直至灭绝。从某种意义上说这也是一种遗憾,但遗憾归遗憾,灭绝还是不可避免。

张小三的父亲是一个执迷不悟的老家伙,他不但不能审时度势,及时地转产,或者干脆放弃木匠手艺,去干一些赚钱容易的事,当然,张小三也知道,这个世界上干什么都容易,就是赚钱不容易,但哪怕是走街串巷收破烂也比做小凳子赚钱容易。父亲是一个不用钉子和水胶的木匠,张小三爷爷传他手艺时,顺便也把他对于那些使用钉子和水胶的劈柴木匠的鄙视传给了他。不用水胶和钉子,那就要求你在卯榫上的功夫非同一般,那就要求你对各种木材的特性了如指掌。

张小三的父亲经常跟张小三讲他自己的父亲教他手艺时的情景。第一课不是拉锯也不是刨板,当然更不是烘板子打卯。第一课就是认木头。你只有练到能闭着眼从一大堆杂木里把一根枣木摸出来,才具备了学徒的资格。张小三的父亲天生就是个做木匠的材料,他不但能闭着眼仅凭着手的感觉把一根枣木从一大堆杂木里挑出来,他还能闭着眼,不动手,用鼻子把一根枣木从一大堆杂木里嗅出来。当然,他凭着嗅觉,更可以把气味大的松木、柏木、槐木、榆木从一大堆杂木里挑出来。

尽管张小三家有如此光荣的历史,但张小三对继承祖业丝毫不感兴趣。木匠活儿实在是太累了。尤其是专做小枕凳的张小三家,基本上都是跟坚硬如铁的枣木打交道,那更是苦上加苦。张小三的父亲是一个保守的人,对这些年层出不穷的电动木工机械坚决抵制,坚持着彻底的手工操作。当村子里的新派木匠叼着烟卷,优哉游哉地在电锯上、电刨床上干活时,张小三的父亲还是挥汗如雨地使用着他的锛、凿、斧、锯与枣木搏斗。当大多数木匠都仿照着外国家具的样子制造时髦木货时,张小三的父亲还是一丝不苟地制作着枣木小凳子。不久前的一天,连向来把父亲的话当成圣旨的母亲,也趁着父亲心情好的时候,委婉地劝他去置几件木工机械。父亲一听这话,恼怒的脸色,就像厚重的门帘一样,"呱嗒"一声放了下来。

"呸!"父亲几乎把唾沫啐到了母亲脸上,然后愤愤地说,"你想让我当劈柴木匠?木匠是什么?木匠就是卯榫!那些小杂种,别说让他们分清红松和白松,他们连柳木和榆木都分不清,竟然也敢当木匠!他们连凿子都不会握,竟然也敢当木匠!他们只会用那些狗娘养的三合板子五合板子钉那些洋鬼匣子,也能算做木匠?!"

母亲望望墙角里堆着的和房梁上挂着的那几百个小凳子,大着胆子嘟哝着:"你骂人家做得不好,可人家能卖出好价钱;你做得再好,卖不出去才真是一堆劈柴……"

父亲更加愤怒地骂:"这些杂种,这些杂种,生生地把这个行当给糟蹋了……"

母亲道(张小三感到母亲也是一不做二不休了):"那些家什,不置也罢,要置也得去借钱——但咱能不能不做小凳子?我连着赶了五个集,连一条也没卖出去。别说没有买的,连个问价的都没有。现如今不是以前了,现如今的年轻人,谁还会枕着一个硬板凳睡觉?再这样下去,别说翻盖房子,"母亲仰脸望望破旧的房顶,绝望地说,"只怕连锅都要揭不开了!"

母亲的眼圈红了,然后就用破烂的衣袖去沾脸上的泪。

"我还没死呢,你就给我哭起丧来了!"父亲恼怒地说。他的口气尽管还是很硬,但脸上的肌肉已经松弛了,喷吐着火焰的眼睛也黯淡了,悲哀的表情从他的脸上浮现出来。他从墙上撕了一块破报纸卷了一支叶子烟,用一个绿色的一次性气体打火机点燃,然后白色的烟雾就笼罩了他的脸。

母亲那天真好像吃了豹子胆了,竟然指着那个打火机说:"按说这个玩意儿你也不能用,你应该用火镰火石打火点烟!"

张小三坚决地站在母亲一边,他壮起胆子,运用小学里学到的科学知识,对父亲发起了攻击:"爹,你连火镰火石都不能用,你应该钻木取火!"

"杂种,"父亲望着挂在墙上的木钻,说,"知道钻木取火,还不枉为了木匠的儿子。看在这个分上,今天就不揍你了。"父亲抚摸着炕头上那个枕了五十多年的油光闪闪的紫红色枣木凳子,感慨万端地说:"多么好的东西,多么好的东西啊,怎么说没人枕就没人枕了呢?"

"枕这破玩意,把圆头都枕成了方头!"张小三摸着自己的脑袋,愤然地说。

父亲瞪圆眼睛,冷冷地说:"方头有什么不好?你看看那些大人物,哪个不是方头?"

父亲是一家之长,他顽固不化,张小三和母亲毫无办法。母亲偶尔还敢嘟哝几句,张小三连嘟哝都不敢了。父亲是体面人,不愿背上打老婆的恶名。但父亲打儿子,却是天经地义的事。再者,张小三已经打定了主意学两个哥哥的样子,瞅个空子,跑到县城,爬上火车,往东北流窜。张小三的两个哥哥就是在他们十四岁的时候,为了逃避跟着父亲学木匠的苦难,跑到东北当了盲流。听说他们两个在东北都混得很好,大哥在煤矿里挖煤,二哥在金矿里淘金,张小三去投奔他们,肯定可以过上幸福的生活。因为有了主意,张小三最近一个时期一直伪装积极,干活很卖力,而且还装出对做枣木凳子很感兴趣的样子,故意地向父亲讨教。张小三还煞费苦心地制造了一个谣言,对父亲说:"爹,我听学校里王老师说,报纸上登了我们这里不枕枕头枕枣木凳子的消息,说这个习惯很有科学道理。报纸上说许多大科学家和大政治家就是枕着木头长大的。王老师说,用不了多久,就会有联合国的人到咱们这里来研究这个问题,一旦研究出结果,就会向全世界推广,到了那时候,咱们家就该发大财了……"

父亲听了张小三的连篇鬼话,停下手里的活儿,眼睛里放着光彩,问道:"真的?王老师真这样说了?"

张小三想反正过了正月十五就要逃跑,而他还不知道,学校的王老师已经调到县里去了,等到父亲戳穿了谎言,自己已经跟着大哥或是二哥,当上了煤矿工人或是金矿工人了,所以张小三就用斩钉截铁的口吻说:"我怎么敢骗您?不信的话您这就去问王老师,如果我说了假话,您就把我的嘴巴扇肿!"

"我会去问的,"父亲说,"如果你说了谎,我不但要把你的嘴巴扇肿,我还要把你的舌头割掉!"虽然从表面上看父亲杀气腾腾,但张小三知道他心中十分高兴。张小三的谣言,简直就像给犯了烟瘾的大烟鬼点了一个大烟泡。接下来父亲继续干活,从他的嘴里,竟然哼出了一支抒情小调:十八岁的大姐要把兵当,当兵实在强,去了就吃粮,暄腾腾的大馒头外带着白菜汤……

张小三心中暗想:爹,您就喝你的白菜汤吧,您的儿子俺就要远走高飞了!

但张小三的谣言也带来了一个很坏的结果,那就是,父亲不顾母亲的强烈反对,把圈里那两头大肥猪卖掉一头,将老聂家那根在院子里放了五年的大枣木买了回来。

正月十四日,父亲亲手把枣木的皮剥干净,然后,手里拿着绷线用的牛角墨斗子,耳朵上夹着铅笔,在张小三的帮助下,往枣木上绷墨线。这根大枣木有两米多长,水桶般粗,父亲当然想把它解成做小凳子的板料。张小三手里扯着墨线,心中暗暗叫苦:老天,这个正月里就要被拴在这根枣木上了!这根王八蛋的枣木不知是怎么长的,大疤连着小疤——打井怕沙,割锯怕疤——而且这是它姥姥的枣树疤!枣树疤不是钢铁跟钢铁也差不了多少,无论多么锋利的锯条,碰到了枣木疤,也得火星子乱窜。想到此张小三就胳膊发酸头皮发麻,但父亲却喜气洋洋,嘴里小曲不断。他当然高兴,枣木的疤越多,做出的小凳子越好看,尤其是枕过多年的有疤的枣木凳子,更是美丽如画,光滑似蜡。

父亲昨天夜里没怎么睡觉,张小三在痛苦的梦里,还听到他用铁锉磨锯条时发出的那种刺耳的怪声。

现在,那根绷好了墨线的大枣木,已经被绑在圆木支架上,仿佛一门准备发射的大炮。张小三和父亲已经各就各位:父亲割上锯,居高临下地站在一条长凳上;张小三割下锯,垂头丧气地坐在一条短凳上。父亲用拇指甲比着锯条轻轻地起了锯,然后,爷儿两个,一上一下,一来一往地割起来了。

哧——嗤——哧——嗤——

哧——嗤——哧——嗤——

二、舅舅的摩托车

邻居家的大嫂把她的胖头大脸探过张小三家的土墙,大声地说:"哎呀大叔,大正月十五的,还干?"

父亲连眼角都没斜一下,只是从鼻子里发出一声嗤哼,算是回答。

大嫂对着正在搅拌猪食的母亲说:"大婶子,没去赶集?"

母亲不冷不热地说:"没有什么好买的……"

"去看热闹啊,今天可是十五大集,人多得挤不动。"大嫂说,"吕家庄上舅舅也在集上……"大嫂鬼鬼祟祟地扫了母亲一眼,然后就兴高采烈地说:"吕大舅骑着一辆新摩托,锃明瓦亮,听说是新买的,嘉陵牌的,值好几千呢!人们围着他,就像看马戏似的,我费了吃奶的劲才挤进去。大舅满头汗水,在那里拉着胡琴给人唱他的摩托呢!大舅唱道:'俺的摩托实在是好,不喝水不吃草,驮着老吕满街跑。'西村小曹夸他:'老吕,你真是好样的,泰山压顶不弯腰,死了儿子不流泪!'大舅一拍摩托车,说什么,'人固有一死,谁能不死?连毛主席都要死,我的儿子死了算什么?'然后又拉着胡琴唱起来,'人活百岁也得死,不如早死早脱生……'大家一齐给大舅鼓掌,夸他拉得好唱得也好……"

张小三盯着大嫂唾沫横飞的嘴巴,眼前出现了大舅那副红彤彤的、像灯笼一样的面孔,耳边回响起大舅那副底气十足、仿佛电喇叭一样的嗓音。张小三把手中的锯子忘记了,直到父亲的怒吼把他惊醒:"心到哪里去啦?"

大嫂对着张小三吐了一下红舌头,然后她故意地压低了嗓门,仿佛是单说给母亲一个人听似的:"听说大舅的摩托车是用他儿子的抚恤金买的……"

大嫂招人厌烦的脑袋从土墙后隐退了。母亲长叹了一声。父亲恼恨地哼了一声。院子里恢复了方才的宁静,只剩下张小三与父亲割枣木的声音：哧——嗤——哧——嗤——

张小三多么希望父亲能放自己一马,到大集上去,看看舅舅的摩托车。但张小三知道这样的要求提出来,等待着自己的只会是一顿臭骂。张小三只能机械地拉着锯子,想一些与舅舅有关的事情。

舅舅是母亲惟一的弟弟,大概也五十多岁了吧？他的头秃得几乎没有一根毛了,头皮的颜色与他的脸色一样红,所以他的头在张小三的心目中就像一个纸糊的、上了明油的红灯笼。舅舅原本有四个儿子,依次叫做吕忠、吕孝、吕仁、吕义。他家每生一个儿子,张小三家就送去一个小板凳,因此他家的四个儿子都被塑成了特别端庄的方头。张小三很小的时候,舅舅的大儿子吕忠就被生产队的马给踢死了。母亲背着张小三前去探望。母亲与舅母抱头痛哭,舅舅不耐烦地说：“哭什么？死了一个,还有三个!”然后他就从墙上摘下一把胡琴,吱吱呀呀地拉起来,拉着拉着就唱了起来。舅舅有副好嗓子,铜声铜气。他边拉边唱,得意洋洋,满面红光,像个灯笼。舅舅这样高兴,母亲和舅母也就哭不上劲儿了。母亲在背着张小三回家的路上对张小三说：“嗨,你舅舅这人,心真是大!活蹦乱跳的一个儿子死了,亏他还唱得出来。”前年,舅舅家要盖新房,两个儿子,吕孝、吕仁,开着拖拉机去拉砖,过桥时,拖拉机一头栽到河里,翻了个四轮朝天。吕孝当场不喘气了。吕仁还会喘气,送到医院抢救了半天,到底也不喘气了。舅母当时就昏了。在邻居们用筷子撬开舅母的牙关往她的嘴里灌热水时,舅舅从墙上摘下了那把胡琴,吱吱呀呀地拉了起来,他还是一边拉一边唱,嗓子洪亮,满面红光,仿佛一个灯笼。张小三牵着母亲的手回家的路上,母亲一边走,一边哭,一边唠叨：“你舅舅这人……他怎么还能唱得出来……两个儿子,两个虎头虎脑的好孩子啊……你舅母这一下子够了戗了……”一个月后,舅母死了。舅母死了,直挺挺地躺在炕上,好像一根枣木。村子里的老娘们在舅舅家的院子里哭成一团,舅舅愤怒地说：“要哭滚回你们自己家里哭去,在这里哭什么?！真是丧气!"张小三扶着母亲回家的路上,母亲喘息着问:"小三,你舅舅还是个人吗？……"这年的正月里,舅舅村子里的野戏班子到张小三家村子里演出,舅舅是他们的琴师。舅舅惟一没死的儿子吕义跟着混饭吃。舅舅在土台子上摇头晃脑地拉琴,一边拉琴,嘴巴一边开合,红光满面,像个灯笼。吕义站在舅舅的身后,手里提着一面小锣,时不时地敲一下:镗！张小三在台下看戏,听到看戏的人在议论舅舅,有人夸奖他是钢铁汉子,有人骂他是狼心狗肺。尽管有人骂,张小三的心里还是充满了对舅舅的敬佩,张小三感到舅舅是个非同一般的人物。吕义比张小三大四岁,方头,浓眉,大眼,四肢修长,两只大手,就像小蒲扇一样。母亲对她这个仅存的内侄宠爱有加,不顾父亲的冷眼,将家里最好的东西拿给他吃。他却懂事地把美好的食物放到父亲面前,自己抢着吃粗劣的食物。这是他最后一次到张小三家来做客的情景。从张小三家离开后,他就参军当武警去了。母亲抱怨舅舅,说不该让吕义去当武警。舅舅说:"姐姐,我明白您的意思,人哪,该死怎么着也得死,不该死枪子儿碰上都会绕弯!"看来吕义是该死,当了武警不到一年,在一次巡逻时,经过一座桥,那桥竟然塌了。桥塌了,吕义死了。这次母亲没去探望舅舅;张小三想去,父亲不让。几天后有人传过话来,说舅舅接到了吕义的骨灰和遗物的当天晚上,就跑到镇上去看了一场吕剧,看戏又不好好看,愣是蹿到台上去,批评人家琴师拉得不对,要砸人家的琴,幸亏有认识他的人,好说歹说把他劝下来,要不非吃个大亏不可。舅舅是民间艺术家,能拉会唱,如果他年轻时能得到名师指点,肯定会在音乐戏曲方面大有作为。嗨,贫穷落后的农村,耽搁埋没了多少可塑之材啊……

张小三正想着舅舅的事儿,就听到胡同里一阵摩托声响。张小三大喊一声:"舅舅来了!"扔了锯,跳起来,不顾后果,往外跑去。恍惚听到父亲在身后吼叫,但张小三已经站在胡同里。果然是舅舅来了。舅舅骑着一辆红色的摩托车来了。摩托车屁股后喷着青烟,沿着狭窄的胡同,箭一般地冲了过来。张小三大喊一声:"舅舅!"鼻子竟然一阵发酸,眼泪啪嗒啪嗒地落了下来。舅舅在张小三的面前,也就是在张小三家门前停了车,但摩托还没熄火,从那根银灰色的排气管里,喷出"啵啵"的响声和一股汽油味儿。舅舅穿着一套不合身的武警制服,腰里扎着一根红色的皮带,身后斜背着一把胡琴。舅舅没戴帽子,秃头上冒着热气,像个蒸笼;舅舅满面红光,像个灯笼。舅舅伸出大手,摸摸张小三的头,说:"你哭什么?大老爷们,动不动淘菜水,没出息!"

父亲已经站在门口,准确地说父亲是堵住了门口。

舅舅亲热地问:"姐夫,没去上集?"

父亲哼了一声,道:"我以为是哪里来了个大干部呢!"

舅舅搔搔秃头,说:"姐夫,穷亲戚来了,也不能堵着门口不让进啊!"

父亲冷冷地说:"骑着这样的大摩托,怎么敢说穷?!"

这时,母亲浑身打着颤,急忙忙地走过来。她的腰弯着,宛如一个黑色的秤钩。

"姐姐……"舅舅低声说。

母亲瞟了一眼那辆崭新的摩托车,就把目光移到舅舅的脸上,定定地看着。

舅舅在母亲的注视下,慢慢地垂下头。

张小三怯生生地伸出手,抚摩着舅舅的摩托车。

舅舅脸上的悲伤顿时一扫而光,他拍着摩托车的皮革座子,喜气洋洋地说:"姐姐,我置了一个小马驹!好东西,真是好东西!让它怎么着它就怎么着,灵性得很,简直是一把小胡琴!"

"他舅啊……"母亲悲哀地说,"让我说你什么好呢?"

舅舅望望张小三家门前宽广平坦的打谷场,说:"小三,上来,舅舅带着你兜两圈!"

"小三！"父亲喊。

"小三！"母亲喊。

"放心吧你们就！"舅舅把张小三拖到摩托车上,对着父亲和母亲说,"碰掉他一块皮,我割下一块肉给他贴上！"

舅舅骑上摩托车,将胡琴摘下来,探身放在墙角,说:"小三,搂住我的腰！"

舅舅载着张小三在打谷场上转了一圈又一圈。张小三感到不是摩托车围着打谷场转,而是打谷场边上的树木和土墙围着摩托车转。

舅舅说:"搂紧,我要加速了！"

摩托车轰鸣着,父亲的脸和母亲的脸还有许多赶来看热闹的人的脸在张小三的面前一闪而过,紧接着又是一闪而过……

张小三听到有人在场边大声喊:"老吕,听说你也要去飞越黄河？"

舅舅大声说:"飞越黄河算什么本事,老子要飞越长江！"

"老吕,给我们表演一个特技！"

"表演一个！"

……

舅舅将车停在张小三家门口,一条腿着地,一条腿还在车上。他侧过身,把张小三抱下来,说:"姐夫,姐姐,验收一下！"

舅舅扶正摩托,往前飞驰。他在车上说:"今天,让你们开开眼！"

舅舅的一只手离开了车把,摩托速度不减,往前飞蹿。

舅舅的两只手都离开了车把,摩托速度不减,往前飞蹿！

人群中爆发了一阵欢呼。

母亲大喊:"他舅舅,我求你了,别作死了……"

"放心吧,姐姐！"舅舅喊。

舅舅在飞驰的摩托上,开始脱他的武警制服。制服脱下来了,随手往空中一抛。人群中一片喝彩。

舅舅继续脱,脱下了那件墨绿色的套头绒衣抛到空中。众人几乎是齐声喊：

"老吕，好样的！"

"老吕，再露一手绝的！"

舅舅高举双臂，好像迎风展翅的鸟，潇洒地转了一圈，然后一个急刹车，停在了刚才让张小三上车的地方。张小三看到舅舅满面红光，像个灯笼。舅舅对着张小三微微一笑，探身就把放在墙角的那把胡琴提了起来。

母亲说："真是个不知死的鬼！"

父亲冷笑着说："这就是你娘家出的英雄好汉！"

张小三激动万分地看到，舅舅端坐在飞驰的摩托车上，拉起了胡琴。拉了一个小过门，舅舅放开喉咙唱道：

"六月里三伏好热的天，二姑娘骑驴奔阳关——"

在众人的喝彩声里，舅舅的摩托车像头瞎了眼的毛驴，一头撞在了土墙上。张小三看到舅舅的身体从摩托上飞起来，然后落在了地上。张小三看到母亲缓缓地坐在了地上。张小三看到父亲大声咳嗽着，转身往院子里走去。张小三看到众人愣了一会儿，然后便一窝蜂般地朝着舅舅和他的摩托车跑过去。张小三也跟着人们跑过去。

舅舅双手按着地，艰难地爬起来，一瘸一拐地向摩托车走去。舅舅上身只余一件背心，背心上印着"武警"两个红色的楷体大字。没了宽大外衣的遮掩，舅舅的驼背和两块高耸的肩胛骨全都显了出来。张小三看到那辆适才还神气得像个年轻乡长的摩托车，转眼间就成了一个大残废。银光闪闪的车灯破了。耀眼明亮的车把弯了。滴溜溜儿圆的前轮龙了……舅舅站在摩托车前，身体前仰后合，好像一根随时都会倒下去的枣木。舅舅的嘴唇打着哆嗦，眼睛直直的，像个痴巴似的。两股眼泪从舅舅的眼睛里突然地奔涌而出。舅舅一屁股墩在地上，干嚎了一声："我的摩托啊……"然后就张开大嘴，哇哇地哭起来。众人仿佛吃了一惊，相互打量着，愣了片刻，然后一起围上去，七口八舌地劝解：

"老吕,别哭了,想开点嘛!"

"老吕,您这是小灾大福,摩托毁了,人是好的嘛!"

……

舅舅不听众人劝,大哭不止。他的脸上沾满了汗水泪水和污泥,好像一个掉在雨水中又被人踢了一脚的破灯笼。

(二〇〇〇年)

冰 雪 美 人

一

叔叔从市医院退休之后,在镇上开了一家私人诊所。我高考落榜,庄户不能,学业不成,心情坏得不行。在家闲得无聊,整日与镇上几个不良少年斗鸡走狗,眼见着就要学坏,父亲心中焦急,便豁出一张老脸,求到叔叔面前,让我到诊所里去,跟他学医。

父亲把我送到诊所那天,叔叔正与婶婶为了一件什么事情拌嘴。地上躺着一个铁皮暖瓶,瓶胆破了,水流遍地,镀了水银的玻璃碎屑在水中闪烁。见到我们进来,婶婶用衣袖擦擦眼泪,抽身进了里屋,房门在她的身后在我们面前响亮地碰上了。我心中感到惶恐,觉得他们的吵架与我前来学徒有关。父亲抓住我的肩头往前推了一把,沉重地咳了几声,说:

"他叔,我把小东西送来了⋯⋯"

叔叔看了我一眼,没有吭声。他绕过地上的水洼,坐在一把落满了灰尘的椅子上,从口袋里摸出一盒劣质香烟,捏出一根,夹在手指间,点上火,抽起来。夹烟的手指呈现出像红烧肉一样的焦黄色,说明他是一个老烟鬼了。在学校时,我们一帮问题少年,故意地用香烟熏手指,就是为了使自己的手指变成焦黄色。

父亲从褡裢里摸出十个咸蛋,放在桌子上,说:

"这是你嫂子腌的,你和他婶子尝尝。"

"自家人,何必来这一套?"叔叔不屑地说着,脸上的神色似乎和缓了一些。他捏出一根烟,扔给父亲。父亲慌忙去接,烟卷儿在他的胸前跳跃着,蹦到我的面前,我一伸手就把那只烟卷儿凌空抓住,递给了父亲。叔叔赞赏地看着我,说:"反应挺快嘛!"我本想告诉叔叔我在学校棒球队里练过接球,但话到了嘴边又咽了下去,因为父亲反复叮嘱过我,到了诊所后,一定要少说话,多干活。父亲说,学徒不容易,即便是跟着自己的亲叔叔也不行。叔叔是自家人,多少还有些担待,婶婶是外姓旁人,没有什么血脉上的联系,所以一切要看她的脸色。父亲还反复给我讲了学徒的艰辛——他早年曾经在中药店里拉过药橱,有切身体会——头两年,你压根儿就别想学什么,你要帮师傅倒夜壶,你要帮师娘看孩子,你要打水、扫地、烧火、淘米……所有的粗活累活都是你的。没有日刺猬的心性,你就不要跟人家学徒!父亲粗野地说,何况你这不是一般地学徒,你这是去学医!叔叔又捏出一根烟,熟练地把那个即将燃尽的烟头接上。他直直地盯着地上的破暖瓶,说:"学点什么不好?去当兵嘛!去做生意嘛!干点什么也比干这个强,我摸弄了大半辈子灰肚皮,实在是摸弄够了。"

"还不快把地上的东西打扫了?!"父亲突然对我发起火来,"年轻轻的,眼睛里一点营生都没有!难道还要你叔和你婶婶指使你?"

我抄起扫帚和撮子,把地上的碎玻璃扫了起来。当我出去倒撮子时,听到父亲对叔叔说:

"他叔叔,我和你嫂子这辈子就熬了这块东西,从小娇惯坏了。你和他婶子,该说说就说,该打就打,自己的亲侄子,打也打得着,骂也骂得着……"

"行了,行了,你回去吧,"叔叔说,"他自己愿意学,就让他在这里混着吧。反正是如果我有儿子,我决不会让他干这行。"

二

　　叔叔原先是那种号称"万金油"的乡村医生，中医、西医、内科、外科、儿科、妇科，凡是人生的病，找到他，他就敢治，治好治不好当然是另外一码事。改革开放后，叔叔考到省医学院医师进修班学习了两年，回来后进了市医院，穿大褂，带手套，成了给人开膛破肚的外科大夫。叔叔还在乡村里当赤脚医生时，就在炕头上用剃头刀子给人家做过阑尾炎手术，从医学院进修回来后，更是如虎添翼，胆大包天，世上有人不敢生的病，没有他不敢下的刀子。叔叔说过，当医生其实和当土匪一样，三分靠技术，七分靠胆量。有了胆量你才能冷静，冷静了你的脑子里才有空，脑子里有空你才能干活。那些真正的大土匪，看上去像文弱书生；那些真正的大医生，看起来像杀猪的。叔叔艺高人胆大，在市医院里很做了几例成功的大手术。也正因为他的胆子太大，在手术台上搞起了米丘林式的嫁接实验，把几个不该死的人给治死了。于是他就成了毁誉参半的人物，夸他的人说他是神医，骂他的人说他是兽医。他又是一个骄傲透顶的家伙，牛脾气发作，敢拍着桌子骂市长的娘。院里留他不是，不留他也不是，正在为难时，他自己提出要提前退休，院方正好就坡下驴，当然口头上还是挽留他。

　　叔叔的诊所只有两间房子，规模小得不能再小，但却在门口堂而皇之地挂了一个大牌子，牌子上写着"管氏大医院"五个大字。那字是他自己写的，一个个张牙舞爪，像猛兽一样，看着就让人害怕。仗着他过去的辉煌名声，仗着此地去市里交通不便，仗着市医院宰人不商量，管氏大医院开张以来生意兴隆，大病看，小病也看。叔叔当医生，婶婶这个只上过三年小学的农村妇女——曾经当过兽医——就成了护士兼司药。不久前他们二人连手，给杂货铺掌柜汪九做了胃切除手术。花钱很少，效果很好。叔叔的名声在故乡达到了一个新的高度。就是在这个时候，我进了叔叔的诊所——不，是医院，管氏大医院——当了一名学徒。严格地说,学医是不应该叫做学徒的,但我父亲非要这样说我也就随着这样说了。

叔叔的手术室就是方才婶婶进去的那间房子。房间里有一张可以升降的铁床,床上蒙着白床单,有时候叔叔就在这张床上午睡。床的外手有一张三抽桌子,桌子上放着几个搪瓷盘子,盘子里盛着刀子剪子镊子什么的,上边蒙着两层白色的纱布。紧靠着墙立着一个米黄色的木柜子,柜门上镶着玻璃。透过玻璃可以看到一些瓶瓶罐罐,这就是管氏大医院的几乎全部家当了。

我们镇子是个非常偏僻的地方,离市里有一百多公里。镇子后边就是有名的白马山,从山里流出来的马桑河从镇子中间穿过。这地方尽管偏僻,但风景不错。由于落后,没有工业,也就没有污染。空气新鲜,河水清澈,有点世外桃源的意思。叔叔在如此简陋的手术室里给人做手术而不感染,大概就沾了这地方没有污染的光。

近年来这里也开始发展旅游,春天有来看花的,夏天有来钓鱼的,秋天有来看红叶的,冬天有来滑雪的——在山里,镇上与香港合资建设了一个规模很大的滑雪场——世外桃源变得红尘滚滚。很多人为此高兴,叔叔却眉头紧锁,经常骂娘,好像他跟钱有仇一样。

三

我在叔叔的诊所里学徒转眼间已经半年了。在这半年里,我的主要工作就是扫地、烧水,中午出去买三个盒饭,叔叔和婶婶各吃一个,我自己吃一个。叔叔和婶婶晚上回家去睡,我睡在诊所里看门,那张躺过许多病人的诊断床就是我的床。我的晚饭和早饭基本上是开水泡方便面,有时候叔叔也带点别样的给我。说我一点医术没学到那是没良心,在这半年里,叔叔教我认识了几十种常用药,为的是万一晚上有人来买药我好应付,除此之外婶婶还教会了我用蒸煮法给医疗器械消毒。

进入冬天之后,我的工作中添加了一项内容:生炉子。每天早晨,在叔叔和婶婶没到医院之前,我就把安在外间的炉子生着。里间是手术室,不能烟熏火燎,只是把几节烟筒伸进去拐了一个弯,借以提高温度。入冬之后已经下了两场大雪,山里的雪场已经冻好。这几天镇上在市电视台做广告,说白马镇像瑞典一样浪漫,像巴黎一样多情,配合着广告词儿还出现了几个搔首弄姿的女妖精。城里的人马上就要来了。城里人一来,镇上马上就会热闹起来;镇上一热闹,叔叔的诊所就会忙起来。婶婶已经进城去采购了大批治疗跌打损伤的药物,准备为那些在滑雪中受伤的人们治疗。

　　我生着炉子,坐上铁皮水壶烧水。叔叔特别能喝水,八磅的暖瓶每天要喝三瓶。他用着一个特大号的、外边漆着一个"奖"字的、伤痕累累的搪瓷缸子,缸子里一片漆黑,茶锈有半寸厚。那层茶锈是叔叔用了几十年的时间、耗费了几百斤茶叶养出来的,像他耳朵上的一根毛那样被爱护着。叔叔甚至允许我抽他的香烟,但是绝对不允许我动他的茶缸子。我经常幻想着有一天叔叔下班回家时把茶缸子忘在诊所里,那样我就可以用他的茶缸子好好地喝一次水,感受一下使用大医生的大茶缸子喝水的滋味,但叔叔从来没有发生过这样的疏忽。他与茶缸子形影不离,进手术室给人做手术时都要端进去。这未免有点过分,但还有更过分的呢。我听婶婶说,他每天早晨坐马桶时,都要把沏满开水的茶缸子放在面前的小凳子上,一边出恭,一边进水。这让我感到叔叔身上有大人物的作派。我抹了桌子扫了地,就坐在桌子前吃方便面。我们烧的是亮晶晶的无烟块煤,热量很高,又加上下雪刮北风,火势凶猛,火焰呜呜地响着,很快就把烟囱烧红了半截,水壶里的水也唱起了小曲。我听着火声和水声,透过玻璃,看着窗外纷纷扬扬的大雪和被大雪笼罩着的街道、房屋和河流,心里感到空空荡荡。

　　我看到一条黑狗夹着尾巴、脊背上驮着雪从街上走过。它走得小心翼翼,好像怕身上的积雪抖落似的。狗走过去,又跑过来一头黑色小毛驴儿。它跑得飞快,一边跑还一边蹦,好像生怕雪花儿停留在身上似的。黑色的小毛驴儿在白色的雪花里闪闪发光,跑到窗外时,它停留了一会,原地转了一个圈儿,尥了一个蹄子,好像跟我打了个招呼,然后又向前跑去。我急忙站起来,抓起抹布,擦了几下灰蒙蒙的玻璃,将脸贴上去看小毛驴儿,但是它的身影已经消逝在飞扬的雪花里。我叹了一口气,正要把脸从冰凉的玻璃上摘下来时,看到一个高大健壮的妇女,提着一个柳条篓子从马桑河里走上来。我一眼就认出了她是谁。她是孟寡妇,我的一个女同学的母亲。她家临街住,开了一个饭馆,专门做鱼头火锅,招牌叫"孟鱼头",于是镇上的人不叫她孟寡妇而叫她孟鱼头了。于是我们把她的女儿也叫孟鱼头了。小孟鱼头的身材像她母亲一样高大但比她母亲苗条得多,她生着一张娇艳的嘴,嘴唇丰满,两只嘴角微微上翘,看起来好像很骄傲,也好像很调皮。

四

我们就读的那所中学十分保守,制定了五十八条学生守则,不许抽烟啦,不许喝酒啦,不许化妆啦,不许烫头啦,不许穿高跟鞋啦……规矩很多,如果谁敢违反,轻则处分,重则开除。但惟有小孟鱼头敢与校方对着干。那时她妈妈还不叫孟鱼头还叫孟寡妇,那时她还不叫小孟鱼头还叫孟喜喜,孟喜喜头发浅黄,波浪着,披在肩上,有时也用一根鲜艳的手绢扎起来,像一条狐狸尾巴。她的嘴巴略微有点歪斜,双唇鲜艳欲滴,仿佛熟透了的樱桃。她的额头宽阔开朗,像景德镇的瓷器一样光滑明亮。她的双眼长得有些开,眼睛不大,但非常明亮。她的双眉修长,略有些掉梢,非常规整,仿佛是精心修整过的。与班里那些胸脯平坦、嘴唇枯燥、目光呆滞、眉毛凌乱、额头上布满青春痘的女同学相比,孟喜喜实在是太过分了。孟喜喜胸脯高耸——而且分明不戴文胸——眼睛水汪汪的,嘴角翘着,脖子修长,精巧的头颅微微后仰着,穿着不能算高跟但也绝对不能算低跟的皮鞋在校园内的大路上、教学楼内的走廊上,目中无人地走来走去。她的步伐轻捷,鞋跟敲打着水磨石的地面,发出清脆的声响。孟喜喜实在是太过分了呀!年级主任——一个绾着牛粪饼子头、长脸短下巴的女人——在全年级大会上不指名地批评:有的同学——今天就不指名了——实在是不像样子,你自己对着镜子看看,还像个学生吗?!——大家的目光一瞬间都集中到孟喜喜的身上。她的脑袋转来转去,目光左顾右盼,好像在寻找被年级主任不点名批评的那个人——我说的就是你!年级主任几乎是吼叫起来,长脸憋得通红:你以为这是什么地方?这是学校,不是酒吧间!有几位女生幸灾乐祸地低声笑起来,男生们脸上也出现了尴尬的表情。我感到脸上发烧,好像是自己的姐妹被人当众奚落一样。但孟喜喜神色平静,嘴角翘着,脸上洋溢着一团微笑,好像被年级主任点名批评的是一个与她毫无关系的陌生人。

年级会后,孟喜喜依然如故,还是那样昂首挺胸地在校园内、在楼道里走来走去。男生们的目光更多地在她的身上打转。我们原来就愿意看她,年级主任的训话好像把罩在她身上的一层薄纱揭去一样,让我们猛然地醒悟:啊,这个孟喜喜呀,实在是太过分了……

男生们本来就愿意与孟喜喜说话,现在,有更多的男生有事无事地跟孟喜喜搭腔,还有人从家里拿来好吃的东西给她吃。我也偷偷地把家中院子里葡萄架上第一串发紫的葡萄剪下来,用一张报纸包了,拿到学校,课间休息时,趁着她上楼梯的时候,塞到她的怀里,然后我就跃上光滑的楼梯栏杆,像杂技演员一样溜了下去。我窜出楼梯口时,几乎撞到年级主任的怀里。她的脸色紫红,左腮上的肌肉像一条虫子抽动着,我知道这是她暴怒的标志。

我转身跑回教室,离上课还有几分钟时间。同学们正在大声地嚷叫着,蹦跳着,乱成一团。导致这场混乱的是我那串葡萄,准确地说是孟喜喜和我那串葡萄——她劈着腿坐在课桌上,摘下葡萄,一颗颗地往男生堆里投去。偶尔她也往自己嘴里填一颗——她把葡萄粒儿高高地举起来，脑袋往后仰着，脑后的头发几乎垂到课桌上，她的嘴巴大开，让手中的葡萄垂直地落进去——每当她投出一粒葡萄，男生们就一窝蜂地扑上去，好像一群争抢食物的狂热的小狗。我的心里一方面感到酸溜溜的，一方面又感到暗暗得意。酸溜溜的原因是我本想把葡萄给她吃，她却拿来散给同学们；得意是因为毕竟是我把葡萄给了她而她接受了并且还吃了几个，这使我感到我与她的关系比她与其他的男生的关系更近了一点。男生们的喊叫声把上课的电铃声都盖住了，直到年级主任用教鞭猛烈地抽打起讲台时，才把大家从狂欢中惊醒。

没等孟喜喜从课桌上下来，年级主任就站在了她的面前。在年级主任冷眼逼视下，孟喜喜满脸通红，低声说：对不起……

年级主任将教鞭插到那半串葡萄的梗权里，从孟喜喜手里挑起来，像挑着一件世界上最令人厌恶的东西，回到了讲台前。

是谁给她的葡萄？年级主任冷冷地问。我感到她的眼睛像针一样扎脸，便不由自主地低了头。但年级主任点着我的名字把我叫了起来，并要我交代，是谁给了孟喜喜葡萄。正当我要坦白交代时，孟喜喜站起来，冷冷地说：葡萄是他的，但是是我从他的手里夺来的。

这是实情吗？年级主任用嘲弄的口吻说，她竟然能从你的手里夺走一串葡萄。请抬起头来，让大家看看你的脸。我只好抬起头，感到脸像火一样燃烧着。年级主任问：是不是她从你手里夺走了葡萄？

我侧目看了一眼孟喜喜，看到她的眼睛望着正前方的黑板，嘴角翘着，一副满不在乎的样子。我看了一眼年级主任生铁一样的脸，艰难地说：是……

我的声音细得像蚊子嗡嗡一样，连我自己都听不清楚。

年级主任与孟喜喜的矛盾终于大爆发，那是孟寡妇将孟鱼头的招牌挂起来两个月之后的一个早晨。头前几天，年级主任就利用给我们上政治课的时候,攻击随着旅游业的发展镇上大街两边出现的服务业。她认为这些所谓的发廊、饭馆,什么张鱼头李鱼头,其实都是色情行业,用她的话说就是"卖那个"的。大家的目光偷偷地向小孟鱼头望去。她的脸色惨白,但是那上翘的嘴角还是让她的脸上出现了似乎是满不在乎的微笑。

正是上学的时候,学生成群结队。我跟随着孟喜喜走进校园。自从葡萄事件后,我感到心里惭愧,总想找机会对她解释,但每当我站在她的面前时,喉咙就被一团灼热的东西堵住了。而她总是微微一笑,然后扬长而去。

在通往教学楼的道路上,年级主任已经双手扦着腰站在那里了。朝阳把她的脸照耀得红彤彤的,像一朵胖大的鸡冠花。同学们纷纷地往斜刺里走去,谁也不愿意与她迎面相遇,只有孟喜喜昂首挺胸地迎着他走过去。我的脑子里轰然一声,好像燃起了一把火。我突然明白了,年级主任站在那里,就是为了等待孟喜喜。果然,我听到年级主任说:

"孟喜喜,你站住!"

我躲在一棵法国梧桐的粗大树干后,看到孟喜喜在年级主任面前站住了。看不到孟喜喜的脸,只能看到她修长的侧影。她脑后扎了一条红色的手绢,鲜艳夺目,使年级主任的大红脸黯然失色。我听到年级主任低声说了一句什么话,接下来是片刻的宁静。随后便发生了难以预料的事情:孟喜喜的脑袋突然往前一低,把她的额头撞在了年级主任的嘴上。我,包括躲在树干后和趴在楼道玻璃后偷看的同学们,都听到年级主任发出了一声令人心悸的尖叫,然后我们看到她用手捂住了嘴巴。孟喜喜转身往来路走去。她走得不慌不忙,好像身后发生的事情与她没有一点关系。从此后,她再也没有回到学校。校方宣布,孟喜喜是因为作风不正被开除的,而我们认为是她自己退了学,退得非常潇洒,简直像一个打了胜仗凯旋而归的将军。

退了学的孟喜喜与母亲合力把孟鱼头经营得轰轰烈烈,我经常看到她身穿红色旗袍,站在店门口招徕顾客的样子。每当我看到她明媚的笑脸,心中就阵阵刺痛,仿佛被尖锐的东西扎了。她离开学校以后,年级主任在神圣的课堂上,用与她的身份完全不相符的下流语言,污蔑孟喜喜,说她干上了"那一行"。看到她穿着开衩到了大腿的旗袍,画着浓妆,站在店门前,对客人卖弄风情的样子,我就想起了年级主任的那些脏话。

五

孟寡妇提着篓子走上了大街,渐渐地靠近了我叔叔的管氏大医院的门口。在雪花的间隙里,我看到她那两条裸露着半截的胳膊冻得通红,在白雪的映衬下显得格外醒目。她胸前戴着一块黄雨布缝制的遮襟,遮襟上沾满鱼鳞。柳条篓子里盛着几十只胖大的鱼头,鱼头泛着耀眼的银光。隔着玻璃我就闻到了鱼头的腥气。在我跟随着几个小流氓吃喝玩乐的那些日子里,曾经有好几次去吃孟鱼头的机会,但每当我远远地看到孟喜喜俏丽的身影,心中就痛苦万端。看到我那些狐朋狗友与孟喜喜动手动脚而孟喜喜并不恼怒时,我就难以自持地落荒而逃。而过后,我总是要找茬与那些小子们打架,尽管他们手下留了情,但还是被他们揍得鼻青脸肿。有一次我用薄荷的叶子堵住被他们打破的鼻孔从河边往回走,正好与她相遇。她手里撑着一把明黄色的遮阳伞,上穿一件薄如蝉翼的小衫,下穿一条超短的皮裙,手上涂着红指甲,脚上也涂着红指甲,手腕上戴着金手链,脚脖子上戴着金脚链,完全是一副"卖那个"的模样了。没有变的是她上翘的嘴角和嘲弄人的笑容。她将小伞扛在肩上,微微一笑,露出似乎更加晶莹了的牙齿,说:你怎么成了这么一副模样?我对着她脚前的土地啐了一口,转身就走了。我凭感觉知道她站在那里看着我,但是我没有回头,我的眼睛里莫名其妙地流出了泪水……

现在,孟鱼头走了过来。篓子里的鱼头很重,坠得她的身体往一边倾斜着;每走一步,鱼篓就与她身上的结了冰的遮襟摩擦,发出嚓啦嚓啦的响声。这时,我想起了父亲的话。当父亲听到人们对这对发了财的母女说三道四时,就说:嘴上积点德吧,寡母孤女,撑着这么大个门面,其实不容易。她们发了财你们不高兴,难道她们娘俩挂着打狗棍子讨口吃,你们就高兴了吗?我知道父亲的话非常对,但是一想到她那副风流样子,我的心中就升腾起一股邪火。我经常拧着自己的大腿骂自己:她是你的老婆吗?她是你的姐妹吗?她一不是你的老婆,二不是你的姐妹,你有什么资格去管她的事?

　　自从进叔叔的医院当了学徒后,我渐渐地把她放下了。她母亲的出现让我想起了许多往事,但我只是感到一种淡淡的忧伤,没有了那种痛不欲生的感觉。我已经很长时间没有看见过孟喜喜,也很长时间没有想起她了。我确凿地认为她已经干上那行了,尽管她干上了那行也不能说她下贱——这几年镇上干那行的越来越多,有本地的女人,但更多的是从外地来的。她们给镇上带来了滚滚的财源,镇上人也表示了很大的宽容——但她毕竟是一个那样的人了。看着她的母亲在飞雪中艰难行进的背影,我自己问我自己:你说,孟喜喜这会儿在干什么呢?

六

　　当孟喜喜从她的母亲方才走去的方向款款而来时,我感觉到了神秘现象的存在。首先是她的母亲在不该出现的地方出现了——孟鱼头饭馆离叔叔的大医院很远,孟鱼头也从来没在医院前面的河水中洗过鱼头——接下来是我在想着孟喜喜的时候孟喜喜就来了。一顶明黄色的、在白雪中犹如花朵一样的雨伞往医院的方向移动。刚开始时我还以为出现在飞雪中的是一个幻影,但随着她的逼近,我看清了雨伞下那高挑的身材。在我们这个镇子上,本地的女人,加上那些从外地引进的女人,谁也没有孟喜喜这样的身材。她的脚步其实很急,但因为她的极其优越的身体条件,使她无论怎样匆匆奔走,都让人感到高贵优雅。我不能确定她要到哪里去。镇子东头新开张了一座温泉宾馆,听前来看病的人说那里非常的那个,许多外省的大款都专程前来销魂,难道她要去那里做那些大款们的生意吗?我的心隐隐地痛起来。

孟喜喜越来越近,她的五官已经被我看得十分清楚,我知道转眼间她就会从医院的门前一闪而过,我也知道当我望着她的背影在飞雪中渐渐模糊时我的心会更加痛苦,我知道什么事情都可能发生,惟一不会发生的就是她会敲敲医院的门,然后推门而入,但是我竟然满怀希望地祈祷着、期待着。我还知道在她即将从医院门前走过时,我会丧失理智冲出去拦住她的去路,不让她到温泉宾馆里去。我也想到了,她很可能用她一贯的嘲讽口吻说:你是我的什么人?是我的丈夫吗?是我的情人吗?我是要到那里去"卖那个",你管得着吗?你如果有钱,我也可以卖给你,看在我们老同学的面子上,我可以给你八折优惠!我想象到如果出现了这样的局面,我就会蹲在地上,用力撕扯着自己的头发,嘴巴里发出疯狗一样的叫声。等到她高傲的身影在风雪中渐渐模糊时,我就会趴在雪地上,让肮脏的脸贴在圣洁的雪上,让飘摇而下的雪花把我埋葬。我还想象到,等她从温泉宾馆卖完了回来时,大雪已经把我彻底覆盖,就着我的身型在大街上出现了一道小小的丘陵,宛如一座修长的坟墓。她站在我的墓前,脸色惨白,犹如一尊大理石的雕像……

就在我被自己想象出来的情景感动的热泪盈眶的时候,她已经来到了医院的门口。过了一秒钟,过了两秒钟,过了三秒钟,过了三秒钟她的身影还没有在我的窗前出现,天哪,这说明她已经站在了医院的门前!我把脸紧紧地贴在玻璃上,让视线几乎成了零角度往门口望去,真的看到她站在门前,而且是面向着门,不是为了躲避风雪在门前停留。我看到她举起手,停了片刻,一副若有所思的样子,随即我就听到了轻轻的敲门声。

我跳过去,猛地拉开门,她明媚的脸像一记重拳击打在我的心窝,使我眩晕,令我窒息,使我眼睛里突然地涌出了泪水。一股清新的寒气挟带着雪花扑进屋子,寒气里还挟带着一股若有若无的幽香,我知道这是她使用的香水的气味。她在学校里念书时就开始使用香水,我记得有一次她和一个疯狂地追随着她的女生在前面走,我在后边十几步远的距离跟随着。我听到她大声地对那个女生说:香水是女人的内衣!那时候我的座位与她的座位隔着两张桌子,隔着两张桌子我就嗅到了她的气味。她的气味在五十个学生制造出来的浑浊气息中若有若无地漂浮着,令我的心思犹如一只追逐花香的蝴蝶……现在,她客气地对着我点点头,柔声问我:

"管大夫在吗?"

"不在……"我感到自己的牙齿在打颤,嘴唇好像冻僵了。看到她的脸上浮现出一丝失望的表情,我急忙补充道:"我叔叔马上就会来,他是很敬业的,他不会不来的,他肯定会来的,上次下冰雹他顶着小铁锅都来了……"

她微微一笑,收拢雨伞,跺了几下脚,闪身进了门。她将雨伞竖在门后,脱下身上的黑色羊绒大衣对着门外抖了几下,然后,顺手把门关上了。清冷的世界被门板隔在了外边,炉火熊熊的屋子里只有我们两个人。我已经将对她的种种不满抛到脑后,心里剩下的只有甜蜜、幸福和激动。她将珍贵的羊绒大衣搭在自己的臂弯里,眼睛四处张望着,好像要寻找挂衣服的地方。可惜我们这里没有挂衣服的地方,叔叔和婶婶的衣服都是随手搭在椅子背上或是扔在诊断床上。我急忙将叔叔平时坐的、有一个灰突突坐垫的椅子搬到她的面前,她却已经在病人坐的小方凳上坐了下来,那件羊绒大衣就顺便放在了膝盖上。现在我才看清,她穿着一件几乎拖到脚面的白色长裙,裙子的面料很好,看上去十分光滑,也许是丝绸也许是别的东西。从裙裾下露出她的藏在白色羊皮鞋子里的脚,我的眼前出现了夏天看到过的她的涂了指甲油的脚趾的模样。她的头上紧绷绷地蒙着一条很大的白色绸巾,更突出了她光滑的额头,使她的样子有点像俄国小说插图里见到过的少妇形象。但是她很快就将双手伸到脑后,解开了围巾,她说:

"你们这里真暖和啊。"

我实在不知道该对她说什么,也不知道该为她干点什么,她的话正好提醒了我。我提起铁皮壶,抄起煤铲,往白亮耀眼的炉膛里填了几铲煤。然后我又弯着腰,用炉钩子捅着炉底。炉膛里的火哑了片刻,突然地轰响起来。我听到她在我的身后说:"你学得怎么样了?该出师了吧?"

我用炉钩子在地面上画着道道,不好意思地说:"哪里……什么也没学着……你知道的,我很笨……"

我听到她吃吃地笑起来,但是这略微沙哑的笑声马上就停止了。这不是她的风格,她笑起来向来是响亮的没完没了的,像初次下蛋后急于向主人表功的小母鸡。我抬起头,看到她将羊绒大衣和围巾紧紧地按在肚子上,好像生怕被人抢走似的。她的脸色惨白,额头上布满汗珠。我急忙问:

"你怎么啦?病了吗?"

"没什么事……"

"你等着,我这就去叫我叔叔!"

我冲出门口,在大街上撒腿奔跑,刚跑出几十步就与叔叔和婶婶相遇。我喘着粗气说:

"叔叔,快点吧……"

"怎么啦?"叔叔厌烦地问。

"有病人。"

叔叔哼了一声。

"是谁?"婶婶问。

"孟喜喜……"我有点不好意思地说。

叔叔瞪了我一眼,又哼了一声,道:"她能有什么病!"

"性病!"婶婶冷冷地说。

叔叔没打伞,戴着一顶黑帽子。雪花积在他的头上,好像在黑帽子上又摞上了一顶白帽子。婶婶撑着一柄已经很少见到的油纸伞,跟随在叔叔的身后。

到了医院门前,我抢先几步,拉开门,让叔叔和婶婶进去。孟喜喜抱着大衣和围巾站起来,叫了一声管大夫。叔叔哼了一声,根本不看她,婶婶的眼睛却上上下下地打量着她,好像一个刻薄的婆婆要从儿媳的身上挑出点毛病来。我听到婶婶阴阳怪气地说:

"原来是孟小姐,您可是稀客!怎么了,哪里不舒坦?别站着,请坐,请坐。"

孟喜喜坐回到方凳上,脸上浮现出尴尬的表情。我看到她的脸色更加难看了,额头上还在冒汗,原来一贯地翘着的嘴角也往下耷拉了,沿着她的嘴角出现了两条深刻的纹路,一直延伸到下巴上。

叔叔站在门口,用那顶黑帽子啪啪地抽打着身上的雪。抽完了雪,又点上一支烟,慢条斯理地抽起来。我心中焦急,但叔叔一点也不急。婶婶脱去外衣,装模作样地换上了白大褂,然后走到水龙头前去刷她的杯子。壶里的水开了,哨子吱吱地叫着,蒸汽强劲地上升。我慌忙地将开水灌进暖瓶里,水溅到炉子上,发出滋啦啦的响声。我说:"叔叔,水开了,您泡茶吧。"

叔叔将烟头猛嘬了几口,扬手将烟屁股扔到雪地里。我看到烟屁股里冒出了一缕青烟,然后就熄灭了。叔叔咳嗽着,从他的黑皮包里摸出了他的大茶缸子,然后又打开抽屉拿出他的茶叶桶,将茶叶倒在手心里,掂量了一下,扣到茶缸子里。我早就提着暖瓶在他的身边等待着了,等他刚把茶叶扣进缸子里,开水就紧跟着冲了进去。

叔叔诧异地看了我一眼,若有所悟地点点头。他扯过白大褂披在身上,把墨水瓶和处方笺往眼前拉拉,低着眼睛问:

"哪里不好?"

孟喜喜移动了一下凳子,身体转动了一下,与叔叔对面相坐,嘴唇颤了颤,刚想说话,就听到门外传来一阵哭叫:"管大夫管大夫,救救俺的娘吧……"

随着哭叫声,门被响亮地撞开了。一个身穿黑衣的肥胖妇女,像一发呼啸的炮弹冲进来。我一眼就认出了来人是卖油条的孙七姑,她的油光闪闪的棉袄上散发出刺鼻的油腥气。

叔叔拍了一下桌子,厌烦地说:"你嚎叫什么?你娘怎么啦?"

"俺娘不中啦……"孙七姑压低了嗓门说。

"怎么个不中法?"

"呕,吐,肚子痛,发昏,"孙七姑的嗓门又提高了,喊,"俺那两个兄弟,就像木头人一样,俺娘这个样子了,可他们不管也不问。"

"抬来吧,"叔叔说,"我可是从来不出诊。"

"就来了,"孙七姑说,"我头前跑来,先给您报个信儿。"

这时,从大街上传来一个女人夸张的尖叫声:"痛死啦……亲娘啊……痛死啦……"

孙七姑的弟弟孙大和孙二,用一扇门板将他们的母亲抬进了医院门前,放在了雪地上。他们的母亲,一个瘦长的、与她的女儿形成了鲜明对照的、花白头发的女人,在门板上不断地将身体折起来,然后又猛地倒下去。她的两个儿子,将手抄在棉袄的袖筒里,目光茫然,果然像木头一样。叔叔恼怒地说:

"什么东西!抬进来啊,放在外边晾着,难道还怕臭了吗?"

孙大和孙二将门板抬起来,别别扭扭地想往门里挤。叔叔说:

"放下门板,抬人!"

兄弟两个一个抱腿,一个抱头,终于把他们的母亲抬到了诊断床上。叔叔喝了几口茶水,搓搓手,上前给她诊断。老女人喊叫着:

"痛死了,痛死了,老头子啊,你显现神灵,把我叫了去吧……"

叔叔说:"死不了,你这样的,阎王爷怎么敢收!"

叔叔用手摸摸老女人乌黑的肚皮,说:"化脓性阑尾炎。"

"还有治吗?"孙七姑焦急地问。

"开一刀,切去就好了。"叔叔轻描淡写地说。

"要多少钱……"孙大嗑嗑巴巴地问。

"五百。"叔叔说。

"五百……"孙二嚅着牙花子说。

"治不治?"叔叔说,"不治赶快抬走。"

"治治治,"孙七姑连珠炮般地说,"管大夫,开吧,钱好说,他们不认我认着,"她狠狠地瞪着两个弟弟,说,"不就一个娘吗?钱花了还能挣,娘没了就找不回来了。"

叔叔瞥了婶婶一眼,说:"准备器械。"

婶婶用肥皂洗着手说:"这样的手术,到了市医院,少说也要你们三千元!"

叔叔咕咕嘟嘟地灌下半缸子水,对孟喜喜点点头,然后就走到水龙前放水洗手。我看到孟喜喜的嘴角动了动,似乎想说什么,但终究什么也没说。

七

手术室里先是传出了孙老太太杀猪般的嚎叫声,一会儿就无声无息了。只有刀剪碰撞瓷盘的清脆声音间或响起,说明手术正在紧张进行。孙家兄弟蹲在炉子前,一支接一支地抽着辛辣刺鼻的旱烟,还不停地将焦黄的粘痰吐到眼前的地面上。吐下了,就用他们的像熊掌一样的大脚搓搓。他们的头上都冒出了热汗,于是就把棉衣解开,袒露着胸膛,一股热烘烘、油腻腻的山林野兽的气息洋溢在房间里,把孟喜喜身上的暗香逼到墙角,好像几根游丝在风中颤抖。

孙七姑一会儿侧着身,将耳朵贴在门板上听动静,一会儿弯腰撅屁股,把脸堵到门缝上看光景。听一会,看一会,就在房间里转来转去。一边走动着,一边唠叨着,她的两个弟弟埋头抽烟,一声不吭。

房间里憋闷难熬,像一个想象中的兽洞。孟喜喜脸上的汗珠子成串滚下,表情十分痛苦,但她的身体还保持着正直,只是那两只手在不停地动着,一会儿紧紧地攥住大衣和围巾,一会儿又松开。我关切地问她:"你痛吗?"

她先是点头,紧接着又摇头。我看到她的眼睛里溢着泪水,我的眼睛随即也潮湿了。我听到她用颤抖的声音说:"求你了……把门开开……"

我拉开门,雪花和寒风扑进来。

她大张开口,像出水的鱼一样贪婪地呼吸着。

"冻死了,冻死了……"孙大姑叨叨着。

"你出去!"我恼怒地说,"你们都出去!"

孙七姑低声嘟哝了几句,老老实实地坐在凳子上,不吭气了。

我把自己泡方便面的碗放在水龙头下冲了冲,倒了半碗开水,端到孟喜喜面前,说:"喝点水吧。"

她摇摇头,痛苦的脸上挤出一个扭曲的微笑,低声说:"谢谢。"

现在轮到我一会儿把耳朵贴到门板上听动静,一会儿把脸堵到门缝上看光景了。我心急如火,盼望着叔叔赶快把孙老太太的手术做完,好给令我心疼的孟喜喜看病。我从门缝里只能看到叔叔的背影,和婶婶麻木的脸。叔叔似乎一动也不动,婶婶像个僵硬的木偶。

手术终于做完了。叔叔站在手术室门口,摘下血迹斑斑的手套,准确地扔到水池子里。

婶婶也走出来,不耐烦地对孙家姐弟说:"抬走抬走,下午把钱送过来。"

八

后来我想,真是天命难违——当孙七姑姐弟们终于把她们还被麻药昏迷着的母亲抬出诊所,叔叔换完了衣服洗完了手坐在椅子上吸足了烟喝饱了水要为孟喜喜看病的时候,一个莽汉像没头苍蝇一样破门而入。他双手捂着脸,鲜血从指缝里流出来。从他身上散发出一股刺鼻的硝烟气息,使他很像一个刚从战场上撤下来的伤兵。

"救救我吧,管大夫。"他凄惨地喊叫着。

"怎么啦?"叔叔问。

那人将双手移开,显出了血肉模糊的脸和一只悬挂在眼眶外边的眼球。紧接着他就把脸捂住,好像怕羞似的。尽管他已经面目全非,但我还是一眼就认出了他是镇子西头的烟花爆竹专业户马奎。他哭咧咧地说:

"倒霉透了,想趁着下雪天实验连珠炮,想不到还是炸了……"

"活该!"叔叔狠狠地说,"我听到鞭炮声就烦——怎么不把你的头炸去?!"

"救救我吧……"马奎哀号着说,"我家里还有一个八十岁的老娘……"

"这与你的老娘有什么关系?"叔叔骂骂咧咧地说着,但还是手脚麻利地站起来,到水龙头那里去洗手。

婶婶把马奎扶进了手术室。叔叔提着两只水淋淋的手也随后跟了进去。叔叔把孟喜喜放下去给孙七姑的母亲做手术时还含义模糊地对着她点点头,现在,他连头也不点就把她放下了。

我心中涌动着对叔叔的强烈不满,我觉得叔叔是故意地冷落孟喜喜,因为他向来是个干活利索的人,凭着他的技术和经验,他完全可以在这两个手术的间隙里给孟喜喜做出诊断或是治疗。

孟喜喜大概是看出了我的不满,当我满怀着同情和歉疚看她时,她对着我摇摇头,似乎是在劝解我,或者是在告诉我她对叔叔的行为表示充分的理解,而她自己并不要紧。我换了一碗热水让她喝,她摇摇头。我劝她到诊断床上去躺躺,她还是摇摇头。这也好,如果让像冰雪一样洁白的她躺在那张肮脏的诊断床上,别说是她,连我也会感到难受。

手术室里不断地传出马奎的喊叫声和叔叔的呵斥声。我看了一下桌子上落满灰尘的闹钟,时间已经接近十二点,往常的日子里,现在正是我去街边的小饭店拿盒饭的时候,往常的这时候也是我饥肠辘辘的时候,但是今天我肚子里仿佛塞了一把乱草,一点饿的感觉也没有。但这毕竟是一个话题,我问她:"你饿吗?我去拿个盒饭给你吃?"

她还是轻轻地摇头。我看到,她的脸上已经没有了汗水,脸色白里透出黄,嘴唇白里泛着青,连她那双清澈透明的眼睛,也蒙上了一层灰色的雾。在我的记忆里,她永远都是生龙活虎、神采飞扬,她的所有动作都是那样的果断、夸张,她说话的声音永远都是那样的清脆嘹亮,她的笑声永远都是那样的肆无忌惮,如果她在你的身边大笑,会震荡得你的耳膜很不舒服……但是她现在是这样的噤若寒蝉,是这样无声地、凄凉地微笑,是这样轻轻地摇头,而这距离我对着她面前的土地啐唾沫还不到半年的时间。

门外的大雪不知什么时候停止了,风力也减弱了许多。一缕阳光从厚重的灰云中射出来,使积雪反射出刺目的白光,我们的房间里顿时一片明亮。我对她说:"雪停了,太阳出来了。"

她没有点头也没有摇头,更没有用声音来回应我的话。我突然发现,仿佛就在适才的一瞬间里,她的脸变得像冰一样透明了。她的上眼皮也低垂下来,长长的睫毛几乎触到了眼下的皮肤上。我的心猛地一沉,不由自主地大声喊出了她的名字:"喜喜!"

她丝毫没有反应。我扑上去,拍了拍她的肩头。她似乎发出了一声悠长的叹息,脑袋便突然地歪向一边。

"叔叔!"我撞开了手术室的门,大声吼叫着,"叔叔!"

叔叔停下正在给马奎缠绕纱布的手,恼怒地问:"吼什么?!"

"孟喜喜她……大概是死了……"我的咽喉哽塞,眼泪夺眶而出。

叔叔以少见的迅捷蹿出来,跪在孟喜喜面前,试了一下她的鼻息,摸了一把她的脉搏,然后扒开她的眼睑。

她的瞳孔已经散了。

叔叔给她注射了大剂量的强心药物，叔叔用空心拳头猛击她的心脏部位，叔叔撕下灯头，用电线触击她的心脏——叔叔汗流浃背，沮丧地站起来。

婶婶紧张地说："我们没有任何责任。"

叔叔瞅了婶婶一眼，低沉地说："你她妈的闭嘴！"

（二〇〇〇年）

倒　　立

　　临出门时老婆硬逼着我扎上了一条领带，换上了一套西装。骑车走在黄昏的路上，感到所有的人都用异样的眼光看着我，浑身如同撒了牛毛一样刺痒。进了市委宾馆的大院，躲在一棵雪松树的暗影里，赶紧把领带解下来塞到口袋里，又将西装脱下来揉搓了一阵，本想抓把土撒上做做旧，又怕回去惹老婆发疯，只好就这样穿上，身上还是别扭，但也没有办法了。

　　沿着灯光幽暗、树影婆娑、用大理石碎片砌成的小路，我朝宾馆深处最豪华的一号楼走去。省委组织部副部长孙大盛今晚在一号楼西餐厅的五号包间设宴招待我们——他的中学同学。得到我竟然也受到了邀请的消息时，我正在电影院广场旁边的修车摊上与修鞋的秦胖子杀棋。我的老婆——这个十年前就从丙纶厂下了岗的倒霉蛋——气喘吁吁地跑了过来。我把左路的炮沉到底，叫了一声：将！然后抬起头，看着跑得浑身肉颤的老婆，问：跑什么？是家里起火了还是你被强奸了？老婆踢了我一脚，骂道：你这个鸟人，怎么一句人话都不会说呢？老秦瞪着眼问：你这个鸡巴炮什么时候跑到这里来了？——什么时候？你说什么时候？我的炮一直就支在这里，就等着你跳马让路呢。——没看到没看到。——没看到？这就叫眼色不济吃苍蝇！下棋不看棋盘你看什么？——我看你老婆呢！——我老婆有什么好看的？——你老婆好看着呢，两扇大腚，一身肥膘，胳膊像腿腿像腰——我老婆一脚就把我们的棋盘踢翻了，骂道：你们这两块狗不吃猫不叼的癞货，我让你们下！我让你们下！我老婆用脚把那些棋子踢得满地滚动着，嘴里发着狠说：我让你们下！

我看到老婆真动了怒，便慌忙站起来，拍着她的屁股说：好老婆，跟你闹着玩呢，别生气——老婆猛地把我的沾满了油腻的手拨开，说：滚到一边去！我从口袋里摸出一张崭新的面额五十元的票子，塞到她的手里。说：今日运气好，大修了一辆山地车，我要价五十，那小子连价都没还，扔下这张票子就骑上车走了。老秦弯腰捡着棋子，说：你知道那是谁吗？——是谁？——他就是斧头帮的帮主。老秦压低了嗓门说。我说老秦你可别吓唬我，我打小就胆小。老秦说我要是吓唬你我是你老婆养的私孩子。我老婆说去你娘的，养私孩子也不养你这号的！我说他是斧头帮的帮主又怎么着？我一个臭修车子的，凭手艺卖力气吃饭，他能怎么着我？再说了，我在他那辆破车子上下了工夫，给他上了油，拿了龙，连每根辐条都给他擦得锃亮，要他五十元也不多。老秦说：不多不多，要五百元他也会给你。我看到老秦的脸上浮现出狡猾的微笑，就问：你这话是什么意思？老秦说没有什么意思。我说你这样说话怎么会没有意思呢？老秦鬼鬼祟祟地往四处打量了一下，压低了嗓门说：你好好看看那张钱。

我从老婆手里把那张钱抢过来，对着太阳一照，看到那个暗藏在纸里的工人老大哥面孔模糊，嘴上似乎长了一圈胡子。借了秦胖子一张真钱一对比，果然是假的。操他的妈！我高声叫骂着，广场上的闲人都转回头看我。老婆把那张假钱夺回去，翻来覆去，又摸又照，终于也确定是假币无疑。老婆嘟哝着：哼，还说人家眼色不济吃苍蝇，你自己才是眼色不济吃苍蝇，你岂止是吃苍蝇，你连屎都吃！我知道老婆正在闹更年期，不敢与她吵，就骂老秦：你个杂种，明知道他用假钱糊弄我，为什么不给我提个醒？老秦低声道：我倒是想给你提醒,可是我也得有那个胆,他是谁?刚才对你说了,是斧头帮的帮主,是卸人的行家,今天我给你提了醒,明天我的一只手或者是一条腿可能就没了。

操他的妈,我还骂,但是嗓门已经压低了。老秦说,你就认了倒霉吧。你不就是出了一点力,费了一点油、贴上了几个小零件吗?再说了,这也不一定就是吃亏,多少人想巴结这个帮主还巴结不上呢。

老子靠手艺吃饭,谁也不巴结,我低声嘟哝着,心中渐渐平和起来,问老婆:还没问你呢,这样子急火狼烟地跑来有什么事?

老秦插言道:能有什么事?发情了呗!

去你娘的个秦胖子,狗嘴里吐不出象牙来!老婆骂了秦胖子几句,兴冲冲地对我说:我刚想到菜市场去买鸡蛋呢,听说鸡蛋要涨价,一抬头就看到你那个在新华书店当经理的同学,叫什么来着……你看看我这记性——肖茂方,外号"小茅房",是新华书店的副经理——对啦对啦,是那个"小茅房",开着一辆快散了架子的吉普车,看到我,也不下车,把半个身子从车门里探出来,喊了一声嫂子,把我吓了一跳。我说原来是大兄弟,走走走,快回家坐坐。他说魏大爪子呢?我说魏大爪子一大早就到电影院广场去守他的修车摊去了——你这个臭娘们竟然也跟着那小子叫我的外号!——叫顺了嘴了嘛,老婆说,我对你那同学说,大兄弟,你如果着急我就去把他叫来。他抬起手腕子看看表,说,不用了,你去告诉大爪子,就说我们的老同学孙大盛从省里回来了,今天晚上七点在政府宾馆一号楼西餐厅五号包间请客,请的全是我们的同学,告诉大爪子早些收摊,别耽搁了。我请他回家喝茶,他说还有好几个人没有通知到,要赶着去通知,就开着他那辆破吉普车跑了。我想这事可是不能耽搁,就赶忙来告诉你。你知道你那个同学当到了哪一级——哪一级?——"小茅房"说是刚提拔成省委组织部副部长,全省的干部有一半归他管。

原来是孙大盛这个猢狲!我压抑着心中的兴奋,大大咧咧地说,别说他是省委组织部的副部长,他就是中央组织部的副部长,老子该不尿他还是不尿他！他能管着全省的干部,但他能管着我吗?

看把你烧烧的,老婆说,别给你脸你不要脸,人家当到那么大的官,还没忘了你这个修破车子的,你反倒拿起糖来了。

我真的有些生气了,对老婆说：当官,谁当不了？别说什么副部长,让我当省长我也能当。但你让他们来修修自行车试试,你让他们来修修皮鞋试试,对不对老秦？他们行吗？他们不行。老秦说,大爪子哟,你别嘴硬了,只怕见到你那个部长同学,连骨头都酥了。——呸,如果是别的大干部,我见了也许还打怵,但这个孙大盛,他当了地球球长我也不怵。这主儿,尿床尿到十六岁,翻墙头偷樱桃一不小心跳到我家猪圈里,还是我爹用二齿钩子把他捞了上来。他在别人面前拿架子可以,在我面前嘛,咱不好说他不敢,咱可以说他不好意思。——你就别在这里胡啰啰了,老秦道,古人说得好,"此一时也,彼一时也",你甭管人家小时是个什么埋汰样子,人家现在是大干部,还没忘了你这个修破车子的,就是你的造化。——老子不稀罕——嘴里是这样说,心里是怎么想的？老秦用嘲弄人的口吻说,快收摊回家,刮刮胡子洗洗脸,准备着赴宴去吧！大爪子,我要是有你这样一位尊贵同学,杀死我我也不会蹲在这里修车子！——修车子怎么了？我说,这座城里没有了市长老百姓照样过日子,但没有了我,也包括你,人民群众会感到很不方便！——听听,越说越不要脸啦,我老婆说,你这样的货色,是死猫撮不上树,我这辈子嫁给你算是瞎了眼了。老婆气哄哄地转身走了。我追着她的背影说：你这样的也只能嫁给我,你想嫁给美国总统,可惜人家不要你。——老魏,秦胖子郑重其事地说,别油嘴滑舌啦,这是个好机会,既然你那老同学点名请你,说明你在他的心中还是很有地位的,趁着这个机会拉上关系,将来肯定没你的亏吃,没准儿老哥还要跟你沾光呢,省委组织部的副部长,你想想他手里的权力有多大吧！……

一号楼里灯火通明,楼前的空场上停着十几辆轿车,车壳子油光闪闪,好像一群明盖的大鳖。一个身穿西服的小伙子在楼门前的出厦里悠闲地走动着,一看那派头就知道是从省里下来的。我躲在树影里观察着他,看人家的一举手一投足都是那样的自然大方,那套西装就像长在身上似的。小伙子抬起手腕看了一下表。我也看了一下表,光线太暗,看不清楚。估摸着离七点还有那么一点点时间,我不愿意提前进去,让七点来咱就七点来,免得讨人嫌恶。我看到二楼的一间挂着雪白窗帘的大房间里灯火辉煌,晃动的人影映在窗户上。从里边传出了一阵似乎是上气不接下气的笑声,我知道发出这笑声的就是原来的调皮少年如今的省委组织部副部长孙大盛。已经有二十多年没有见到他了,此刻活动在我脑子里的全是他年轻时猴精作怪的模样。那时候,谁也想不到他能成为这样一个大人物,真是"人不可貌相,海水不可斗量"。我心中感慨万端,从树影里闪出来,向着明亮的大厅走去。那个风度翩翩的青年的目光扫过来,我心中感到怯生生的,脚下仿佛粘上了胶油。幸亏肖茂方的吉普车哆哆嗦嗦地开了过来,我像见到了救星一样迎了上去。从车里钻出了粮食局局长董良庆,交通局副局长张发展,政法委副书记桑子澜,当然还有新华书店副经理"小茅房"。这四位都是官,都比我混得好,我心中有点不是滋味,但马上又安慰自己:他们在我面前是官,在孙大盛面前是孙子。我在谁的面前都不是孙子。当官的是人民的公仆,我是人民,他们这些家伙都是我的仆呢。

"喂,大爪子,你小子,一个人先跑来了,我还预备着开车去接你呢!""小茅房"对我说着话,转到车子这边,拉开车门,说,"夫人,下车吧!"

我吃了一惊,看到"小茅房"模仿着外国电影里仆人的动作,用一只手护住车门的上框,让一个面如银盘的女人钻了出来。

钻出来的女人是我们的同学谢兰英,想当年她是我们学校里出身最高贵、模样最漂亮、才华最出众的一朵鲜花,如今她是"小茅房"的老婆、新华书店少儿读物专柜的售货员。她穿着一条紫红色的长裙,脖子上套着一串粗大的珍珠项链,耳朵上也悬挂着一些嘀里嘟当的东西。她的腰身比起当年虽然肥大了许多,但因为个头高,所以看上去还是有点亭亭玉立的意思。身材矮小的"小茅房"弓着腰站在她的面前,就像大树旁边的一棵小树,就像大蚂蚱身边的一只小蚂蚱。

"董良庆你个龟孙子,张发展你个兔崽子,桑子澜你个鳖羔子!"我故意地起了高声,没称呼他们的官职直接喊着他们的名字,名字后边还带着一串拖落。桑子澜笑着说:"狗改不了吃屎,这家伙,嘴还是这么脏。"

叫谢兰英时我压低了嗓门:

"谢兰英你好,好久没见面了。还认识我这个老同学吗?"

"不认识了,"谢兰英微微一笑,说,"但我认识你儿子,他经常去买小人书。"

"可不是怎么地,"我说,"这小子,把我修车子挣那点钱差不多都送到他谢阿姨那里去了,家里光小人书就有一千多册了!"

这时,那个站在门前徘徊的青年潇洒地走过来,问道:

"请问,你们是孙部长的客人吗?"

"是的,""小茅房"说,"都是孙部长的亲同学。"

"孙部长正在跟陈书记和沈县长谈话,请你们先到餐厅里等他。"

那青年说着,头前引着路,带我们进入了地面光滑得能照出人影的大厅,服务台上几个美丽的小姐满面微笑,洁白的牙齿闪闪发光。我们在那青年的引领下拐了一个弯,进入一条铺着厚厚地毯的廊道。廊道的外侧是透明的玻璃墙,玻璃外边的水池里喷着水花,五彩的灯光像五颜六色的花瓣一样掺到水花里。廊道的里侧,每隔几米就有一个跟真人差不多大小的石膏女人站在那里。她们的姿势各不相同,但有一点是相同的,那就是她们都没有穿衣裳。还有一点是相同的,那就是她们都比较有肉,奶子也比较大。我们的队伍是这样排列的:青年在头前引路,紧跟在他后边的是"小茅房","小茅房"后边是董良庆,董良庆后边是张发展,张发展后边是桑子澜,桑子澜后边是谢兰英,谢兰英后边是我,我后边什么人也没有,但我总感觉身后还跟着一个人,忍不住回头张望,回头一张望发现我的身后确实一个人也没有,如果非要说有人也可以,那就是那些被我们抛在身后、光着腚站在廊道边上站岗的石膏女人。当时我也想过,这些女人也可能是用大理石雕刻而成,但近前一看就发现她们是石膏的。如果是石头,她们的颜色肯定会有一些差别,但她们的颜色一点差别也没有,全是一个样子的雪白。

我跟随在谢兰英的身后大约有一米远的地方,跟得太近了不方便,跟得太远了显得我像个盯梢的特务。跟在她的身后一米多一点还是比较合适的距离。我小时候鼻子很灵敏,我娘常说我是"馋猫鼻子尖",长大后又是抽烟又是喝酒导致了嗅觉严重退化,但我还是嗅到了一股淡淡的香气。我的鼻子嗅到了的淡淡的香气,在别的健康灵敏的鼻子里就肯定是浓得像油一样的香气了。起初我还以为是服务小姐撒在廊道地毯上的空气清新剂的气味,但我很快就判断出不是空气清新剂的气味,那气味多么浅薄啊,但现在在我面前缭绕着的是一种很有厚度的香气,这香气只能来自谢兰英的身体。我突然想到:如果谢兰英一丝不挂地站在这廊道边上会是个什么样子呢?她的皮肤肯定比这些石膏女人要黑,但是她的身体是有生命的,是活的,所以即便是黑的也是好的。然后在我的眼前就仿佛真的出现了一个赤身裸体的谢兰英了。我知道这种想法违法乱纪,于是赶紧地收拢住心猿意马,往前看,看到她在我的面前大摇大摆地走着。她的双臂摆动幅度很大,双脚有点外八字,走起来好像故意地把双脚往外撩一样。当年在舞台上能够表演大劈叉、翻空心筋斗、倒立行走的侠女,几十年后竟然用这样的鸭子步伐行走。她这样在我面前行走使我感到失望,但也让我感到亲切。走完了廊道又拐了一个弯,然后拐进了另一条廊道,这条廊道没有方才那条布置得豪华,地毯浅薄,上边有很多污渍,边上也没有石膏女人站岗。一个穿红色锦绣旗袍、衣襟上别着一支圆珠笔的瓜子脸小姐笑容满面地迎上来。她亲切地问：

"是孙部长的客人吗？"

青年微微点头，小姐脸上的笑容更加灿烂了。她拉开了包间的门，耀眼的光明和刺鼻的霉变酒气从房间里奔涌而出。青年闪身站在门边，与那个美丽的小姐隔门相对，简直就是一对金童玉女。她和他没有说话，但是做出了请我们进去的姿势。在"小茅房"的带领下，我们一个跟着一个进入了房间。我看到刚进房间时谢兰英还抽了抽鼻子，说明她对这个出将入相的房间里的气味很厌恶，但一会儿工夫她的鼻子就恢复了正常，我的鼻子也嗅不到那股子邪气了。青年客气地对我们说：

"请各位先坐坐，我去向孙部长报告。"

谁也没坐，都转着脑袋观察房间里的摆设和装修。我原以为像董良庆、张发展这些当局长副局长的，应该对这里很熟悉，但看他们的眼色，也好像是初次进来。房间大啊，真大，中央一张桌子大得能摆开我的修车摊，也可以在上边唱二人转。靠窗那儿，还有一个铺了红色地毯的小舞台，舞台旁边摆着唱卡拉 OK 的全套家什，舞台上还立着两只落地式的麦克风。桌子周围还有一圈椅子，椅子后边还有一圈沙发。沙发是白色的，一看就知道是用上等的羊皮做的，涨鼓鼓地趴在那里，好像一群大蛤蟆。这样的沙发不坐实在是太可惜了，既然那个小伙子让我们先坐着，还客气什么？先坐下，犒劳犒劳腚，等孙大盛来了我赶紧起来就是了。这样想着，我就一腚蹾在了沙发上，什么感觉就不用说了，说也说不明白。大圆桌上铺着洁白的台布，台布下边还有一层深红色的绒布，我知道那叫天鹅绒，与悬挂在窗户上的落地窗帘是一种料子。大圆桌的中央是一块圆形的茶色有机玻璃，能够旋转的，这个我懂，要不这样大的桌子如何夹菜呢？我坐下了他们好像没看见一样，这些伙计，束手缩脚地站着，眼珠子转来转去，脸上的表情都很别扭，泄露了他们心里的紧张。别看他们大小都是官，其实也都是些土鳖，没见过什么大场面，还他妈的不如我呢。

真正有点派头的还是谢兰英,你看看人家,手扶着一把椅子的后背,文文静静地观赏着墙上的一幅大画。这画上画着一群女人,都光着脊梁,脖子细长得没有道理。她们有的挽着头发,有的捂着奶子,有的伸着懒腰,看样子像在洗澡,但又不是太像。女人在河里洗澡哪里敢这样放肆呢。那盏悬挂在圆桌上方的豪华吊灯上装了四十九盏灯泡,还有许多假水晶玻璃的珠子串儿,在空调风的吹拂下,那些珠子串儿发出丁丁冬冬的声音,很轻微,很好听。那张大圆桌的中央已经放上了一个大盘子,盘子里蹲着一只用萝卜刻成的孔雀,当然是开了屏的雄孔雀。我知道这盘菜是看的而不是吃的,但为了看费这样大的工夫似乎不值得。这是我的不对了,人的眼其实是最馋的器官,嘴巴很容易满足,但要让眼睛满足就不容易了。孔雀盘子周围也已经摆好了十二个冷盘,里边有酱牛肉、炸蚕蛹什么的,这是可以吃的,但我知道这些东西应该浅尝辄止,如果让这些东西填满了肚子,后边的热菜就吃不了多少了。而热菜里肯定有山珍海味,看这架势,市宾馆里的大师傅把看家的本事全都使出来了。能让大师傅这样卖命,一定是县委书记和县长给宾馆里的头头发了话,而宾馆里的头头一定给大师傅下了死命令。

　　孙大盛人没到笑声先到了。听到他的好像上气不接下气的笑声,我们慌忙站了起来——不对不对,除了我之外,他们本来就是站着的。听到孙大盛的笑声他们松散的身体突然地紧张起来,所以感觉上就好像是从沙发上突然地站了起来一样。连看起来平静如水的谢兰英的腰身也微微地挺了挺,扶在椅背上的两只手也挪下来,交叉着放在肚子上。真正慌忙站起来的其实是我,我原本是不想站起来的,但我的身体自己站了起来。

　　那个英俊青年推开门,然后迅速地闪到一边,腰微弓着,脸上挂着训练有素的微笑。就像名角登台一样,孙大盛光彩夺目地出现在我们的眼前。只见他上身穿一件金黄色的半袖T恤衫,下身穿一条黑裤子,肚子有点凸,但是不大,头有点秃,用边上的毛遮掩着。他的头发一根是一根,看起来十分珍贵。那个二十多年前的孙大盛的猴精怪样执拗地从我的记忆里跳出来,与眼前的大干部孙大盛对比。我总觉得眼前这个家伙不是从那个偷樱桃掉到我家猪圈里的孙大盛成长起来的,就像一匹老驴是不可能从一头牛犊子成长起来一样。但他的独具特色的、任谁也学不像的笑声又说明眼前这个丰满的大干部的确就是孙大盛这个从小就偷鸡摸狗的坏蛋。

"咯咯……咕咕……咯咯……"孙大盛欢笑着对着我们走了过来,那扇厚重的包了皮革的房门无声地掩上,那个英俊青年像股白烟一样消失了。

"咯咯……咕咕……董良庆……"孙大盛握着董良庆的手,笑着说,"官仓老鼠大如斗,见人开仓也不走……咯咯……"

"咯咯……咕咕……张发展……"孙大盛握着张发展的手,笑着说:"要想富,先修路。"

"咯咯……咕咕……桑子澜……"孙大盛握着桑子澜的手,笑着说,"三等人戴大檐帽,吃完原告吃被告。"

"咯咯……咕咕……'小茅房'……"孙大盛握着"小茅房"的手,笑着说,"书中自有黄金屋,书中自有颜如玉!"

孙大盛笑眯着眼,站在谢兰英面前,把她从上到下打量了几遍,然后将目光停在她的粉团般的大脸上,笑着说:"徐娘半老嘛!"

谢兰英的脸刷地红了。

孙大盛伸出手,说:"多年不见了,来,握握手嘛!"

谢兰英犹豫着把手伸出来让孙大盛握着,她的脸却别到了一边,那羞羞答答的劲头儿很像一个小姑娘。

"'小茅房'你把谢兰英管得太严了吧?"孙大盛握着谢兰英的手,歪着头问"小茅房"。

"冤枉啊,孙部长,""小茅房"夸张地说,"你看看我这样子,哪里能管得了她?"

"有什么冤屈尽管对我说,"孙大盛紧盯着谢兰英的脸道,"本官为你做主！"

孙大盛松开了谢兰英的手,笑眯眯地对着我走来。我本来想喊他一声"弼马温"——这是上小学时我亲自给他起的外号——但话到嘴边又咽了下去。他的肥胖的小手大老远就伸了过来,我的手迫不及待地自己就迎了过去。我的手感到他的那只小胖手像一只刚刚孵出的小鸡,又软乎又温暖。

"魏大爪子,你今晚上可是焕然一新啊!"孙大盛用手捻着我的衣袖,笑着说,"没先过过土?"

"这个狗日的宾馆,全部用水泥糊死了,找点土不容易!"我大大咧咧地说。

"小茅房"说:"我们来时,他正脱光了身子,把西服放在地上用脚揉搓呢!"

众人哈哈大笑。

"好了,好了,别欺负老实人了!"孙大盛招呼着众人说,"坐下,坐下!"他拍拍身边的椅子,说,"谢兰英,你靠着我坐。"

谢兰英别别扭扭地说:"我坐在这里就行了……"

"不行,"孙大盛说,"现在讲究跟西方接轨,女士优先。"

"孙部长让你坐,你就坐嘛!""小茅房"说。

"挪过去,挪过去!"董良庆把谢兰英拉起来,将她扯到孙大盛身边的椅子上按坐下去。

圆桌太大,六个人坐得很稀。

"靠近一些嘛!"孙大盛说。

大家没有动。

一个美丽的服务小姐转到孙大盛身后,轻轻地问:"孙部长,喝什么酒?"

孙大盛扫了我们一眼,说:"老同学聚会,当然喝白酒!"

"我不喝白酒。"谢兰英说。

"你又扫兴!""小茅房"瞅了谢兰英一眼。

"白酒有茅台、有五粮液、有酒鬼、有汾酒,请问用哪一种?"小姐问。

"酒鬼!"孙大盛说。

小姐启开酒瓶,往每个人面前的酒杯里倒酒。谢兰英护着酒杯说:"我真的不能喝!"

"不能喝也得倒上看着!"孙大盛说。

"听孙部长的。"张发展从谢兰英手里夺出酒杯,说。

在一个小姐倒酒的工夫,几个小姐将那些大虾、螃蟹、海参、鲍鱼用大盘子端了上来。

孙大盛端起酒杯,说:"各位老同学,多年不见,这杯酒我敬你们,都干了!"

我们都端起酒杯,站起来,探着身体与孙大盛碰杯。孙大盛用杯底敲着桌子说:"过电过电,免站免站!"

他举起酒杯,一饮而尽,然后将杯子倾倒,让大家看。

这点小酒算得了什么,我一仰脖子就干了,张发展、"小茅房"他们也干了。惟有谢兰英没干。孙大盛低头看看她的酒杯,说:"你连嘴唇都没沾湿吧?这样可是不行!"

"我真的不会喝……"谢兰英道。

孙大盛把她的杯子端起来,举到她的面前,说:"连这点面子都不给是不是?"

"我真不会喝……"

"你会不会喝水?"孙大盛问。

"喝水当然会了。"谢兰英说。

"会喝水就会喝酒!"孙大盛说。

"这样吧,"桑子澜道,"让肖茂方替你一点。"

"不行,"孙大盛说,"酒桌上没有夫妻!"

"就是一杯耗子药你也喝下去!""小茅房"恼怒地说。

"你这是什么话?"孙大盛瞪着眼说。

"小茅房"一怔,马上皮着脸说,"走了嘴了,该罚酒三杯!"说完了,伸手就要抓酒瓶子。

"你别转移斗争大方向,"孙大盛说,"谢兰英,你喝不喝?你不喝我们也不喝了!"

"你真是的,"谢兰英说,"喝醉了出洋相你们可别笑话我。"

"谁敢?"孙大盛道,"有我在这里谁敢笑话你?再说,也不会让你喝醉的。"

"那好吧,"谢兰英道,"我豁出去了。"她端起酒杯,先喝了一小口,龇牙咧嘴地说,"真辣!"然后一仰头,就把杯中酒喝干了。她将杯子倒过来,扣在桌子上,说:"我的任务完成了!"

"什么你的任务完成了?革命尚未成功,同志仍须努力!"孙大盛用公筷将一只火红色的大虾夹到谢兰英面前的碟子里,说:"吃点东西,继续战斗!大家也吃啊!"

……

三杯酒过后,谢兰英晃晃荡荡地站起来,说:"我可是一点也不喝了!"

孙大盛拉着她的胳膊说:"你到哪里去?"

"我不喝了,真的不喝了……"谢兰英说。

"不喝也得坐在这里!"孙大盛说。

"好好,我坐着。"

董良庆端着一杯酒,转到孙大盛身边,说:"孙部长,我敬您一杯!"

孙大盛说:"酒桌上只有同学,没有部长,也没有局长,谁破了这个规矩就罚谁三杯!"

"下不为例,下不为例!"董良庆说。

"先罚!"孙大盛说。

"孙部长……"

"又来了!"

"好吧,"董良庆说,"我认罚!"

董良庆连喝了三杯,然后又倒满一杯,说:"老同学,我敬您一杯!"

大家轮流向孙大盛敬酒。轮到"小茅房"时,他自己先喝了三杯,说:"我先罚了,孙部长,老同学敬您一杯!"

"这不行,"孙大盛说,"故意犯规,加罚三杯!"

"三杯就三杯!""小茅房"雄壮地说,"男子汉大丈夫,还在乎这三杯酒乎?"

"神经病!"谢兰英低声说。

"心疼啦?"孙大盛说。

"谁管他呀!"谢兰英红胀着脸说。

"小茅房"连干三杯,说:"二三得六,三三见九,孙部长,现在可以敬您一杯了吧?"

孙大盛与"小茅房"碰了杯,说:"数学学得不错嘛!"

"我当了十年书店会计,当了八年副经理,还兼着会计!""小茅房"似乎有点伤感地说。

"还好意思说,"谢兰英道,"你混出了个什么样子?"

"肖兄情场得意,官场自然失意了,"张发展说,"不过也算不上失意,兄弟不也副了许多年了吗?如果谢兰英是我的老婆,让我去挖大粪我也心甘情愿!"

"你们别拿我开心!"谢兰英红着脸说。

"呵嗬,谢兰英生气了!"董良庆说,"你生气的样子好看极了!"

"不许你们欺负谢兰英!"孙大盛说着,端起酒杯,说,"谢兰英,来,老同学敬你一杯。"

"我已经喝了三杯了,再喝就醉了。"

"知道自己喝了三杯就说明还没醉,再说了,喝醉了又怎么样呢?人生难得一次醉嘛!"

"对,人生难得一次醉,""小茅房"说,"孙部长让你喝,你只管喝就是！"

"我真的豁出去了！"谢兰英端起酒杯就干了。

"好,到底显出庐山真面貌来了,"孙大盛说,"怪不得人说酒场上有三个不可轻视:'红脸蛋的,吃药片的,梳小辫的。'"

"还梳小辫呢,"谢兰英拍着脑袋说,"老白头啦！"

"你还算是风韵犹存吧,"桑子澜说,"我们可是真的老了！"

"我也老了,"谢兰英说,"男过四十一朵花,女人四十豆腐渣。"

"你是嫩豆腐,我们是豆腐渣。"张发展说。

"都是豆腐渣！""小茅房"硬着舌头说。

"你小子吃嫩豆腐吃撑了！"董良庆说。

"你们都拿我开心！"谢兰英说。

"怎么会呢？"孙大盛端起酒杯碰了一下谢兰英的酒杯,说,"干！"

"还干？"

"干！""小茅房"说,"人生就是那么回事,干！"

"谁都可以发牢骚,就是你'小茅房'不能发牢骚！"孙大盛说。

"为什么？""小茅房"说,"为什么我就不能发牢骚？"

"你小子把我们的校花拔了！"孙大盛说,"大家想想谢兰英在校宣传队里那会儿……唱就唱,跳就跳,还能倒立着行走……那时候,全县的人民都知道一中有一个女孩子能倒立着在舞台上转十八圈！"

在我脑海里,出现了二十多年前的谢兰英在舞台上倒立行走的情景。她扎着两根小辫子,辫梢用红头绳扎着,双手撑地,双脚朝天,露着小肚皮,在舞台上转了一圈又一圈,舞台下一片掌声……

"老了……"谢兰英眼睛闪着光说。

"你不老……"孙大盛眼睛闪着光说,"怎么样,给老同学们表演一个？"

"你要让我出洋相？"谢兰英说。

"来一个,来一个！"大家齐声附和着。

"不行了,老了,你们看看我胖成了什么样子?成了啤酒桶了……"

"来一个……"孙大盛直盯着谢兰英,执拗地说。

"不行了……再说,我也喝多了……"

"大家鼓掌吧!"孙大盛说。

"真的不行……"

大家鼓掌。

"给我们个面子嘛!"孙大盛说。

"你们这些人呐……"

"让你来你就来嘛!""小茅房"说。

"你怎么不来?!"谢兰英说。

"我能来早就来了,""小茅房"说,"孙部长难得跟我们一聚,二十多年了,才有这一次。"

"真不行了……"

"你真是狗头上不了金盘托!""小茅房"说。

"说得轻巧,你来试试!"

"我能试早就试了。"

谢兰英站起来,说:"你们非要耍我的猴!"

"谁敢?"孙大盛说。

谢兰英走到那个小舞台上,抻抻胳膊,提提裙子,说:"多少年没练了……"

"我揭发,""小茅房"说,"她每天在床上都练拿大顶!"

"放屁!"谢兰英骂着,拉开了架势,双臂高高地举起来,身体往前一扑,一条腿抡起来,接着落了地。"真不行了。"但是没有停止,她咬着下唇,鼓足了劲头,双臂往地下一扑,沉重的双腿终于举了起来。她腿上的裙子就像剥开的香蕉皮一样滑下去,遮住了她的上身,露出了她的两条丰满的大腿和鲜红的短裤。大家热烈地鼓起掌来。谢兰英马上就觉悟了,她慌忙站起,双手捂着脸,歪歪斜斜地跑出了房间。

包了皮革的房门在她的身后自动地关上了。

大家安静了片刻,孙大盛端起酒杯,对"小茅房"说:"老同学,我敬你一杯,希望你能好好爱护谢兰英……"

"孙部长,""小茅房"眼睛里闪着泪花说,"谢兰英跟了我,真是委屈了她。我这人能力差,进步慢,虽然一门心思想为党多做些工作,但总是有劲使不上……"

"还是毛主席那几句老话,"孙大盛说,"我们应该相信群众,我们应该相信党,这是两条根本的原理。如果怀疑这两条原理,那就什么事情也做不成了。"

(二〇〇〇年)

嗅 味 族

爹眯着眼睛看了我一会儿,然后用嘲讽的腔调说:
"好汉,过来!"

我讨厌这种不尊重儿童的腔调,但还是用手指摸弄着圆滚滚的肚皮,一步挪半寸,两步挪一寸,三步一寸五,四步挪两寸,就这样一寸一寸地挪到了饭桌前,等待着爹的打击。爹暂时没有出手,也许是因为他处的位置打击我不太方便吧——他坐在饭桌的正中,两边雁翅般展开我的那些兄弟姐妹们——也许他还没有决定该不该给我一顿沉重打击,但作为我来说,根据以往的经验和眼前的形势,知道一顿臭揍迟早难免,便硬起头皮,做好了准备。对我这样的坏孩子来说,挨打受骂是家常便饭,用我娘的话来说就是,我这样的人是属破车子的,就得经常敲打着,三天不打,上房揭瓦,两天不揍,闹起来没够。我爹呼噜了一口野菜汤,咕咚咽下去,问:
"说吧,好汉,到哪里去了?"

我本来可以撒一个谎,譬如说我钻到草垛里不小心睡着了,甚至可以说我让带着狗熊和三条腿公鸡的杂耍班子用蒙汗药拍了去,幸亏我机智勇敢才逃脱了他们的魔掌——那一段时间里社会上正悄悄地流传着一个杂耍班子用蒙汗药拐儿童的说法,就算是谣言吧,说杂耍班子的人只要用手把小孩子的后脑勺子拍一下,小孩子就会乖乖地跟着他们走。到了杂耍班子,他们就用锋利的小刀子在孩子身上划出无数的血口子,然后马上杀一条狗,把狗皮剥下来,趁热贴到孩子身上,从此那张狗皮就长到孩子的身上,一辈子也脱不下来了。为了防止小孩子泄密,在往他们身上植狗皮之前,先把舌头割掉,让你有口也难言。说有一个小孩子就是这样被杂耍班子拍了去使了酷刑后变成了一个狗人,有一天杂耍班子到孩子舅舅所在的村子去演出,杂耍班子的班主一边敲着破锣一边指着小孩子说:各位乡亲们,看看这个可怜的孩子吧,这个孩子的爹跟一头母狗交配,生出了这个小狗人,乡亲们,可怜可怜这个狗孩子吧……人们一圈一圈地围上去,看那可怜的狗孩子。那孩子从人群里一眼就看到了自己的舅舅,看到了舅舅从某种意义上说比看见了爹爹还要亲,于是那孩子的眼泪就哗哗地流出来了。小孩的舅舅心中好生纳闷,心里想这个披着狗皮的小孩子是怎么了? 为什么这样不错眼珠地盯着我,又为什么哭得如此伤心? 他马上就联想到几年前姐姐家丢了的男孩,仔细一看那双眼睛,知道就是自己的外甥。他是个胸有城府的人,当下也没声张,等到杂耍班子休息时,装做闲人凑上去,提着那孩子的乳名低声问:你是小什么吗? 那狗孩子点点头。舅舅马上就跑到县政府把杂耍班子给告了,破案之后,杂耍班子里那些坏人全部给枪毙了,那个小孩给送到县医院里做了剥皮手术,好不容易恢复了人的面貌,但话是不会说了。——这个故事传得有鼻子有眼,都说村子里的兽医王大爷亲眼看到过那个狗孩子表演节目。我们追着王大爷让他讲讲那个狗孩子的故事,但王大爷总是心烦意乱地轰我们:滚开,你们这些狗东西!

没有撒谎,更不敢造谣,我实事求是地说:

"我跟于进宝到井里去了?"

"什么?"父亲惊讶地睁大了眼睛。

我的围着饭桌喝菜汤的兄弟姐妹们也用嘲笑的眼光看着我,我知道这些家伙把我当成傻瓜,他们做梦也想不到我到井里去干什么,当然也不能怨他们,因为这件事情的确离奇,如果我不是亲身经历,打死我我也不会相信天底下竟然会存在着这样的事。

"我跟着于进宝到他家后园里那眼井里去了。"我对他们尽量详尽地说着,"昨天下午,我去找于进宝玩耍,玩了一会儿,口渴得很,于进宝家没有水,于进宝就带我到他家后园里去找水喝,他家后园里有一口很深的井……"

母亲打断我的话,问我,又像是自言自语:

"杂种,杂种,你一夜没回来?你在哪里睡的?"

"我们根本就没有睡,我们跟那些长鼻人一起玩,唱歌跳舞捉迷藏,我们根本不困……"他们没有对我发出质问,但我从他们闪烁的眼神里,从他们停止喝菜汤的动作上,知道他们被我的故事吸引住了,或者说他们对我的一夜经历产生了浓厚的兴趣,我知道他们等待着我往下讲述。我当然非常愿意把自己的经历讲给他们听,尽管于进宝和那些长鼻人曾经要求我严格保守秘密,但我是个肚子里藏不住话的快嘴孩子,满肚子的新鲜奇遇如果不说出来,非把我憋死不可。我说:"那些长鼻人鼻子有点长,但也不是非常长,比我们的鼻子略微长点,与我们不同的是他们只有一个鼻孔眼儿,长在鼻子尖上。他们不吃饭,他们嗅味,他们嗅嗅味就饱了,但他们很会做饭,他们做的饭好吃极了,有鸡,有鸭,还有兔子,香极了……"

我正要把一夜奇遇讲给他们听时,刚刚开了一个头,但是我的爹把碗往桌子上一扔,将筷子往桌子上一拍,像一座山丘拔地而起。他越过障碍,顺手给了我一个耳光,把我打翻在地,然后他就气昂昂地走出了家门。他当然不会去找于进宝核实真伪,他也不会去于家的后园井里探勘,在他的心目中,我说的都是鬼话,连一星半点的真实也没有。

父亲走了,母亲把我从地上揪起来,当然是揪着我的耳朵揪起来,然后她就逼问我:

"小杂种,说实话,昨天夜里你到哪里去了?"

"我跟于进宝到长鼻人那里去了……"我歪着脑袋,咧着嘴,痛苦地说。

"还敢胡说,"母亲恼怒地说着,揪住我耳朵的手又加了一把劲儿,使我的耳朵变成了不知什么模样,"说实话,到底干什么去了?!"

我的眼泪夺眶而出,耳朵痛疼是热泪盈眶的原因之一,但不是主要的原因,主要的原因是我感到委屈,明明我说的是大实话,但他们却以为我在撒谎;明明我是冒着被长鼻人惩罚的危险把一个美好的秘密告诉他们,但他们却以为我在胡编乱造。我的那些可恶的兄弟姐妹们见我受到惩罚不但不表示同情,反而幸灾乐祸,他们得意地眯着眼睛,脸上都带着笑意,那四个年纪比我小的,可能怕我收拾他们,笑的还比较含蓄,那四个比我大的,丝毫也不掩饰他们的得意之心。他们甚至添油加醋地说一些让母亲更加愤怒的话,譬如我那个生着两颗虎牙的大姐就很严肃地说:

"最近有人把生产队的小牛用铁丝捆住嘴巴给弄死了,咱家可是有这种细铁丝——"

"你就做死吧,"母亲忧心忡忡地说,"牛是生产队的宝贝,害了生产队里的牛,那就是反革命!"

"咱们干脆对外宣布,"我的那个二哥说,"与他断绝关系,免得牵连到我们。"

到底还是母亲境界高些,她瞪了那位很可能是我的二哥的家伙一眼,说:

"有你们这样的兄弟吗?你们都是我养的,能断绝得了吗?"

母亲松开了揪住我耳朵的手,我感到耳朵火辣辣的,知道它的体积大了不少。我的耳朵比常人的耳朵要大,原来也大不了多少,因为人们的揪和拧,它们变得越来越大。

"说吧,"母亲疲乏地说,"你这一夜到底到什么地方去了?你如果不说,就别想吃饭!"

我瞄了一眼锅里那些黑乎乎的野菜汤,看了一眼桌子上那碗用来下饭的发了霉的咸萝卜条子,心中暗暗得意,初进家门时说实话我心中还有些惭愧,因为我一个人吃了那么多美味食物而我的父母吃这些猪狗食。但现在我一点愧意也没有了。我打了一个饱嗝,让胃里的气味汹涌地蹿上来;我陶醉在美好的气味里,心中充满了幸福的感觉。我看到我的那些兄弟姐妹们都把鼻子翘起来,脑袋转动着,在搜寻美好气味的源头。在饥饿的年代里,人们的嗅觉特别的灵敏,十里外有人家煮肉我们也能嗅到,当然也说明了那个时候空气特别纯净,一星半点儿的污染都没受。我的兄弟姐妹根本想不到让他们馋涎欲滴的气味竟然是从我的胃里返上来的。说不是故意地其实也是故意地我又打了一个响亮的饱嗝,然后大张开嘴巴,这时我看到,我的那些兄弟姐妹的目光全都集中到我的嘴巴上了,如果能够,我相信他们都会奋不顾身地钻到我的胃里去看个究竟。

母亲的嗅觉尽管不如我的兄弟姐妹们的嗅觉灵敏,但她毫无疑问地也闻到了从我的嘴巴里散出来的美食气味,我看到她的眼睛里洋溢着讶异和惊喜,我知道她不敢相信自己的鼻子,她很可能以为自己在做梦,对她的心情我完全理解,换了我也会这样,因为在那个时代里,从我这样一个穷孩子嘴巴里发出这样的气味比狗头上长角还要稀奇。但铁一样的事实就摆在我的母亲和我的兄弟姐妹们面前,他们不愿意相信也得相信,美好的气味无可争辩地从我的嘴巴里往外扩散,逗引得他们百感交集眼泪汪汪。我知道我的那些兄弟姐妹们心中对我充满了嫉妒和仇恨,他们恨不得把我的肚皮豁开,看看我到底吃了些什么东西;我知道母亲不嫉妒我也不仇恨我,但她也很想知道我到底去什么地方吃了些什么样的好东西,然后就可以让我当向导,带领着全家去会一次大餐。我的那个生着虎牙的姐姐已经急不可耐地冲了上来,用她的粗糙的手扒开我的嘴巴,凶巴巴地问:

"小坏蛋,你还真的吃到了好东西!快说,你到哪里去吃到了好东西?快说,你吃到了一些什么样的好东西?"

我的兄弟姐妹们跟随着虎牙姐姐围上来,七嘴八舌地问着我。这时我真是得意极了,想起方才父亲用他的铁巴掌扇我耳光时这些家伙幸灾乐祸的表情,想起这些家伙平日里对我的欺凌和压迫,我的心中无比快意,六月债,还得快,人不可貌相,海水不可用斗量,这些坏家伙大概从来没想到过我这个土豆堆里的最蹩脚的土豆,竟然会好运临头,他们根本想不到还会求到我的面前,刚才我还巴不得将我的奇遇告诉他们,但现在我已经不想把秘密告诉他们了。我为什么要告诉他们?我凭什么要告诉他们?我如果是个大傻瓜我才会告诉他们,我如果不是一个大傻瓜我就不会告诉他们。母亲也用恳求的目光望着我,显然也是想让我把秘密吐露出来,但是我耳朵上的痛疼提醒了我,让我想起了她几分钟前还揪着我的耳朵恨不得揪下来的悲惨往事,于是我的意志就变得像钢铁一样坚硬了。我决心把这个秘密保守到底,我必须遵守我与于进宝小哥哥的约定,我更必须履行我们与长鼻人之间的诺言,我为刚才差一点泄露了机密而后悔,幸亏他们没把我的话当真,但现在他们从我的嘴巴里嗅到了气味,他们很可能当真了。我惊愕地明白了:其实我已经泄露了秘密,我提到了于进宝家的水井,提到了长鼻人和他们的美味食品。我的这些饿疯了兄弟姐妹们,很可能马上就会下到于进宝家的井里去看个究竟!这时,母亲把我的兄弟姐妹们分到两边,走到我的面前,我感到她的手正在温存地抚摩着我的脑袋,我不断地提醒着自己:不要上当受骗,刚才就是这只手差一点儿把你的耳朵揪下来!她现在抚摩你是为了让你吐露机密,而一旦你吐露了机密,她的手就会重新揪你的耳朵!我听到她对我说:

"好孩子,告诉娘,你昨天夜里到底到哪里去了?你到什么地方去吃了些什么样的好东西?"

我灵机一动,想起了虎牙姐姐说过的话头,我宁愿搬起一个屎盆子扣到自己头上也不能泄露机密,于是我就伪装出犯了严重错误的模样,吞吞吐吐地说:

"娘,我错了……昨天夜里,我跟着一群野孩子,把生产队里一头小牛用细铁丝捆着嘴巴整死了……然后……他们点上火,把小牛烧熟了……他们让我吃,我实在太馋了,就吃了……"

在我的脑袋上爱抚着的那只手,突然间变成了拳头,像摇鼓一样敲打着我的头,我听到母亲用恨极了也怕极了的压抑着的声音说:

"杂种,你就去作死吧,你就等着公安局来抓你吧!"

我的那些兄弟姐妹们有用脚踹我的,有用巴掌扇我的,有用指甲掐我的,有用唾沫啐我的……总而言之是转眼间我就成了他们的公敌。他们把我打得遍体鳞伤,然后就懒洋洋地散开了。

但昨天夜里的确发生了比做梦还美的好事,有我满口的余香为证,有我的愉快而辛苦地工作着的肠胃为证,有我嗅到了野菜汤的气味就恶心的生理反应为证,有那么多栩栩如生的记忆为证。母亲把一个筐子一把镰刀扔给我,让我跟着我的姐姐哥哥们去挖野菜。在通往田野的土路上,村子里的孩子们唱着流行的歌曲:一九六四年啊,真是不平凡;饿死了马光斗,爆炸了原子弹;赫鲁晓夫下了台,咱们心喜欢——尽管饥饿但孩子们依然欢天喜地,你追我赶,打打闹闹,孩子队里有于进宝小哥哥,走着走着我们俩就靠在了一起,他压低嗓门问我:

"你没泄密吧?"

"没有……"我心里虚虚地说。

"千万保密,否则咱们就吃不到好东西了。"

我大姐瞪了我一眼,说:

"快走。"

我跟随着她们往田野里走,但我的心已经回到了昨天。

当时,我和于进宝在玩他家那副残缺不全的扑克牌,突然感到口很渴,我就问:

"进宝哥哥你们家有水吗?"

于进宝说:

"你想喝水啦？我们家没水，你如果想喝就跟我到我家后园里去喝吧。"

我就跟着于进宝到他家的后园里去了。他家的后园里有一眼水井，一眼非常普通的水井，水很深，浇园用的。井口上安着一架辘轳，支架上生出了蘑菇，绳子上发出了绿霉，看起来已经很久没有使用了。我们站在井台上，探头往井里望去，起初我们什么也看不见，渐渐地我们的眼睛适应了，看到了井里明亮的水，和水面上我们的脸。一头乱毛，两只小眼睛，一个塌鼻子，两扇大耳朵——原来我是这样子的一副好模样，怪不得我的一个姐姐经常骂我"气死画匠"。于进宝哥哥也是一头乱毛，两只小眼睛，一个塌鼻子，两扇大耳朵。我们两个简直像用一个模子刻出来的。我的母亲经常无奈地对我的那些兄弟姐妹们说："你们看看，他怎么越来越像东屋里小宝？"我的一个姐姐说："太像了，一个娘养出来的也没有这样像的！"然后她就用黑黑的眼睛仇恨地盯着母亲，好像母亲欠了她一笔陈年老账。小宝就是我最亲爱的于进宝哥哥，他在村子里名誉很坏，至于他干过什么坏事，则没人能说出来。

我们看着井里那两张一模一样的脸。看了一会，就开始往自己的脸上吐唾沫。我的唾沫吐到我的脸上就像吐到他的脸上一样。他的唾沫吐到他的脸上就像吐到我的脸上一样。我们的唾沫吐到我们的脸上把我们的脸破碎了，我们的鼻子眼睛混乱不清，于是我们就开心地笑起来。

突然，我们嗅到一股奇异的香味。我们抬起头来环顾四周，四周是断壁残垣，发了疯的野草，野草中仓皇奔走的蜥蜴，蜥蜴身上闪烁的鳞片……家家户户的烟囱里没有冒烟的，没有人家在炒肉，这香气……这香气……这香气是从井里冒出来的！我们紧张地抽动着鼻子，眼前似乎出现了许多在梦里都没见到过的精美食物，有像砖头那样厚的肉，一方一方的，颜色焦黄，冒着热气。有把脑袋扎进肚子里的烧鸡，颜色焦黄，冒着热气。有整头的小羊，颜色焦黄，冒着热气……

　　我们拽住辘轳绳子往井里滑去，他在下边，我在上边。井筒子深得似乎没有底，我的耳朵里嗡嗡地响着，好像在大风里行走。我的眼前起初是亮的，往下滑了一阵后就慢慢地黑起来。我感到有人拽了一下我的腿，我的身体往边上一偏，然后脚就着了地。于进宝小哥哥拉着我的手，沿着一条黑洞洞的地道，小心翼翼地摸索着前进。我们心中感到害怕，但越来越浓的香气吸引着我们，使我们的脚步不停。不知从何时起，眼前渐渐地明亮起来，地道也宽敞起来。我们看到一道道的光线从一些圆圆的洞眼里射进来，洞眼多粗，光线就多粗。我心中紧张，歪头看了一眼他的脸，看到了他的脸就像看到了我的脸。我们紧紧地拉着手，就像一对孪生兄弟。浓厚的香气变成了热乎乎的风扑到我们的脸上，随着香风传来了一些哧呼哧呼的声音。我们屏住呼吸，贴着洞壁，高高地抬腿，轻轻地落脚，慢慢地向前靠拢。

　　终于，我们看到了，在前方的一个宽敞的大洞里，有一个平展展的土台子，台子上摆着三个巨大的黑陶盘子，一个盘子里放着一方方的肉，像砖头那样厚，颜色金黄，冒着热气，肉的上面撒着一层切碎的香菜末儿。一个盘子里放着十几只脑袋扎到肚子里的鸡，颜色金黄，冒着热气，鸡的上面撒了一层花椒叶子。一个盘子里放着一头小羊，颜色金黄，冒着热气，小羊身上插了几根翠绿的葱叶。大概有二十多个人，团团围着盘子，都跪着，屁股后边挂着一条粗粗的尾巴。他们穿着用树叶子缀成的衣裳，头上戴着瓜皮小帽。他们都生着两只小眼睛，两扇大耳朵，这些都跟我们像，与我们不像的是他们的鼻子。我们是塌鼻子，他们是长鼻子，而且还比我们少了一个鼻孔眼儿。他们跪在盘子周围，脖子探出来，鼻子离食物很近，鼻孔一开一合，那些哧呼哧呼的声音就是从他们的鼻子里发出来的。我们将身体紧紧地贴在洞壁上，好像两只壁虎。有好几次我觉得他们已经发现了我们，但是他们并没有对我们怎么样。一个看起来很小的长鼻人突然站起来，鼻子哧呼着，脑袋转动着，眼睛分明地与我们的目光相接了，但他还是没有对我们怎么样。我感觉到他们是故意地不理睬我们。

他们吸了一阵后,一个个离开了盘子,站起来,脸上带着心满意足的神情,往地洞的深处走去。那个小小的长鼻人还扭回头对着我们扮鬼脸,一个露着奶头的大长鼻人——一定是他的妈妈——伸手把他拉走了。地洞里静悄悄的,只有那三只大盘子里的食物散发着香气。我们终于抵抗不住美味的吸引,蹑手蹑脚地靠到盘子前,顾不上危险,抓起那些好东西,狼吞虎咽起来。我们似乎刚开始吃,其实已经吃了许多。因为当那些长鼻人突然把我们包围起来时,我们本想逃跑,但是已经拖不动自己的肚子了。我们坐在地上,活像两只巨大的蜘蛛。

长鼻人的语言很怪,呱呱咭咭的,我们一句也听不明白。但从他们脸上的表情判断,他们没有恶意。后来他们在土台子前跳起舞来,好像是用这种形式欢迎我们访问他们的地洞。他们跳的舞跟我们村子里正在流行的一种舞有点相似,也是那样简单那样机械,好像一群木偶。其中有两个母长鼻人,把我们拉起来,让我们跟他们一起跳舞。我们吃得太多,行动实在困难,但他们让我们跳我们不敢不跳。跳了一会,我们的肚子小了,感觉也舒服了。渐渐地我们忘了他们是跟我们不一样的人,而且也能听明白他们的语言了。跳完了舞,大家坐在一起说话,像开座谈会一样。于进宝小哥哥说,我们是两个饥饿的孩子,今天很幸运地来到了你们的地洞,受到了你们友好热情的招待,吃到了从来没有吃过的最香最美的食物,我们真是全世界最有福气的孩子,我们回到上边即使马上死掉也不冤枉了。一个下巴上生着十几根白胡子的老长鼻人代表长鼻人发言,他说,你们不要客气,其实,我们早就知道你们两个,你们原来就是我们这里的人,后来因为刮白毛大风把你们俩刮走了。我们几年前就知道你们俩在上边生活,而且我们还知道你们俩活得很苦。我们早就决定把你们俩请回来玩玩,但一直找不到机会,今天,这机会终于来了。所以你们来到了这里就应该像回到了自己家里一样,或者说就像走亲戚一样。他说他们是嗅味的民族,根本不要吃东西,每天嗅一次食物的气味就可以了。他说如果我们不嫌弃他们嗅过的食品,尽管来吃好了,即便我们不吃,他们也要倒进暗道,流到蓝河里去喂四眼鱼。后来他们把我们送到井口,欢迎我们经常来做客,他们恳求我们不要把这里的情况对外人说道,我们对他们发誓:如果我们说了,就让乌鸦啄我们的脑袋。

(二〇〇〇年)

木 匠 和 狗

　　钻圈的爷爷是个木匠,钻圈的爹也是个木匠。钻圈在那三间地上铺满了锯末和刨花的厢房里长大,那是爷爷和爹工作的地方。村子里有个闲汉管大爷,经常到这里来站。站在墙旮旯里,两条腿罗圈着,形成一个圈。袖着手,胳膊形成一个圈。管大爷看钻圈爷爷和钻圈爹忙,眼睛不停地眨着,脸上带着笑。外边寒风凛冽,房檐上挂着冰凌。一根冰凌断裂,落到房檐下的铁桶里,发出响亮的声音。厢房里弥漫着烘烤木材的香气。钻圈爷爷和钻圈爹出大力,流大汗,只穿着一件单褂子推刨子。欻——欻——欻——,散发着清香的刨花,从刨子上弯曲着飞出来,落到了地上还在弯曲,变成一个又一个圈。如果碰上了树疤,刨子的运动就不会那样顺畅。通常是在树疤那地方顿一下,刀子发出尖锐的声响。然后将全身的气力运到双臂上,稍退,猛进,欻地过去了,半段刨花和一些坚硬的木屑飞出来。管大爷感叹地说:"果然是'泥瓦匠怕沙,木匠怕树疤'啊!"

　　爹抬起头来瞅他一眼,爷爷连头都不抬。钻圈感到爷爷和爹都不欢迎管大爷,但他每天都来,来了就站在墙旮旯里,站累了,就蹲下,蹲够了,再站起来。连钻圈一个小孩子,也能感到爷爷和爹对他的冷淡,但他好像一点也觉察不到似的。他是个饶舌的人,钻圈曾经猜想这也许就是爷爷和爹不喜欢他的原因,但也未必,因为钻圈记得,有一段时间,管大爷没来这里站班,爷爷和爹脸上还是那种落寞的表情。后来管大爷又出现在墙旮旯里,爷爷将一个用麦秸草编成的墩子,踢到他的面前,嘴巴没有说什么,鼻子哼了一声。"来了吗?"爹问,"您可是好久没来了。"蹲着的管大爷立即将草墩子拉过去,塞在屁股底下,嘴里也没有说什么,但脸上却是很感激的表情。好像是为了感激爷爷的恩赐,他对钻圈说:"贤侄,我给你讲个木匠与狗的故事吧。"

在这个故事里,那个木匠,和他的狗,与两只狼进行了殊死的搏斗,狼死了,狗也死了,木匠没死,但受了重伤。狼的惨白的牙齿,狼的磷火一样的眼睛,狗脖子上耸起的长毛,狗喉咙里发出的低沉的咆哮,白色的月光,黑黢黢的松树林子,绿油油的血……诸多的印象留在钻圈的脑海里,一辈子没有消逝。

管大爷身材很高,腰板不太直溜。三角眼,尖下颌,脖子很长,有点鸟的样子。一个很大的喉结,随着他说话上下滑动。他头上戴着一顶"三片瓦"毡帽,样子很滑稽。提起管大爷,钻圈总是先想起这顶毡帽子,然后才想起其他。这样式的毡帽现在见不到了。管大爷作古许多年了。钻圈爷爷去世许多年了。钻圈爹已经八十岁了。钻圈也两鬓斑白了。爹健在,钻圈不敢言老,但他感觉到自己已经老了。钻圈把许多事情都忘记了,但管大爷讲过的那些故事和他头上那顶毡帽却牢记在心。

管大爷用脚把眼前的锯末子和刨花往外推推,从腰里摸出烟包和烟锅,装好烟,拣起一个刨花圈儿,抻开,往前探身,从胶锅子下面引着火,点着烟,吧嗒吧嗒吸几口,用大拇指将烟锅里的烟末往下压压,再吸两口,两道浓浓的烟雾,从他的鼻孔里直直地喷出来。他清清嗓子,提高了嗓门,小眼睛直盯着钻圈,亮晶晶的,很有神采,说:"大侄子,你长大了,一定也是个好木匠。'龙王的儿子会凫水'嘛!"

钻圈听到爷爷咳嗽了一声。钻圈知道爷爷对爹的木匠手艺很不满意,对自己,更不会抱什么希望。爷爷咳嗽,是表示对管大爷的恭维话反感。

管大爷说:"五行八作中,最了不起的就是木匠。木匠都是心灵手巧的人,你想想,能把一棵棵的树,变成桌子、板凳、风箱、门、窗、箱、柜……还有棺材,这个世界上,谁能不死?死了谁能不用棺材?所以,谁也离不开木匠。"

爷爷冷冷地说:"一大些是用草席卷出去的,也有用狗肚子装了去的。"

"那是,那是,"管大爷忙顺着爷爷的话茬儿说,"我是说个大概,大多数人还是需要一口棺材的,当然棺材与棺材大不一样。有柏木的,有柳木的,有四寸厚的,有半寸厚的。我将来死了,只求二叔和大弟用下脚料给钉个薄木匣子就行了。"

"你这是说得哪里的话?"爹说,"赶明儿大哥发了财,用五寸厚的柏木板做寿器时,别嫌我们手艺差另请高明就行了。"

"我要是发了财,"管大爷目光炯炯地说,"第一件事就是去关东买两方红松板,请大弟和二叔去给我做。我一天三顿饭管着你们。早晨,每人一碗荷包蛋,香油馃子尽着吃。中午和晚上,最次不济也是四个冷盘八个热碗,咱没有驼蹄熊掌,但鸡鸭鱼肉还是有的;咱没有玉液琼浆,但二锅头老黄酒还是可以管够的。二叔您也不用自己下手,找几个帮手来,让大弟领着头干,您在旁边给长着点眼色就行了。做成了寿器,我要站在上边,唱一段大戏:一马离了西凉界——然后放一挂八百头的鞭炮,还要大宴宾客,二叔和大弟,自然请坐上席——可是,我这副尖嘴猴腮的模样,这辈子还能发财吗?"

"怎么不能发财?您怎么可以自己瞧不起自己呢?"爹说,"没准儿走在街上,就有一块像砖头那般大的金子,从天上掉下来,嘭,砸在您的头上。"

"大弟,你这是咒我死呢!"管大爷道,"寸金寸斤,砖头大的一块金子,少说也有一百斤,砸在头上,还不得脑浆迸裂?即便运气好活着,也是个废人。这样的财我还是不发为好,就让我这样穷下去吧。"

"其实您也不穷,"父亲说,"人,不到讨饭就不要说穷。您瞧您,穿着厚厚的棉袄,戴着八成新的毡帽,我们弯着腰出大力,您抽着烟说闲话,我们都不敢说穷,您怎么可以说穷?"

爷爷瞪了爹一眼,说:"干活吧!"

爷爷一开口,爹就闭了嘴。场面有点僵。钻圈瞅着房檐下那些亮晶晶的冰凌,不由地叹了一口气。

"小孩叹气,世道不济。"管大爷说,"大侄子,你不要叹气了,我给你再讲个木匠和狗的故事吧,听完了这个故事,你就欢气了。桥头村有个木匠,姓李,人称李大个子——没准二叔和大弟还认识他,他也算是个有名的细木匠,跟二叔虽然不能比,但除了二叔,也就无人能跟他相比了——我这样说大弟您可别不高兴。"

"我是个劈柴木匠,只能干点粗拉活儿,"爹笑着说,"你尽管说。"

"李大个子早年死了女人,再也没有续弦,好多人上门给他提亲,都被他一口回绝。大家都猜不透他的心思。他养着一条公狗,黑狗,真黑,仿佛从墨池子里捞上来的。都说黑狗能辟邪,但这条狗本身就邪性。去年冬天我去赶柏城集,亲眼见到过这个狗东西,蹲在李大个子背后,两个黄眼珠子骨碌骨碌转悠,好像在算计什么。那天是最冷的一天,刮着白毛风,电线杆子上的电线呜呜地响,树上的枝条嚓嚓地响,河沟里的冰叭叭地响。有很多小鸟飞着飞着就掉下来了,掉在地上立马就成了冰疙瘩。"

"没让那些鸟把您的头砸破?"父亲低着头,一边干活一边问。

"大弟,"管大爷笑着说,"你是在奚落我,你以为我是在撒谎。去年最冷那天,就是腊月二十二日,辞灶前一天,县广播电台预报说是零下32度,是一百年来最低的温度记录。其实他们也是在瞎咧咧,气象预报,是共产党来了才有的事。一百年,一百年都回到大清朝去了。那个时代,还没发明温度表呢。"

"不要小看了古人!"爷爷冷冷地说,"钦天监不是吃闲饭的。他们能算出黄历,能算出兴衰,还算不出个温度?"

"二叔说的对,"管大爷说,"钦天监里的人,都是半神,像那个张天师,前算五百年,后算五百年,算个温度不在话下。那天反正是够冷的,从咱们村到柏城集,只有十里路,我就捡了二十多只小鸟。有麻雀,有云雀,有鹁鸪,还有两只斑鸠。斑鸠,为什么叫斑鸠?因为它上午半斤重,下午九两重,斑鸠,半九也。我把捡来的小鸟揣在怀里,想给它们点热度把他们救活。我爹生前是捕鸟的,二叔知道,大弟也知道。那扇捕鸟的大网还在我家梁头上搁着呢。我要是把那网扛到南大荒里支起来,一天下来,怎么着还不网它百二八十个鸟儿?拿到集上去,怎么着还不卖个十块八块的?要说发财,只要把俺爹的行当捡起来就能发财。但伤天害理,祸害性命的事儿,不能再做了。轮回报应,不敢不信。我是一百个信、一千个信的。俺爹的下场,吓破了我的胆。俺爹一辈子祸害了多少鸟?五万只?十万只?反正是不老少。他从小就跟鸟儿撂上了,七八岁时,用弹弓打,人送外号神弹子管小六,我爹在他们那辈里排行第六。听老人说,我爹能听声打鸟。他根本就不瞄准,听到鸟在树上叫,从怀里摸出弹弓和泥丸,胳膊一抻,嗖的一声,鸟声断绝,鸟儿就从树梢上,啪嗒,掉下来了。玩弹弓玩到十三岁,不过瘾了,开始玩土枪,我爷爷是个大甩手,整天吃大烟,家里的事一概不管,由着我爹折腾。我奶奶反对我爹玩土枪,几次把他的枪放在锅灶里烧毁。但烧了旧的,他就做新的。他无师自通地就把土枪做出来了,而且做得很漂亮。火药也是他自己配的。我奶奶管不了他,就咒他:小六啊,小六,你就作吧,总有一天让这些鸟把你啄死。

"玩了几年枪,还嫌不过瘾,又鬼使神差地学会了结网,没日没夜地结。结好了,扛到小树林子里支起来,网里放上一个鸟子,唧唧喳喳地叫唤着,把那些鸟儿诱骗下来,撞在网上。人群里有汉奸,鸟群里有鸟奸。那些鸟子就是鸟奸。你想想看,鸟儿们也是有语言的,如果那些鸟子,告诉那些在天空打转转的鸟儿,说下边是管六的罗网,千万不要下来,下来就没命了,那些鸟儿,还能下来吗？鸟子一定是骗它们,说下来吧,下来吧,下边有好吃的,好玩的,把那些鸟儿哄骗下来了。由人心见鸟心啊。人里边,也真有坏的。就说前街孙成良,他还是我的表弟呢,要紧的亲戚。前几年我跟他一起去赶柏城集,走的早,看不清路。他走在前,一脚踩到一堆屎上,跌了一跤。按说他应该提我一个醒。但他不吭气,悄悄爬起来,继续往前走。我在后边,也跟着踩了屎,跌了一跤。我说表弟,你既然踩了屎,跌了跤,为什么不提我一个醒？他说,我为什么要提醒你？我要提醒你,我的屎不是白踩了吗？我的跤不是白跌了吗？你说这人的心怎么这样呢？

"我爹天生是鸟儿们的敌人,杀起鸟儿来决不手软。他把那些鸟儿从网上摘下来时,顺手就捏断了它们的脖子,扔在腰间的布袋里。那个布袋在他的胯下鼓鼓囊囊地低垂着,他的脸上蒙着一层通红的阳光。我没有亲眼看到过我爹捉鸟时的样子,但我的脑子里总是浮现出我爹捉鸟时的景象。我爹捉鸟,起初是为了自己吃。小时候他就会弄着吃,听说是跟着叫化子学的,找块泥巴把鸟儿糊起来,放在锅灶下的余火里,一会儿就熟了。把泥巴敲开,香气就散发出来。这样的香气连我奶奶也馋,但她信佛,吃素。信佛吃素的奶奶竟然生养出一个鸟儿的杀星。如果那些死鸟的魂儿上天去告状,我奶奶难免受到牵连。我爹后来就成了一个靠鸟儿吃饭的人,鸟肉虽香,但也不能天天吃。人是杂食动物,总要吃点五谷杂粮才能活下去。我爹别无长技,别的事情他也不想干,庄稼地里的活儿他是绝对不会干的。弄鸟儿,是他的职业是他的特长也是他的爱好。说起来,我爹一辈子,干了自己愿意干的事,也是造化非浅。我爷爷死后,我爹要养家糊口,就把捕获的鸟儿拿到集上去卖。到了集上,把腰间的布袋解开,把鸟儿往地上一倒,几百只死鸟堆成一堆,什么鸟儿都有,花花绿绿的。有的鸟死后还把舌头吐出来,像吊死鬼一样,既让人害怕,又让人感到可怜。赶集的人走到我爹面前,都要往那堆死鸟上看几眼。

有摇头叹息的,有骂的:管六,你就造孽吧。对鸟儿最感兴趣的还是孩子。每次我爹把鸟儿摊在地上,就有几个小男孩围上来看。先是站着看,看着看着就蹲下来。先是不敢动手,看着看着手就痒了,黑乎乎的指头勾勾着,伸到鸟堆上,戳那些鸟。越戳越大胆,就翻腾起来,似乎要从里边找到一个活的。我爹抄着手站着,低头看着这些嘔着鼻涕的孩子,脸上是悲伤的表情。我爹心中的想法,任谁也猜不透的。他是身怀绝技啊。如果是退回去几百年,还没把洋枪洋炮发明出来的年代,我爹靠着那一手打弹弓的神技,就可能被皇上招了去,当一个贴身的侍卫。就算时运不济没给皇上当侍卫,给大官大员们,譬如包青天那样的大官,当一个护卫,王朝马汉,孟良焦赞,那是绝对的没有问题的吧?就算连王朝马汉孟良焦赞也当不了,往难听里说,当一个绿林好汉,占山为王总是可以的吧?你们想想,那么小的鸟儿,我爹一抬手,就应声而落,要是让他用弹子去打人,想打右眼,绝对打不了左眼。人的眼睛,是最最要紧的,哪怕你有天大的本事,满身的武功,比牛还要大的力气,但只要把你的眼睛打瞎了,你也就完蛋了。我爹真是生不逢时啊。生不逢时的人,对那些有权有势的人,总是冷眼相对。你有权,你有势,那是你运气好,不是靠真本事挣来的,我爹最瞧不起这些人。你有权有势,我不尿你那一壶。生不逢时的人对小孩子是最好的。身怀绝技的人都是有孩子气的,跟小孩格别的亲。我爹身边,总是有一些小男孩跟着。许多男孩,都打心眼里羡慕我,羡慕我有这样一个身怀绝技的爹,跟着这样一个爹可以天天吃到精美的野味。走兽不如水族,水族不如飞禽。摆在我爹面前这些鸟儿可都是飞禽。有麻雀,有黄鹂,有交嘴,有绣眼,有树莺,还有许多叫不出名字的小鸟。我爹自然是能叫出来的。那些蹲在鸟堆前的孩子,用小手捏着鸟儿的翅膀或是鸟儿的腿儿,仰脸看着我爹:大爷,这是什么鸟儿?黄雀。然后提起另外一只:这只是什么鸟儿?灰雀。这只呢?虎皮雀。这是腊嘴,这是白头翁,这是窜窜鸡,这是灰鹡鸰,这是五道眉,这是麦鸡……孩子们的问题很多,我爹有时候很耐心地回答,有时候根本不理睬他们。我爹面前,尽管围着许多孩子,但他的鸟,其实很难卖。人们并不知道如何把这些东西处理成可食的美味。鸟卖不出去,时间长了,就臭了。在鸟儿没有臭之前,我爹还是满怀着把它们卖出去的希望,背着它们去赶集,但一旦它们臭了之后,就只好埋掉,埋在我家房后那片酸枣棵子里。那些酸枣,原本是灌木,因为吸收了死鸟的营养,长得比房脊还高,成了大树。到了深秋,果实累累,一片紫红,煞是好看。有一个挖药材的陈三,用杆子敲打酸枣树,每次都弄好几麻袋,卖到土产公司,听说卖了不少钱。他是个有良心的人,每年春节,都要送我爹一瓶好酒。说六叔啊,这是感谢你的那些死鸟呢。酸枣树丛里,有好几窝野兔子,其中有一只老兔子,狡猾极了,正是:人老奸,驴老滑,兔子老了鹰难拿。这个老兔子,毁了好几个鹰。你知道那些鹰是怎么毁的吗?那个老兔子的窝门口,有两棵小酸枣,老兔子看到鹰来了,就用前爪扶着酸枣棵子,等待着鹰往下扑。鹰扑下来,老兔子不慌不忙地把那两棵酸枣一摇晃,枝条上的尖针,就把鹰的眼睛扎瞎了。我爹用他的鸟网,经常能网到鹰。我们这地场,鹰有多种,最大的鹰,就像老母鸡那么大。鹰的肉,不怎么好吃,酸,柴。但鹰的脑子,据说是大补。我爹每次捕到鹰,就会发一笔小财。县城东关有个老中医,用鹰的脑子,制作一种补脑丸,给他儿子吃,他儿子是个大干部,出入都有跟班的呢。你们看我这是说到那里去了呢。后来我爹在不知道受了那个明白人指点之后,不在大集上卖死鸟了。他在家里,把这些鸟儿拾掇了,用调料腌起来,拿到集上去,支起一个炭火炉子,现烤现卖。鸟儿的香气,在集上散发,把好多的馋鬼勾来。我爹的财运来了,挡都挡不住。那年秋天,乡里新来了一个书记,名叫胡长清,鼻头红红,好喝几口小酒。书记好喝小酒,是很正常的。他的工资是全乡里最高的,每月九十元,九十元啊,够我们挣一年的了。二叔和大弟,你们辛辛苦苦地锯木头,累得满身臭汗,一个月也挣不到九十元吧?"

"你这是拿檀香木比杨柳木呢。"爷爷说。

父亲说:"听说那个书记是个老革命,原先在县里当副县长的。闹水灾那年,他带领着农民去拦火车,说是火车震动,能把河堤震开。整个胶济铁路,中断十八个小时。气得国务院一个副总理拍了桌子,批示说:小小副县长,吃了豹子胆。为了小本位,断我铁路线。责成山东省,一定要严办。书记犯了错误,被撤了好几级,下放到咱们这里当书记。如果不是撤了职,他每月要挣一百多元。"

爷爷感叹道:"那样多的钱,怎么个花法?"

"所以我说我爹的财运来了挡都挡不住的。胡书记,一个老光棍汉,听人家说他不结婚的原因是裤裆里那件家什被炮弹皮子崩掉了。要不,这样的老革命,还不从城里找一个天仙似的女学生繁殖一大群革命接班人?不过要是这样我估计着他也就不敢领着农民拦火车了。这个胡书记,脾气暴躁,作风正派,从来不用正眼看女人,就冲着这一点,他的威信呼啦一下子就树立起来了。在他之前,咱们乡里那几任书记,都好色,见了女人腿就挪不动。突然来了一个不近女色的书记,大家都感到吃惊,然后就是尊敬。胡书记好赶集,没事就到集上去转转,那时候困难年头刚刚过去,集市上的东西渐渐地多了起来。我爹的鸟儿,用铁签子穿着,一串一串的,放在炭火上烤着,滋啦滋啦地冒着油,散发着扑鼻的香气,连那些白日里很难见到影子的野猫都来了,在我爹的身后打转。连那些鹞鹰都飞来了,在我爹的头上盘旋。瞅准了机会,它们就会闪电似般地俯冲下来,抓起一串鸟儿,往高空里飞,但飞不了多高它就把铁签子连同鸟儿扔下来了。铁签子在火上烤得太热,烫爪子。胡书记是不是闻着香味来的,我真的说不好,但我想,只要他到了我爹的摊子前,自然是能闻到香味的。那可不是一般的香味,那是烧烤着天上的鸟儿的香味啊。胡书记那样的好鼻子,自然不能闻不到。而只要他闻到了香味,他想不买也难了。我爹生前,高兴的时候,曾经跟我唠叨过,说这个世界上,最考验男人的事情,一个是美色,第二个就是美食。美色,有人还能抵抗,但美食,就很难抵抗了。有的人可能几年不沾女人,但把一个人饿上三天,然后摆在他面前两个饽饽一碗肉,让他学一声狗叫就让他吃,不学就不给吃,我看没有一个人能顶得住。"

"人的志气呢?人毕竟不是狗。"钻圈的爷爷冷冷地说,"俺老舅爷小时候,家里跟沙湾李举人家打官司,输了,家破人亡。俺老舅爷只好敲着牛胯骨沿街乞讨。有一次在大集上,遇到了李举人在路边吃包子。老舅爷不认识李举人,就敲着牛胯骨在他面前数了一段宝。老舅爷自小聪明,记忆力强,口才好,能见景生情,出口成章。那一段宝数的,真是嘎嘣利落脆,赢得了一片喝彩。那个李举人问我老舅爷:你这个小孩,是哪个村子里的?这么聪明,为什么干上这下三滥的营生?俺老舅爷就把家里跟李举人打官司的事数落了一遍。说得声泪俱下。那李举人脸上挂不住,就说,小孩,你别说了,我就是李举人。事情并不像你说的那样,你爹是个混帐东西,他输了官司,并不是我去官府使了钱,也不是官府偏袒我这个举人,是因为公道在我这方。这样吧,小孩,冤家宜解不宜结,你也不用敲牛胯骨了,你拜我做干老头吧。从今之后,只要有我吃的,就有你吃的。俺老舅爷那年才九岁,竟然斩钉截铁地说:'人活一口气,树活一张皮。宁敲牛胯骨,不做李家儿。'集上的人听了俺老舅爷这一番话,心中都暗暗地佩服,都知道这个小孩子长大了,不知道能出落成一个什么人物。"

钻圈插嘴问道:"这个老舅爷爷后来成了一个什么人物呢?"

"什么人物?"爷爷瞪了钻圈一眼,单眼吊线,打量着一块木板的边沿,说,"大人物!"

"二叔,您说得是王家官庄王敬萱吧?"管大爷肯定地说,"他后来参加了孙中山的革命党,民初的时候,在军队里当官,孙中山给他发表的军衔是陆军少将。这样的人物,自然是能够做到冻死不低头,饿死不弯腰的。"

钻圈的爷爷哼了一声,弯腰刨他的木头,一圈圈的刨花飞出来,落在钻圈的面前。

管大爷说:"钻圈贤侄,我继续给你说木匠和狗的故事。"

钻圈说:"你爹和鸟的故事还没说完呢。"

"我爹的故事,也没有什么讲头了。那个胡书记,每逢集日,就到我爹的摊子前,买两串小鸟,蹲在地上,从怀里摸出一个扁扁的小酒壶,一边喝酒,一边吃鸟,旁若无人。认识他的人,知道他是堂堂的书记,不认识他的人,还以为是个馋老头呢。他后来和我爹混得很熟,很多人说我爹和他拜了干兄弟。但其实没有这么回事。我爹是个直愣人,不会巴结当官的。否则,我早就混好了。"

"您现在混得也不错。"钻圈的爹说。

"稀里糊涂过日子吧,"管大爷感慨地说,"胡书记不止一次地对我爹说:老管,让你儿子拜我做干老头吧,我好好培养培养他。我爹死活不松口。这样的好事落到别人身上,巴结还来不及呢。可我爹……算了,不说了。大弟你说,如果我拜了胡书记干老头,最不济也是个吃公家饭的吧?"

"那是,"钻圈的爹说,"没准也是一个书记呢。"

"你爹也是个有志气的!"钻圈的爷爷感叹着,"管小六啊管小六,这样的人也难找了!"

"钻圈贤侄,我给你讲木匠与狗的故事。"管大爷说。

……

钻圈老了,村子里的孩子围着他,嚷嚷着:"钻圈大爷,钻圈大爷,讲个故事吧。"

"哪里有这么多的故事?"钻圈抽着旱烟,说。

一个嘀着鼻涕的小男孩说:"钻圈大爷,您再讲讲那个木匠和他的狗的故事吧。"

"翻来覆去就是那一个故事,你们烦不烦啊?"

"不烦,不烦……"孩子们齐声吵吵着。

"好吧,那就讲木匠和狗的故事吧。"钻圈说,"早年间,桥头村有一个李木匠,人称李大个子。他养了一条黑狗,浑身没有一根杂毛,仿佛是从墨池子里捞上来的一样……"

……

那个嗤鼻涕的小孩,在三十年后,写出了《木匠和狗》:

……木匠拖着沉重的步伐,不断地回忆着那个收税小吏横眉立目的脸和猖狂的腔调,摇摇摆摆地走进家门。他将扁担和绳索扔在地上,大骂了一声:狗杂种!然后又回头对着湛蓝的、飘游着白云的天空,再骂一声:狗杂种!忙活了半个月,用上好的桐木板和灿烂的公鸡毛做成的四个风箱,卖了一百元钱,竟被集市上那个目光阴沉的收税员罚没了九十元,心中的懊恼难以言表。把剩下的十元钱,打了两斤薯干酒,割了两斤猪头肉,还买了一串油炸小鸟。吃到肚子里,喝进肚子里,把钱变成屎尿,让你们罚去吧。钱没了,但日子还得往下过。钱是死的,人是活的。只要人活着,不生病,有手艺,赶集时长着点眼色,看到那些卖炒花生的小贩提着篮子拖着秤逃跑,你就跟着逃跑,不要把木货全部解开,免得临时捆不及,这样,就可以保证不被那个收税的抓住。我的风箱做得好,木板烘烤得干燥,鸡毛扎得厚实,风力大,不瓢偏,方圆百里,没人不知道我的风箱。只要有用风箱的人家,我就有活干。只要有活干,就会有钱挣。今日破了财,就算免了灾。嗨!这年头。心中虽然还为那被罚没的九十元疼着,但明显地钝了,麻木了。

把肉和酒从帆布兜子里摸出来,扔在桌子上。坐下,刚要吃喝,就听到街上一阵嚷。木匠本不想出去,这年头,多一事不如少一事,但喊声越来越急,终于坐不住了。出去看,原来是邻居家一头牛犊掉到井里。那个年轻媳妇在喊叫:李大叔,快帮帮俺吧,要是淹死牛犊,俺男人回来,会把俺的头砸破的,他下手可狠,您以前见过的啊。年轻媳妇蓬着头,头发上沾着草,腮上抹着灰,看样子是从锅灶边跑出来的。正是响午头,做饭的时辰,许多烟囱里,冒出白烟。木匠马上就想起来邻居那个黑大汉子,双手拖着老婆两只脚,在大街上虎虎地走着的情景。老婆哭天嚎地,汉子洋洋得意。有人上前去劝,被啐了一脸唾沫。木匠不愿意管这家的事情,只怕出了力还赚了汉子的骂。那家伙有疑心症,谁要跟他老婆说句话,就要遭他的怀疑和嫉恨。但架不住女人苦苦地哀求,又想起那只牛犊,缎子般的皮毛,粉嫩的嘴巴,青玉般的小蹄子,在胡同里蹶着尾巴撒欢,真是可爱。于是就回家拿着绳子,往井边跑,沿途招呼了几个人,到了井边,把绳子挽成套儿,顺到井里,揽住牛犊,众人齐用力,发声喊,把牛犊拖上来。牛犊在地上趴了一会,打几个喷嚏,爬起来,抖擞抖擞,向着场院那边跑了。等他捞完牛犊回家,发现桌子上的肉没有了。只有一片包过肉的破报纸,粘连在桌子边沿上。那条黑狗,蹲在桌子旁边,盯着木匠,眼珠子骨碌碌地转悠。木匠好恼,抓起一根棍子,对准狗头,擂了下去,狗不躲闪,正好擂在头上。木匠骂道:你这个馋东西,好不容易弄了点肉,我没吃,你先吃了。狗说:我没吃。木匠说,你没吃,谁吃了?狗说,我也不知道谁吃了,反正我没吃。木匠说,你还敢跟我犟嘴,看我不打死你。木匠抄起一根大棍,对着狗头砸去。狗当场就昏倒了,鼻子里流出血来。木匠心中也有些不忍,扔掉棍子,自己喝酒。喝醉了,趴在桌子上睡了。迷蒙中,看到狗费劲地爬起来,摇摇摆摆地向着门外走去。木匠说:狗杂种,走了就不要再回来了。从此这条狗就没有了。

过了一个月光景,一个晌午头儿,木匠躺在床上午睡,朦胧中听到门被轻轻地拱开了,他猜到是狗回来了。好久不见,他还真有点想狗了。木匠装睡,眼睛睁开一条缝,看着狗的行径。狗拖着一根高粱秸,把木匠的身体丈量了一下,悄悄地走了。木匠心中纳闷,不知道这个狗东西想干什么。过了几天,没有动静,木匠就把这事淡忘了。

有一天,木匠去外地杀树归来,背着一把锯子,一个大锛。

他喝了一斤酒，有八分醉，晃晃悠悠地走着，迎着通红的夕阳。到了一片荒草地，周围没人影。很多鸟儿在红彤彤的天上叫唤。一条窄窄的小路，从荒草地中间穿过。木匠走在小路上，路两边草丛中的蚂蚱，扑棱棱地往他身上碰。他看到很远的地方，有一片树林子，树林子边缘上，有一个人埋伏在草丛里，在他面前不远处，支着一面大网，网中有一个鸟儿在歌唱，千回百啭的歌喉，十分动听。一群鸟儿，在网上盘旋着。木匠知道，那个藏身草丛的人，姓管行六，人称神弹子管小六，是个捉鸟的高手，杀死过的鸟儿，已经不计其数了。木匠看到，空中那些鸟儿，经不住网中那只鸟子的诱惑，齐大伙地扑下去，然后就着了道了。那个管六，从草丛中慢吞吞地站起来，到网前去，收拾那些鸟。尽管看不真切，但木匠能够想象出那些被捏死的鸟儿的惨样。木匠心中凄凄，身上感到凉意，好像有小凉风，沿着脊梁沟吹。世界就是这个样子，各人都有自己的活路。那些被捏死的鸟儿凄惨，但那些被你杀死的树呢？树根被砍断，树枝被锯断，往外流汁水，那就是树的血啊。木匠叹一声，继续往前走。走不远，就看到在小径的右边，草丛深处，有一棵枯死的树。在这个地方，长出这样一棵孤零零的树，是件怪事。这棵树枯死，也是一件怪事。世上的事，仔细琢磨起来，都是怪事。琢磨不透彻的，不如不琢磨。木匠看到，树下草丛中起了动静。有一个油滑的黑影子，从草中跃起来。他马上就知道了，那是自己的狗。他心中感到有些不妙，但还是没往坏处想。狗在草丛中蹿了几下，就到了自己眼前。他还以为狗会摇着尾巴讨好呢，但一看，才知道事情不好了。狗龇出白牙，发出呜呜的叫声。狗眼闪烁，放着凶光。这样的声音和表情，让木匠心中凛然。他知道这条狗，已经不是过去那条狗。这条狗过去是自己的亲密朋友，现在，是自己的冤家对头。狗步步逼近，木匠步步倒退。木匠一边倒退一边说：老黑，那天的事，是我过分了。你跟了我这么多年，偶尔嘴馋，偷一块肉吃,按说也不是什么大错,我不该用棍子打你。狗冷笑一声,说:你现在才说这些话,晚了,伙计。狗后腿蹬地,猛地往前一扑,身体凌空跃起,嘴巴里尖利的白牙,对着木匠的咽喉。木匠跌倒,狗扑上来,就要咬到木匠的脖子时,木匠抬胳膊挡了一下,袖子被撕下来。经了这一吓,身体里的酒,都变成冷汗冒了出来。木匠四十岁出头,身手还算利索,打了一个滚,滚到路边草丛中。狗又扑上来,不给木匠站起来的机会。木匠把背后的带子锯抡起来,往前一甩,锯条铮然一声弹开,打在狗的下巴上。狗一愣,往后跳了一下。趁着这个机会,木匠跳起来,同时把大锛抓在手里。手中有了家什,木匠镇静了许多。锛是木匠的利器,也是最常使用的工具。狗自然知道主人是个使锛的高手,手上既有力气又有准头,也就有了忌惮之心,不敢像适才那样猖狂进攻。狗和人僵持着。狗耸着脖子上的毛,龇着牙,呜呜地低鸣。人持着锛,还在说理,骂狗。看看红日西垂,已经挂在了林梢,红光遍地,正是一个悲凉的黄昏。木匠慢慢地倒退,狗亦步亦趋地跟随。这种状态对木匠不利。木匠举着锛,发起主动进攻,但狗往后轻轻一跳就躲闪了过去。木匠再进攻,狗再退。木匠明白了自己的进攻毫无意义,空耗力气,而且只要手上一慢,很可能就会被狗趁机蹿上来。明智的举动,就是防守,等着狗往上扑。但狗很有耐心,只是跟随着步步后退的木匠。看看退到了树林边,木匠用眼睛的余光瞥见神弹子管小六,于是就大声喊叫:六哥啊,帮帮我,除了这个叛逆!但那管小六,好像聋子一样,对木匠的喊叫毫无反应。木匠知道,再这样拖延下去,迟早要着了这个狗东西的道儿。于是,他使出来凶险的一招:身体往后,佯装跌倒。在身体往后仰去的同时,手中的大锛也刃子朝上扬了起来。狗不失时机地扑上来,大锛锋利的宽刃,恰好砍进了狗的下巴。狗的身体在空中翻了一个个儿,半个下巴掉在地上。木匠跳起来,抡起大锛,对准负痛在草地上翻滚的狗头,劈了下去。啪的一声,狗头开了瓢儿。

木匠坐在地上,看着死在自己面前的狗。他看着裂开的狗头上那些红红白白的东西,和狗的一只死不瞑目的眼睛,突然感到恶心,就吐起来。吐完了,手按着地爬起来。他感到极度疲乏,浑身没有一丝力气,似乎连那个大锛也提不起来了。他看到,神弹子管小六,在距离自己五步远近的地方,怔怔地看着地上的狗。他说:小六,把这个狗东西拖回去煮煮吃了吧。管小六不说话,还是盯着狗看。木匠看到管小六腰间的叉袋沉甸甸地低垂着,里边全是死鸟。

木匠收拾起工具,想往家走。刚走了几步,又回头朝那棵枯死的树走去,适才,狗就是从那里蹿出来的。树下,有一个长方形的深坑。坑里有一根高粱秆。木匠明白了,知道狗是按照那天中午量好的尺寸,给自己挖好了葬身之地。

木匠来到狗的尸体旁边,对依然站在那里发愣的管小六说:跟我来看看吧,看看它干了些什么。木匠拖着狗的后腿,来到树下。对尾随着的管小六说:他量了我的身高,然后给我挖了坑。管小六摇摇头,似乎是表示怀疑。木匠突然激奋起来,大嚷着:怎么?你不相信吗?难道你怀疑这条狗的智慧吗?这个狗东西,就因为我打了它一下,然后就和我结了仇。趁着我午睡时,用高粱秆丈量了我的身体,然后,就给我挖了坑。它知道我要去蓝村杀树,这里是我的必经之路,它就在这里等我。管小六还是摇头,木匠益发愤怒起来,说:你以为我是撒谎骗你吗?我"风箱李"耿直了一辈子,从来没有撒过谎。但你竟然不相信我,我怎么才能让你相信呢?这个狗东西和我战斗时的样子你亲眼看到了,你知道它的凶猛,但你不知道它的智慧。要不我就躺到这个坑里,让你看看,是不是合适。木匠说着,就把背上的锯和锛卸下来,跳到坑里,躺下,果然正合适。木匠在坑里,仰面朝天,对管小六说:你现在相信了吧?管小六笑着,不说话,把那条死狗，一脚踢到坑里。木匠大喊：管小六，你干什么？你要把我和它埋在一起吗？管小六把那把大肚子锯抖开，一手握着一个把子，锯齿朝下，猛地插在土里，然后往前一推，一大夯土就扑噜噜地滚到坑里去了。小六，木匠大声喊，你要活埋我？木匠挣扎着想爬起来，但身体被狗压住了。管小六用大锯往坑里刮土，只几下子，就把木匠和狗的大半个身体埋住了。木匠喘息着说：小六，也好，也好，我现在想起来了，知道你为什么恨我了。

（二〇〇三年）

火烧花篮阁

在一座寂寞的城市中央,有一个美丽的湖泊碧波荡漾。湖的中央有一座名叫花篮的小小岛屿,一年四季都散发着或浓或淡的花香。岛上曾经六次建起雕梁画栋的楼阁,但都在建成后三个月内被烧成废墟。失火的原因据调查都是因为雷击或燃放鞭炮,当然也有些带着神秘色彩的民间说法。在花篮岛上建楼阁,是这个城市的一任又一任市长执着到病态的追求,但他们的努力总是迎来那一把将城市的夜空照亮的大火。他们建筑楼阁的希望总是在烈火中破灭,但他们的官运却总是随着烈火的熄灭而亨通。

最近的一任市长,是一个相貌古怪的建筑学博士。到这个城市上任之前,他曾在省城主持兴建了声名远播的八大建筑,其中五项,获得过建筑界的最高荣誉"鲁班奖"。一时英名,不可一世,犹如中天的太阳。风传他要到中央的建设部门任要职,但最后却落籍在这个地处偏僻、人口不足四十万的小城当了市长。

博士走马上任后的第一天夜晚,就带上那个当地政府配给他的秘书——一个大学建筑系毕业的年轻小伙子——悄悄地出了政府宾馆,沿着他似曾相识的街道,凭着感觉走到了湖边。道路两边盛开的丁香花熏得他有些头晕,明亮的月光照得他有些目眩。所以他来到该城的第一篇日记的第一句话就是：月光花香，头晕目眩。

然后他接着写：

在湖边漫步约半点钟，突然萌生了上岛看看的念头。问秘书小伍：此时可还能找到上岛的船？秘书脸上浮现出一个很难觉察、但还是被我觉察到了的笑容，他说：我到前边去找找看。我故意地往回走，给他一个去"找"船的机会。湖边小路两旁，全是一蓬蓬的丁香树，花团锦簇，十分美丽。花香浓厚，月光中弥漫着花粉。秘书很快就跑回来，兴奋地对我说：市长，真是太巧了，青叶码头那边，恰好有一条小渔船。

在秘书多余的扶持下我上了小船。站在船头的渔夫，身披蓑衣，头戴斗笠，目光炯炯，下巴上一部白胡须，看上去很像是戏剧舞台上的人物。大伯，打扰你了。我说。渔夫微微一笑，没有说话。他用长长的竹篙撑着湖边的泥地，使船缓缓地驶入深水。然后他就站在船尾，摇起长橹。欸乃之声，在静静的月夜里，显得格外响亮。我和秘书坐在船舷，相对无言。在我们之间，有几个篾片编成的虾篓，还有一张干燥的密眼虾网。秘书说：市长，我们这个湖里盛产白虾，很有名的。我不置可否地点点头，目光越过他，往远处看。但见一片烂银闪烁，湖水与月光已经融为一体。不时有白色的水鸟被惊飞起来，扑棱着翅膀，落到远处的闪光中去，似乎在那里融化了。

小船离岸越远，桨声和水声愈加响亮。沉睡的城市中心，不时传来水泥搅拌机模糊的轰鸣声，高大的起重机巨臂在澄澈如洗的夜空中缓缓摆动。夜深沉，月光更加明亮，举手可见掌上的纹路。再看岸边那些丁香花树，已经变成了团团簇簇的烟雾。它们的香气已经嗅不到了；此刻我嗅到的，是纯粹的清凉的水的气息。当又有丁香花的香气飘来时，这个名叫花篮的湖心岛已经近在眼前。

我跟随着秘书离船上岛,很想对渔翁说几句感谢的话,但回头见他已经坐在船头,身体蜷缩在蓑衣和斗笠里,像一只夜栖的大鸟。沿着一条卵石铺成的小径走向岛的中央。小径两边的丁香树枝杈纵横,多情地拦挡着我们。秘书在前分拨花枝;花枝沉甸甸地抖动,浓郁的香气扑面而来。

我们很快到达了小岛中央的制高点,也就是连续六次建起过"花篮阁"的地方。这地方约有两个篮球场大小,高度距湖面约有六十米。站在这里,放眼四望,确实令人心旷神怡。如果在这里建起一个五十米高的楼阁,登高远望,四面的城市和远处的山影都可收到眼底。这里确实需要一个楼阁。

被火焚烧后的楼阁废墟看来已经清理过了。一堆堆的砖瓦石料,整整齐齐地摆放在场地的四周。在石料的旁边,还有一堆码得方方正正的木料,都是一等的红松,散发着浓烈的松油的香气。在这样干燥的四月天气里,似乎扔上一根火柴,就能把这堆木料点燃。木料的旁边,还有一堆摆放整齐的脚手架;脚手架旁边,是一堆用稻草绳子捆绑着的活动板房组件。只要来五个工人,用一天工夫,就可以组装起可供五十个工人居住的简易房屋。眼前的一切,都说明这是一个原料基本齐备、随时都可开工的建筑工地,而不是两个多月前才被焚烧的楼阁废墟。

我坐在一块石料上,仿佛低头沉思着什么,但其实我什么也没有想。团团袭来的花香让我头昏。秘书低声问我:市长,抽烟吗?我说:我已经戒了烟,如果你想抽,尽管抽就是,我喜欢闻别人抽烟的味道。秘书说:我不抽烟,我从来没有抽过烟。我很理解地点点头,说:好吧,那我就抽一支吧。秘书慌忙拉开腋下的皮包,从中拿出一盒软包中华,熟练地拆去封条,揭开锡纸一角,弹出一支,递到我的面前。我从烟盒中把烟抽出,秘书就把那个燃着绿色火苗的金光闪闪的打火机送到了我的嘴边。

你说点什么吧,我看着他那一口被火苗照亮的牙齿说。

秘书无声地笑一笑,说:这似乎成了一个规矩——即将卸任升迁的市长,为他的后任清理好废墟,准备好建筑材料——这似乎成了一个规矩。

为什么?我问,难道每一任市长的想法都一样吗?如果在我的任期内我不想建这个楼阁呢?我指指那堆散发着松油气味的木材,说,如果我的设计不需要这些材料呢?

秘书抬手搔搔脖子,说:我也不知道……

在跟我之前,你做什么?

我四年前大学建筑系毕业,在市建委工作了一年,然后就跟胡副市长,但我与秦市长的秘书小孙是好朋友。小孙跟秦市长到省卫生厅上任去了。秘书说。

夜很深了,凉气袭来,我不由地打了一个寒战。秘书慌忙将皮包夹在双腿之间,匆忙将身上的外衣脱下来要往我身上披。

我摆摆手拒绝了他。

秘书抬头看看已经偏西的月亮,说:要不我们先回去吧,市长,已经很晚了。

不急,我说,小伍,我们是同行啊。你跟我当秘书,是不是可惜了?

不不不,秘书急忙说,我听说要跟您,兴奋得两天没睡觉。您是大名鼎鼎的建筑专家,跟着您,一定能学到很多东西。我的女朋友说我不是给您当秘书,而是跟着您读研究生呢。

你给我讲讲这花篮阁的事吧。我说。

最近的一次我比较清楚,过去那五次都是听人家说的。秘书说。

没有关系,你随便说,添点油加点醋都没有关系。我说。

我不会添油加醋的,市长,秘书说,最近这把火是大年夜里起的。当时,全城都在放鞭炮,大街小巷里都是滚滚的硝烟。我正在政府办公室里看春节联欢节目,听到秦市长的秘书小孙在楼道里大喊：起火了！起火了！大家跑出办公室，争先恐后地爬上楼顶，看到花篮岛上一道火光冲天，好似一根洞天烛地的大蜡。花篮岛周围的湖面，被火光照耀得明亮如镜，城里的灯火都变得暗淡昏黄。新建起不久的花篮阁在烈火中颤抖着，好像一个受火刑的人，要努力地保持尊严，坚持着不倒下，能多站一秒钟就坚持一秒钟。我听到站在我身边的小孙长舒了一口气，低声嘟哝着：终于起火了。我侧目看了一眼小孙，发现他浑身都在颤抖，不知是因为激动还是因为寒冷。

起火时间距离竣工时间有多久？我问。

正好三个月。一天不多，一天不少，正好三个月。秘书说。

秦市长呢？我问。

秦市长到明阳市休假去了。他的家属在那边，一直没有搬过来。秘书说，大家站在楼顶上看着那火，看着那火中的花篮阁，看着那些在火焰中渐渐变形的飞檐斗拱，直到楼阁坍塌，发出一声巨响，大家才如释重负般地慢慢下楼。

难道就没有老百姓出来观看？我问。

有许多老百姓出来观看。湖边上站满了人，几乎所有的楼顶上都站满了人。秘书说。

老百姓什么反应？

我确实没有听到，市长，秘书说，但事后我听我的女朋友说，老百姓都说花篮岛上有一窝狐狸，是它们放火焚烧了楼阁。

我不是问这个，我是问老百姓对这件事的反应。

秘书为难地说：好像也没有什么反应……老百姓好像都习惯了。对了，我听我女朋友的爸爸说过——他是一个退休的小学教师，很正派的一个人——他说，花篮阁建在火地上，起火是正常的，不起火是不正常的。他还说，我们这个城市，要想发展，必须每隔几年起这样一把火，今年的火起得尤其好，大年夜里起火，主兆一年红红火火。我女朋友的妈妈——她是个没有文化的家庭妇女,水平比较低——说,烧了好,烧了好,从建起那天就盼着烧呢,这下可以睡几年安稳觉了。

我苦笑一声。

秘书小心翼翼地说:市长,您可不要生气,我是个实在人,有什么就说什么。

没有关系,你继续说。

第五把火是一九九九年底烧的。具体时间,好像是圣诞节前夜。那时我毕业还不到半年,在市建委见习。起火的那天夜晚,我感冒了,吃了几片含有安眠成分的药,睡得很死。天亮之后,母亲告诉我刚刚建起来两个半月的花篮阁被大火烧毁了。我母亲还说:又该有人升官了。我母亲也是家庭妇女,水平很低。我穿上毛衣、羽绒服,到湖边去看热闹。通往湖边的道路上来来往往的都是去看热闹归来和正要去看热闹的人。天气很冷,人们的神情都很漠然。我到了湖边,正好看到一艘游船靠岸。船上站着十几个人,其中有我们建委的主任,还有马市长。看样子他们是从岛上回来的,我从他们身上嗅到了一股子焦糊的气味。为了防止领导认出,我躲在一丛丁香后边,用袖子遮着脸。我看到市长板着脸下了船,跟随在他身后的那些官员们,却一个个神色愉快。当天晚上,在中央台的新闻联播之前,市长在电视上发表了讲话。他首先向全市人民道歉,自我批评没有看好这座刚刚建成、被全市人民钟爱的、金碧辉煌的花篮阁,然后他说在自己有限的任期内,一定要为下任市长重建花篮阁做好准备。发表了电视讲话不久,马市长就升迁到清波市当书记去了。

起火的原因呢?我问。

雷电,秘书说,市气象台台长在电视上专门讲解了为什么在寒冷的季节还会发生雷电现象的科学道理。

老百姓怎么说?我问,你的女朋友的爸爸妈妈怎么说?

我那时还没有女朋友,秘书不好意思地说,我的女朋友是去年夏天才谈好的,她很崇拜您,市长。

第四次火烧花篮阁发生在一九九五年七月一个雷雨之夜,雷很响,但雨不大。秘书说,当时的市长是方洪谟。起火的第二天他就接到了去省交通厅担任副厅长的任命。

第三次火烧花篮阁发生在一九九二年三月一个春光明媚之夜,当时的市长是赵敬尧,起火十天后他就升任了省计委副主任。

第二次火烧花篮阁发生在一九八九年六月,当时的市长是韩忠良,起火后一个月,他的任期还没满,就到省城的师范大学担任党委书记去了。

第一次火烧花篮阁是一九八七年七月,当时的市长是蒋丰年,他也是学建筑的。在任期间,他领导改造了老城区,拓宽了马路,清理了湖底一百年的淤泥,在湖心岛上建起了花篮阁,还兴建了七个居民小区,大大缓解了市民的住房困难。他在这里连任了两届市长,威望很高。花篮阁建成后,他的威望到达了顶点。花篮阁起火后,老百姓并没有过多地谴责他,但他自己很痛苦。据说他曾经站在废墟上流着眼泪发誓,一定要重建花篮阁,但两个月后,他被调到省建筑设计院当了院长。

我认识这个老同志,人品好,业务也好。我说。

接下来的一个月内,新任市长不断地收到信访办转来的群众来信。来信的内容全是要求重建花篮阁的。信的署名有"众声"、"群心"、"民意"等显而易见的化名,也有"七个退休干部"、"八个老党员"、"五个母亲"等似乎是光明正大的匿名,还有湖畔小学六百名师生的联名信,那些小孩子的稚拙签名,密密麻麻地占满了两张白纸。市长起初还认真地阅读这些信件,但很快就感到了厌烦。他让秘书告诉信访办,有关重建花篮阁的信件,请他们按规定处理,再也不要转来。

市长对重建花篮阁这件事，一直没有明确表态。但在他到任之后的第二个月的第一天，下了一道命令给有关单位，让他们在一周之内，把花篮岛上那些建筑材料，全部运出来，按购买价的一半退还给卖方。办事者似乎面有难色，但市长冷笑一声，他们就讪讪地告退了。

市长上任后第三个月的第一天，在市政府小会议室召开了第一次市长办公会议。会议的主要议题是重建花篮阁。市长将他亲手画出的图纸挂在墙上，用一根可以伸缩的不锈钢教鞭指点着，向他的下属们说明着新图纸与旧图纸的区别。市长是建筑专家，真正的权威，满口都是建筑术语。他的下属们，听完了介绍，用热烈的掌声表示了对市长设计的赞赏。市长举手止住了掌声，说了一段颇为重要的话：新的花篮阁与旧的花篮阁在造型和结构上，其实并没有太大的区别。最大的区别在于建筑材料。市长说，新花篮阁使用的砖是耐火砖，瓦是耐火瓦，所有的梁檩斗拱门窗牖，全部使用钢铁或是青铜铸件。市长说，除非用三千度的高温把它熔化掉，否则，花篮阁屡建屡毁的历史就到此终结了。

市长讲完了话，看着下属们暧昧的脸，意味深长地笑了笑，说：难道大家还盼望着第七次火烧花篮阁吗？

第二天，市长设计的新花篮阁图案和新花篮阁将使用的建筑材料在市报上以大幅版面登出，电视台也做了相关报道。满怀信心的市长吩咐办公室搜集群众反应——市长原本希望听到一片赞美之声，但办公室搜集上来的反应却仿佛在他发热的头颅上浇了一桶冷水。办公室汇集的群众反应说明：绝大多数群众，对新花篮阁设计方案表示反感，最反感的是那些耐火的材料。晚上，心情沮丧的市长在办公室里书写他上任以来的第六十三篇日记，其中有这样一句话：难道人民群众需要火灾？

市长握笔疾书，办公室的门被推开。或者是一个面容清秀、不施粉黛的年轻女子,或者是一个珠光宝气、浓妆艳抹的半老徐娘,或者是一个柳眉紧蹙、泪光点点、头戴白花的小寡妇,或者是一个鹤发鸡皮、手拄拐杖的老太太,或者是一个身穿洗得发白的中山装、腋下夹着一个磨破了边的旧皮包的老男人,或者是一个身穿乌亮的黑皮卡克、挺着大肚子的中年男子,或者是一个弓腰缩颈、犹犹豫豫的小公务员……出现在他的面前。市长知道,接下来的故事,无论他怎样努力地想不落俗套,都会变成对时下流行小说的拙劣模仿。

(二〇〇三年)

月　光　斩

在县文化局工作的表弟给我发来邮件说：表哥，最近县里发生了一件大事，请看附件——

八月七日上午八点。县委办公大楼五层保密室。机要员小冯，是你的老同学冯国庆的二女儿。小冯刚上班，提着热水瓶想去打开水，听到窗户外乌鸦噪叫，探头外望，发现那棵最高的雪松顶梢悬挂着一个黑乎乎的东西，起初以为是乌鸦们在此筑了巢，心中有几分丧气，继而又见那些乌鸦竟像不畏生死的斗士轮番向那黑物攻击，心中诧异，定睛细看，是一颗人头，随即发出一声尖叫，热水瓶掉在地上，竟然没碎，也是奇迹，正在整理文件的小许——她是你老战友的三女儿——跑到窗前往外看，发出更为夸张的尖叫。几分钟后，县委大楼朝南的窗户全部打开，县委大院，乱成一个如被火燎的马蜂窝。

虽然人头已被乌鸦啄得千疮百孔，但人们还是辨认出那是县委刘副书记的面孔。他面色惨白，愈显得精心染过的头发漆黑如墨。他的眼睛已被乌鸦啄瘪，看不到他的眼神了，因此也就无法想像他临终时刻是惊惧还是愤怒，是浑然无觉还是早有准备。有人道：不一定是乌鸦所毁，很可能是罪犯所为，因为据说西方已经可以用一种特殊技术,从死者的视网膜提取信息,然后输入电脑,显示出罪犯的形象。由此判断,罪犯是一个对犯罪学相当了解的高智商者,绝不是一般的坏人。又有人说,罪犯将人头悬挂在县委大院,显然有杀鸡儆猴之意,带有明显的政治意图,因此可以排除一般的情杀或图财害命。刘副书记是从组织部长提起来的,主管干部提拔任用多年,少言寡语,为人谨慎,有良好的口碑,究竟是什么人,将这样一个好干部残忍杀害?闻风而至的县公安局几乎所有的警车发出的刺耳尖啸把所有人的声音都淹没了。县消防中队的一辆救火车开进大院,竖起云梯,一个穿杏黄色防护服的消防员爬上去,展开一块红绸,将人头小心翼翼地包起来。乌鸦愤怒地对他发起冲击。他举起一只胳膊护住面颊,用另一只胳膊夹着人头,迅速地爬下来。

人头被一个着白大褂的法医接过去,小心翼翼地托着,钻进警车,鸣着笛,转着灯,开走。市里的警车与市委领导的车也赶到了,大院里无处停车,就停在了大楼前的永安大街上。县里的防暴警察和武警中队的官兵已经在大街上排开人墙,封锁了道路,成群结队的行人和自行车被封堵,形成了两个黑鸦鸦的人团。万头攒动、人声如潮。警察用电动喇叭喊话,命令人们绕道而行。人们却一个劲地往前挤,直至公安局的马副政委对天鸣枪示警,才恋恋不舍地散去。警笛声停止,但车顶上的警灯还在把一束束令人心寒的光芒扫来扫去。县委大楼上所有的窗户都遵命关闭,但许多人的目光还是不由自主地往外斜,即使他们目不斜视地盯着书本、文件或是压在玻璃板下的照片,但他们的脑海里……好了,表哥,我不想对你描绘刘副书记遇难后发生在县委大楼的事了,从表面上看,已经没有什么异常。常委们躲在五楼小会议室里开紧急会议,各办公室里的人们以比平日严肃得多的态度工作,小头头儿们抓住一点鸡毛蒜皮的小事严厉地训斥部下,而部下也带着痛不欲生的表情承认错误。当然,每个人心中的想法,就只可意会不可言传了。

很快就传来了消息,说在县城惟一的那家三星级饭店的一个豪华套间里,发现了刘副书记的尸体。尸体穿着深蓝色的西服,脖子上扎着紫红色的领带,端坐在沙发上,只要安上一个头就可以作报告。清扫房间的服务员进门后就感觉好像缺了点什么,怔了半天,才发现客人无头。奇怪的是,竟然没有一点血迹,米黄色的化纤地毯像是刚刚用强力吸尘器吸过一样,连一点灰尘都没有。断头处,仿佛用烙铁烙过一样平整——也有人说仿佛用速冻技术处理过一样平整。房间里没有任何的搏斗痕迹和罪犯留下的蛛丝马迹。这样的现场,令县里和市里那些刑警挠头不止。下午,省公安厅的破案专家飞车赶来。他们看了现场,研究了被分成两截的遗体,也感到大惑不解。问题的焦点集中在:刘副书记的血流到哪里去了?罪犯使用什么样的凶器才能干出这样干净利索的活儿?

当省、市、县的破案专家绞尽脑汁思索的时候,一个传说,像风一样吹遍了县城的每一个角落,连永安大街上那两处爱民工程、外面用绿色马赛克里边用白色马赛克贴了墙面的公共厕所都没漏过——厕所尿池子上方白色的马赛克墙壁上,有人——也许是鬼——用彩笔写上了三个大字:月光斩——当然这传说也从县城波及到了乡村,甚至传到了外县、外省、外国。那三个字。每个都有足球般大,字迹稚拙,乍一看颇似顽皮儿童的涂鸦,但仔细研究,又像一个很有书法根基的人在扮嫩。

何为月光斩?人们马上就想到了一部香港拍摄的电视连续剧的名字,剧中有个人物,手持一把寒光闪闪的宝刀,专拣明月皎皎之夜杀人。但传说中的月光斩与这部香港电视剧毫无关系。传说里说——

一九五八年,大炼钢铁的时候,城关公社的一群机关干部,突发奇想,冲到新建的县火葬场,要用那台新安装的化尸炉炼钢。火葬场技术员向这些人解释,说化尸炉跟炼钢炉根本不是一种构造,但那批执拗的干部,任火葬场技术员磨得嘴唇起泡也不动摇。说他们去国营天河洼农场请来两位右派,帮助改造化尸炉。这两位右派,一位名叫任你行，一位名叫令狐退。任你行原是钢铁厂的副总工程师，在苏联留过学，获得过副博士学位。令狐退原是省冶金学校副校长，留德归来的材料学专家。这是两个真正的专家，与当时那拨子建土炉子炼钢的人有天壤之别。如果不划成右派，我们这个小县城用八抬大轿也请不来他们，但成了右派后，一请就把他们请来了。这样两个人，别说是把化尸炉改成炼钢炉，给他们个尿罐，也能改造成可以熔化黄金的坩埚。这个由化尸炉改造成的炼钢炉，炼出了一块纯蓝的钢，就像国王的妃子抱了钢柱而受孕产下来的那块铁一样玄妙。他们往炼钢炉里投进去一百多个破旧的日本钢盔、五十多口铁锅、一万多个从棺材上起出来的铁钉，还有一千多枚罗汉钱，但出钢时只流出不满的一勺钢水。这是真正的金属的精华，七道凌厉的蓝光直冲云霄，有七颗流星沿着蓝光落到钢水勺里，它们在降落时，金光与蓝光剧烈磨擦，放射出刺目的强光，并散发出浓烈得让人昏迷的烧冰的香气——把冰凌放在火上烧，这是我们那里的坏小孩常玩的游戏——我知道这样写有悖物理学原理，但这是传说，姑妄言之姑妄听之。七星落入钢水勺后，正好齐平勺沿。那两个右派中的一个，可能是令狐退，也可能是任你行，亲手端着钢水勺子，浇灌到早就准备好的长条形钢锭模子里。他们准备了一百多个模子，但只灌了半个模子。这块钢——姑称为钢吧——在模子里慢慢冷却了，炼钢炉里的火也熄灭了，只有邻近火葬场的人民医院里那个土高炉还冒着黄色的火苗子。不久，人民医院的土高炉也灭了。此时，天上一轮明月，放射着浅蓝的光辉，那块钢，在模子里放出幽蓝的光芒，令在场的人心中都滋生出了庄严、神圣的感情。至于这块奇异蓝钢的下落，有许多种说法，但每一种说法，都无从调查，因为那些参加过炼钢的人大半作古，活着的人，也只能提供一些含糊的证词。如果沿着这些证词调查，那就如同太阳的光线一样，射向四面八方，有的变成植物，有的变成气体，有的变成人类无法认识的物质。

　　但很快又有一个令人振奋的传说出现。

县城东门外，原有个东关村，村里有户铁匠，姓李。李铁匠六十丧妻，三个儿子，陆续成人，都无妻室，跟着父亲打铁为生。父子都是文盲，春节时，请村里一位曾经当过私塾先生的人写对联。那人好谑，提笔写道：

一门四光棍
父子八大锤

横批不合规矩，只有三个字：

硬碰硬

此联大为有名，县城的人都知道。新的传说与这户铁匠有关。

说"文化大革命"期间的一个傍晚，铁匠炉封了火，苞米粥的香气弥漫全室。铁匠们的饭量极大，一个比笆斗还大的双耳锅吊在铁匠炉上方，锅里的金黄的粥倒出来足有一桶。兄弟三个围锅站立，每人捧着一个粗瓷大碗，喝得满室粥响。老铁匠病了，缩在墙角的地铺上，盖着一张烂羊皮，在那里哆嗦、哼哼。炉里飘游不定的蓝色火苗不时照亮老铁匠铜色的干巴脸，然后便敛了，房子又沉入黑暗。心比较细的老三嘴里有粥，含含糊糊地问：爹，你还是喝一碗吧，人是铁，饭是钢，一顿不吃饿得慌。老铁匠咳嗽一阵，喘息着问：粮食市上的苞米，涨到多少钱一斤啦？老大瓮声瓮气地说：管他多少钱一斤，水涨船高，粮食价涨，咱的工钱也跟着涨。老二道：这年头，还不知怎么闹腾呢，吃了今日就别去管明日啦。老铁匠喘息着说：今晚上加班，把"井冈山"红卫兵那批扎枪头子打出来，收一笔钱准备着，世道乱了，好往关外逃。三儿子道：你以为关外就不乱了吗？没听到大喇叭里吆喝？五湖四海一片红啦。爷们儿正说着，喝着，听着县城里传出来的阵阵呐喊和火车的凄厉笛声，感受着火车进站时引起的地皮震颤，就有一个人影轻悄悄地，犹如一匹金钱豹子闪了进来。正好又有一个罂粟花般大小的蓝色火苗从封住的火炉上飘起来，悬浮着，久久不逝，照亮了来者。

那是一个年约十五六岁的姑娘，身穿一套草绿色的仿制军装，腰里扎着一条奇宽的牛皮腰带，使她的身材显得有几分英武。她头上扎着两根小辫，浓眉大眼，蒜头鼻子，长嘴厚唇，有点儿傻气。当然，她的胳膊上也套着一个红色的袖标。最重要的是，她怀里抱着一个黑色的包裹，看上去十分沉重，不知道里边是什么东西。

铁匠兄弟都是正当盛年的光棍，来者虽是一小丫头，但毕竟是女性，所以他们都用热情的眼光上下打量着她。姑娘把怀中的包裹扔在地上，发出沉闷的响声，使地皮都颤抖。你是"井冈山"的吗？老三说，你们那批扎枪明天才能打出来。老二道：回去告诉你们的头头儿，一手交钱，一手交货。老大道：苞米涨价了，煤也涨价了，我们的扎枪头也涨了，每个两块钱。姑娘直起腰，把双手的拇指与食指插进腰带，捋捋衣服，又往下抻抻衣角，挺起胸膛，冷冷地说：我既不是"井冈山"的，也不是"东方红"的，我是"独立大队"。老三笑道：蒙谁呀？县城里根本就没有这么个红卫兵组织。姑娘道：我不跟你们废话，我有块好钢，请你们帮我打一把刀。老三道：什么好钢，拿出来瞧瞧。于是，姑娘蹲在地上，解开地上的包裹。先是一层黑布，继是一层蓝布，然后是一层红布，最后是一层白布。当那层白布解开时，炉子上方那个飘游的火苗像胆怯的小鼠一般，倏地钻进了煤堆。被烟熏火燎得黟黑的铁匠铺子顿时被一种幽蓝的光芒照亮，四面的墙壁和房顶，仿佛都刷了一层明亮的釉彩，焕发出动人的光芒。铁匠兄弟们都忘记了喝粥，捧着碗，张大嘴，眼睛直愣愣地瞪着那块钢。那块钢安静地躺在白布上，仿佛一条远古时代的鱼。女孩伸出一根手指，轻轻地触摸了一下那块钢，然后疾速缩回，仿佛那块钢奇冷，又仿佛那块钢奇热。她用挑战的口吻说：看到了吧？就是这样一块钢。我想请你们打一把刀，样子我也带来了，但不知你们有没有这个本事。她说着,从衣兜里摸出一张折叠成儿童玩的纸炮形状的纸片,展开,举给就近的老三,道:就照着这样子打。老三接过纸片,借着那钢的光,看着纸上的图。那是一把古老样式的刀,刀把是个圆环,刀背弧线流畅,宛如妙龄女子的腰背。刀尖与刀背吻合部形成一个钝角,刀刃线条凸起,犹如鱼的肚腹。这样的刀,倒也不难锻打,老三说着,将纸片递给老二,老二看罢,又递给老大。老大道:不知这位姑娘能出多少加工费?姑娘冷笑一声,道:只要你们能将这块钢,锻打成这样一把刀,加工费嘛,要多少就是多少。老大说道:小姑娘,别说大话,你爹不是银行行长,即便你爹是银行行长那些钱也不是你们家的对不对?告诉你,我打铁三十年了,我爹打铁六十年了,什么样的钢没见过?什么样的铁没砸过?你想用这块抹了一层荧光粉的铁来糊弄我们吗?姑娘冷笑着,一探身夺回纸片,装进衣兜,然后便蹲下,包裹那块蓝钢。这时,一直缩在墙角的老铁匠气喘吁吁地说:姑娘,慢着点包裹。老三,扶我起来,让我见识见识。老三上前,扶起老铁匠,颤颤巍巍地过来,一低头,眼睛里立即生出光彩,脸上的肌肉也猛然紧张起来,仿佛片刻之间变成了另外的一个人。他蹲下,抬头看看姑娘,低头看看蓝钢;抬头,低头,抬,低;然后伸手触了一下蓝钢。然后又触了一下。又触。每一下都像蜻蜓点水。然后,站起来,双手抱拳,作一个长揖,小心翼翼地说:姑娘,儿子们出语无状,多有得罪。我们是些土铁匠,锻打个锹、镢、镰、锄,混碗苞谷粥糊口罢了。这样的宝物,您还是另请高明吧。姑娘叹一口气,说:都说李铁匠家祖上是为康熙大帝打过屠龙宝刀的御用铁匠,原来不过尔尔。说罢,用无比失望的眼光扫视了一遍铁匠父子,蹲下身,包裹起那钢,艰难地抱起,趔趔趄趄向外走去。房子顿时又沉入黑暗,那蓝色火苗浮起,照耀着铁匠父子的脸,犹如四尊尴尬的泥神。姑娘的身影,犹如金钱豹子,即将在门口消失那一刹那,老铁匠用悲凉的声音问:姑娘,你到哪里去?——我把这块钢,扔到南湾里去,让它沉没到游泥中,永远不见天日。——回来,姑娘,老铁匠说,这是我的命,逃是逃不过的。——你决定要征服它了吗？姑娘的身影又如金钱豹子，一闪便回到了铁匠炉旁。她目光里闪烁着惊喜，道，我知道你不会放过它，一个好铁匠，总是盼望着这样的钢出世，然后，用奇特的方式，使它服从自己的意志，变成一把宝刀。老铁匠脱下身上的破褂子，露出瘦骨嶙峋的胸膛，从水桶里舀起一瓢冷水，咕咕地灌下去，然后一抹嘴，腰板挺直，仿佛年轻了二十岁，或者三十岁，雄赳赳地说：儿子们，生起火来……生起火来啊生起火来……生起火来……"

老铁匠的二儿子用铁钩子捅开煤壳，拉动风箱，呱嗒呱嗒，白烟上冲，直冲房顶，火星四窜，火苗紧接着出现。老铁匠从姑娘怀中接过那包裹，放在层子正北方向的祖先牌位前，跪地，行三跪九叩之大礼。礼毕，将包裹解开，悲切切地说：列祖列宗，保佑吧！祝毕，将右手中指塞进嘴巴，咬破，在那蓝光的映照下他的血也成了蓝色，滴滴下落到那钢上，先发出丁丁冬冬的声响，仿佛珍珠落到冰上，然后又咬破左手中指，将血滴上去，又发出啦啦的声响，仿佛那钢是灼热的。铁匠的儿子们嗅到了古怪的香气，与那用荷叶包裹着的人血馒头放至灶火里烧烤时的香气颇为接近。血祭完毕，那钢的蓝色浅了，淡了，不似初时坚硬凌厉，增添了些许温柔，与深秋时节的满月光辉有几分相似。然后，也不包扎手指，搬起那钢，如抱着一个十世单传的婴孩，塞进了熊熊的炉火之中。

用了比烧透一般钢铁十倍的时间，才将那块蓝钢烧透。当爷儿们用头号大钳把那蓝钢抬到铁砧子上时，铁匠铺里变成了冰一样透明的世界。屋子里的人和物，都仿佛远古时的物体，被凝固在一块浅蓝的琥珀里。此时，只有凝神观察，才能看到那块像鱼一样形状的钢，活泼泼地躺在砧子上，浑身抖动不止，不知是痛苦还是兴奋。老铁匠操着小锤，如其说是打，毋宁说是抚摸了一下那蓝钢。三个如狼似虎的儿子，各操着十八磅的大锤，各打了一锤。接下来，老铁匠的小锤便如鸡啄米一样迅疾地敲打下去，三个儿子手中的大锤，挟带着狂热与激昂，如同奔驰中的烈马之蹄，迅速无比但又节点分明地砸下去。奇怪的是竟然没有声音。往常这父子四人打铁时发出的声响半条街上都能听到,连火车的汽笛声都被盖住,但现在,这锻打,这劳动,剧烈之极,但墙角上蟋蟀的鸣叫都声声入耳,让人感觉到深秋之悲凉,生命之短暂。那个小姑娘呢?那个姑娘缩在墙角里,双手捧着腮,眯缝着眼睛,犹如饱食后蹲在大树上休息的金钱豹子。奇怪的是如此猛烈的锻打,竟然没有半点的火星溅出,往常这父子四人打铁时,火星四溅,碰到墙壁反弹回来,发出扑簌簌的声响,远远看过来,宛如礼花绽放。

这样的锻打持续了足有半个时辰。三个儿子身上热气腾腾,犹如三根刚从油锅里夹出来的油条,但那老铁匠,却连一滴汗珠都没流。老铁匠手中的小锤慢了下来,儿子们手中的大锤跟着慢下来。小锤更慢了,东一下,西一下,宛如一只吃饱了的鸡,在米堆里拣虫吃。老铁匠歪着头,眯着眼,神情和姿态都与一只黑色的老公鸡相似。更慢了。当当,小锤声;哐哐,大锤声。当,哐,当,哐。小锤扔在地上,站立着,柄儿摇晃,终于静止。三个儿子如同三株朽木,瘫倒在地上,只有老铁匠还站着。炉子里的火半明半暗,蓝色的火苗柔软无力,犹如微风中的丝绸。老铁匠头顶光秃,嘴角下垂,脖子上老皮垂挂,仿佛老了二十岁,或者三十岁。他勉强站着,用目光招呼着那个小姑娘。小姑娘畏畏缩缩地走到铁砧子前,先看了一眼老铁匠,然后低头看砧子。她又抬起头看老铁匠,满脸疑惑。无怪她疑惑,因为那砧子上似乎什么都没有,好像那块奇异的蓝钢,被铁匠父子们打成了空气,或者打成了光,涂抹到这房间里的所有物体上,连人的皮肤上、头发上、眼睫毛上,都涂抹的有。老铁匠眼睛半睁着,可见疲劳已使他的眼皮没了力气,声音细弱,如同蚊虫哼哼,非侧耳屏气难以听到。但姑娘分明是听到了。她把右手中指塞进嘴巴,一口咬破,血珠滴落,举到砧子上。一股碧绿的烟雾腾起,房子里溢散开用灶火烧烤用荷叶包裹着的用人血蘸过的馒头的气味。与此同时,那把刀的形状便在砧子上渐渐地显现出来。大约有一米长,最宽处约有二十厘米,完全符合那张纸片上的形状。她又将左手的中指咬破,血珠滴落,举到刀上,丁丁冬冬,如同珍珠落在冰上。与此同时,那刀的形状又渐渐朦胧了,犹如雾里看花,水中望月,隔着玻璃看沐浴的美人。

你把它拿走吧。说完这句话,老铁匠往后便倒,随即停止了呼吸。

你把它拿走吧。说完这句话,老铁匠的大儿子随即停止了呼吸。

你把它拿走吧。说完这句话,老铁匠的二儿子随即停止了呼吸。

你把它拿走吧。老铁匠的小儿子说。

姑娘抓起那把刀,犹如捏着一段月光,对铁匠的小儿子说:你跟我一起走。

这两个年轻人,女的提着刀,男的空着手,走出铁匠铺子,走上街道,走出东关村,进入原野,消逝在蓝色的月光中。

这把刀的名字叫"月光斩"。

只有用"月光斩"砍人首级,才能滴血不出,才能茬口如熨过的"的确良"布料一样平滑。

但不久又有一个传说出来,传说说:身首分离的刘副书记,其实是一个塑料模特,不知道是哪个恶作剧的家伙,或者是哪个被刘副书记扇过耳光的坏蛋,制造了这样一出闹剧。尽管是闹剧,但造成了极为恶劣的政治影响,对刘书记的名誉也有毁灭性的伤害,而且还造成了难以估量的经济损失,那么多的警车,那么多的警察、武警,那么多的官员,都投入到破案中去,车辆磨损、汽油耗费、工资、差旅费……嗨!

为了挽回影响,县委、县政府在人民广场举行篝火晚会,庆祝中秋佳节,电视台直播。人们从电视里看到,刘副书记先讲话、后唱京戏,又与女青年跳舞。无论是讲话、唱戏还是跳舞,他的脸上都带着微笑,非常有亲和力,非常平静,仿佛什么事情都没有发生过。

看完了附件,我给表弟回复邮件:表弟如晤,久未通信,十分想念。姑姑好吗?姑夫好吗?建国表哥好吗?青青表妹好吗?你在县城工作,要经常回老家看看,姑姑姑夫年纪大了,多多保重。你若回去,一定代我去眉间尺的坟前烧两箔纸钱。遇见韦小宝的后人,一定要礼貌周全——宁得罪君子,不得罪小人,这是古训,不可违背。一转眼间你也快三十岁了,婚姻问题要赶紧解决,天涯何处无芳草?不必死缠着小龙女不放,我看那个还珠格格就不错,野是野了点,但毕竟是金枝玉叶,跟她成了亲,对你的仕途大为有利,赶快定下来,万勿二心不定,是为至嘱。

(二〇〇四年)

普 通 话

一

在我们柿子沟,普通话,也叫官话。讲官话的人,受到尊重,因为那些人都是外地来的干部。他们,或者她们,衣衫整齐,面皮清净,牙齿洁白,身上散发着肥皂的清香。这样的人,一开口,官话响亮而标准,显示着身份和地位,向我们这个闭塞的山村,传达着来自山外边广大世界的精彩和繁华,听他们或者是她们说话,对我们来说,是一种享受。在我们的记忆里,第一次在我们村子讲官话的人,是"四清"工作组的组员。他们当中,有两个年轻的,是地区师范学校的学生。其中那个男的,名叫傅春花。一个男人,竟然叫傅春花,真是哈哈哈。村子里的人,都叫他小傅。小傅个头矮小,两扇大耳朵,往两边张开,头上的发,乱糟糟地支棱着,像一把用旧了的猪鬃刷子。尽管小傅其貌不扬,但只要他站在人前一开口,无论是讲话,还是宣读文件,都会让我们马上忘记他的面貌。他嗓门宏亮,官话标准,抑扬顿挫,眉飞色舞,很有感染力。在我们的感觉里,讲着官话的他,身体渐渐升高,眉目慢慢端正,一个外表上不那么庄重的人,变得让我们肃然起敬。那个女的,名叫王奇志,一个女人,竟然叫王奇志,也比较哈哈哈。村子里的人，都叫她小王。小王剪着短发，戴着眼镜，文质彬彬，看上去很洋气，但她嗓音尖细，官话不标准，使她的容貌，在讲话的过程中，渐变渐土，土得跟村子里那些在大庭广众面前就掀开衣襟给孩子喂奶的大嫂们没有太大的区别。那个时候，我们和解小扁一样，都是村子里小学的学生。我们忘不了听傅春花讲话或是念文件时，解小扁仰起的脸上洋溢着的心醉神迷的表情。

村子里的人，对外边来的讲官话人满怀敬意，但对于自己村子里那些学着说官话的人，却极端鄙视。有一个笑话，我们很小的时候就听说过：一个人，闯外，几年后，回家探亲。走到村头，看到本家一个大伯在荞麦地里锄草，便上前问讯，装模作样，撇腔拿调。他的大伯，心中厌恶，但毕竟只是个远房的侄子，不好说难听的话。那小子，不知好歹，竟然拔出一棵荞麦，撇着腔问："大伯哇，这红梗绿叶开白花结黑果的是什么植物啊？"他大伯怒火中烧，忍无可忍，不管三七二十一，上前去，将那人按在地上，手攥鞋底，对准屁股，一顿猛抽，打得那人，大声喊叫："救命啊，救命啊，荞麦地里打死人啦！"

有很多类似的故事，在村子里流传，表明着村子里人，对那些出去一年半载就改变了乡音的人的鄙视和反感。官话是好，但那是你说的吗？你才喝了几天自来水，就忘记了家乡话。真的忘记了吗？如果是少小离家，几十年未归，刚回来，一时顺不过嘴来，带出几句官话，那还可以原谅。可你才出去几天，就回来撇，这不明摆着是在卖弄吗？好像不这样说话，别人就不知道你在外边混事似的。其实也没混上什么好事嘛，不过是在煤矿挖煤，早上下了矿，晚上还不一定能囫囵着爬上来，臭摆什么？其实也没混上什么好事嘛，如果你当上了县长、省长，回来撇，那也是应该，但你不过是个在肉联厂杀猪的工人，两手猪血，一身猪屎，撇什么？难道城里的猪也说官话？那城里的猪，不也是乡下人饲养的吗？其实，真正在外边闯好了闯大了的人，反倒不显山不露水，不会像他那样，一身骨头，比鸡毛还轻，一脸傲相，连亲爹都快不认识了。你看看他那小样，留着大背头，抹了足有二两头油,明光光的亮,贼溜溜的滑,花蝇落上去都站不住脚,臭虫爬上去要摔跟斗,扑鼻子的味儿,连拉磨的毛驴,都被他熏得打喷嚏。看看他说起话来那副尊容,两片嘴唇,一抻一咧,一歪一拧,仿佛不是他的嘴上原来就有的,而是后来缝上的两块胶皮,呸! 你当官了,多大的官? 不就是水嘴子公社的一个民政助理吗? 不就是沙口子供销社的一个门市部主任吗? 你的官难道比毛泽东和周恩来还大? 人家毛泽东和周恩来都是满嘴的家乡话,一句官话都不说,你他娘的说什么官话? 啊——呸!

二

上个世纪七十年代,有一个短暂的时期,大学和中专招生,恢复了考试制度。解小扁复习了三个月,竟然考上了地区师范学校。我们这个偏僻的小山村,考出去一个中专生,如同鸡窝里飞出了凤凰,当时就轰动了。

"知道吗? 解小扁考上中专了!"

"说梦话吧?"

"真的,通知书下来了,大红封皮,盖着钢印!"

鸡被惊吓,咯咯叫唤着飞到篱笆墙上。

"解老扁的老闺女考上中专了!"

"骗谁啊?"

"真的,骗你干什么? 许多人都去贺喜了,老扁买了一条大前门香烟,两斤水果糖。"

"走啊,去抽烟吃糖啦!"

狗被冲撞,狂叫不止。

春天里,小扁复习功课准备参加考试时,村子里的民办教师高大有轻蔑地说:

"就她? 她如果能考上中专,陈国忠也能到省里去参加长跑比赛。"

　　小扁考中后,高大有改了口:"小扁是我教出来的学生,脑瓜子聪明,再加上勤奋,哪有考不中的?"

　　村子里有一个初级小学,从一年级到三年级。教室只有一间,教师只有高大有一个。上完三年级,如果想继续上,那就要跑十五里山路,到公社驻地新民屯,那里有一所完全小学,还有一所农业中学。我们读完了小学就回家种地,只有小扁和村支部书记的儿子宝田,读完了农业中学。宝田在村子里当了会计,天天蹲在办公室里,风吹不着雨淋不着。小扁呢,跟我们一样,天天下地。曾经有人捎话给小扁的爹,说书记看中了小扁,只要小扁愿意给宝田做媳妇,就安排她去县卫生学校学习,学成后回来当赤脚医生,也是风吹不着雨打不着,每月还有三元钱的补助。听说小扁的爹娘都动了心,但小扁不乐意。我们都觉得小扁有志气,心中敬佩,但同时又感到她一个中学生天天跟泥巴牛粪打交道很可惜。现在好了,小扁考中了,户口也要迁走,成了国家人,吃上国库粮,一步登天,宝田显然是配不上小扁了。小扁未来的丈夫,肯定也是个吃国库粮的,他们的孩子生出来就是吃国库粮的。村里许多人,感叹不已:

　　"这个小扁,年纪不大,心中真是有主见,要是当初答应了宝田,这辈子也就难走出这个穷山沟了。"

三

　　小扁去上学那天,村子里许多人到河边送行。河里原本有座小木桥,因为连续几天暴雨,山洪暴发,冲垮了。小扁的爹招呼了几个人,用四根木头绑了一个框子,框子中间,安上一个大笸箩,笸箩里蒙上了两层塑料布。四根木头上,拴上了八个大葫芦。我们自告奋勇,要下水护送小扁。小扁的爹,知道我们都是好水性,就答应了。

　　小扁在一群人的簇拥下来到河边。宝田替她背着行李,紧跟在她的身后。她自己手里提着一个网兜。网兜里装着一个搪瓷脸盆，一双布鞋，还有牙缸牙刷什么的。那天她穿着一件洗得发了白的蓝咔叽布褂子，花衬衫的领子翻出来。她扎着两根短辫子，头发茂盛，很粗，像马鬃一样。裤子的布料跟褂子一样，膝盖上补上了两个对称的大补丁，用缝纫机补的，扎着一圈圈的纴纹。她的脸是那种山里姑娘的健康颜色，黑油油的红。牙很白。我们都知道她刷牙。每天早晨，我们到河边去挑水，就看到她蹲在河边的踏石上刷牙。她家住在河边高崖上，三间石墙瓦屋，房前房后有十几棵柿子树，还有一蓬蓬的野酸枣。有时候我们还能听到她娘喊叫："小扁，来家吃饭了。"她是老闺女，很娇惯的，尽管在外边干活很泼，但家里的活儿从来不干。她家烟囱里冒着白色的炊烟，喜鹊在她家柿子树上喳喳叫，懂风水的人说她家风水很好。从她嘴角上滴沥下来的牙膏沫子随着湍急而清澈的河水流淌到很远的地方，还散发着浓浓的水果香气。我们知道她使用的牙膏牌子是"万里香"，水果香型。

小扁站在河边，与众人告别。高大有从口袋里摸出一支钢笔，说：

"小扁，这是我使用了十几年的钢笔，金星牌的，笔尖是铱金的，送给你，做个纪念吧。"

"谢谢高老师。"小扁说。

宝田从怀里摸出一个红塑料皮的笔记本，递给小扁，红着脸说：

"小扁，祝你学习进步。"

"你自己留着用吧……"小扁说。

"噢，小扁不好意思了！"有人起哄。

"那就谢谢了。"小扁说，"祝你明年考上大学。"

"我不行，"宝田说，"学校里学那点知识，早就忘光了。"

"复习一下嘛，"小扁说，"我让我娘把我用过的复习资料送给你。"

"谢谢，但我真的不行，一看书，脑子里就嗡嗡地响。"宝田说。

这时，有人骑着一匹骡子从山路上跑过来。骡背上的人，身体耸动着,大声喊叫:"小扁呢？过河了吗？"

"是我爹。"宝田悄声对小扁说,"他说不来了,怎么又来了。"

众人看清了,骑骡的人是书记,村子里最大的官,唧唧喳喳的说话声顿时止住。到了人群前面,书记从骡子上跳下来,目光扫了一圈,最后定在小扁脸上,说:"小扁,本来不打算送你了,一想,你是咱们柿子沟第一个考上中专的,得送。了不起,全公社就考中两个,你是其中一个。我在公社开会,连郭书记都向我贺喜呢。"

"书记,您大忙忙的,还专门赶回来,真让俺家感动。"解老扁说。

"我高兴啊,"书记说,"我可不像外村的干部那样,千方百计地卡着村子里的年轻人,不让他们出去闯世界。我巴望着年轻人都出去,去上大学,上中专,去当兵,去当工人,去当官,柿子沟要能出一个省长,我们不都跟着沾光吗？"书记瞪了我们一眼,说,"龇什么牙？你们要向小扁学呢,闲着没事的时候,动动脑子。"

"我们也想动脑子,但我们的脑子生了锈,转不动了。"

"看你们嬉皮笑脸的样子,一点正经没有,改天我得给你们上一堂政治课。"书记不理我们了,转过头,说,"老扁,我赶王屋集给村里买了一头骡子,托小扁的福气,真是顺利,"书记说,"老扁,你是行家,上前看看,这头骡子怎么样？"

众人的目光齐刷刷地落在骡子身上。可真是一匹好骡子,严肃,庄重,桃木红色,额头上缀着一簇红缨,两只大眼,长睫毛忽闪忽闪的,仿佛一个大姑娘初见生人,有点羞怯。

老扁围着骡子转了一圈,从书记手中接过缰绳,把骡子头颅往上提起,扒开嘴巴看看牙口。

"齐口。"书记说。

"很嫩的齐口,"老扁拉着骡子走了几步,弯腰看看蹄腿,说,"好牲口,起码还能使唤十五年。"

"你猜猜什么价？"书记问。

老扁将手伸向书记的袖筒,书记甩手道:"不用这老一套,你就说吧。"

"最低也得这个数,"老扁伸出一根指头,"一千块,破不开的。"

"你再猜,往下猜。"

"九百八,不能再低了。"

"再往下猜?"

"九百?"

"八百!"书记哈哈大笑着。

"怎么会这么便宜?"

"要不我说是小扁带来的好运气呢?"书记得意地说,"是山那边解放军农场的牲口,人家换成拖拉机了,便宜处理。幸亏我去得早,晚一步,就被山口村老巴那个狗日的牵走了。"

乡民们脸上都出现了喜色,围拢上来,看这匹军骡。

"看,烙着印记呢。货真价实的军骡。毛主席说,全国人民要向解放军学习,全国的骡子,要向解放军的骡子学习。"书记哈哈大笑,众人也跟着笑。

书记摸着骡子臀部的烙印,说:

"老扁,咱们村,风水动弹了!考出去一个洋学生,买回来一匹大牲口,这就叫双喜临门!你从前给地主当长工时侍弄过骡马,这活儿,就得你干了。"

大家都用羡慕的眼光看着老扁。老扁满脸红光,嘴唇光哆嗦,但说不出话来。

书记将骡子交给老扁,自己走到小扁面前,目光上下,从头到脚,把她看了几遍,点点头,说:"小扁,到了外边,你只管一门心思学习,家里的事,根本不用操心。我早就看出来了,你是有心劲的,会有大出息。好了,时候不早了,过河吧。"

"谢谢书记,我会努力的。"小扁说。

"你们这几个讨债鬼,有把握吗?"书记看看我们四个,问。

我们激昂地回答:"书记放心,我们用手也能把小扁抬举过去。

何况还有这绑了八个葫芦的筏子。"

书记走到河边,弯下腰,仔细地检查了我们的筏子,说:"行啊,那就开始吧。"

我们脱去衣裳鞋子,每人身上,只余一条大裤衩子。毕竟到了秋天,阳光尽管很亮堂,但河中泛起来的水气,凉飕飕的。我们试试探探地下到水里,不由自主地哆嗦起来。

"你们先上来,"书记招呼了我们,然后回头吩咐儿子,"宝田,回家拿瓶烧酒来。"

"书记,哪还好意思让您家破费?"老扁慌忙说,"我家里有酒,她娘,快回去拿烧酒。"

"你糊涂了吗?家里哪有烧酒?"小扁的娘为难地说。

老扁瞪了老婆一眼,说:"死性,你不会去代销店买?"

老扁的老婆还想说什么,书记说:"算了,老嫂子,一瓶酒,算什么?宝田,快点跑,年轻轻的,腿肚子怎么像灌了铅似的?沉得拖不动。"

"书记,您说我吗?"陈国忠从河滩上的杨树林子里,摇摇摆摆地走过来,身后,跟着一条大黄狗,威武凶猛,有狮子相。

"我哪里敢说你?"书记笑着说,"您现在可是不得了,既是护林员,管着全村的树,又是管理学校的专职代表,管着全体学生和老师。我可不敢得罪你。"

"我这些职务,还不都是书记您从口袋里摸出来的?"陈国忠说,"不过,我可是尽职尽责,白天管理学校,夜晚在树林子里巡逻,"他指指那些树林,"您看看这些树,被我护的,都像大闺女一样滋润。"说着,到了河边,先看看小扁,眼睛像锥子,高声说,"行,有志气,有出息!解老扁能养出你这样一个闺女,真是个奇迹!"然后又看着老扁,说,"老扁,听说光大前门烟就散了两条?就没想着给咱留两根?你可别拿着豆包不当干粮,连书记都敬我三分呢!"

"哪里止三分?"书记笑着说,"敬你十分呢。"

老扁嘿嘿地笑着,慌忙从口袋里摸出一盒皱皱巴巴的烟,刚想往外抽,陈国忠一把夺过去,大咧咧地说:

"这么小气干啥?闺女都考上中专了,过两年,大把的工资,给你往回挣,你就等着吃香的喝辣的吧。"

陈国忠得过小儿麻痹症,走路摇摇摆摆,脚尖在地上划道道。村里小孩调皮,跟在背后学他走路的样子。那条跟他形影不离名叫小花的大黄狗一旦发现这种情况,就箭一般扑上去,在那些仓皇逃窜的孩子屁股上或是腿肚子上咬一口,然后回来,对着主人摇尾巴。被咬了的孩子,回家也不敢说。家长知道了,也不敢去找他。他是残疾人,光棍一条,怕谁?他家成分好,上溯三代,都是赤贫,怕谁?他原来是专职护林员,兴起来贫下中农管理学校后,上边要村里派一个贫农代表脱产驻校,村里舍不得拿出一个劳力来,就让他兼任驻校代表。管理学校,总得找点事做。他从高大有床头上,把那个马蹄表拿来,挂在自己腰带上。他说,我是贫农,腰带上挂着表,这就叫贫农带(代)表。掌握时间,负责敲钟。上课钟:"……"下课钟。"喤喤——喤喤——喤喤"他敲钟,学生们都爱听。高大有很反感他,但也没有办法。贫农带(代)表,最高领导,毛主席给他的权威,何况,把钟敲得这样好。

宝田提着酒跑来,书记接过酒瓶子,摇摇,举到高处,对着太阳看。瓶子里泛起无数的小泡泡,浮浮悠悠。"这可是正儿八经的高粱烧。"书记说着,歪嘴,咬开瓶盖,仰起脖子,喝了一口,"味道真是不错!"笑着对陈国忠说,"陈大代表,这瓶酒本来是给你留的,但今天,就先给这些小伙子喝了吧,他们要下水,冰了腿,落下残疾,村子里两个好差事,都被你占了,无法安排对不对?"

"知道您绕着圈子骂我呢,"陈国忠说,"反正大家伙都听着了,你亲口说的,欠着我一瓶酒。"

"来吧,年轻人,每人喝几口,再用酒搓搓肚脐。"书记说。

我们接过酒瓶,轮流着,喝了一圈,又喝了一圈,然后又是一圈。

真是好酒,喝到肚里,浑身发热。三圈轮过,下去了大半瓶。书记抢回酒瓶,说:

"你们八辈子没捞到酒喝了吧?酒鬼。"

书记让我们把双手张开,往我们手里各倒了一些酒,命令我们往肚脐上搓。书记说:"人受寒,凉气都是从肚脐里进去的,只要用酒搓了肚脐,在冰水里泡一上午也不会有事的,这个,我有经验,当年,给解放军运送军粮,冰天雪地——算了,不说了,你们下河吧。"

宝田扶持着小扁坐进笸箩。为了保险,她把铺盖卷儿放在怀里抱着。我们两个在前,两个在后,前面的拉,后边的推,将筏子弄进河水。水流湍急,筏子飞快地往下游漂去。我们手扶着葫芦,顺着劲儿,将筏子往河道中央送。"回去吧!"小扁对着河边的人招着手,喊叫。许多人,沿着河边,踩着碎石和淤泥,往前跑动。小扁的娘,在最后边,吃力地挪动着小脚,摇摇摆摆地跑,一边跑,一边举起衣袖擦眼睛。

筏子进了中流,许多从上游冲下来的庄稼秸秆,有玉米,有棉花,还有一些纠缠成团的红薯蔓儿,从我们身边漂过去。我们格外小心,生怕河水溅入笸箩。小扁一手揽着铺盖,一手紧紧地抓着笸箩的边缘,看样子有些紧张。我们说:"小扁,别怕。"小扁说:"有你们,我怕什么?"就这样渡过了中流。就这样到了对岸。我们把筏子拖到河滩上,两个人先把她的行李拿上来,两个人扶持着她下筏子。小扁感动地说:

"老同学们,辛苦了。"

"应该的,应该的。"

我们抬着筏子,往上游走。走到了与小扁家的房子遥遥相对的地方,看到对岸许多人往这边招手。有人大声喊叫:"小扁——小扁——"

似乎是宝田的声音。

"回去吧——回去吧——"小扁招着手喊叫。

我们停下脚步,说:

"小扁,再见。"

小扁背着行李上了路,说:"也许,我毕了业,就回村来教书呢。"

"你可千万不要回来。"我们说。

四

小扁临近毕业时,兴起了"社来社去",说是新生事物,和"资产阶级法权"彻底决裂。有一些大学和中专生,毕业后主动放弃吃商品粮的机会,回原籍当农民,挣工分吃饭。觉悟不高的,还是等着国家分配,拿工资,吃商品粮。小扁觉悟高,选择了回乡。我们听到这个消息,连连顿牙,替她惋惜,如果是自己的妹妹,就抽她两个大耳刮子,可她不是我们的妹妹,抽不得。这个小扁,是不是脑子出了毛病?许多人,包括我们,做梦都想着逃出这山沟旮旯,可她好不容易逃出去,竟然又自愿回来了。光荣是光荣,报纸上宣传过,大喇叭里吆喝过,回来的时候,公社的吉普车送到桥头。公社教育组长,将一朵纸扎的大红花,戴在她的胸前。我们村书记,带着一个吹唢呐的,一个吹笙的,一个敲锣的,列队在桥头上迎接。吹奏着当时最流行的抒情歌曲《见到你们总觉得格外亲》,怀念亲人解放军的。我们村对解放军感情深,解放军卖给我们那匹退役骡子,又温顺又能干,大人小孩都喜欢。即便是这样的好曲子,被唢呐一吹,呜呜咽咽的,走了调,再加上那破锣声声,不是喜庆味儿,倒像是我们想象中的,古代处斩犯人时的伴奏。

安排小扁到村子里初级小学教书。学校基本上还是老样子,一间教室,二十多个学生,分三个班级。老师还是高大有一人,小扁来了,变成了两个。陈国忠还在履行着贫下中农管理学校的职责,贫农带(代)表,负责打钟,带着他的狗。狗有点老了,喜欢趴在学校窗前睡觉。

小扁走马上任第一课,是件大事。教室爆满,连那些平日里三天打鱼两天晒网的捣蛋鬼也来了。书记来了。宝田来了。宝田新近纳了新,当着会计,还兼任着团支部书记,人称"小书记"。学生家长也来了。小扁的爹娘也来了。教室里根本盛不下,就挤在门口。我们趴在窗外,从窗户棂子空隙往里张望。陈国忠满脸红光,嘴巴里散着酒气,摇摇晃晃,在教室前面的空场上转圈子,两条腿,左撇右拖,脚尖划地,留下了数不清的道道。大黄狗跟在他身后,低垂着头,看上去是在勉力支撑。他转悠着,不时地把挂在腰带上的马蹄表拿起来观看。有人说:"陈瘸子,敲钟吧!""呸!"陈国忠对着那人啐了一口唾沫,狗也有气无力地叫了三声,说,"还差三分钟!汪,汪,汪。"

陈国忠站在钟下,背靠着吊钟的松木杆子,稳定住身体,左手托着马蹄表,右手扯着钟绳,眼睛死盯着表盘,秒针的跑动声,似乎用大剪刀铰纸壳子,喀嚓喀嚓响。突然,表声听不见了,小河流水的哗哗声和黄鹂鸟披肝沥胆般的啼叫声从学校后边涌过来,像浪潮似的。黄鹂在果实累累的柿子树上鸣叫,像一块黄玉,镶嵌在层层叠叠的墨绿中。从教室旁边那两间新盖起来的小屋里,高大有在前,解小扁在后,相跟着走出来。相跟着走过来。高大有,头发花白,脸盘很大,但没有肉,高耸的颧骨和巨大的下颚骨,构成一个野蛮的方形。我们对他不感兴趣,我们感兴趣的是解小扁。解小扁,瓜子脸,杏子眼,糯米牙,菱角嘴,长睫毛,黑眉毛,马鬃发,变了发型,过去是两条短辫子,现在是一个偏分头,像个俊俏的小伙子。碎花红衬衣的下摆扎在黑裙子的腰里。脚上是白袜子,白色塑料凉鞋。她虽然和我们一样挣工分吃饭,但她已经不是和我们一样的人了。她跟着高大有往教室里走,神色很严肃。就在她的身体即将踏进教室门槛那一刹那,陈国忠拉动钟绳:"喳喳喳喳喳喳……"

钟声让我们联想到:太上老君急急如律令。

高大有站在讲台正中,开始讲话。小扁站在一边,侧耳恭听。我们原以为高大有讲那么三句五句的就该退到一边,让在山外受过高级教育、见过大世面的小扁开讲。谁知道,这老杂毛,滔滔不绝,从他二十年前教扫盲班开始,一桩桩,一件件,陈谷子,烂芝麻,没完没了,老母猪忘不了万年的糠,为自己摆功劳,说村子里的人,凡是认字的,都是他的学生,书记是他的学生,会计是他的学生,保管员也是他的学生,记工员也是他的学生。还说如果没有他,这个村子,就是一个文盲村。接着说他怎样艰苦,夜里借着月光批改作业。又说他待遇怎么低,挣的工分还不如陈国忠多。陈国忠在窗外低声骂:"孙子,跟我攀比?我家三代赤贫,你家是老中农,解放前家里养着一头大黑牛,农忙时还雇过短工,土改时没把你家划成富农,已经便宜了你,如果把你家划成富农,孙子,你还教书,教个大鸡巴去吧!"

高大有听不到陈国忠的话,只管随着自己的意愿讲,仿佛要借着这个机会,把积攒了二十年的苦水,一股脑儿的,全部倒出来。大家都厌烦了,孩子们抓耳挠腮,大人们,有的咳嗽,有的打哈欠。我们是来听小扁讲第一课的,谁愿意听你嗦?但高大有继续讲,两个嘴角上,各有一朵白沫。讲话时嘴角上带着白沫的人,都是废话篓子。高大有就是天下第一的废话篓子。当年我们跟着他学字时,烦他啰嗦,偷偷地给他起过一个外号,叫做"高大角猪"。官话里的"公猪"或是"种猪",在我们的土话里,就是"角猪",为什么把高大有叫做叫高大角猪呢?难道他给母猪配种吗?难道有许多小猪是他的孩子吗?不,他不跟母猪交配,也没有小猪是他的孩子,我们只是看到,村子里那头角猪在交配时,嘴角上冒着白沫。高大有知道我们给他起了这样一个外号,气得蹦高,拧我们的耳朵,揪我们的鼻子,扯我们的嘴巴,掐我们的脖子,撕我们的头发,那些日子里,我们受的不是人罪。听听,他还在那里啰嗦,众人都歪过头去看书记。书记笑眯眯的,不动声色。书记真是有涵养,要不也当不了书记。"小书记"耐不住了,手指着高大有,喊:"哎哎哎!"高大有这才说:"同学们,从今天起,我们来了一个新老师,解小扁,解老师,八年前,她也是我的学生。尽管她师范毕业,但跟我一样,也是挣工分的,现在,请她给大家讲课。"

高大有很不情愿地退到一侧,小扁站在讲台正中,用字正腔圆、非常标准的官话说:"同学们,从今天起,我用普通话讲课,你们也要用普通话回答我的问题……"

小扁的话刚刚开头,陈国忠在我们身后,把铁钟敲响:"喤喤——喤喤——喤喤——"他一脸无奈,仿佛告诉我们,时间到了,该下课了,贫农带(代)表,铁面无私。

五

小扁推广普通话,搞得轰轰烈烈。村子里几乎每个角落,都能听到孩子们用幼稚的嗓子,喊叫普通话。孩子们都喜欢小扁,并不仅仅是因为小扁漂亮。有一个女人问自己的儿子:"俺问你红卫,你们那个解老师教得好不好?"红卫把流出来的鼻涕猛地吸进去,大声说:"不是'横'卫,是'红'卫,不是解老'斯',是解老'师'!"那女人说:"啊呀,嗵鼻涕的孩子,也撇起来了!解老师教得好吗?""好!""是高老师好,还是解老师好?""解老师好。""解老师哪里好?""解老师会讲普通话。""还有呢?""解老师身上有股好味。""什么味儿?""反正是好味儿。""你们解老师撇腔拿调,听着让人牙碜呢。""是'人'不是'银',是'碜'不是'渗'!"红卫怒冲冲地纠正着母亲的错误。"哎哟,'荞麦地里打死人啦!'"女人大声说。"是'麦'不是'妹'!"红卫说。

小扁对我们说:"其实,我们柿子沟的口音,与普通话很接近。我们把 r 混到了 y 里,我们把 sh,混到了 s 里,我们把 zh 混到了 z 里,我们把 ong 混到了 eng 和 ing 里,只要把这些音纠正过来,再把调值读准,我们的话,就基本上是普通话了。"

小扁对我们说这些,无疑是对牛弹琴。我们哪里还顾得上这个,再说,老大不小的了,再撇腔拿调,怎么好意思开口?最主要的是,说一口标准的普通话,又有什么用处?但我们也承认,小扁说普通话时,的确是神采飞扬,格外美丽。小扁曾经想让我们跟着她学说普通话,我们都笑。我们说,小扁,不是我们不想学,主要是我们上了年纪,舌头硬了,学不会了,再说,生产队里的牛和毛驴,听不懂普通话,如果我们学会了普通话,就无法使唤它们了。小扁也笑了,说,自然是用无可挑剔的普通话:"各位老同学,我跟你们不隔心。我知道'荞麦地里打死人'的故事,知道我推广普通话会让人嘲笑,阻力很大。但这是我的志愿。我之所以决定'社来社去',就是想回来推广普通话,让我们村的人,将来走出山沟时,不再被人笑话。我刚到学校,一句普通话也不会,一开口,那些城里来的同学就捂着嘴笑,纷纷地学我说话的腔调,背地里说我,一开口就是一股山药蛋子味儿。我立志要学会普通话,买了一个半导体收音机,跟着中央广播电台的播音员,偷偷地学。半年后,学校里举办文艺活动,我上去朗诵诗歌,普通话非常标准。从此,同学们都对我格外尊重。我体会到,普通话,不仅仅是说话的腔调,还是人的身份,尊严!我要用普通话,改造我们的村子!"

听了小扁的话,我们不敢笑了。我们感到这的确是一件很严肃的事情。我们接着一起回忆了当年听四清工作组的那个傅春花用普通话演讲、宣读文件时带给我们的神圣感受,知道小扁正在干着的,也许是一件对于我们的村子具有重大意义的事情。

小扁推广普通话,高大有最反对,在街上,见了人,说不上两句话,就把话头引到这件事上:"瞧她那个浪狂劲儿,出去喝了两天自来水,忘了自己姓什么了。她那叫普通话?那叫溲臭蒜!真是祸害人,我每天都要跑到河里去,洗两次耳朵……"

我们知道,高大有反对小扁,是嫉妒心理作怪。学生们都喜欢小扁。小扁上课,教室里一片欢声笑语。轮到他上课,学生们不是打盹就是捣乱。还有,小扁的工分,比他高。他找到书记,质问:"小扁才教了几天书？我教了二十多年,凭什么她的工分比我高?"书记不冷不热地说:"小扁的工分,村里说了不算,是公社里定的,你不服,就到公社去反映。"他到公社教育组去反映,教育组的人说:"人家是中专学历,文件规定,拿最高劳力工分。"教育组的人还说:"老高,解小扁是公社里树立的典型,她用普通话教学的事迹,已经报到县里,县里很重视,很可能要向全县学校推广,你跟她攀比,不是自找霉气吗?"气得他,跑到供销社饭店里,喝了半斤白酒,醉了,一路叫骂,见了鸡骂鸡,见了狗骂狗。认识他的人都说:高大有疯了。我们也认为高大有疯了。他去找书记,明摆着是"扒着眼照镜子——自找难看"。他也不想想,书记的儿子宝田,刚纳了新的党员,会计兼着团支部书记,高头大马,仪表堂堂,对小扁早就有意,虽然前些年小扁拒绝过他,但这几年,来往不断,小扁如果不还乡挣工分,这事儿自然也就黄了,但如今小扁回了乡,这事儿,如果不成,就是奇了怪。

深秋时节,小扁推广普通话的运动,掀起了高潮。村子里的墙上,写满了拼音字母和字,旁边还画着图画。到了晚上,一群孩子,在她的带领下,拿着白铁皮卷成的喇叭筒子,走街串巷,大声喊叫:

是"人"不是"银",是"肉"不是"右"。
是"师"不是"斯",是"割"不是"嘎"。
是"猪"不是"驹",是"牛"不是"游"。
是"龙"不是"灵",是"熊"不是"行"。
是"日"不是"义",是"国"不是"鬼"。
是"灯"不是"冬",是"软"不是"远"。
是"耕"不是"京",是"药"不是"月"。
是"然"不是"严",是"荣"不是"赢"。
……

六

村里有五百多棵集体所有的柿子树,采摘下来的柿子,集中到场院里,像一座小山。那时候我们柿子沟交通不便,柿子运不出去,不值钱,分配给社员,十斤柿子,抵一斤口粮。大多数柿子,晒了柿饼,少数的,塞进麦穰垛里烘着,去了涩味儿,寒冬腊月里,摸出一个来,放在井水里拔拔,嘬一口,透心儿凉。社员们拿着篓子、麻袋,排着队,等候分配。保管员司磅,宝田看账。

分柿子那天,正是个星期日。刮着秋风,天色鲜蓝。抬头往山沟里看,树树红叶,连成一片,沟里仿佛着了火。高大有站在社员队伍里,冰着方框脸,不理人。他穿着那件五冬六夏都不换的蓝制服褂子,磨破了的袖子上,沾着粉笔末子和墨水。他的衣领上别着四个直别针,衣兜里插着一支钢笔,一支圆珠笔。我们听说他把当年在河边上赠送给小扁的那支金星牌钢笔要了回来。这人,狗一样,出来的,再吃下去,哪里还算个男人!听说宝田赠送了一支英雄牌金笔给小扁。宝田翻着账簿,高声喊叫:

"高贵香家,一千六百八十二斤——"

我们将装满柿子的大筐抬到磅盘上。保管员拨弄着磅上的刻度游标,报数:"第一磅,二百六十五斤——"

我们把柿子筐抬到一边,倒在地上,柿子满地滚。高贵香的女儿小青用脚往里踢着柿子,对着匆匆走来的高贵香,哭咧咧地说:"娘,你怎么才来呢?分这么多柿子,怎么办呢?"

"傻孩子,东西还怕多吗?有柿饼吃着,就饿不死人。"

"娘,是'人'不是'银'!"小青说。

"你要再敢撇腔拿调我就撕烂你的嘴!"高贵香用食指戳着小青的额头,凶巴巴地说,"什么是'人'不是'银',说了半辈子话,突然就不会说了?"

"是'然'不是'严'……"小青胆怯地嗫嚅着。

高贵香在小青后脑勺子上扇了一巴掌。小青趴在了柿子堆上,呜呜地哭起来。我们把第二磅柿子二百七十斤,倒在高贵香身后。金黄色的柿子,扑扑噜噜涌出来,把这个凶女人的两条腿埋住了。我们反感她,并不仅仅因为她是高大有的妹妹。倒完柿子后,我们使了一个眼色,用抬筐的边缘,故意地撞了一下她的腚,使她一下子趴在了柿子堆上。臭嘴娘们,啃两口涩柿子吧,让涩柿子麻了你的舌头,省了你骂人。"是涩不是筛",我们想起了小扁和她的学生用喇叭筒子吆喝过的话。"你们瞎了眼了?"高贵香大骂,"你们这些坏了良心的奸蹦子,坏种!"我们笑着,把第三筐分给她家的二百八十斤柿子抬过来,倾倒在她的眼前,让那些调皮的柿子,埋没了她的大腿。

高大有上前来,一手掐腰,一手指着我们,恼怒地说:"有你们这么欺负人的吗?你们这些帮虎吃食的杂种,狼狈为奸的畜生,拍马屁溜沟子的小人!解小扁给了你们什么好处?你们是嗅过她的骚呢,还是舔过她的腚?我看你们是白忙活,解小扁的尿,轮不到你们喝,解小扁的腚,也轮不到你们舔……"

"舅舅,您别骂了……"小青哭着喊着,抓起一个柿子,扔到很远的地方。

宝田把算盘往桌子上一拍,站起来,说:"高大有,你太猖狂了!"

"老子就猖狂了,怎么的?"

"你那个民办教师,不是铁杆庄稼!"

"老子教书时,你还在你爹腿肚子里转筋呢,你说不让我教,我就不教了?你们爷俩儿,在柿子沟一手遮天,但你们能把全中国的天都遮住吗?"高大有挥舞着手臂,说,"真是他妈的不要脸了,爷儿俩个,围着一个娘们的腚沟转,宝田,你是个傻种,解小扁那个窟窿,你爹钻够了才轮到你呢!"

宝田抓起算盘,对着高大有投过来。高大有一闪,躲过去,继续说:"说到痛处了吧?这就叫气急败坏,哈哈,你们以为大家伙眼睛瞎了？告诉你吧,群众的眼睛是雪亮的!"

宝田提起凳子,欲往高大有身边冲,被保管员死死抱住。保管员劝他：

"宝田,宝田,不要跟这个疯子一般见识。"

"我是疯子？我是他妈的疯子,我是被你们和解小扁联手气疯了。你们是一群苍蝇,围着解小扁那块臭肉转圈飞……"

"高老师,是'肉'不是'右'。"小扁走到高大有面前,平静地说。

她是什么时候来的？高大有那些脏话,难道她都听到了吗？

"老子就说'右',你能怎么的？"

"高老师,是'说'不是'靴'。"小扁笑眯眯地说。

"甭你娘的在我面前卖片儿汤,你认识那几个字,不还是老子教你的吗？"

"高老师,是'认'不是'印',是'识'不是'希'。"小扁耐心地说。

"你……你这个……"

"高老师,是'这'不是'则'。"小扁说。

"我……气煞我也……"

"高老师,是'杀'不是'撒'。"

"我就'撒'了,你能怎么着？'撒撒撒撒……'"高大有将两条胳膊挥舞起来,仿佛真的往空中撒着什么东西,但他的动作,突然缓慢了,先是左边的胳膊,无力地垂下来,接着右胳膊也耷拉下来。他横眉竖目的脸,像被水淋湿的纸糊灯笼一样坍塌了。然后他就歪倒在地上,嘴角上流出涎水,嘴巴里呜呜噜噜地,不知道说着什么。

高贵香大声哭嚎着,叫骂着,从柿子堆里挣出来,抓起身边的柿子,对着我们投掷：

"你们这些土匪,你们这些强盗,你们这些畜生,你们这些破鞋,你们把我哥气死了啊……"

七

高大有得了脑溢血,送到医院救治后,活了过来,但留下了后遗症:嘴巴歪了,左腿拖了,左胳膊举不起来了。他挂着拐棍,在村子里游荡。见了人,就呜啦,听不清楚说什么。在大街上游荡够了,就到学校里去,用拐棍捣教室的窗户,或者在教室前那个空场上,用拐棍划字,骂小扁,骂书记和宝田。陈国忠上前,用不便利的脚,把那些恶毒的话语抹掉。抹着抹着,两个人就打了起来。那条大黄狗,有气无力地叫几声,便不再理睬他们。打的结局,总是陈国忠将高大有推翻在地,摆一个胜利者的姿态,笑着说:

"高大有,你这孙子,从前笑话我瘸,给我起外号'英文教员',说我走起路来,脚尖在地上写英文。笑话人,轮上身。你孙子,怎么也划起道道来了?你看看你划的,像蝌蚪文呢。现在,你孙子还不如我呢,我还有一张嘴,可以唱戏,'手提着红灯啊俺四下里看——上级派人那个到咱龙潭呐——'可是你,呜呜啦啦,嘴歪鼻塌,彻底废物了。书记大仁大义,看在你教了多年书的份上,保留了你的工分,把你住院的费用,用合作医疗经费全部报销,你还写字骂他,这叫什么?这就叫'批林批孔批宋江,丧心病狂'!"陈国忠唇枪舌剑,妙语连珠,骂得高大有老羞成怒,无处发泄,抡起拐棍,想打,但举起棍子,身体就失去支撑,没打着陈国忠,自己先倒了。爬起来,在地上转圈,找不到解恨处,瞄上了那铁钟,歪歪斜斜扑上去,身体依靠木头上,用那只好手,扯住钟绳,就想敲钟。这可了不得,事关大局,贫下中农管理学校,管理的就是这个钟,哪能让他乱敲?于是,哇哇叫唤着,胳膊忽扇着,仿佛抓着野兔子艰难起飞的老鹰翅膀,扑了上去,"噌——"钟响了一声,两个残人纠缠在一起,滚成一团。大黄狗厌烦地叫了一声,便闭上眼睛。滚够了,分开。似乎都吃了亏,似乎都占了便宜,似乎都解了恨,退后几步,间隔着三五米的距离,陈国忠对着高大有吐唾沫,唾沫里有血,高大有用拐棍在地上写了四个歪歪扭扭的大字:小人得志。志字后边,还画了一个长长的惊叹号。

陈国忠跳着脚说:"是'人'不是'银'!"

八

我们在一起议论:小扁如果不还乡,宝田和她不般配。小扁回了乡,和宝田很般配。我们顺着蔓儿往下想,小扁如果和宝田成了两口子,接下来的幸福,就像葡萄,一串串一穗穗,采摘不尽。在我们的心目中,他们俩的事,已经基本上是板上钉钉,不可改变了。但一个半真半假的传言,让我们心中感到七上八下。说宝田向小扁求婚,小扁说:

"啥时候你能说一口标准的普通话,再跟我来谈这个问题。"

宝田说:"我随时都可以学会普通话,但是,如果我在村子里,满口普通话,不让人笑话吗?"

"笑话什么?"小扁瞪了宝田一眼,说,"到了外边,不说普通话才让人笑话呢。"

"到了外边,我也会说普通话,但在村子里,还是不说为好。"宝田说。

"随你便。"小扁说。

"小扁,咱们俩在一起时,我可以跟着你说普通话,但在公众的场合,你还是让我说咱自己的话。"宝田说。

"随你便。"小扁说。

"小扁,咱们俩的事,拖了这么多年了,是不是举行个仪式定下来?"宝田说。

"咱们俩有什么事?"小扁问。

"我知道你跟勘探队那个小丘来往密切,"宝田带着情绪说,"但那些人是顺水飘流的浮萍,不可靠的。"

"你没有资格对我说这样的话。"小扁说。

小扁和宝田的对话,来自陈国忠的转述,我们半信半疑。对话中提到的那个小丘,是省地质局的一个勘探小队的队长。秋收时节,一辆溅满泥浆的大卡车,开到我们村外,在布满卵石的河滩上,竖起一个井架,发动了一台四十八马力的柴油机,拉着钻机,开始了神秘的钻探。问他们钻什么?他们笑而不答。钻井队里,共有十四个人,清一色的小伙子,队长小丘,满头鬈毛,唇红齿白,皮肤黧黑,穿一身帆布工作服,戴着白手套,脖子上围着一条白毛巾,手腕子上戴着一块亮晶晶的手表,讲得自然是一口标准的普通话。这样的人物,过去我们只是在电影上看到过。他们的出现,使我们异常兴奋,最兴奋的还是孩子。他们忘记了上课,围在井架旁边,目不转睛地观看。柴油机铿铿地吼着,钻机隆隆地转着,柴油味溢满河道,河水中漂浮着油花子。小扁到钻机旁边去找她的学生,认识了小丘。在我们村人眼里,小丘和他的队员们很有吸引力,但在小丘和他的队员们眼里,小扁更有吸引力。我们猜想,小扁吸引他们的不仅仅是容貌,还包括她标准的普通话。

我们农民,只有下大雨、刮狂风、下冰雹,才可以休息,但钻探队里那些人,每隔六天就歇一天。当我们看到,他们在晴空丽日下,穿着干干净净的衣服,在河边、在树林里、在我们村子里晃来晃去时,我们深切地体会到了人间的不平。人比人要死,货比货要扔,对此,我们没有一点脾气。我们只是感到,这样大好的日子,不刮风不下雨,竟然用来玩耍,真是糟蹋了。村子里有资格过星期天的人,只有小扁一个。星期天里,小扁端着脸盆,在河里洗衣裳。一个精巧的小收音机,放在河边一块石头上。里边一会儿唱戏,一会儿说话。里边唱戏时小扁就跟着唱戏,里边说话时小扁就跟着说话。有时候,小扁也在河里洗头。她把衣裳领子窝进去,露出比脸白许多的脖子,浸湿头发,抹上香皂,搓出一头泡沫,然后就把头放在水中漂洗。

只要小扁出现在河边,钻探队员们都来洗衣服。有的说:"解老师,唱个歌吧。"有的说:"解老师,你应该到广播电台去当播音员,在这山沟里,可惜了。"小扁不搭理他们,只是微笑。钻探队员们有的也有口音,小扁就毫不客气地纠正他们,使他们的脸臊得通红。每当此时,队长小丘就用眼睛瞪他的队员。过了不久,那些勘探队员就不再围着小扁转悠了,只剩下队长小丘和小扁在一起。他们俩在河边走,在树林子里走,在山沟里走,走够了,就坐在石头上。小丘从怀里摸出一个口琴,放在嘴巴里来回拉动,美妙的声音就从那些槽槽洞洞里发出来。许多鸟在他们后边的树上鸣叫,有"喳喳"的,有"啾啾"的,啄木鸟啄树洞,"笃笃笃,笃笃笃"。村子里的放羊汉李结实,站在山顶那块黑色的大石头上,高声歌唱:"是'人'不是'银'呐——是'肉'不是'右'——"散在山坡上的羊,"咩咩"叫唤。小扁的学生,有牵着羊的,有背着草筐的,躲在树林子里,听着,看着,小脑袋里,想象着什么,想象着什么呢?

　　那个名叫小青的女孩子,虽然是高大有的外甥,但和小扁非常亲近。她的娘高贵香经常向她灌输对小扁的仇恨,但是一点作用也不起,甚至起反作用,孩子的心就是这样,你教她仇恨,她却学会了热爱。

　　这个小青,竟然喝了农药死了。死后浑身青紫,嘴巴微张,大睁着眼睛。真是可惜,真是可怜,真是可怕。我们村子,喝农药死去的女人,十几年里,累计有十几个,但从来没有孩子自杀过。小青的死,全村震动,外村也知道了。村里的人差不多都去看过,外村也有来看的。

　　小扁去看小青,高大有手持拐棍,拦着门不让进。陪小扁一起去的小丘,把高大有连同他手中的拐棍一起抱起来——他的力气可真大——像抱一麻袋柿子一样,抱到很远的地方,往地上一蹾,说:

　　"您在这里歇会吧。"

　　小青被平放在院子里一棵粗大的柿子树下,身下垫着一块塑料布。半张着的嘴巴里,散发出刺鼻的农药味儿。从明显短了的衣袖里,伸出那两双手指长长的手。手腕上,用蓝色的墨水画着一只手表。

小扁先是站着哭,然后是蹲着哭,最后是伏在小青身上哭。

小青的娘高贵香,看到小扁来了,先是满怀敌意,大眼珠子,直愣愣地,仿佛要往外喷火星子。看到小扁哭得伤疼,她眼里的火就熄灭了,一腚坐在地上,双手轮番拍打着地面,哭。小青的爹,蹲在墙角,抱着头哭,声音尖细,像个小孩子。这是一个老实人,外号"木头",平日里只知道闷着头干活,家里的事,一切都是老婆做主。

小丘蹲在小青身边,握着小青那只画着手表的手,眉头紧蹙,连连叹息。他劝说小扁,但小扁不理他。过了一会儿,他从自己手腕上撸下那只亮晶晶的全钢十九钻上海牌手表,套在小青手腕上,说:

"小扁,不要哭了,我们满足她的心愿。"

然后,他把小扁拉起来。

戴着手表的小青静静地躺在灿烂的夕阳里。表针哒哒地响着,众人仔细聆听。天气很凉,我们一阵阵地发抖。一片片红色的柿树叶子,无声无息地落下来,浮浮游游地落下来,有的落在小青身上,有的落在小青身旁。

小丘的举动,引起了轩然大波。我们估计,那个晚上,村子里的家家户户,都在议论这件事。有的人,在夸奖小丘的义气,一块那样的手表,在那个时代,可不是一件小礼物。价值一百二十五元,一家人拼着命干一年,也不一定能挣到这么多钱。问题还不仅仅是钱,那样的手表,是紧俏商品,要凭票供应。也有的人,对小丘的举动,胡乱猜想,说他是做给小扁看的,说他是一时冲动,回去后,肯定要后悔。也有人说,这样贵重的东西,难道要埋到地下?如果埋到地下,小青的墓,除非日夜有人看守,否则,盗墓贼还不得成群结队?也有人说,高贵香那个财迷,决不舍得让小青戴着手表下葬……议论纷纷,人人操心。小丘的举动,其实也给高贵香家出了一个难题。埋下去吧,小青的尸身难得安息,不埋下去吧,人家小丘的意图那样明显,就是为了满足孩子那点愿望的嘛。

第三天,书记到了高贵香家,坐在院子里。他的身后,是一具刷成红色的小棺材。小青躺在棺材里,脸上蒙着一张白纸,身上盖着一条红花布的小被子。书记先让陈国忠去把小扁叫来,然后又让民兵连长刘顺,去河滩上把小丘叫来。书记阴沉着脸,不说话。小扁来了,问书记,书记不回答。小丘来了,神情冷傲。书记冷冷地看着他。两个人的目光,似乎是针尖对着麦芒,谁也不让谁。争斗了一会儿,书记的目光先弱下来,侧着脸问:"您就是丘队长?"

"叫我小丘好了,"小丘冷淡地说,"请问您找我来有什么事?我正在工作,很忙。"

"也没有什么事,"书记用一根柴棍挑着从小青手腕上褪下来的表,说,"希望您把这个玩意儿拿走。"

小丘刚想辨白,书记打断了他的话,说:"你什么也不要说,说了我也不听,小青是我们村的孩子,我是这个村子的书记,你不要来搀和我们的事。"

书记把手表连同柴棍扔到小丘脚前,说:"你们要在河滩上钻探,这是国家的事,我们不敢阻拦,但我们这个村子,闺女媳妇很多,我这个书记,有责任保护他们。希望你们,不要到我们村子里来胡串串,败坏了我们的风俗!"

小丘满脸通红,很是尴尬,看了小扁一眼,似乎要寻求帮助。小扁低着头,不说话。小丘弯腰捡起手表,嘴唇乱哆嗦,似乎要说话,但终究没说出什么,然后就走了。

"有几个臭钱,显摆什么?"书记盯着小丘的背影说。

"书记,我可以走了吗?"小扁问。

"你不可以走,我还有话。"书记说,"解小扁,刚刚接到公社教育组的通知,停止你的工作。"

"为什么?"小扁问。

"我也不知道。县教育局和公社教育组的人下午就到,他们来了,你就知道为什么了。"书记对民兵连长说,"刘顺,你安排几个人,把小扁带到大队办公室去吧,好好照顾着,别出事,出了事我们无法向上边交待。"

九

消息很快就传开了。说小青临死前在作业本上写了一首诗:

"俺是山里娃,说啥普通话?满嘴大白话,皇帝拉下马。只要思想红,照样干革命。"

正好上边在批判资产阶级教育路线回潮,这个事件,非常典型,于是就引起了县里的注意。

小扁被关押在大队部里。我们很担心,便相约着,前去观看。听说县、社联合调查组的组长就是当年四清工作组里那个能讲一口标准普通话的傅春花,我们想跟他说说,他当年对我们的影响有多大。我们还想告诉他,小扁之所以要在村子里推广普通话,也与当年他讲普通话给我们留下了那么难忘的美好印象有关。

我们一到大队部门口,就被站岗的基干民兵挡住了。我们村民兵连是公社武装部授予的先进集体,配备着十支破旧步枪,一百发子弹。虽是破枪,也比棍棒和梭镖威严许多。这些基干民兵,平日里是和我们打打闹闹的兄弟爷们,但披挂起来之后,他们的面孔,就变得严肃而深沉,使我们心生敬畏,不敢亲近。小扁的娘和爹也哭哭啼啼地赶来,想往里冲,持枪的民兵把大枪一端,眼睛一瞪,他们的腿脚,就定住了。

许多人聚集在大门外,书记出来,和颜悦色地说:"都回去吧,围在这里干什么?有什么好看的?"

小扁的爹苦着脸问:"他大叔,小扁到底犯了什么罪?"

书记摇摇头,很为难地说:

"老扁,怎么跟你说呢?"

"小青和俺家小扁,好着呢,"小扁娘说,"她们俩在俺家炕头上,吃着糖块学官话,糖块是小扁买的。"小扁娘说。

"老嫂子,回去吧,"书记说,"我会向工作组如实地反映情况。"

这时,一个秃了头顶、戴着眼镜的人,从办公室里出来,指着我们对书记说:

"把大门关上!怎么搞的嘛!"

几个基干民兵在书记的指挥下,把那两扇大铁门喀喇喀喇地关上了。我们感到适才这个人有点面熟,在铁门关上那一霎,当年那个在我们的记忆中留下许多好印象的傅春花,和他重合在一起。

"他已经当了教育局的副局长了。"陈国忠在我们身后,悄悄地说。

我们猛然地想到,适才,这个傅副局长讲的普通话已经很不纯正了。

在以后的日子里,白天不敢去,晚上,我们就悄悄地溜到铁门外,将耳朵贴在门缝上,听着里边的动静。头几天晚上,我们听到小扁大声喊叫,用的依然是标准的普通话。后来的晚上,只能听到工作组的人在喊叫,却听不到小扁一点声音了。

十天后,联合调查组撤走了。

大队部院子里的大门开了,小扁从里边走出来。院子里静悄悄的,仿佛一个人也没有。办公室里的电话铃丁零零地爆响着,没有人接听。

小扁的爹娘迎上去。

我们也跟着迎上去。

"孩子,你没有事吧?"小扁的娘哭着问。

小扁头发很顺溜,衣服也还整洁,只是目光有些呆滞。

"小扁,你还好吧?"我们低声问她。

她抿嘴一笑,我们以为她要说话,但她没有说。

联合调查组回去发了一个文件,停止了在全县中小学推广普通话教学的运动。当时还有传言要追认小青为革命烈士,后来没了下文。

事情过去了许多年,我们至今也弄不明白,小青为什么要自杀?小青和小扁关系那样亲密,学习普通话的热情那样高,为什么要写那样一首诗?是谁发现了那首诗?又是谁把那首诗送到了县里?我们怀疑是高大有伪造了那首诗,我们也怀疑是书记或者是宝田把那首诗送到了公社教育组。我们的理由是小扁和高大有有仇,而小扁和小丘的关系,伤害了书记和宝田的感情。但这些怀疑,也经不起推敲。因为高大有生前,曾经许多次地在大街上,在学校的墙上,用拐棍,用粉笔,不断地写、划:"那首诗,不是我写的,我高大有是个堂堂正正的男人,不干这种卑鄙小人的事……"高大有临终前,瞪着眼不肯咽气,他的老婆对他说:"他爹,村里人都知道,那首诗不是你写的,你闭眼吧。"他这才闭上眼睛咽了气。至于宝田,在小扁疯了之后的表现,让我们深为感动。他找到小扁的父母,说:"大爷,大娘,小扁生是我的人,死是我的鬼,我要和她结婚。"

后来,宝田真和小扁结了婚。结婚之后,宝田带着小扁,去地区精神病医院治了三个月。回来之后,小扁发了胖,两个腮帮子嘟噜下来,见了人就笑。问她:"小扁,认识我吗?"

她只是笑,不回答。

村里人都说书记宽宏大量,宝田是个好样的,但也有人不这样看。

陈国忠生前曾经神秘地对我们说:"那天,我给工作组伙房送菜,看到他们,把一块猪肉,用柴棒插着,举到小扁面前,问:'这是什么?'小扁用普通话说:'猪肉!'一个人扑上去,把那块猪肉硬塞进小扁嘴里,说:'让你猪肉,让你猪肉!你说驹右就饶了你!'小扁真是倔犟,把猪肉从嘴巴里吐出来,说:'你们可以杀了我,但是猪肉不是驹右!'"

我们问:"你说的'他们'是谁?"

"……这个小扁,真是倔犟……真是倔犟啊……"陈国忠含糊其辞,"你就说'驹右',又能怎么样呢?"

陈国忠说的话,我们也不能全信。

(二〇〇四年)

大　　嘴

一

村子里那三辆去县城迎接茂腔剧团的马车鸣着响鞭从大街上穿过时,公鸡刚刚打了第二遍鸣,离天亮,还得会儿工夫,但大嘴已经睡不着了。大嘴是个九岁的男孩,名字叫小昌,但村子里的人都叫他大嘴。大嘴是个喜欢热闹的孩子,听到鞭声,他很想爬起来,跟随着马车,到县城里去,看着那些工作队员们怎么样背着行李上车,又是怎么样坐在车上,一路唱着戏,沿着新铺了黄沙的大道,一直到达村子。大嘴和哥睡在一铺炕上,爹和娘,还有小妹妹,睡在另外一铺炕上。他听到爹和娘也醒了。爹一声接一声地叹气,娘不耐烦地说:

"心中无闲事,不怕鬼叫门!睡吧。"

妹妹哭起来,似乎是尿了炕,娘大声咋呼着:

"哭!尿了这么一大片,还有脸哭!"

妹妹的哭声渐渐低了,爹和娘也没了声息。哥在炕那头翻了一个身,吧嗒了几下嘴,含糊不清地说了几句梦话,便又打起了呼噜。一条破被子,大部分被哥卷了去,他扯着被角挣了挣,根本挣不动。他睁大眼睛,望着黑乎乎的房顶。几只老鼠在纸糊的顶棚上来回奔跑,发出扑通扑通的声音。他感到被老鼠们震落的灰尘落到了嘴巴里,便侧过身,面对着灰白的窗户。迷迷糊糊中,他感到自己爬起来,穿上冰凉的棉衣,缩着脖子,从房门缝隙里钻出。蹑手蹑脚,走过甬路,生怕惊动了父母;屏住呼吸,经过鸡窝,生怕惊动了公鸡。侧身从院门的缝隙中钻出,到了胡同里,遒劲的北风迎面吹来。他用袄袖子捂住嘴巴,跑上河堤,越过石桥。头上繁星点点,桥下的冰闪烁着灰白的光芒。过了桥就是通往县城的大道。他奔跑,似乎只有脚尖着地,道路惨白,砂土在脚下飞溅,仿佛苍白的浪花。他很快就看到了那三辆像船一样飞快地往前滑行的马车,悬挂在马车一侧的防风灯笼放出黄光,闪闪烁烁,宛如神秘的眼睛。然后就听到了马喷响鼻的声音和马蹄的哒哒声。他加速追了上去,脚尖仿佛踩着弹簧,每蹬一下,就获得很大的力量,步伐大得无法估量,身体在空中连续地跃起,接近马车时,他用力一跃,轻飘飘地落到了车厢里。车把式杨六披着光板子羊皮大袄,抱着鞭子,缩着脖子,坐在辕杆上打盹。拉车的辕马是匹瞎马,全靠着拉长套的马引路。马和人都悄无声息,马脖子下的铜铃发出清脆悦耳的响声。马车平稳前进,几乎没有颠簸。冷气袭来,无遮无挡。他感到双腿像被猫咬住一样痛疼。这时他才发现,因为走得匆忙,竟然忘记了穿鞋。不但忘记了穿鞋,而且连棉裤也没穿。不但没穿棉裤,而且连棉袄都没穿。他发现自己是赤身裸体着坐在马车上。他想趁着黑夜跳下车,赶快回家穿衣,但马车越跑越快,一会儿只有左边的车轮着地,一会儿只有右边的车轮着地,仿佛是在波峰浪谷中飞速滑行的小舟,他只有双手死死地抓住车栏杆才能不被甩下去。

天色越来越亮,阳光像干燥的红色粉末,洒遍了大地,染红了树木、枯草和天地间的一切。飞奔的马车猛然刹住,停靠在一个高大的戏台前面。他还没来得及下车,就有许多的人,从四面八方涌上来,绕着马车,围成一个巨大的圈子。最前面的那些人,个个眉清目秀,脸上涂抹着厚重的油彩,身上披挂着斑斓的彩衣。这些就是茂腔剧团的人啊,演花旦的宋萍萍,演青衣的邓兰兰,演老旦的吴莉莉,还有演老生的高仁滋,演花脸的盖九,演武生的张奋,外号猴子张,能一连串儿翻二十八个空心跟斗……茂腔剧团的人全来了,都在笑,男的张开大嘴,女的捂着小嘴。他感到羞愧难当,使劲地收缩身体,往车厢里那条装满了草料的麻袋下钻去,身体刚刚被遮盖住一半,那条麻袋就被一只大手拎走了。车把式杨六,用鞭杆挑着一件红色的单衣,在他的面前晃动。他伸手去拿红衣,鞭杆倏地缩了回去,同时他还听到了杨六的冷笑,然后又听到许多人的笑声。那鞭杆挑着的红衣,又悠悠晃晃地到了他的面前,刚一伸手,它又缩了回去。然后又是笑声。他恼怒地忘记了羞耻,站起来,跳到车栏杆上,破口大骂。杨六巨大的拳头,捅到他的面前。他没有躲闪,而是猛然地张大了嘴巴,就像一条吞食老鼠的蛇,把那铁一样生硬的拳头咬住,然后,一点点地吞下去,吞下去。他听到有人悄悄地说:这个孩子,好大一张嘴啊!嘴大吃四方,这个孩子必是个有福的。他又听到一个人响亮地说:快掐住他的脖子!果然就有两只冰冷的大手,掐住了他的脖子。他努力挣扎着,听到从自己的鼻孔里发出了尖利的、类似鸡叫的声音……

公鸡叫响了第三遍,大嘴猛然惊醒。他感到浑身冰凉,手脚麻木,脖子僵硬,运动不便,似乎围上了一道铁箍。哥一翻身又把全部的被子卷去,他只好把棉袄披在身上,蜷缩在炕头发抖。小公鸡鸣声稚嫩,听起来竟有几分像猫叫。如果村干部把剧团的演员派来家吃饭,娘一定会让爹杀了公鸡隆重招待。娘做的一手好饭菜,每次上边下来干部,村子里派饭,都派到家里来。尽管干部们吃罢饭会放下一斤粮票三毛钱,但娘是把家里最好的东西拿出来给他们吃了,那点钱和粮票根本不够。从娘和爹满脸的喜气上,大嘴知道,招待干部,虽然折本,却是荣耀。家里成分不好的,即便摆上龙肝凤髓,干部们也不会去吃。不久前,在清理阶级队伍的运动中,那个当过还乡团的五麻子,在棍棒的打击下,把爹咬出来了。自从民兵队长三邪把这个消息悄悄地告诉了哥,哥又把这个消息回家说了后,爹和娘的脸上,就再也没有出现过笑模样。

二

那是一个早晨,爹蹲在炕上,捧着一个黑色的大碗,转着圈,呼噜呼噜喝粥。大嘴也抱着一个大碗,学着爹的样子喝粥。呼噜声此起彼伏,爷儿两个,仿佛比赛一样。小妹妹蓬着头发,缩在炕头上,迷瞪着两只先天失明的大眼睛,歪着头,侧耳听着动静。娘把一块玉米面的饼子,递到她的手里,她接过,哼唧着:

"我要吃红糖……"

"什么红糖,黑糖?再这样下去,连粥也喝不上了。"娘皱着眉头,烦恼地说。

妹妹哼唧几声,见没有效果,无奈地把饼子举到嘴边,一点点地啃。

哥还站在院子里,咔嚓咔嚓地刷牙。

"吃饭了,大少爷!"娘不高兴地喊叫着。

哥嘴角沾着牙粉沫子,将搪瓷缸子重重地蹾在柜子上,蛮横地说:

"催什么呀!"

"刷什么刷呀,再刷也是黄的。"娘低声嘟哝着。

"他大概吃了狗屎了!"大嘴从碗沿上摘下嘴,气哄哄地说。

"喝你的!"娘瞪了大嘴一眼,说,"往后要是再听到你在外头多嘴多舌,就把你的嘴巴用麻绳子缝上!"

"缝上也挡不住他胡咧咧!"哥擦着嘴角上的牙粉沫子说,"昨天在饲养棚里,当着许多人的面,他又耍贫嘴了,说什么'社会主义好,社会主义好,社会主义国家人民吃不饱……'这要是让村里干部听到……"

"听到又怎么样?"母亲烦恼地说,"一个擤鼻涕的孩子,还能把他打成反革命?"

"他就是让你们给惯坏了!"哥嘴巴里散发着清爽的牙膏气味说,"清理阶级队伍工作队马上就要进村了,形势紧张着呢。"

"你再敢出去胡说就砸断你的腿,"爹从碗边上抬起头,严肃地说,"要是有人问你,那几句顺口溜是谁编的,你怎么说?"

"我就说是他编的,"大嘴对着哥撅撅嘴,说,"我就说是他让我出去说的。"

"我砸死你这个混蛋!"哥哥抄起一把扫炕笤帚,对准大嘴的脑袋擂了下去,"你想让我蹲监狱去啊?!"

"行了,"娘说,"都给我闭住嘴,吃饭,不吃就滚出去!"

哥哥把笤帚扔到炕头上,悻悻地说:"你就护着他吧,早晚让他惹回来灭门之祸,那时就晚了。"

"一个孩子,懂什么?"娘说,"这算什么社会,明明吃不饱,还不让人说……"

"就是!明明吃不饱嘛!"大嘴得到了娘的支持,气焰嚣张起来。

"你也给我闭嘴!"娘说,"今后无论到了哪里,大人说话,小小孩儿,带着耳朵听就行了,不要插嘴,听到了没有?"

"听到了。"大嘴说。

"如果有人再叫你大嘴,就狠狠地骂他们,听到了没有?"娘说。

"听到了。"大嘴说。

"不许你在人面前,把拳头塞进嘴巴里去,只有狗才吞自己的爪子,"娘瞅着大嘴的黑乎乎的手说,"听到了没有?"

"听到了。"大嘴说。

"听到个屁,狗改不了吃屎,猫改不了上树。"哥气犹未消地说,"咱们家,很快就要大祸临头了!"

"大清早晨的,说这样的话,也不怕晦气!咱们不偷不抢,堂堂正正做人,老老实实干活,会有什么大祸临门?真是的。"母亲不满地说。

"五麻子把俺爹咬出来了。"哥说。

"他能咬我什么?"爹喝着粥,不屑地说,"我跟他没有任何瓜葛,他能咬我什么?"

"他说你参加过还乡团!"哥愤怒地说。

"你说什么?"爹猛地喝了一口粥,呛了,剧烈地咳嗽着,把碗胡乱地放在炕桌上,焦躁地问,"他说什么?!"

"他说你参加过还乡团!"

"这个杂种!这个杂种啊!"爹跳下地,赤着双脚,在炕前寻找鞋子。

娘把鞋子踢到爹的跟前,冷冷地说:"你要到哪里去?"

"我去找这个坏蛋,"爹穿上鞋子,瞪着眼睛说,"他怎么敢红口白牙地说瞎话呢?"

"问题是你参加没参加?"哥气急败坏地说,"你要真的参加过还乡团,我们这个家,就彻底完蛋了。我的前途,就彻底毁了。"

"我参加什么了?还乡团?"爹的脸悲苦地扭曲着,额上的皱纹,像刀痕一般深刻,"一九四七年,我才十四岁,一个十四岁的孩子,能参加还乡团吗?再说,咱们家也不是地主,也不是富农,跟贫农团无仇无恨,参加还乡团干什么?"

"无风不起浪,"哥哥说,"他为什么不咬别人,单咬你?"

"我不就是去吃了两个羊肉包子吗?"爹说,"那天晚上,大月亮天,我在街上玩耍,碰到五麻子,急匆匆地走。我问他去干什么,他说,一拨人,在王大嘴家聚合,喝齐心酒,杀了一只羊,包了两锅羊肉包子。我那时还是个小孩,嘴巴馋,五麻子拉着我去吃羊肉包子,我就去了,看到一拨人,都喝红了眼睛。锅里有很多包子,热气腾腾,香喷喷的。我吃了一个包子。王大嘴乜斜着眼说:'小山子,你吃了我们的包子,就算参加了我们的组织了。'王大嘴的娘:'他一个小孩子,懂什么?'王大娘又从锅里拿了一个包子给我,说:'小山子,你快回家吧,这里没有你的事。'就是这样,我稀里糊涂地去吃了两个包子……"

"你为什么要去吃那两个包子?"哥愤怒地说,"你不吃那两个包子难道就能馋死吗?"

"怎么能跟你爹这样说话?!"娘把饭碗蹾在饭桌上,恼怒地说。

"我看你是跳进黄河也洗不清了!"哥不依不饶地说,"我还指望着今年报名参军呢,这下完了……"

"我去死,"爹尖利地喊叫着,"我不连累你们,我一人做事一人担当……"

"你死了也是畏罪自杀!"哥毫不示弱地说。

"你们爱说什么就说什么吧……"爹在炕前的板凳上坐下,双手抱着头,悲苦地说,"一包耗子药喝下去,两眼一闭,两腿一伸,眼不见,心不烦,你们爱怎么着就怎么着吧……"

"这样的丧气话我不愿听,"母亲将那个糖罐子里残存的一点红糖倒在一个碟子里,递到妹妹手上,回头盯着父亲,眼睛很湿,很亮,说,"不就是这么点事吗?还值得你去死?就算把你打成了还乡团,又能怎么样?不就是逢集日义务扫扫大街吗?"

"这可不是扫扫大街的事!"哥说。

"你给我闭嘴!"娘说。

"摊上这样一个爹,算是倒了八辈子霉了!"哥不依不饶地说。

"你给我闭嘴。"母亲重复了一遍,声音降得很低,但仿佛冷气逼人。

哥看了母亲一眼,就惊恐地低下头,不敢再吭声。

"还是那句老话,干屎抹不到人身上,"娘说,"你们出去,该说就说,该笑就笑,有事藏在心里,不能让人看出来。人,没事的时候,胆不能大;事到临头,胆不能小。人家还没怎么着你,自己先软了,瘫了。你们,都给我挺起腰杆来,兵来将挡,水来土掩。这个世界上,有翻不过去的山,有凫不过去的河,但没有过不去的日子!"

三

"不许到桥头上去,听到了没有?"娘严厉地说。

大嘴答应着,倒退着走出了院子。他看到,鸡窝的铁网门还没有打开,那几只母鸡,在窝里焦躁地咕咕着。那只小公鸡的脑袋,从网眼里伸出来。鸡头似乎被网眼卡住了,鸡冠子憋得通红。爹在院子里,用一把生锈的斧子,劈一个表皮已经腐烂的槐树根盘,细小的劈柴,散落在他的周围。

大嘴出了院子,在胡同里转了几圈。邻居家的两个孩子,手里拿着煮熟的地瓜,吃着,奔跑着,从他身边经过。大嘴看着他们爬上河堤,向着桥头的方向飞奔。那里锣鼓喧天,十分热闹。铿铿锵锵的锣鼓声,吸引着大嘴向桥头靠近。起初,他还记得母亲的嘱咐,但当他看到聚集在桥头上那些人兴奋的脸庞时,就把母亲的嘱咐彻底忘记了。

大嘴钻进人群,面对着村子里的锣鼓队。打鼓的人,依然是哥。哥是村子里最好的鼓手,这让大嘴感到骄傲。哥穿着那身用草绿颜料染成的假军装,头上带着一个虽然褪了颜色,但却是真正的军帽。哥这个军帽是用家里祖传下来的一柄青铜剑从邻村的一个复员兵那里换来的。那柄剑一直藏在梁头上,哥把它偷了出去。当父亲知道了这个愚蠢的交易,逼着哥去换回来时,娘却说,男子汉大丈夫,换了就是换了,不过,娘对哥说,你是个十足的傻瓜。

哥戴着真正的军帽,穿着草绿色的假军装,脚上穿着白塑料底的松紧口布鞋。大嘴知道,这是哥最好的衣帽,只有最隆重的场合才舍得穿戴。哥脸色发红,眼睛闪光,站在鼓架前,挥舞着两只圆溜溜的鼓槌子擂打鼓面。"咚咚咚,咚咚咚,咚咚咚咚咚咚咚……"一连串节奏分明的声响,震动着大嘴的耳膜。他入迷地盯着哥虽然粗大但十分灵巧的双手和那两根上下翻飞的鼓槌子,身体随着鼓声不由自主地抖动起来。哥的左边,是敲锣的孙宝。哥的右边,是拍钹的黄贵。他们也都赤红着脸,十分卖力。锣声和钹声,羼杂在鼓声里,显得有些多余。在锣鼓队的周围,聚集着几乎全村的人。有的人神色冷漠,有的人喜气洋洋。那个名叫秀巧的姑娘,左手扶着一个名叫春兰的姑娘,右手捻着垂在胸前的辫子梢,笑意盈盈地、目不转睛地看着哥。她的脸盘很大,红彤彤的,腮上有一些紫色的冻疮。哥好像知道有人在注视自己,热情越来越高涨,双臂挥舞得越来越快,鼓声如同急雨,连绵不绝。哥脸上冒出汗珠,嘴巴里喷吐着汹涌的热气。敲锣的孙宝和拍钹的黄贵,帽子推到脑后,额上粘着湿发,手忙脚乱,分明跟不上哥的鼓点,锣声和钹声,更加杂乱无章。

一辆崭新的自行车,爆响着铃铛,从桥头上直冲下来,到了人群外边,车上的人轻捷地跳下来。大嘴听到有人低声说:

"杜主任来了。"

杜主任身穿灰色制服,头戴着灰色单帽,脚上穿着一双黄色的翻毛皮鞋,脖子上围着一根褐色的长围巾。大嘴知道,各村的革命委员会主任和公社的干部,都是这样的打扮。杜主任扶着闪闪发亮的自行车把,紫红色的四方脸上带着洋洋得意的表情。他先是对着人群点头,然后把目光投射到那条悬挂在两根杉木杆子之间的红布横幅上。横幅上写着"热烈欢迎茂腔剧团进村"的标语。杜主任的神色突然严肃起来。他按了几下车铃,激越的锣鼓声把铃声淹没。杜主任大声喊叫:

"停下,别敲了!"

锣鼓声戛然而止。

杜主任将自行车支在桥上,手指着标语,用轻蔑的口气问:

"这是谁写的?"

乡村小学的章老师从人群中挤出来,站在杜主任面前,虾着腰,满脸堆笑地说:

"主任,是我写的。"

"是谁让你这样写的?"杜主任严厉地问。

章老师一只手搔着脖子,一只手摸着衣角,张口结舌。

"简直是胡闹,赶快撤下来,重写!"杜主任站到一个高坡上,居高临下地,对着众人道,"今天要来的这些人,在县里是演员,但到了我们村,就是工作队员,清理阶级队伍工作队的队员。"

章老师指挥着两个学生,爬上杉木杆子,把横幅解了下来。

杜主任走下高坡,皮鞋嗒嗒响着,走进人群,站在鼓前,扫了哥一眼,不阴不阳地说:

"叶老大,你很卖力嘛!"

哥咧开嘴,尴尬地笑着。杜主任撇撇嘴,冷笑一声。哥将鼓槌子放在鼓上,两只手,在身上摸索着,摸出一个瘪瘪的烟盒,剥开,捏出一根香烟,递到杜主任面前。杜主任哼了一声,从自己上衣兜里,用两根指头,夹出一盒没开包的烟,用小指的指甲挑开锡纸,用大拇指弹出一支,举到嘴边,用嘴巴叨出来,然后又摸出一个白亮的打火机,将烟点燃。杜主任将手中的烟盒举起来,大声说:

"谁抽?"

都盯着烟盒,但无人吭气。

杜主任将烟盒装进口袋,目光上下打量着局促不安的哥,然后直盯着哥的脸,似乎是很惋惜地说:

"叶老大,你的鼓打得确实很好,但是,你不用再打了。"

哥咧开嘴,仿佛要说话,但是说不出话,只有两片嘴唇上下开合,脸通红,猴子腚,耳朵比脸还红,两片经霜柿子叶,膝盖弯曲,双手低垂,身体矮了许多。

那两只放在鼓面上的鼓槌子,静静地躺着。

"麻子,你来打!"主任指着哥身后的方麻子说。

方麻子急不可待地跑到鼓前,抓起来鼓槌子。

哥尴尬地退到一边,和大嘴站在一起。

大嘴感到腹中似乎有一把火燃烧起来,耳朵上那些冻疮奇痒难

捱,嘴巴不由自主地张开,他大声喊叫着:

"主任,你不公道!我爹不是还乡团,我爹那时还是个小孩,小孩子谁不馋?不馋算什么小孩?大人也馋,你见了羊肉包子不也要流口水吗?我爹去吃了两个羊肉包子,你要是我爹也会去吃,说不定你还要吃三个、吃四个、吃五个、吃六个,你吃了六个包子都不是还乡团,我爹怎么就成了还乡团?!"

哥用手捂住了大嘴的嘴巴。大嘴挣扎着,咬了哥的手指。哥松开手。大嘴跑上高坡,大声喊叫:

"我爹不是还乡团!我爹就吃了两个包子,你们凭什么不让我哥打鼓?你们凭什么不让演员到我家吃饭?我爹劈了劈柴,我娘杀了公鸡,我们要请演员到家吃饭,我们不是还乡团……"

主任愣了片刻,突然哈哈大笑起来。笑了一阵,指着大嘴的嘴巴说:

"你这小子,怎么长了这么大一张嘴呢?"

有的人笑出了声,有的人咧开嘴,做出笑的表情,但没发出声音。

"大嘴,听说你能把自己的拳头吞下去?如果真有这本事,让你爹把你送到杂耍班子里当小丑吧。"

哥跑上高坡,用巴掌堵住大嘴的嘴。

大嘴踢着哥的腿,挣出头,张开口,大声喊叫。哥扇了大嘴一巴掌,大喊:

"不许说话!"

大嘴从高坡上倒下来。过了一会儿,他艰难地爬起来,看到哥站在杜主任面前,低声下气地说着什么。他感到耳朵里嗡嗡响,仿佛有苍蝇在里边飞。他感到正午的阳光很刺眼,众人的眼睛都在盯着自己。他还想喊叫,但喉咙已经发不出声音。他张大嘴巴,把自己的拳头,用力地往嘴里塞。他感到心中充满了怒火,仿佛只有把拳头塞进嘴里,才可以缓解那种让他几乎要发疯的激烈情绪。塞,他感到嘴角慢慢地裂开,拳头上的骨节顶得口腔涨痛,牙齿也划破了手掌上的冻疮,嘴巴里全是血腥的气味。塞啊,终于把整个的拳头,全部塞进去了。这时,他看到众人脸上惊愕的表情。他看到神色有些慌张的杜主任对着神色茫然的哥说了一句什么。他看到章老师指挥着学生把横幅换好。他看到杜主任骑上车子,向村子深处疾驰而去。他看到哥从方麻子手里夺过鼓槌子奋力打鼓。他看到鼓面震动时发出的声音,与金色的阳光碰撞在一起。他看到那三辆拉着茂腔剧团演员的马车,从大道上飞奔而来,车轮后边,腾起来红色的灰尘。他看到那些鞭声和马蹄声,从红色的灰尘中蹿起来,仿佛一支支明亮的火箭,拖着长长的尾巴,直钻到高天里去。

(二〇〇四年)

挂　　像

一

　　高密民间艺术，有"三绝"之说。"三绝"者，泥塑、剪纸、扑灰年画之谓也。泥塑、剪纸，人人皆知，扑灰年画，则需要稍加解释。扑灰的意思，就是用柳木炭棒，在纸上起画稿，然后，将白纸蒙上，用手按压拍打，使画稿上的线条，印到白纸上。一张画稿，可以拓扑十几张。线条模糊后，再用炭棒描画，然后再拓扑。这其实是一种简单的复制方法。复制好之后，那些根本没有画技的人，也可以按着纸上的线条，比照着样板，勾勒着色。"文革"前，每到冬闲，高密东北乡的朱家庄、宋家庄和公婆庙村，这三个以扑灰年画闻名的村庄，几乎家家都成了作坊，老婆孩子齐上阵，粉刷颜面的，勾勒眉眼的，涂抹颜色的，裱糊的……流水作业，批量生产。春节前夕，那些关东来的画子客，便云集到这几个村庄里，等待着趸货。那些家里没有作坊的人，也可以充当二道贩子，从中牟利。村子里房屋比较宽裕的人家，几乎都成了临时旅馆，住满了画子客。扑灰年画的品种比较单调，无非是"连年有余"、"麒麟送子"、"姑嫂闲话"、"金玉满堂"之类。那时生活贫困，贴壁年画的销量很小，并不需要这么多人家日夜加班生产。支撑着年画市场的,是一种名叫家堂轴子的品种。家堂轴子,其实就是一张很大的扑灰画。画的下半部分,画着一座深宅大院,大院的门口,聚集着一群身穿蟒袍、头戴纱帽的人,还有几个孩子,在这些人前燃放鞭炮。画的上部,起了竖格,竖格里可以填写死去亲人的名讳。一般上溯到五代为止。家堂轴子,在我的故乡,春节期间悬挂在堂屋正北方向,接受家人的顶礼膜拜。一般是年除夕下午挂起来,大年初二晚上发完"马子"之后收起来,珍重收藏,等到来年春节再挂。但关东地方,却在过完年之后,将其焚烧,来年春节前,再"请"一张新的。家堂轴子,不能说"买"。关东地区每年焚烧家堂轴子的习俗,才是支撑高密扑灰年画市场的资源。

家堂轴子挂上之后,年的气氛就很浓厚了。这时,按照老习俗,就不能随便到外姓人家串门了。连出嫁的女儿,也不可以再回娘家。家堂轴子前面的桌子上,竖着十几双崭新的红筷子,摆上八个大碗,碗里盛着剁碎的白菜,白菜上覆盖着鸡蛋饼、肥肉片之类,碗中央,栽着一颗碧绿的菠菜。桌子一边,摆放着五个雪白的大饽饽;桌子的另一边,放着一块插着红枣的金黄色年糕。桌子最前面,是一个褐色的香炉和两个插上鲜红蜡烛的蜡台。满桌子色彩缤纷,很是丰富。到了晚间,点燃香烛,烛光摇曳,香烟缭绕,轴子上那些大红大紫的人物,一个个闪烁着奇光异彩,非常遥远,非常神秘,传达着来自另外一个世界的信息。家堂轴子,和供桌上的供品、香烛,几乎就是我童年记忆中春节的全部,神秘的氛围,庄严的感觉,都从这里产生。

二

"文化大革命"开始后的第一个春节前夕,担任着大队革命委员会主任的我父亲皮发红,在大队办公室里,通过大喇叭,对全村广播。广播的内容是:根据公社革命委员会的通知,今年过年,各家各户,不许再挂家堂轴子。各家的家堂轴子,集中到大队部,统一焚毁。不挂家堂轴子挂什么呢？我父亲皮发红说，公社革委指示，每家免费发一张毛主席的宝像，在挂家堂轴子的位置上悬挂。至于供品，当然要摆，不但要摆，而且要摆得比往年丰盛，因为没有毛主席，就没有我们贫下中农今天的好日子。至于地、富、反、坏、右之家，不允许他们挂宝像，也不允许他们挂家堂轴子，因为他们的家堂轴子上那些人，都是些吸饱了贫下中农血汗的寄生虫。那他们这些人家挂什么呢？我父亲皮发红没有说。

年除夕中午，在大队部院子里，各家交来的家堂轴子，堆积在一起。我父亲皮发红，指挥着两个胳膊上戴着红卫兵袖章的民兵，从村子里废弃的染布坊里，揭来一个大铁锅，安放在一个临时垒成的灶上，灶膛里插满了劈柴，铁锅里倒上了半桶煤油。这架势，有些荒唐，仿佛要煮牛。我父亲对那些交完家堂轴子领取了宝像围绕在锅灶周围似乎恋恋不舍的人说，家堂轴子是四旧，破四旧，就要油煎火烧，表示个决绝的态度。我父亲这样说着时，我的心中怦怦乱跳。因为我从众人的脸上，看出来很多东西。这家堂轴子，在人们的心目中，是绝对不容亵渎的神圣物品，它代表着祖先，代表着福荫，尽管迫于形势，不得不拿出来，但人们心中，还是很沉重，很内疚。尽管人们都没说话，但我知道人们都在心中暗暗诅咒。千万人的诅咒，都降落到我父亲头上，可我的父亲皮发红，被革命的热情燃烧着，满面红光，一手腰，一手挥舞着，对那些民兵发号施令："快，把家堂轴子扔到锅里！"

就有几个民兵，把一些家堂轴子，扔到锅里。锅小轴子长，七长八短，支棱起来，成了一个坟堆的形状。

"往上泼油！"我父亲说。

就有一个民兵，用勺子舀着柴油，往轴子上泼。

我父亲皮发红摸出一支烟，叼在嘴里，点燃，把燃烧着的火柴棍儿扔到锅上，幽默地说：

"有灵的升天，无灵的冒烟！"

轰然一声，暗红的火苗腾起，足有半米高。锅里的柴油也被引燃,火苗更高,与大队部的房顶齐平。革命的烈火,熊熊燃烧,院子里那几棵大杨树上细弱的枝条给热流冲击,颤抖着,并且发出窸窸窣窣的声响。几个风僵的蝉,从树上掉下来。灼热的火焰把周围的人群逼得连连倒退,一直退到了墙根上。前排的人,把夹在胳膊弯子里的毛主席像松散开,拿在手里,扇着扑到面前的黑烟。我父亲皮发红指点着那些人,怒吼:"你们,怎么敢把宝像那样?!"

那些人顿时觉悟,慌忙把手中的宝像卷拢,依旧夹在胳膊弯子里。

黑烟里有一股浓重的油漆味儿,还有一股焚烧多年旧物时发出的那种特有的灰尘味儿。我父亲皮发红往后退了两步,把头上的帽子往后推推,但马上又往下拉拉。烈火烤得他焦躁不安,仿佛一只心烦意乱的猿猴。那些民兵们,纷纷后退。在我父亲皮发红的叱骂下,民兵们只好跑上前,从大堆里抱起几卷家堂轴子,往前疾跑几步,身体尽量地往后仰着,将家堂轴子扔到火堆里,然后连蹦带跳地后撤。撤到后边,就捂着嘴巴咳嗽。那些家堂轴子,在大火中爆裂着,弯曲着,许许多多穿袍戴帽的人物,在火光中一闪现,马上就消逝了。各家各户的祖先,也包括我家的祖先,在烈焰中化成了灰烬。为了加快燃烧的速度,我父亲皮发红又给民兵们下达了命令,让他们把那些尚未扔到火里的家堂轴子抖开,将轴子上下两端的那两根木棍扯下来。许多人家的轴子,是用了白纱做衬、刷了桐油防腐的,往下撕扯,并不容易。我父亲就让民兵,从最靠近大队部的人家里,拿来了两把镰刀,往下砍削,于是就发出真正的裂帛之声。那些庄严的画面,展现在观者面前,践踏在民兵们脚下。我父亲这个革命者,似乎是为了坚定那些民兵们的信心,排除他们心中的犯罪感觉,还不时地上前,用他那两只穿着大皮靴子的脚,轮番踢踏着那些画面,嘴巴里还恶狠狠地喊叫着:

"这些封建主义!这些牛鬼蛇神!这些封建主义!这些牛鬼蛇神……"

我父亲每踏一脚,我的心就紧缩一下。我父亲每骂一句,我的罪恶感就加重一份。当然也不仅仅是这些,还有一些骄傲和自豪的感觉,羼杂其中。因为,我们绵羊屯大队,二百零一户人家,一千一百零八口人,只有一个革命委员会,革命委员会里,只有一个主任,那就是我父亲皮发红。

我父亲皮发红,原先是个酒鬼、懒鬼、邋遢鬼,在我娘的骂声中度日,即便是给他一双新鞋,用不了三天,鞋后帮就被踩倒,趿拉在脚下。革命初起,我父亲皮发红扯旗造反,把原先的干部统统打倒,登上了主任的宝座。我父亲当了主任之后,第一件事就是改变形象,做了一套蓝色的军便服,胸前佩戴上一个碗口那么大的毛主席像章,买了一双土黄色的翻毛大皮靴,高靿的,无法踩倒后鞋帮。革命前他走起路来踢踢踏踏,大老远就能听到。革命后他走起路来咯咯噔噔,依然是大老远就能听到,但声音和气势大不相同。我父亲皮发红这种人,是天生的革命分子,他在革命前后判若两人的表现,让村子里许多见过世面的老人感叹不止。皮发红革命成功后,立即就给我家带来了好处。那时候物资紧张,许多东西都要凭票购买。公社里分配给每个村子一张自行车票,被他购买,崭新的大金鹿牌自行车,镀镍的部件闪闪发光,能照出我的影子,自然也能照出我父亲和我娘的影子。买车的钱没有,先从大队借上。供销社分配给村子里两块条绒布,我爹给我娘留下一块,做了一条裤子,没钱,也先从大队里借上。我娘对此还有顾虑,对我父亲说:这样干,群众不会反映吗?我父亲说:革命,总要有点好处,没有好处,谁还革命?毛主席早就说了,要反对绝对平均主义,官长骑马,士兵也要骑马,哪里有那么多马?就算每人能平均一匹马,那官长也要骑匹好的……

在烈火烤灼中,我回忆着我父亲革命后发生的事情,心中感到安慰了许多。我想我父亲皮发红要做的事情,总是正确的,因为他是主任。我偷眼看着众人的表情,在缭乱的烟火中,众人的脸,都有些鬼鬼祟祟。只有我父亲皮发红和那些民兵的脸,是那样的激情洋溢,红光闪闪。我父亲皮发红和民兵们红光闪闪的脸上,流出汗水,只有在他们脸上流出汗水时,我才发现,他们的脸上,蒙上了一层灰尘。所有的家堂轴子都扔进了火焰中,锅底下的木柴也被引燃了,火势凶猛,生铁锅随时都可能熔化。在这种情况下,无论什么样子的高手,也不可能从火中抢救出一副完整的家堂轴子了。革命其实已经胜利。我父亲皮发红发令,让众人散开。众人还若有所待似的不离开。我父亲冷笑一声,先走了。看热闹的人,这才渐渐走散。

三

我父亲走进了大队部广播室,大喇叭里响起他的声音。他的声音有点嘶哑,像被火焰烤的。广播喇叭里传出他喝水的声音,咕咚咕咚的,好像饮牛一样。我父亲说,各家回去赶快把毛主席的宝像挂起来,傍晚时,他会挨家挨户地去检查。我父亲还说,各家都把最好的东西拿出来供上,尽管毛主席不会吃咱们的,但咱们的这颗忠心,要表示出来。

我溜到广播室里,看到我父亲皮发红坐在一把椅子上,让那个名叫翠竹的女人给他剃头。皮发红的脖子上,围着一条紫红色的围巾,围巾上落满了发渣子。这样一条围巾,只能是翠竹的。翠竹是大队里的赤脚医生,中西医皆通,不但能给人往屁股上打针,还能给人静脉注射。她不但能给人打针,还能给猪打针。革命前夕我们家养了一头猪,长到将近二百斤时,突然病了,发烧,咳嗽,不吃食。这样一头大猪,能卖一百多元钱,在那个年代里,一百多元,可是一笔大钱。一辆大金鹿自行车,也不过值一百多元。大队里没有兽医,要想给猪治病,必须要跑二十多里路,到公社兽医站去请兽医。我父亲一改拖拉风格,飞跑着去请,但那些人架子奇大,不出诊,让我们把猪送去医治。那时我父亲还没当革命委员会主任,没有面子。如果把这样一头大猪绑起来,送到公社去,病不死,也就折腾死了。情急之中,我娘厚着脸皮,找到翠竹。吭吭哧哧地把情况说了一遍。翠竹背着药箱子,二话没说,到我家来,在猪的耳朵上,找到一根粗血管,一针见血,注射进去满满一管子抗菌消炎的药物,猪连哼都没哼。这猪,第二天就认食,第三天就完全好了。后来,这头猪长到二百五十多斤,卖到公社屠宰组,杀了个特等,每斤价值五角三分八,统共卖了一百三十多元。这件事,我父亲和我母亲经常念叨,感念翠竹的恩德。我父亲当了主任后,对翠竹格外照顾,每年给她加了五百工分,每月还给她补助五元钱。所以,她把自己的围巾围到我父亲脖子上,遮挡发渣子。看到我后,皮发红把按在翠竹屁股上的手收回去,说:"皮钱,你来得正好,让翠竹姑姑给你剃个新头。"

我一听剃头,抽身就走。我听到皮发红对翠竹说:"旧社会,穷人家的孩子,过年没有新衣裳穿,就剃一个新头。"

我回到家,看到娘正在包饺子。堂屋正北那张桌子上的杂物已经挪走,桌子上经年的灰尘也扫去了。

娘说:"皮钱,去找你爹,让他回家摆供,熬浆子,贴对联,都什么时候了,还不回家。"

"我爹在广播室里剃头。"我说。

"谁给他剃头?"娘问。

"翠竹。"我说。

"翠竹?"娘怒冲冲地说,"你赶快去叫他,就说我犯病了。"

我上了大街,看到十几个孩子,靠在一堵墙壁前,在玩"挤出大儿讨饭吃"的游戏。游戏的方式很简单,就是大家贴着墙,站成一排,发声号,两边的死劲往中间挤。谁被挤出去,谁就是大儿子。但被挤出去的,马上又贴到队伍的最后边,死劲往里挤。挤到最后,总是乱成一团,几十个孩子,你压着我,我压着他,在地上滚来滚去。无论是谁家的家长,看到自家的孩子玩这个游戏,都会毫不客气地上前,拧着耳朵,把他从队伍中揪出来。因为这个游戏,最费衣裳。即便是暂时磨不破衣裳,也会弄一身泥土。仿佛一个在地上打过滚的驴。这样的游戏我喜欢。有这样的游戏玩,我还去找那个名叫皮发红的人干什么?我紧紧裤腰带,扑上去,背贴着墙壁,死劲往中间挤。一个孩子被挤出去,又一个孩子被挤出去。又一个,又一个。很快我就到了中央。孩子们齐声喊叫:"挤啊挤,挤啊挤,挤出大儿讨饭吃!……"

我用脚跟蹬着地面,脊梁紧贴着墙,坚持着,不出去当大儿子。来自两边的力量,挤得我的骨头叭嘎叭嘎响,再不出去,只怕连尿都要被挤出来了。实在坚持不了了,我的意志一松懈,身体就出来了。这时,我看到皮发红和翠竹相跟着,沿着大街走过来。在我身后,有孩子说:"看,皮发红和翠竹来了。"

孩子们更加兴奋,喊叫声震天动地:"挤呀挤呀挤呀挤,挤出大儿讨饭吃……"

皮发红和翠竹腋下夹着宝像,到了近前,停住。皮发红问我:"皮钱,你娘包完饺子没有?"

"你赶快回家吧,我娘说,她的病犯了。"我说。

"中午还好好的呢,怎么突然就病了?"皮发红纳闷地问。

"我一说翠竹姑姑在给你剃头,她就说病犯了。"

翠竹苦苦地笑笑,说:"皮主任,你快回家去看看吧。"

"你顺便来给她瞧瞧,万一真的病了呢?马上就要过年了。"皮发红对翠竹说完,转头对我说,"你跟我回家,在这里闹腾什么。"皮发红也顺便对那些孩子说,"你们这些兔崽子,也都回家去吧,回家帮助爹娘干点活儿。如果你们把这堵墙挤倒,我就罚你们的爹,大年初一来打墙。"

四

我跟随着皮发红和翠竹进了家门。娘两手沾着面粉出来,对着父亲发牢骚:"这个家你还要不要了?"

"你这说的是什么话?"皮发红不高兴地说,"大队里工作忙,我能不管吗？"

"忙什么？我看你是瞎折腾,家堂轴子,也是随便烧的?"娘嘟哝着,"不知道多少人背地里咒你呢,你就等着报应吧!"

"这是公社革委会的指示,不是我的发明。"

"你听到风就下雨。"娘说,"谁家没有祖先？只有孙悟空是从石头缝隙里蹦出来的,其他的人,都是爹娘生养。"

"你就甭给我'大家雀操鸽子,瞎唧喳了'。"皮发红不耐烦地说,"天下大事,不是你们娘儿们能够理解的。"

"烧了家堂轴子,挂什么?"娘不依不饶地说。

皮发红将腋下夹着的宝像展开,说：

"看看,我把毛主席请回来了。"

我看到,各家缴纳家堂轴子时换取的毛主席像,都是一个留着大背头的标准像,但皮发红展开的宝像,却是毛主席去安源时的形象。那时候毛主席很年轻,穿着长袍,留着大分头,肩上背着一个包袱,手中提着一把油纸伞。

"怎么样?"皮发红得意地炫耀着。

"这个毛主席很漂亮。"我说。

"不能这样说毛主席。"皮发红说。

"主任,如果没有事,我就先回去了。"翠竹说。

"你不是病了吗?"皮发红问我母亲。

我母亲不高兴地说："你咒我干什么？谁告诉你我病了?"

"皮钱告诉我你病了,这不,我把翠竹都搬来了,给你看病。"皮发红说。

"我没有病,"我娘说,"我看你才有病,而且病得还不轻。"

"我看你是神经病,"皮发红说,"翠竹,你也回家收拾收拾吧。"

皮发红说话时,翠竹已经走到大门口。我娘对着她的背影啐了一口,低声但很清楚地说：

"革命革命,上边不要脸,下边不要腚!"

皮发红脸色发青,怒冲冲地说:

"王桂花,你说话要小心呢!"

"我不小心你能怎么样?"我娘毫不软弱地说,"才当了几天主任,就腚沟里插扫帚——扎煞起来啦!这个折腾法,我看你是兔子尾巴——长不了。我先把这个小话放在这里搁着,咱们骑驴看唱本——走着瞧!"

"好男不跟女斗,没空跟你嗦,"皮发红说,"皮钱,过来,咱们挂像!"

"怎么挂?"我问。

"就准备好了。"皮发红从口袋里摸出一盒图钉,得意地说,"用这个,按上就是。"

皮发红站在一条摇摇晃晃的凳子上,往桌子后边的墙壁上,按毛主席的画像。

我说:"爹,您可要站稳立场,掉下来,可就麻烦了。"

"你这孩子,怎么不说过年的话呢?"皮发红说。

"过年也是四旧,应该革了'年'的命!"我说。

"哎呀,儿子,真是不可小看了你!"皮发红惊讶地说,"你说得很有道理,不过,公社革委没有指示,今年这个'年',咱们还是过吧。"

皮发红用四个图钉,把毛主席的宝像钉在了墙上。然后,他和我一起,从炕头上,把娘做好了的八个供碗,摆放在桌子上。摆筷子时,我说:"爹,只有毛主席一个人,摆那么多筷子干什么?"

"毛主席一家为革命牺牲了六个亲人,他们都要来吃呢。"皮发红说。

"烧家堂轴子时,你不是说人死了没有灵魂吗?没有灵魂,他们怎么能来吃?"

"毛主席家的人不一样。"

"毛主席家的人不是人吗?"

皮发红被我问愣了。张口结舌了一会儿,他突然发火,声色俱厉地吼我：

"你给我闭嘴！问那么多事干什么？"

"我看皮钱问得很好。"我娘在里屋不冷不热地说，"连一个孩子的问题都无法回答，你们这个革命，我看也是狗操猪，稀里糊涂。"

"小孩的话，小孩的话最难回答，"皮发红说，"连孔夫子都被三岁小儿项橐给问短了嘛，何况我。"

"唉唉唉，"我娘说，"皮大主任，你可要注意了，孔夫子可是被你们批判过了的。"

"嗨，我还把这话茬给忘了，可见封建流毒是多么难以清除！"皮发红说，"我说夫人，我知道你是高小毕业，认识一千多字，知道小米里含有维生素，鸡蛋里含有蛋白质，你就别跟我叫劲了。革命，不是挺好吗？"皮发红指指院子里那圈明瓦亮的大金鹿，说，"不革命，能有大金鹿吗？"又指指娘腿上的条绒裤子，"不革命，你能穿上条绒裤子吗？"然后问我，"皮钱，你说，革命好不好？"

"很好，好极了，"我说，"革命很热闹，革命很流氓，不革命，你哪里能捞到摸翠竹姑姑的屁股？"

"好啊！皮发红，你这个流氓！革命革命，革到女人腚上去了！"我娘手持着擀面棍冲出来，对准皮发红的脑袋就是一棍——嘭——皮发红慌忙用手去遮拦——嘭——这一棍打在皮发红的手骨上——你他娘的还真打——"我打死你这个色鬼！"

皮发红主任捂着头窜到院子里，大声说：

"王桂花，我要和你离婚！"

"你要是不离，就不是人做的！"我娘怒吼着。

"革命啦！革命啦！"我得意地嚷叫着。

嘭——我听到自己头上发出一声沉闷的声响，眼前金花乱冒，接着看到王桂花红彤彤的脸，和那脸上瞪得溜圆的大眼，接着听到她说：

"小兔崽子，你也不是个好东西！"

嘭——这一棍子也打在了我遮挡脑袋的手骨上。我抱着头,窜到院子里,和皮发红站在了一起。

王桂花抃着擀面棍冲出来,我跟随着皮发红跑出院子,跑出胡同,站在大街上。

五

已经是傍晚时分,大街上冷冷清清,看不到一个人影。皮发红摸着头上肿起的大包,怒冲冲地说:

"你这个混蛋小子,我啥时摸翠竹姑姑的屁股了?"

"剃头的时候,你的手就在她的屁股上,看到我进去,你的手就缩回去了。"

"你一定是看花眼了,小子,"皮发红语重心长地说,"小孩子,眼睛不要那么尖,不该看到的事情,不要看。看到了,也不要说。说了对你有什么好处?你看,我挨了两棍子,你也挨了两棍子,是不是?"

"想不到她这么狠毒。"我摸着头上的包说。

"狠毒,你才知道她狠毒?"皮发红说,"不过,再狠毒,她也是你的娘。"

"快过年了,我们怎么办?"

"你跟着我,去检查几户人家,在大街上磨蹭一会,等她的气消得差不多了,咱们就回家去。好不好?"

"好。"我说。

我跟随着皮发红,沿着大街,迎着夕阳,往前行走。他那双大皮靴踢踏着冻得坚硬的地面,发出很大的声响。临街的人家,多半都大门紧闭,新贴的对联,红红黑黑,没有一点喜庆气氛。有好几户人家,竟然贴着白色的对联。我知道这些贴着白色对联的人家,新近死了人。往年里这个时候,早就有鞭炮声此起彼伏,家家户户的大门,也都是敞开着的,因为按照古老的说法,这个时候,正是祖先回家过年的时刻,他们的车马,发出我们阳世的人听不到的声音,从荒郊野外,或者是另外一个繁华世界,汇集到村子里,各归各家。院子里撒着的谷草和黑豆,就是为那些我们看不见到骡马准备的。这个时候,关着大门,无疑是把祖先关在了门外。那么,村子里这条大街上和每条胡同里,应该是车马拥挤,那些愤怒的祖先,正在用拳头敲打着子孙们的大门,并且发出怒吼:不孝的子孙们,开门!也许,他们很能理解人世的变化,今年暂时不回来了。或者,那边也正闹着革命,他们也不能够回来了。我越想越糊涂,索性就不去想这些问题。我父亲皮发红或者是不甘寂寞,或者是忠于职守,在走街的过程中,大声喊叫着:

"提高警惕,严防破坏。挂好宝像,准备过年!"

我感到无聊,也跟着喊叫:

"提高警惕,严防破坏。挂好宝像,准备过年!"

当我们行进到村子最西边那条绝户胡同时,一股阴森森的凉风,从胡同里吹出来。我不由地打了一个寒颤,说:"爹,都说这条胡同里有鬼。"

"胡说,世界上,从来就没有鬼。"皮发红说,"再说了,有鬼怕什么?无产阶级就是专门和鬼斗争的。"似乎是为了进一步地安慰我,他指着自己胳膊上的红卫兵袖标说,"这个是避邪的,我们是毛主席的红卫兵,毛主席保护着我们呢,你说,什么鬼不怕毛主席啊?"

"我听人说,到了半夜时,这条胡同里就会出来一头小黑驴,来回乱跑,脖子上的铃铎,丁丁冬冬地响。我还听人说,有一个小货郎,挑着担子,来回走,但这个货郎,只有两条腿,看不到他的上身。"

"完全是胡说八道。"皮发红说,"告诉我是谁说的,过了年就开他的批斗大会。"

这时,一个黑油油的影子,从路边的一丛蜡条树中,飕地窜了出来。我噢地叫了一声,扑到皮发红的怀里。皮发红拍打着我的脊梁说:"儿子,不要怕。有我呢。"

但我感到,皮发红的手也在颤抖。我说:"他们说,这丛蜡条里也有个鬼。"

"什么鬼?那是一只猫。"

我们正说着,听到背后一个苍老的声音,颤抖着,喘息着说:

"是主任吗?"

我又一次嚎叫起来。皮发红也猛地转回身,大吼道:"是谁?!"

"是我,皮主任,"那个苍老的声音说,"我是万张氏。"

"原来是你,"皮发红说,"吓了我一大跳,你不在家里老实待着,出来干什么?是不是想搞破坏啊?"

"瞧您说的,皮主任,我这么大岁数了,活了今天没了明天的,还搞什么破坏?"

"不搞破坏,你出来干什么?"皮发红说。

"我正要去找您,"万张氏说,"我有事想向您请示。"

"说吧,什么事?"

"你说,我家的像怎么挂?"

"你家还挂什么像?"皮发红不耐烦地说,"你家是地主成分,两个儿子当国民党兵,被解放军击毙,你自己说,还挂什么?"

"可我的二儿子和小儿子是当解放军被国民党军队打死的。"万张氏怒气冲冲地说。

"你家还有两个儿子当过解放军?"皮发红不阴不阳地说,"我怎么没有听说过呢?"

万张氏从怀里摸出一个布包,层层解开,拿出两张发黄的纸片,说:

"这是一九五年时,韩区长亲手发给我的烈属证。"

皮发红接过那两张纸片,放在眼前胡乱一瞅,随手扔在了地上,说:"这玩意儿就算是真的,又能怎么样呢?你大儿子和三儿子是国民党士兵,被解放军击毙;你二儿子和小儿子是解放军战士,被国民党军队打死,正好,两个对两个,将功折罪。但你家老万是地主,你是地主婆,所以,你还是有罪的。刘桂山当支部书记时,不让你参加义务劳动,是他包庇你,那是不对的。所以,你家过年,没有资格挂毛主席的宝像,而且,从明天开始,你必须参加义务劳动,你不找我,我还把你给忘记了。"

又是一阵邪风,从绝户胡同里刮出来。风里携带着一股子屠戮牲畜的血腥气味,还有一股子燎烧毛发的焦糊味道。好像这条胡同里,有一家屠场。我感到脖子后边一阵阵冒凉气,头皮一乍一乍的。听人们说,这就是见到鬼之后的生理反应。我紧紧地抓住皮发红的手,但他不断地把我的手甩开,好像我这样做让他非常反感似的。我只好去揪他的衣角,但他的衣角也不让我揪,只要我一揪住,他就猛地转一个身,试图把我甩开。但恐惧中的我,手上产生了很大的力量,使他无法摆脱我。这样,我就躲在了他的身后,获得了一点安全的感觉。我看到,随着这股邪风的吹到,眼前的景物发生了明显的变化。原先还算明亮的天,变得昏暗了,原先很熟悉的环境,也变得陌生了。尤其是,适才这个衰老的连站立都不稳的万张氏,突然变得矫健起来。皮发红将她的烈属证扔在地上,邪风吸引着烈属证往前跳动,仿佛两个调皮的小精灵,跳跳歇歇,歇歇跳跳。万张氏颠着小脚去追赶她的烈属证,嘴巴里发出惨痛的呻唤:

"我的儿啊——你们白死了啊——"

万张氏追随着烈属证进入胡同深处。这正是我们脱身的好时机,但皮发红却跟随着万张氏进入了胡同,好像鬼附了他的身。

我哀求着:"爹,咱们回家过年去吧?"

皮发红猛地回过头,目光炯炯地盯着我。我看到他的眼睛里喷射出磷火一样的光芒,在磷火照耀下的那张脸,变得很陌生。我吓得快要死了,刚想松开这人的衣角,撒腿逃跑,逃回家去找我的娘,但这个适才千方百计不让我抓住他的手的人,却突然用他的冰凉潮湿的大爪子,紧紧地攥住了我的手。现在是我想挣脱他的手,但他的手牢牢地把握住了我。我只好被他拖曳着,深入了这条绝户胡同。

为什么把这条胡同叫做绝户胡同呢？因为这条胡同里的人家，不是寡妇，就是光棍，夫妻双全的，也没有后代。我们平常里是轻易不到这条胡同里来的。但今天，这样一个特殊的时刻，却鬼使神差般地来了。万张氏追赶着她的烈属证，烈属证跟她调皮。儿啊——儿啊——万张氏就把烈属证当成了她的儿子了。这时，迎面来了一个人，手里举着一盏纸糊的红灯笼。从这盏红灯笼出现那一刻开始，天就完全黑了。

举灯笼的人，左脚踩住了一张烈属证，右脚往前一跨，把那张还想逃窜的烈属证也踩住了。这时，万张氏也就追到了他的面前。

"皮发青你这个杂种，你把我两个儿子踩坏了哇！"

万张氏的哭叫，告诉我们这个打着红灯笼把除夕的夜晚迎来的人，就是我父亲皮发红的族弟皮发青。在那个"亲不亲，阶级分"的年代里，按说我父亲应该和皮发青格外亲才对，因为皮发青既是我们的本家，上溯三代都是赤贫，那真是房无一间，地无一垅，但皮发青和我父亲皮发红却天生地不对付，在这个村子里，最不把我父亲这个主任放在眼里的，就是这个皮发青。

皮发青弯腰从脚底下把那两张烈属证捡起来，递到万张氏的手里，说：

"老太太，回家去吧，把这两张烈属证挂起来就行了。"

万张氏拿着自己的烈属证，颤颤巍巍地走进了自己家那两间低矮破败的小屋，这样的屋，连我这样的小孩子，都要弯着腰才能钻进去。

"皮发青，你家的像挂好了没有？"我父亲皮发红气汹汹地问。

皮发青把手中的灯笼高高地举起来，照着我父亲的脸，说：

"挂了，是不是想来看看？"

"是的，我就是要看看。"

"那就来吧。"皮发青转过身，在前面引着路，在胡同里走了一阵，拐进一条幽暗的小巷。他那盏灯笼射出的光芒仅仅把他身体周围那一圈黑暗照得昏黄，昏黄之外，是一片漆黑。我们在漆黑之中，头上是闪烁的群星，和一道道拖着长尾巴的流星。

在一个低矮的柴门前，我父亲皮发红突然停住了脚步，问：

"我说皮发青，你打着盏灯笼想去干什么？"

"找歪脚印。"

"什么？"

"找歪脚印啊，每年的除夕晚上，我都要打着灯笼，把我这一年里留在村子里各个角落里的那些走歪了的脚印找回来，然后放在坛子里收藏起来。"

"简直是鬼话，"我父亲皮发红说，"我看你是中了邪了。"

"只有鬼是不留脚印的，只要是人，都会留下脚印。"皮发青推开柴门，率先进入，然后问我们："进来，还是不进来？"

"你以为我怕你吗？"我父亲皮发红说，"哪怕你是龙潭虎穴我也敢闯！"

我和皮发红跟随着皮发青进了他家的院子，发现院子两侧竖立着许多纸人，这些纸人，都是在"文革"初起时，村子里游行时扎制的象征着那些著名的坏人的傀儡。想不到这些傀儡都集中到这里来了。皮发青高举起灯笼让我们把傀儡们看清楚，嬉笑着说："他们正在开会呢。"

进了堂屋，他举起灯笼，照着那副已经高高挂起的家堂轴子。那上边，那些穿着蟒袍戴着乌纱帽的人们，用仇视的目光盯着我们。

"好啊，"我父亲皮发红恼怒地说，"皮发青，你竟然敢抗拒公社革委的指示，私自藏匿家堂轴子，并且胆敢挂起来！你赶快给我摘下来，换上毛主席的宝像。"

"本来我也想挂毛主席的宝像，"皮发青说，"但我昨天夜里做了一个梦，梦到毛主席对我说：'皮发青啊，你们想挂我的像也可以，但不要把我的像当成你们的家堂轴子。你们的家堂轴子上，都是死人啊。你们把我的像挂在家堂轴子的位置上，摆上供品，你们这不是咒着我死吗？告诉我，这个主意是谁出的？他想干什么？'皮发青严肃地看看皮发红，点点头，继续说，"我一琢磨，可不是嘛，把毛主席当家堂轴子挂，就是把毛主席当成死人嘛！这是什么性质的问题？你这个大主任，掂量掂量吧！"

这时，一阵阴凉潮湿的风从院子里刮进来，那些排列在院子两侧的纸糊的大人物发出一阵簌簌啦啦的声音，中间似乎还夹杂着嗤嗤的冷笑。我的头发直竖起来，脊梁沟里冷飕飕的。那个纸糊的灯笼上的红纸，被里边的蜡烛引燃，变成了一个火球，转眼间烧光，熄灭，屋子里一团漆黑。在火光最明亮的那一个瞬间，我看到家堂轴子上那些人，一个个横眉竖目，下巴上那些美丽的胡须，都扎煞起来。我不由自主地怪叫一声，转身就跑，但额头撞在了门框上，一阵头晕目眩，一腚坐在地上。这时候，我听到黑暗中，一声脆响，分明是一个人的腮帮子，被另外一个人狠抽了一巴掌。那么，只能是皮发红的腮帮子被皮发青抽了一巴掌。我听到皮发红喊叫着：

"你竟然敢打我？！"

紧接着又是一声脆响，皮发青也喊叫起来：

"你竟然敢打我？！"

"我没有打你！"

"我根本就没动手！"

皮发红点燃了一根火柴，火光中那家堂轴子上的人，仿佛随时都会从画面上跳下来。皮发青的鼻子里，流出来两道绿油油的血，眼睛里闪烁着绿色的磷火，就像被逼到绝境的猫眼里发出的那种光芒。

皮发红拉着我的手，逃出了皮发青家的堂屋，在他家院子里，那些纸人浑身哆嗦着，仿佛要跳起来拦阻我们。我们夺门而出，听到身后一片纸响。

在这条绝户胡同里，万张氏打着一盏红灯笼，来来回回地走，一边走，一边低声地叫唤着：

"儿啊，儿啊，回家来过年啦——"

六

  正月里,村子里流传着一个神秘的传说,这个传说竟然与我们家有关。说半夜时分,当大队广播室里播放出《东方红》的乐曲告诉大家辞旧迎新的时辰到了时,说在革命委员会主任皮发红家的院子里,出现了一群穿着军大衣戴着大口罩的人。说其中一个人,身材高大而魁伟,虽然戴着一顶八角帽子但也遮不住他那宽阔智慧的额头,说这个人迈着沉重缓慢的步伐走进皮发红的家,看到了挂在家堂轴子位置上的宝像,和宝像前供奉着的东西,发出了一声冷笑,摘下口罩,显示出那颗著名的福痣,用浓重的湖南口音说:

  "皮发红,我还没死呢,你们就把我供起来了!"

  说我父亲皮发红扑通一声就跪在了地下,磕头好像鸡啄米。

(二〇〇四年)

养 兔 手 册

她脚上穿着一双褐色的翻毛皮鞋,前头已经磨秃发亮,左脚那只还开了绽。靠在她身边那个小女孩,一头乱蓬蓬的黄发,约有七八岁的样子。女孩伸出两个攥紧的小拳头,放在她的面前,说:"猜!"她漠然地指指女孩的左手。"又错了。"女孩欢叫着张开右手,显出手心中的一颗粉红色的糖豆,然后把糖豆掩在嘴里。"别吃了,"她拨弄了一下女孩的手,说,"看看你这口烂牙,还吃。""谁让你猜错了呢?你猜对了我就不吃了。"女孩振振有词地说着,又把两个小拳头伸到她的面前,说:"你猜。""我不猜!""你猜吗——""不猜!"……女孩用穿着红色人造革靴子的脚,笨拙地踢着她的腿。她把女孩揽住,按在座位上,说:"别闹了,看,司机来了,要开车了。"

汽车驰出车场,在通往乡下的大道上,哞哞地吼叫着加速,颠簸着快了,更快了,路边的树开始往后倒了。女孩跪在座位上,脸贴着玻璃,看外边的风景。我咳嗽了一声,低声说:"江秀英,老同学,不认识我了?"江秀英没有回答我的问话,只是对着我笑了笑。车钻进铁路下的涵洞,她微笑着的大脸盘开放在幽暗的车厢里,宛如一朵葵花。

其实心跳、脸红都是自作多情的表现,在江秀英的心目中,我这个小学同学，大概连新华书店门市部门前那棵歪脖子柳树都不如。二十年前，我当兵提干后第一次回来探家，听说江秀英在新华书店卖书，就穿着崭新的军装骑车进县城见她。我在军装里边套了一件雪白的的确良衬衣，衬衣的领口从军装的领口里露出来大约一厘米。我的脚下还穿了一双三接头的黑色牛皮鞋，擦得能够照清人影。为什么我的皮鞋能够照清人影？因为我发明了一种擦皮鞋的方法：将鞋油摊到鞋面上后，再滴上两滴醋，然后用鞋刷子蹭十分钟，再用绸布蹭十分钟。除了新军装、新衬衣、亮得如同镜面的牛皮鞋之外，我还戴了一块钟山牌手表。手表尽管是借了战友的，但是我既然已经提干，买块手表是迟早的事儿。为了让手表显出来，我将袖口挽上去一截。这也是人之常情，"留分头的不戴帽，镶金牙的开口笑"，戴手表的自然要挽袖子，否则那手表不是白戴了嘛！我自认为打扮得已经完美无缺，而且在路上我感到很多女人当然也有男人都用热辣辣的目光看着我。女人看我是喜欢我，男人看我是羡慕我或者是嫉妒我，他们的目光大大地增强了我的信心。进了新华书店门市部，果然看到她站在儿童读物专柜前，眯缝着眼睛，目光迷茫，不知道在想什么。她的表现让我很失望，激动不安的心情顿时冷却下来。我在路上想象着，当我英姿勃发地出现在她的面前时，她一会会从柜台里窜出来，情不自禁地抓住我的手，使劲地摇晃着，用她的清脆的像铜铃一样的声音说：哇！皮匠，是你？或者，更夸张一点，她会大叫一声，身体摇晃着，然后昏倒在地……但事实上她既没有跳出来抓住我的手大喊大叫，更没有昏倒在地，她眯缝着眼睛，目光迷离，好像一只正在胡思乱想的母兔子。我故意地咳嗽了一声，想把她从迷茫中唤醒，让她注意到我的到来，但她毫无反应，依然是一脸母兔子表情。我很想走到她的面前，用自认为很标准的普通话对她说：江秀英同学，难道你不认识我了吗？我是皮小江，皮匠呀，老同学啦！但是她的冷漠表情吓退了我。我低下头，走到农业知识专柜前。农业知识专柜前的那个瘦得像一根电线杆的姑娘满面笑容地对我打招呼：解放军同志,想要什么书?尽管这个瘦姑娘的笑脸不好看,但毕竟是笑脸,不能不理。我将目光投射到她身后的书架上,看到了一本名叫《养兔手册》的小书,就指了指,说,要那本,养兔子的。她满面狐疑地将那本养家兔的书取给我,脸上的笑容基本上消失干净。我翻阅着手册,好像看得很专注,其实我的全部心思都在身后的儿童读物专柜那里,都在江秀英的身上。我翻阅着兔子书想着江秀英,安慰着自己,江秀英肯定不是故意地冷落我,十几年前,我还是个穿着破棉袄流鼻涕的丑八怪,现在我是一个英武的军官,如此大的反差,她怎么可能认出我?我掏出钱买了这本我并不需要的书,然后,故意地提高了声音,问眼前的瘦姑娘:请问同志,你们这里有没有一个江秀英?瘦姑娘瞪圆眼睛,问我:你认识她?我说:我们是小学同学,十几年没见面了。瘦姑娘说,远在天边,近在眼前,她对着我身后努努嘴,说那不就是江秀英嘛!然后她就大声说:江秀英,你看看这是谁?我急忙转回身,往前跨了几步,问:江秀英,还认识我吗?她浅浅地一笑,腮上出现了两个已经变长的酒窝,然后她的那张脸就恢复了冷漠。她的嘴唇动了动,仿佛要说话,但终究没说。我感到满脸发烧,手足无措,并不是因为羞涩,而是因为尴尬。我抱着满腔的热情来看她,脑袋里存在着许多美丽浪漫的幻想,但她仅仅是一笑了之。我痛感到我是热脸贴在了冷屁股上,自尊心受到了巨大的伤害。那一刻我的处境真是难受,我没回头就好像看到了瘦姑娘脸上的冷笑。但我终于找到了一个解脱自己的方法。我说:买本书。她问:哪本?我胡乱地往书架上指指,说:那本。她拿起一本,问:是这本吗?我说:对,是这本。她说:三毛六。我给了她一元钱,她找给我六毛四。然后她在书的背面盖了一个新华书店的纪念章,就把书给了我。我接过书,说:谢谢。然后我就目不斜视地走出了书店。我跨上自行车,发疯般地蹿出了县城。车子的前轮压在一块石子上,猛地一跳,连人带车,摔倒在地。当我迷迷糊糊地从砂石路上爬起来时,手掌上渗出了鲜血,军裤膝盖处,破了一个拳头大的窟窿。哎哟我的军裤啊!我将自行车拖到路边,一屁股坐下,很想哭,但是哭不出来。我心中恨恨地想:江秀英,你不就是一个新华书店的售货员吗?有什么了不起?你不理老子,老子还不理你呢!心中暗暗地恨着,骑上车子赶路,但江秀英那一轮圆月般的脸盘和那两只长得很开的大眼睛以及腮上的酒窝固执地在我的脑海里晃动着,其实我忘不了她,更恨她不起来。

在回家的路上,我碰到了当时正在公社报道组里混事的孙黄,他骑着一辆破车子,车子的前轮胎破了,用一根白色的牛皮绳子捆扎着。车子没有链盒,可能是怕把裤脚绞到链子里,他将一条裤腿高高地卷起来,看起来很滑稽。他见到我,从车子上蹦下来,抓住我的手,激动地摇晃着。他说:伙计,你混好了,咱们那班同学,数你混得好。我说你混得也不错嘛。他说:什么呀,报道员,像一个狗腿子,还是个临时的。我说:你也可以去当兵嘛,部队里喜欢耍笔杆子的,你如果当了兵,用不了两年就能提干,我给你打包票。他沮丧地说:我血压高,还是色盲,当兵这条路,这辈子是走不通了。然后他问我去县城干什么,我说去买了两本书。他兴奋地说:见到江秀英了没有?见到宋宝森了没有?他们都在新华书店工作。我说没见着。他说:这两个人正在谈恋爱呢。这怎么可能?我说,这怎么不可能呢?孙黄说:噢,你大概还记得那件事,听说起初江秀英不太愿意,后来宋宝森把自己的一根手指剁下来,她就愿意了。接着他又说:人家都是吃商品粮的,跟我们这些庄户孩子不一样。我说,吃商品粮有什么了不起?他愣了一下,说,对对对,你也是吃商品粮的了,提了干就是国家的人了,你现在完全可以跟宋宝森拼一拼了,要不要我给你们牵牵线?我说,你胡说什么?人家江秀英是大美人,我这张脸如何配得上?他说:男人不靠脸,靠地位,你老兄回去好好混吧,混到个营长,别说江秀英,就是咱们县剧团里的于丽莎也会跟在你屁股后边打转转!于丽莎是我们县剧团的演员,在《红灯记》里演铁梅,号称全县第一美人。我说伙计别大白天说梦话了。他说怎么是说梦话呢?只要努力,这是完全可能的,就看你努力不努力了。

可惜我刚混到连长就转了业,起初安排在县机械厂当武装部干事,武装部撤消后,又去当保卫股干事,后来工厂倒闭,我就下了岗,现在我是一个修鞋的,我的爹会修鞋,我的外号"皮匠"就是这样来的。原来我想这辈子可以不必再干这个下贱的职业,想不到人到中年后,为了生计,我只好子承父业,成了一个手艺不错的修鞋匠。而我的同学孙黄,在这将近二十年间,由报道员而新闻干事,由新闻干事而团委书记,由团委书记而公社党委书记,由公社党委书记而县委书记,不久以前,又由县委书记荣升为全省最年轻的市长。

六十年代一个夏天的上午,第一节课,班主任何老师夹着课本、提着随时都会敲到我们头上的教鞭,走进了教室。我们发现在他的身后,跟随着一个穿天蓝色背带裙、白色圆领衬衣、脖子上系一条红领巾、脚穿一双棕色牛皮鞋的美丽女孩。她的两条修长的小腿光溜溜地放着白嫩的光芒。这个女孩脸盘比较大,眼睛也比较大,眉毛比较黑,睫毛也比较长。她脸上最与众不同的是在她的红扑扑的腮帮子上生了两个小酒窝。这两个酒窝使她的脸时时刻刻都笑盈盈的,真是迷人的很。我们看够了班主任那张生着数不清的粉刺的脸,我们的目光全都集中在美丽女孩的笑脸上。班主任走上讲台,握着女孩的手说:同学们,向你们介绍一个新同学:江秀英。江秀英同学刚随父母从外地调来,她多才多艺,尤其擅长唱歌,下面,我们欢迎江秀英同学给我们唱一首歌。我们热烈地鼓起掌来。听美丽女孩唱歌,那肯定比听班主任讲课好听。班主任讲了些什么课?满口胡言,明知道我们饿得要命,他却在课堂上大讲手抓羊肉和吐鲁番的无核葡萄。我们鼓掌,女孩十分老练地举起一只手对着我们摆了摆,分明是让我们停止鼓掌的意思。又摆了摆,于是我们就停止了鼓掌。女孩的脸一点也不红,神情坦然,用晶晶有神的大眼把我们全都看了一遍。然后大大方方地说:这几天有点感冒,嗓子不好,唱得不好请同学们原谅,然后她就亮开了嗓门,唱了起来,根本听不出有什么感冒之类的事。她唱道:蓝蓝的天上白云飘,白云下面马儿跑,挥动鞭儿响四方,小鸟儿在歌唱……听美丽的女孩唱歌竟然是这样的幸福。我的心从此就中了流毒,爱上了伟大的艺术。这样子的女孩可是凤毛麟角,在我们这个偏僻的乡村小学,竟然降临了这样的仙女,是开天辟地没有过的事情。现在我才明白,其实,从她站在那儿唱歌时开始,我们班上那些男生就都迷上了他。但在当时,我看到的,和听到的,却是男同学们,尤其是那些年龄大的男同学们,对她的恶毒攻击。年龄比我大五岁的宋宝森说:这个新来的雌儿,真她妈的难看!这样的雌儿,给老子啃脚后跟老子都不要!宋宝森家是烈属,父亲在公社当官。比宋宝森小两岁的库明说:是啊,她可真叫难看,瞧那张大嘴,能赛进一个窝头去!听着这些大同学的议论,我的心中,不知道为什么,竟然感到暗暗的高兴。后来,发生了一件震惊全校的事情。

江秀英几乎是马上就成了学校宣传队的主角。那时候每个学校都有毛泽东思想宣传队。我也是宣传队的队员。在样板戏《智取威虎山》选场里,扮演小炉匠栾平。化妆很简单,从锅灶下摸两手锅底灰,往脸上一抹,将我爷爷的光板子羊皮袄毛儿朝外往身上一披就是。江秀英是独唱演员,开场第一个节目是她,压场的节目也是她。开场唱《蓝蓝的天上白云飘》,压场唱《小河的水清幽幽》,或者是颠倒过来。几次演出之后,在我们学校周围的十几个村子里,她的名声就传开了。说来了一个小俊,天生一副金嗓子。说她一开口小伙子就晕倒一片,说她一开口公鸡就下蛋,说她一开口地球就不转。我们的宣传队在几十个村子里巡回演出,傍晚出发,半夜回来。傍晚出发时太阳很大,我们从石桥上经过时,看到河里的冰被映照得彤红一片。几只蹲在冰上的白鹅变成了金鹅。突然从桥下窜上来一个满脸涂抹着锅底灰、翻穿着羊皮袄的人,嗷嗷地叫唤着,直冲着江秀英奔过去,到了近前,左手扬起来,撒出一把石灰;右手接着扬起来,撒出一把石灰。石灰打在江秀英的脸上。江秀英惨叫着就蹲在了地上。我们都愣了。我们宣传队的老师都是骑着车子的,他们走的晚。我们四个人,一个是孙黄,一个是国良,一个是库明,一个是我,都是在

《智取威虎山》选场里扮演土匪的,都翻穿着羊皮袄,都涂抹了满脸锅底灰。那天也是该到了江秀英倒霉,平日里去演出,我们班主任何老师都用自行车驮着她的,但那天何老师感冒了,去不了了。别的有车子的老师有各有各的人驮着,所以江秀英就跟我们走在一起了。刚开始我们那个兴奋啊,你追我赶的,嗷嗷乱叫,平日里我们是到了演出的地方才找锅底灰往脸上抹,这次我们是还没出学校门就用学校伙房里的锅底灰把脸抹黑了。学校伙房里的锅灶是烧煤的,而农家的锅灶是烧草的,两种锅底灰味道大不一样。烧草的锅底灰干燥没油性,烧煤的锅底灰有油性,抹在脸上,感觉到皮肤被拘得紧巴巴的。我们的脸从来没像那天晚上那样黑过。我们的牙齿本来不白,但抹了这样的锅底灰后竟然变白了。我们龇着牙在江秀英面前表演着。走上小桥前,库明抻着脖子学了一声驴叫。我看到江秀英抿着嘴笑了。于是我也不甘落后地、用更响亮的嗓门学了一声驴叫。我自觉着比库明学得像。国良和孙黄也不甘落后。在一片驴叫声中,江秀英咕嘟着嘴,好像不高兴了。但她突然又裂开嘴巴笑起来。她的笑就是我们的兴奋剂。于是我们——那个脸上涂抹着锅底灰、翻穿着羊皮袄的坏蛋就是这时从桥洞里蹿上来,先扬起左手,然后扬起右手,把两把石灰面儿,打到江秀英的脸上。

  在我们那儿,有一句著名的歇后语:石灰点眼——白瞎。我们还看过一部电影,好像是讲学生运动的,片名忘记了,影片中那些学生,在出去游行前,身上都要揣上两包石灰,如果碰上特务追赶,就掏出石灰,猛地回头,砸到特务脸上,于是特务就双手捂着眼睛,哀嚎着蹲在地上。那时候我们都有模仿电影里某些动作的爱好,我们模仿鬼子官举着军刀砍小树,我们模仿伪军笨拙地爬墙,我们模仿——我们什么都敢模仿,就是不敢模仿学生往特务脸上扔石灰包儿,因为我们知道这件事的严重。但这个模仿了我们的装束的家伙,却在我们面前,将两包石灰打在了江秀英的脸上。尽管那家伙化了妆,但我们还是把他认了出来。他扔完了石灰包就跳下石桥,在冰上奔跑时还重重地摔了一跤,惊动了冰上的鹅。他爬起来,趔趔趄趄地蹿进了河滩上那些红柳棵子里。

江秀英被几个老师用自行车驮往医院后,我们四个就被关押在学校的办公室里。我们的班主任何老师用一块白毛巾缠着头,在我们身前身后,焦躁不安地转着圈子。说,是谁干的?何老师囔着鼻子审问我们。我们彼此看着漆黑的脸,躲闪着老师的目光,低下头。撇着一口外县腔调的学校革委会主任从外边跑进来,严肃地说:你们四个给我听着,如果江秀英的眼睛瞎了,你们就等着进公安局吧!胆子比较大的国良哭咧咧地说:不是我们干的……校长说:不是你们干的是谁干的?库明说:他抹着脸子,翻穿着皮袄,我们认不出来……认不出来?校长拉开办公桌的抽屉,拿出一点什么东西,装进裤袋里,说,认不出来?那就是你们干的。校长匆匆地走了。何老师拧着我的耳朵,把我低垂的头抬起来,指着我面前的库明问:他是谁?你认识不认识?我说:库明……哎哟……老师……他是库明……我耳朵上全是冻疮,被老师一拧,顿时就流出了血水。既然能认出库明,自然也就能认出那个人!老师又说,即便你们不说,那个人也迟早要被揪出来的。你们是同党,你们说了呢,就免了你们的罪,要是不说,就按同案犯处理,你们自己掂量着吧。后来公社里来了一个带枪的公安员,坐在学校办公室桌子后边,把我们四个,单个提拎进去问话。公安员把匣子枪往桌子上一拍,我就吓尿了裤子。我说:那个人是宋宝森……

女孩从玻璃上挪开脸,脑袋像货郎鼓一样转动,两条腿悬在座位上,前后悠晃,那双人造革的靴子显得格外沉重。这样的靴子,即便是乡下的孩子,也没有多少人穿了,但江秀英的女儿,竟然还穿着这样一双上个世纪八十年代中期流行的笨重靴子。女孩看了我一眼,似乎感到了我注视她的目光。她用一只小手,悄悄地去扯江秀英的衣角。但江秀英的目光却看着从破了玻璃的车窗外匆匆滑过的苍凉的田野和路边一个个冒着浓烟的塑料大棚。女孩从口袋里摸出一粒棕色的糖豆,塞进油嘟嘟的小嘴里。她挤了几下眼睛,皱皱鼻子,突然打了一个响亮的喷嚏。那粒黏糊糊的糖豆连同唾沫喷溅出来,两道黄鼻涕往外探了一下头,又缩了进去。江秀英急忙转过头,从口袋里摸出一块手纸,女孩摇头躲闪着,但还是被捏住了鼻子。"擤!"江秀英说。女孩使劲擤了一下。江秀英将手纸胡乱团弄了一下,探起身,从窗玻璃的缝隙里扔了出去。女孩弯腰把那粒糖豆捡起来,要往嘴里塞。江秀英捏着她的手腕,剥开她的手,将黏糊糊的糖豆挖出来。"给我的……"女孩哄唧着。"多脏啊!"江秀英将糖豆从车窗扔了出去,用衣角擦擦手指。女孩用小拳头捣着妈妈的肚子,哭着说:"你赔我的……你赔我的……""好了好了,"江秀英摇晃着女孩的肩头,说,"你看你看,人家都笑话你了,这么大的人了,还哭鼻子,羞不羞?""你赔我十粒!"女孩止住哭声,气哄哄地说。"好,我赔你十粒。"江秀英说。"拿来!"女孩伸出手掌。江秀英在女孩手掌上打了一下,说:"给!""你骗人,"女孩腻在母亲怀里,拱动着。江秀英搂住女孩,说:"小狗小猫,上南山偷桃,什么桃?""毛桃。"女孩答道。"上北山,偷杏。什么杏?""酸杏!"女孩高兴地说。然后,母子二人眉开眼笑地同时说:"毛桃,酸杏,一偷偷了一瓮……"

她们的愉快感染了我和满车厢的人,大家看着她们,脸上都出现了欣慰的表情。

(二〇〇四年)

麻风女的情人

一

大个子春山,气力很大,曾与人打赌,扛着一台三百多斤重的柴油机围着村子转了一圈,赢了一盒香烟。赢了香烟他也没揣进口袋,而是当场分散了。在场的人,哪怕是不会抽烟的孩子,也都分到一根。气力大的人,一般都带着五分霸气,但春山不。他和善,见了人,不管是大人还是小孩,脸上都会出现憨厚的笑容,似乎有几分痴,还有几分傻,眼睛眯缝着,龇出一嘴整齐结实的牙齿,发出"嘿嘿"的笑声。

"嘿嘿,金柱儿,背不动了吧?"春山荷锄从棉花地里走出来,上了大路,对着坐在路边,看着那一大捆青草发愁的孩子,笑着说,"少割点嘛,你想把满田野的草一次割光? 你爹也不来欢迎你,真是的。"说着,将肩上的锄头,递给金柱儿,将头上的斗笠摘下来,扣在金柱儿头上,说,"谁让我喜欢你娘呢? 我来帮你背,爷们。"接着就把那一大捆青草,抡起来,驮到了自己背上,"走吧,爷们,往后少割点,小孩子,不能太累,以后的日子长着呢,长不出个直溜的腰板,在庄户地里,活着难。"金柱儿扛着锄头,跟随在春山背后,看着他那在阳光下闪烁的光头,还有那两条仿佛是用树条子拧成的长腿,心中感动。临近家门时,春山将草捆移到金柱儿背上,悄悄地说:"不要对你娘说我帮过你,就说是你自己背回来的,让她煮个鸡蛋犒劳犒劳你,听到了吗?"金柱儿努力把脸仰起来,看着春山的脸,说:"春山大叔,你收我做徒弟吧。""收你做徒弟?"春生笑着说,"我收你做什么徒弟?""大叔,我知道你会拳,你教我打拳吧。""会拳?我会蜷(拳)着腿睡觉,"春山笑道,"回家吧,爷们。"春山从金柱儿头上摘下斗笠,扣在自己头上,肩着锄,吹着口哨走了。金柱儿望着他的背影,看着他的白色汗衫上被青草染出来的那片绿色,心中感到酸酸的。

二

尽管春山否认自己会拳,但金柱儿坚信他会。春山的媳妇,是邻村王铁匠的第二个女儿。王铁匠的爷爷王铁衫,曾经在北京城里的会友镖局当过镖客,十八般武艺,样样精通,走南闯北,经历过无数的艰难险阻。王铁匠,瘦高个,秃头,眼睛极高,看起人来很有锋芒。看他左手持钳夹着铁活,右手攥锤又稳又准地敲打,目光冷冷,面色如铁,锤声铿锵,火花四溅,那种让人心中凛然的景象,说他不会拳术,谁能相信?!王铁匠最小的女儿,与金柱儿同校读书,但比他高三个年级。金柱儿得空就往铁匠家跑,说是看打铁,其实是去看这个女孩子。女孩子名叫秀秀,咕嘟着小嘴,眉眼生动。秀秀的二姐,名叫秀兰,也就是春山的媳妇。秀兰虽然没有秀秀那么娇艳,但也是周围几个村子里上数的美人。金柱儿在铁匠家看打铁,经常能够碰到回娘家的秀兰。秀兰说:"金柱儿,我就知道你在这里,你娘满大街喊你呢!"金柱儿就说:"让她喊去吧,我才不管呢!"有一次,金柱儿在大街上与秀兰单独相遇,秀兰挡住他,笑着问:"金柱儿,你老是往我家跑,想什么呢?"金柱儿的脸腾地红了,吭哧着说:"我想跟你爹学拳呢。""不是想学拳吧?"秀兰说,"秀秀不会看上你的,再说,辈分也不对,你要叫她小姑姑呢。"金柱儿急忙辩白:"我可没有那个意思。""真的没有那个意思吗?"秀兰嗤嗤地笑着,两只嘴角翘了上去。似乎是为了证明自己,金柱儿对秀兰说:"大婶,我听人家说过,你家爷爷的拳术,只传给自家的女婿,你说个情,让春山大叔收我做徒弟吧。""我家可没有女儿给你做媳妇啊。"秀兰笑着说。"我不要媳妇,我要拳术。"金柱儿坚定地说。秀兰脸上的笑容消失,抬头望望天上那些慢悠悠地飘荡着的白云,转身走了。金柱儿望着她清瘦的背影,心中伤感。他知道秀兰和春山结婚已经五年,但一直没有孩子,村子里的人经常在背后议论这事儿。

三

村子里惟一的一盘碾,竟然安在麻风病人黄宝家门前。碾旁边有一棵大槐树,树上挂着一口生锈的铁钟。槐树前面,是村子里的打谷场,足有两亩大的一片空场,光溜溜的,是牛犊们撒欢的地方,是村里人学骑自行车的地方,也是村子里的那些气力过剩的小伙子习拳、摔跤的地方。再往外,是一道土墙,墙外是一道水沟,沟外就是一眼望不到边缘的田野了。村长只要敲响铁钟,村子里的人,很快就会集合到树下。去得早的人,就坐在碾盘上,去晚的就围在碾盘周围坐,也有的倚靠槐树站着,或者是坐在树下那些横倒竖歪的碌碡上。每逢村里人集合,黄宝的老婆,就坐在自家大门的门槛上,一边奶着怀里的孩子,一边看着碾旁树下的人。她也是一个麻风病患者,没有眉毛,没有睫毛,眼睛疤瘌着,鼻子和嘴巴都变了形,手指钩钩,像鸡爪子似的。早些年,没有机器磨时,村子里的人,依靠石碾粉碎粮食,一家的未完,另一家就排上了号,吵吵嚷嚷,热闹得像个集市。黄宝的老婆坐在门槛上,对着那些围绕着碾盘转圈子的人,不断地叹气,抱怨:"上辈子杀了老牛,伤了天理,让我得了这样的病,嗨……"人们不愿意搭理她。她一遍遍地重复着,企望能有人答她的腔,但从来没有人答她的腔。她的那些怨恨而凄凉的话语,与吱吱嘎嘎的碾声混合在一起,消逝在空中,不知道飘到哪里去了。那个乳名叫做"主义"的女孩子,在她的怀里,吃饱了奶,对着碾旁的人"咯咯"地笑。她的大孩子,那个名叫"社会"的男孩,咬牙切齿,抓起拖着长尾巴的白菜疙瘩,对着人们投掷。他家大门两侧,堆积着两堆白菜疙瘩,显然是社会专门搜集来的。他提着白菜疙瘩,转几圈,仿佛是要获得一些惯性似的,然后嘴巴里发出飕飕的呼哨声,将白菜疙瘩对着人群投掷过来。与此同时,他一个鱼跃卧倒在地,片刻,打一个滚儿,爬起来,抓起白菜疙瘩,再投。金柱儿曾经听村子里的人议论,说"破茧出俊蛾",麻风夫妻照样生出漂亮健壮的孩子,而春山和秀兰,那样一对好夫妻,连一个歪瓜裂枣都生不出来。

　　曾经有人向村里提出,要求把这盘碾挪走。黄宝站在碾盘上说:"谁要敢挪碾,老子就跳到谁家的井里去!"不久,村子里安装了机器磨,石碾成了摆设,没有用处了。也有人建议把村子里聚合开会的地方挪挪,村长说,找不到一个更合适的地方。村子里只有这样一棵大树,黄宝没得麻风病时,人们就在这里聚会,习惯了。再说,黄宝到麻风病院治疗过三年,已经不传染了。他的老婆,就是从麻风病院里找的。别看他们外貌吓人,但都不带菌了。如果他们还有传染性,国家不会允许他们结婚,更不会让他们出院。你们看,村长说,他们生那两个孩子,不是光光滑滑、没疤没麻的吗?你们这些没得麻风的,也没生出这样两个好孩子啊。

四

　　一个冬天的中午,阳光很好。槐树下聚集了很多人,都抱着膀子,满脸兴奋。槐树下,停着一辆驴拉双轮车,车上载着一个黑乎乎的油桶,十几个黄澄澄的豆饼,还有十几根麻袋。那个敲着木头梆子、满脸粉刺的小伙子,就是张林。张林是有名的摔跤高手,听说在周围十几个村子里设过擂台,还没有碰到过一个对手。"你真的是张林吗?"村子里那个最喜欢撺掇事儿的郭成大声问,"看你这样子,也不像个会家子嘛。"张林站在车旁,有节奏地敲着梆子,沉闷的梆子声仿佛就是他对方才那个问题的回答。那个与他一起来的黄脸老汉蹲在车旁,叼着一个旱烟锅,吧嗒吧嗒抽烟。"你在别的村子可以称王称霸,到了我们村,可就不灵了,"郭成猖狂地说,"我们村,是武术村,武林高手王铁匠知道吧?对,就是那个能够飞檐走壁的王铁衫的孙子,每条胳膊上都有五百斤力气,我们村里的年轻人,都是他的弟子。随便拉出一个来,都能惯倒一头牛!我说得对不对啊?"郭成看着周围那些跃跃欲试的小伙子,问。张林冷笑一声,继续敲梆子,没有什么动作。"毛六,手脚都痒痒了吧?别往后缩,往前冲,给张林一个礼,请他下场走一圈啊。"郭成撺掇着村子里最喜欢摔跤而且也的确摔得很好的毛六。毛六"嘿嘿"地笑着,搔了一把脖子。身后有人推了他一把,将他推到了豆油车前,与张林对了面。毛六双手抱拳,对着张林作了一个揖,说:"朋友,请教了。"张林抬头看看毛六,继续敲他的梆子。毛六有点窘,身体往后退着:"既然人家不摔,那就算了。""怎么能算了呢?"郭成说,"张林,摔两跤玩玩吗,我们村这些小伙子,手下会给你留出情面来的,万一把您摔出个好歹,我们会把您抬到医院去的,医院离这里很近,过了小河就是。"张林停了手中的梆子,看了那个抽烟的老头一眼。老头咳嗽一声,将烟斗放在鞋底上磕磕,站起来,说:"各位乡亲,要换豆油的,就回家去挖豆子,不换,我们就走了。"郭成笑着说:"大爷,先摔跤,后换油,这是我们村子里的规矩。""有这样的规矩吗?"老头撇着嘴角,冷冷地说,"那么,来吧,豁出去我这把老骨头,向各位好汉请个教。"老头子将烟斗和烟荷包缠在一起,插在束腰的布带子上,站起来,咳嗽着,喘息着,一副老朽的样子,但却有精光从眼睛里射出。"哪个先来?"老头说。毛六环顾众人,身体悄悄地后退着,说:"我不和你摔,你这么大年纪了,万一摔出个好歹,我可担当不起。我就和张林摔。""年小的,"老头子说,"我是张林的徒弟,你如果连我都摔不倒,还和张林摔什么?""毛六,上!不能就这么蔫了!"人们齐声哄着毛六。毛六说:"万一把他摔坏了怎么办?""年小的,下场比武,死生由命,这是多少年的规矩,不用你操心,来吧。""那就比划几下子吧,"毛六说,"您老手下留情啊。"毛六紧紧腰带,往手心里啐了几口唾沫,走到老头子身前,说:"得罪了,老爷子!"一语未了,身体猛地低下,双手把老头子的一条腿抄了起来。老头子不慌不忙地将双手搭在毛六肩膀上,那条被毛六搬起来的腿,趁机也插在了毛六双腿之间。接下来很长的时间里,毛六搬着老头子的腿,前推后拖,死劲儿折腾,老头子单腿蹦跶着,轻捷得很,而他的身体,就像焊在了毛六身上似的,无论如何也放不倒。毛六喘息不迭,老头子却呼吸平静,脸上颜色红润,比适才坐着抽烟时,反倒显得从容。观战的人,看出了老头的功夫,几个上了年纪的,怕毛六吃亏,就说:"毛六,罢手吧!"老头子说:"年小的,分个输赢吧!"说着,也没看到他有什么大动作,就把毛六平放在地上了。人群里发出一片惊讶的声音,然后就是沉默。毛六狼狈地爬起来,退回人群中。张林站起来,满脸喜色,敲着梆子,喊叫:"换豆油,换豆油!你们可是说好了,摔过跤后回家挖豆子换豆油的。"但是没有一个人动弹。老头子说:"走吧,张林,这个村的人,都是说大话使小钱的,还指望他们讲信用吗?"郭成说:"老汉,别说难听的,摔倒一个毛六,算不上什么,您如果能把春山摔倒,我们村子里,就把您这桶油,全部包了,如果他们不换,我一人承包,怎么样?"老汉不理郭成,收拾着拉车毛驴身上的套索,对张林说:"走吧,你还在这里磨蹭什么?难道还指望着这些人说话算数吗?"张林将木头梆子放在车上,对着众人点点头,满面都是嘲弄的神情。郭成急了,上前拉住毛驴缰绳,说:"老爷子,您这是不把我们村里的人放在眼睛里呢。这样吧,你在这里等着,我回家,把俺家今年打那一千斤黄豆全部扛出来,抵押着,但你,或者是张林,必须跟我们春山过过招。不管输赢,您这桶豆油,包括您这十几个豆饼,我们都换了。""兄弟,既然您把话说到了这个份上,如果我们再拿捏,那就对不起您这一腔的热情了。"老头子松开驴缰绳,对着年轻的张林说,"师父,您就下场陪着他们走两圈吧。"张林将捆腰带子往里煞煞,又将两只脚轮番蹬在车杆上紧了鞋带子,然后对着众人道:"各位好汉,你们也都看出来了,其实他才是师父,我是徒弟。""不不不,他是师父,我是徒弟。"老头子红着脸,十分认真地说,"你们不要看年龄,有志不在年高,师父未必就比徒弟老。""师父,您无论怎样说,他们也不会相信的。"张林说。"各位,我师父已经准备好了,你们哪位先下场?"老头子一改方才那种阴沉劲儿,像一个毛躁青年一样地咋呼着,在众人面前转来转去。郭成大喊着:"春山,春山,为了咱们全村的脸面,你该露一手了吧?"人群里无人应声,人们都回顾,但没有春山的影子。"才刚还在这里呢,怎么一转眼就不见了?"郭成说,"你们几个,快去把他找来,用绳子捆也把他捆来。""兄弟,您还是回家去拿豆子吧,"老头子嬉笑着对郭成说,转回头,又对张林说,"师父,这个村的人,真是好玩啊!""是的,师父,他们很好玩。"张林对老头子说,又面对着众人说,"其实,我也就是有点蛮劲儿,比我师父差远了。"

几个年轻小伙子,连推带搡地把春山弄了过来。春山大声嚷嚷着:"哎,哎,哎,伙计们,你们这是干什么?我们家刚换了豆油,豆饼也换了。""不是让你换豆油,"郭成说,"是让你给咱们村子撑撑门面。""你们这不是撮弄着死猫爬树吗?"春山哭丧着脸说,"我哪里会什么武术?这么多年了,你们谁看到我跟人动过手?""行了,别谦虚了,"郭成说,"知道你们这些会武的人都含蓄,但今日这情况特殊,关系到全村的面子,你看,村长也来了,村长,您说说吧,这事,必须让春山露一手了。"村长满嘴酒气,迷瞪着眼睛说:"什么事?"马上有人上前,把事情的根梢讲了一遍。"原来如此啊,"村长大声说,"谁是张林?你就是张林?竟敢欺负我们江东无人?春山,本村长命令你,下场,把这个小张林,惯倒在地流平,让他知道我们平安村里,也有高手。""村长,我真的啥都不会!"春山苦咧咧地说。"骗谁?"村长乜斜着眼子说,"你岳父的爷爷是武林高手,一个立地拔葱,就从大树梢上捏下一只麻雀。你岳父从小跟着他爷爷练武,能牙咬赤铁,掌开巨石。如果不会个三拳两脚的,你能成了他家的女婿?""村长,我真的啥都不会……""什么真的假的,"村长不容春山分辩,对着他的屁股就踹了一脚,说,"下场!要不,就收回你家的责任田!"几个上了年纪的村人,也上前劝说:"春山,比划几下子吧,以武会友嘛。""你们这不是逼着公鸡下蛋吗?"春山说。村长上来又是一脚:"妈的个腔,今日你就给我下个蛋!张林,接招吧!"

春山可怜巴巴地站在张林面前,摊开双手,说:"兄弟,你看看,这事弄的,我和你无怨无仇的,咱俩过什么招呢?"张林笑着说:"听您的话语,还是会家子嘛!""什么会家子?"春山苦笑着说,"我真的啥都不会。"张林说:"您也不要太谦虚了,摔跤比赛,是体育运动,国家运动会上都有的比赛项目,您可不要把这当成见不得人的丑事。""您看看,您看看这事弄的,我看咱们还是算了吧,天寒地冻的,伤了筋动了骨就不得了……"春山啰嗦着,乞求和解。但那张林双手抱拳,做一个揖,道:"朋友,请教了!"然后,侧着身子抢上来,使了一个"燕青靠",就把春山放倒在地。众人都听到了春山身体着地时发出的沉闷声响。

春山四仰八叉地躺在地上,好半天才爬起来,嘴里哼唧着,半边脸上沾着泥土。张林惊讶地说:"哥们,你真的一点都不会?""我要是会,能让你像摔死狗一样地摔吗?"春山哭丧着脸说。"那真是对不起了。"张林抱歉地说。村长气哄哄地说:"春山,你把我们村子的脸都丢尽了!"

五

傍晚时分,许多人,在大槐树下玩耍,树上那窝老鸹,呱呱地叫唤。春山成为人们奚落的对象:

"春山春山,一堵墙倒了,也没发出你那么大的动静啊……"

"春山,你的劲儿都使到秀兰身上去了吧?这么个大个子,竟然让人家像摔一片死猪肉似的就给摆平了……"

面对人们的奚落,春山坐在碾盘上,"嘿嘿"地笑着,一点火也不发。

"春山,也许你是真人不露相,但该出手时还是要出手嘛,藏得太深了也不好。"一个老者,抽着旱烟,点评着。

"大叔,我啥都不会,出什么手?"春山无奈地说,"我还没反应过来呢,就被人家放倒在地流平了。"

众人笑了。

黄宝一瘸一拐地跑出来,满身都是金子一样的阳光,两只小眼睛,闪闪烁烁,眉梭上的眉毛,是从头皮上移栽的,茂盛得像两撇仁丹胡须。他结结巴巴、哭咧咧地说:

"父老爷们,我老婆病了,肚子痛,痛得满炕打滚儿,帮帮忙吧,帮忙把我老婆送到医院去……"

人们看着黄宝那狰狞的面孔,想起他老婆那张更加狰狞的面孔,心中都怯怯的。有的人,不声不响地走了。黄宝着急,对着春山,腰背佝偻着,双腿弯曲着,摆出来一副随时都要下跪的样子,哀求着:

"春山,春山,你带个头,救我老婆一命。"

"你去医院把医生叫到家里来嘛。"春山说。

"医生怎么可能到我家来?他们不会来的,"黄宝说,"春山,各位兄弟爷们,求求你们了。我们两口子都是经过了严格化验后才出院的,我对天发誓我们已经不传染了。"

春山环顾了一下周围那几个还没溜走的人,但他们都不抬头。

"爷们,求你们了……"黄宝腿一弯就跪在地上。

春山说:"伙计们,黄宝说的有道理,如果他们还传染,麻风病院第一不会让他们出院,第二也不会允许他们结婚。都是乡亲,咱们出手帮忙吧。"

有的人说最近扭了腰，有的人说家里有事，有的人什么也不说，转到槐树后边去了。

春山说："黄宝，你起来吧，我帮你。"

春山回家把独轮车推出来，放在碾旁。然后跟着黄宝，进入了他家院子。金柱儿好奇，屏住呼吸，悄悄地尾随进去。他看到麻风家的院子里，布满了鸡屎和乱草，房屋低矮，房檐下有一窝蝙蝠。春山低头弯腰进了屋子，黄宝在后边跟进去。那社会和主义，坐在门槛上。主义闭着眼睛，哼哼唧唧地啼哭。社会眼珠子轱辘辘地转着，手里拿着一只铁哨子，不时地放到嘴里吹响。"亲娘啊……痛死俺啦……天神，救救俺吧……"麻风女人的哭叫声，和黄宝的喊叫声，从幽暗的屋子里里传出来，"别嚎了，春山来啦……"一股说不清的气味，从房子里扑出来。金柱儿捂着鼻子跑了出去。大树背后，鬼鬼祟祟的一些人，在那里探头探脑，低声议论。春山背着麻风女人从院子里走出来。

麻风女人穿着一身酱紫色的衣裳，头上包着一条黄色的围巾，看不到她的脸。她的一只脚上穿着很大的回力球鞋，另一只脚上，灰白的袜子即将脱落，拖拉在地上。麻风女在春山背上哼哼着，那声音让人感到身上发冷。黄宝瘸着腿，抱着一条被子，歪歪斜斜地跑到独轮车前，将被子搭在车上。春山把麻风女放在独轮车一边，用腿拥着她，对黄宝说："你坐在那边。"黄宝龇牙咧嘴地对着春山，想说什么，但口吃得厉害。春山说："你坐吧，用手扶着她，要不也偏沉。"黄宝坐在车子另一边，用一只胳膊揽住老婆的脖子。春山扶起车子，说："坐好了。"然后胳膊一挺，车子就往前去了。

麻风女人用微弱的声音说：

"春山……你是个好人……俺这辈子忘不了你……"

"春山，过几天我请你喝酒。"黄宝歪回脑袋说。

金柱儿听到一个人在槐树后说："这个傻春山，真是胆大。"

一个女人说："我要是秀兰，就不让他上炕。"

六

  转过年春天，一个傍晚，熏风从田野上吹来，麦子快要熟了。碾旁那颗大槐树上，满树槐花，团团簇簇，香气沉闷。许多蜜蜂，在花团中嗡嗡嘤嘤地飞行。打谷场上，两头小牛追逐着撒欢儿。两个时髦青年，骑着紫红色的摩托车，在场上转圈子。摩托车发出一串串的轰鸣，烟筒里冒出一圈圈青烟，汽油味儿在空气中散漫。村子里的人聚合在这里玩耍。黄宝捧着一个盛满面条的粗瓷大碗，蹲在碾盘上吃。他手指僵直，笨拙地捏着筷子，歪着脖子，把长长的面条夹起来，举得很高，然后脑袋后仰，嘴巴张开，仿佛一个巨大的伤口，那些面条弯曲着，哆嗦着，就像活物似的钻了进去。他的老婆手把着大门的框子，身体弯曲着，大声地喊叫儿子：

  "社会啦——社会——来家吃饭——"

  社会从槐树上跳下来——谁也不知道他何时上的树——落地时身体正直，几乎没有声息，像一个练过轻功的武术高手。

  郭成站在树下，熟练地卷着烟卷，说：

  "黄宝，你说破嘴皮我也不信，春山会跟你老婆有那种事。"

  "不信？"黄宝把碗顿在碾盘上，挥舞着手中的筷子，说，"别说你不信，刚开始我也不信。俺老婆说：'社会他爹，春山昨天晚上又来咱家耍了。'要就要吧，自从他送俺老婆去医院看病之后，他经常到俺家来耍。坐在俺家炕沿上，和俺说话，逗俺儿子和女儿玩。过了几天，俺老婆又说：'社会他爹，春山又来耍了，还摸了我的奶。'俺一听就知道这小子动了俺老婆的念头。奶奶的，不给他点颜色看看，他就不知道俺的厉害。俺当时就和老婆定下来一条计……待他刚上了俺老婆的身，俺就顶开柜子蹦出来，顺手从门后抄起早就准备好的棍子，对准他的头擂下去。一棍子，出血；两棍子，血呲呲地往外蹿。这个傻种，不跑，双手捂着头，呜呜地哭；血从他的指头缝里滋滋地往外喷。

俺又举起棍子,想接着打,俺老婆跪在炕上,说:'他爹,看在他送我去医院的份上,饶了他这次吧……'我用棍子捣了他一下,说:'傻种,你他奶奶的还不快跑?'他这才跳下炕,连鞋子都没穿,赤着脚跑了,这个傻种……"

七

"……俺当时就和老婆定下来一条计……等他刚上了俺老婆的身,俺就顶开柜子蹦出来,顺手从门后抄起早就准备好的棍子,对准他的头擂下去。 棍子,出血;两棍子,血呲呲地往外窜。这个傻种,不跑,双手捂着头,呜呜地哭;血从他的指头缝里滋滋地往外喷。俺又举起棍子,想接着打,俺老婆跪在炕上,说:'他爹,看在他送我去医院的份上,饶了他这次吧……'我用棍子捣了他一下,说:'傻种,你他奶奶的还不快跑?'他这才跳下炕,连鞋子都没穿,赤着脚跑了,这个傻种……"黄宝用筷子敲着大碗的边沿,像鼓书艺人一样,绘声绘色地说着。他平时说话结结巴巴,但现在一点也不结巴了。周围的人们,听着他的话,有的笑,有的骂:

"黄宝,你下手也太狠了点,真要把他打死,你小子要去蹲监狱!"

"蹲监狱?"黄宝气汹汹地说,"蹲监狱的应该是他!"

"黄宝,你这家伙,真是有勇有谋啊!"

黄宝哈哈大笑。

春山的媳妇秀兰,走出家门,对着人群走过来。

"秀兰来了……"

"她来了怎么的?"黄宝斜着眼说,"难道我还怕她?"

"黄宝,你回来!"麻风女人手扶着门框喊。

秀兰穿着黑裤子、白褂子,头发梳得溜光,满脸通红。她脚步轻捷地走到碾前,挺着胸脯站定。距离蹲在碾盘上的黄宝约有五步远,距离手扶门框的黄宝老婆也约有五步远。

"你想怎么着？"黄宝问，"春山强奸了我老婆，我没把他打死，就算给你们留了情面！"

"操你们的老祖宗啊……"黄宝老婆破口大骂起来。

"你说我家春山强奸了你老婆？"秀兰举起胳膊，用食指指着黄宝，然后又指向黄宝老婆，冷笑一声，高声说，"乡亲们啊，你们都睁大眼睛，仔细看看，看看她那一身破皮烂肉，恶心不恶心？我们家春山心好，送她去了一次医院，回家就把那些衣裳，点上火烧了。我家春山，用肥皂把全身上下洗了三遍，又用烧酒搓了三遍，还一个劲地呕吐。你们这两个忘恩负义的东西，竟然设套害我们家春山。就你那个埋汰样子，劈开两条腿晾着，我家春山连看都不会看。你倒贴一万元，我家春山也不会动你一指头。你们这两块烂肉，死了扔在乱葬岗上，连野狗都不吃……"

"老天爷啊，你睁开眼睛看看吧……"黄宝的老婆一屁股坐在门槛上，用弯曲的手指，抓挠着地面，在地面上留下一些长长短短的道道。她怪声怪气地号哭着，数落着："老天爷啊，我家哪辈子杀了老牛，伤了天理，报应在我身上，让我得了这样的病啊……我受够了，我真是受够了，让我死了吧，老天爷啊……"

"你死去吧，只怕阎王爷的地狱里也不敢收留你，"秀兰恨恨地说，"你这样陷害好人，会报应在儿子女儿身上的，他们也快要得麻风了！"

一个黑乎乎的东西，从大槐树上飞下来，先砸在秀兰头上，然后跌落在秀兰面前。紧接着又是一个同样的东西飞下来，与先前那个落地的东西并排在一起。是两只大鞋。人们马上明白了这是春山的鞋。秀兰似乎是被那只大鞋子砸懵了，身体摇晃，有些重心不稳。这时，有一个更黑更大的东西，从大槐树上飞下来，降落在秀兰的面前。

黄宝的儿子社会，从大槐树上飞下来，仿佛一个巨大的蝙蝠，降落在秀兰的面前。他的身高，只到秀兰的胸口。他跳了一下，扇了秀兰一个耳光。紧接着他又跳起来，抓住秀兰的嘴巴撕了一下。人们先是看着秀兰惨白的脸和嘴唇上流出来的黑色的血,然后看着麻风的儿子社会,昂首挺胸地从碾盘前走过。他的脸像一块暗红的铁,似乎有灼人的温度。这么一个小人儿,用那样的姿势走路,脸上出现那样的表情,让人们感到心惊肉跳。都噤口无言,目送着他走到自家门口,从他母亲身旁绕过去,然后猛烈地关上了大门,将所有的目光关在了门外。

这时,久未露面的春山,从他家的院墙那边露出来半截身子,往这边张望着。他的头上,似乎还缠着纱布,他的脸色,看不清楚。

有人压低了嗓门,说:"看,春山。"

"奶奶的,老子跟你拼了!"黄宝从碾盘上跳下来,从旁人手中夺过一把镰刀,高举着喊叫,"来吧,你这个杂种!有种你就过来吧!"

秀兰回头望望春山,突然坐在了地上,尖利地哭起来。

田野里麦浪滚滚,麦梢在夕阳下闪烁着金光。两个女人的哭声,交织在一起。

有人叹息,有人一边叹息一边摇头。有人劝说:

"算了吧,算了吧,邻墙隔家的,都忍让一下吧……马上就该开镰割麦了,你们看,今年的麦子长得多好啊……"

金柱儿眼睛里火辣辣的,说不清原由的眼泪,一行行地流淌下来。

春山纵身翻过墙头,身手矫健,一看就像个会家子。起初几步,他走得十分昂扬,但走过几步后,身体就有些晃荡。渐渐地逼近,他的头脸越来越清楚。头上确实缠着纱布,白色的纱布上,浸出了黑色的血迹。脸,似乎还肿胀着。

"算了,算了,春山……"一个上了年纪的人,走上前去,拦住春山,劝说着。

春山轻轻一拨,那人就趔趄着倒退了好几步。

又有几个人上去阻拦,春山胳膊拨拉几下,这些人就被拨到一边去了。

春山站在黄宝面前,黑铁塔一样,沉默着。

两个女人的哭声几乎同时停止了。

两个骑摩托车的青年并排着窜过来,到了春山背后停住,惯性使他们的身体往前倾斜。

长尾巴的白菜疙瘩一个接着一个从黄宝家院子里飞出来。

"奶奶的,你来……你来……"黄宝举着镰刀,一边倒退,一边结结巴巴地吆喝着,两条腿,像没了筋骨似的软弱。

春山低垂下脑袋,说:

"黄宝,你砍死我吧。我这样的人,无脸活在世上了。"

(二〇〇四年)

小 说 九 段

手

她伸出一只手,让我们轮流握过,然后幽幽地说:"我的手,原来很好看,但现在不好看了。我的手好看的时候,连我自己都看不够。那时候没有手套,村子里的人谁也没有戴过手套。我用羊毛线给自己编织了一副。我的男人很生气,说:自从盘古开天地,三皇五帝到如今,我们这里,还没有人戴过手套。你的手,有那么娇贵吗?他把我的手套扔到火塘里烧了。但很快我就又织了一副。我对他说,如果你把这副烧了,我就会离开你。"

我们举起相机,拍她伸出的那只手。那只手在透过窗棂射进的阳光里,泛着温暖的黄色光芒,让我联想到某种植物的干瘪的地下根茎。一股气味弥漫开来,像陈年的腊肠。刚开始这气味让我们感到刺激,有人打喷嚏,但一会儿就习惯了。她抬起头,说:"你们拍我的手,按说应该给我一点钱,或者是一点好吃的东西。我的手是很值钱的,不能随便拍。但是我今天不要你们的钱,也不要你们的东西。我一直肚子痛,今天没痛,我很高兴,所以不要你们的钱也不要你们的东西。你们随便拍。你们运气很好。我的手,是全世界最好看的手,这不是我自吹,这是马司令说的。马司令有很多女人,见过很多女人的手,他的话有分量,你们应该相信。我对我男人说了那些话后,他再也没有烧我的手套,他不但不再烧我的手套,他还去杀猪的人家讨来猪的胰脏,用烧酒浸泡了,让我保养手。那东西有一股怪味,起初闻不惯,闻惯了就再也离不开了。那东西擦手真是好,我五十多岁时,身上的皮肤都起了皱,变粗了,变柴了,但我的手还是那样细嫩,村子里那些大闺女的手,摸起来也不如我的手好。我丈夫后来到山外边当了官,折腾得不行了,回来找我,我摸摸他,他就好了。他嘴巴碎,出去胡乱说,就传开了。他带着一个比他大很多级的官来找我摸,我不摸。丈夫打我。我说:你杀了我我也不摸。他摇摇头,说:你是对的,我们不摸,如果你摸了,我就是畜生了。于是他就辞官回了家,一直到死也没离开……"

她的声音渐渐低了,话语也含糊起来,那只一直举着的手渐渐低垂下来。我们听到了响亮的鼾声,她睡着了。她的头垂到胸前,像一只打盹的母鸡。

脆　蛇

陈蛇说,有一种蛇,生活在竹叶上,遍体翠绿,唯有两只眼睛是鲜红的,宛如一条翠玉上镶嵌着两粒红色的宝石。蛇藏在竹叶中,很难发现。有经验的捕蛇人,蹲在竹下,寻找蛇的眼睛。这种蛇,是胎生,怀着小蛇时,脾气暴躁,能够在空中飞行,速度极快,宛如射出的羽箭。如果你想捕怀孕的蛇,十有八九要送掉生命。但这种蛇不怀孕时,极其胆小。人一到它的面前,它就会掉在地上。这种蛇身体极脆,掉到地上,会跌成片断,但人离去后,它就会自动复原。有经验的捕蛇人,左手拿着一根细棍,轻轻地敲打竹竿,右手托着一个用胡椒眼蚊帐布缝成的网兜。蛇掉到网兜里,直挺挺的像一根玉棍。这时要赶紧把它放在酒里浸泡起来。

陈蛇是一个很有资历的捕蛇人,他的祖先跟唐朝那个著名的诗人柳宗元是很好的朋友,柳的名文《捕蛇者说》写的就是他的祖先。陈蛇曾经给我详细地讲述过这种脆蛇的药用价值,和他亲眼目睹过的这种蛇断成碎片然后又恢复原状的全部过程。

陈蛇最终还是被毒蛇咬死了。在他的葬礼上,我突然想起来一个问题:那种脆蛇,怀孕时脾气暴躁,不怀孕时性格温柔,这说的是雌蛇,雄蛇呢?雄蛇是什么脾气?——陈蛇无后,我的问题,只怕是永远也没人能够回答了。

女　　人

我哥哥用骡子驮来一个年轻女人,两道眉毛几乎连成一线,眼睛很黑,看上去很忧伤。哥哥对我说:"弟弟,这个女人,是我们共同的媳妇。将来她生了孩子,也是我们共同的孩子。"

那时我只有十六岁,见到女人就羞得满脸通红。我哥上山去砍柴,剩下我们俩在家。她教会了我和她睡觉,让我知道了男人和女人睡觉,是天底下最好的事。自从和她睡了觉,我心里就把她当成了亲人,有什么话都对她说。她说什么话我都认真听着,我看着她的眼睛,摸着她的手,从来不嫌她嗦。后来,我哥被狼祸害了,她就成了我自己的女人。我哥死后的第三天,我想和她睡觉,她说不行。但到了第四天晚上,月亮出来的时候,她在黑暗中摸摸我的手,说:"来吧。"我问她:"你不是说不行吗?"她说:"昨天不行,今天行了。"

狼

那匹狼偷拍了我家那头肥猪的照片。我知道它会拿到桥头的照相馆去冲印,就提前去了那里,躲在门后等待着。我家的狗也跟着我,蹲在我的身旁,脖子上的毛耸着,喉咙里发出呜呜的声音。照相馆的女营业员一边用鸡毛掸子掸着柜台上的灰尘,一边恼怒地喊叫:"把狗轰出去。"我对狗说:"老黑,你出去。"但我的狗很固执,不动。我揪着它的耳朵往外拖它,它恼了,在我的裤子上咬了一口。我指着裤子上的窟窿对那个女营业员说:"你看到了吧?它不走。"女营业员看看它,没说什么。上午十点来钟,狼来了。它变成了一个白脸的中年男子,穿着一套洗的发了白的蓝色咔叽布中山服,衣袖上还黏着一些粉笔末子,看上去很像一个中学里的数学老师。我知道它是狼。它无论怎么变化也瞒不了我的眼睛。它俯身在柜台前,从怀里摸出胶卷,刚要递给营业员。我的狗冲上去,对准它的屁股咬了一口。它大叫一声,声音很凄厉。它的尾巴在裤子里边膨胀开来,但随即就平复了。我于是知道它已经道行很深,能够在瞬间稳住心神。我的狗松开口就跑了。我一个箭步冲上去,一把就将胶卷夺了过来。柜台后的营业员惊讶地看着我,打抱不平地说:"你这个人,怎么这样霸道?"我大声说:"它是狼!"它装出一副可怜巴巴的样子,无声地苦笑着,还将两只手伸出来,表示它的无辜和无奈。营业员大声喊叫着:"把胶卷还给人家!"但是它已经转身往门口走去。我知道只要它一出门就会消失的无影无踪,果然,等我追到门口时,大街上空空荡荡,连一个人影也没有,只有一只麻雀在啄着一摊热腾腾的马粪。从不成个的马粪上,我知道这匹马肠胃出了问题,喂一升炒麸皮就会好……

等我回到家里时,那头肥猪已经被狼开了膛。我的狗,受了重伤,蹲在墙角,一边哼哼着,一边舔舐伤口。

井　台

他把毛驴拴在枣树下,驴驹子便扑上来吃奶。母驴似乎有些烦,躲闪了几下,就任着驴驹子吃。他从树边的井里提上一木桶清水,脱下衣裳,用水瓢舀着水,从头上往下浇。水很冷,他打着喷嚏,抖动着身体。母驴定定地看着他,仿佛有什么话要说。这时,一个黑脸的胖大妇人,提着木桶来到井边,站在他的面前,冷冷地说:"你可真够凉快的!"他一怔,手中的水瓢掉在地上,脸上浮现出羞愧难当的表情。妇人说:"还记得去年你干过的事情吗?"他摇摇头,说:"我当时喝多了,像做梦一样。"妇人道:"男女的事,本来就是做梦,你还争辩什么?"他从地上抓起一把驴粪,说:"你说得对,我不应该争辩。"接着他就把驴粪掩到嘴巴里,呜呜噜噜地说:"我不争辩了,一切听你的,你说吧。"那女人摇摇头,道:"你连驴粪都吃了,我还说什么呢?我不说了。"

贵　客

很多年前,一个冬日的逢集的上午,家里来了一个神秘客人。他头戴着一顶油腻发亮的反边毡帽,帽耳上缝着两块白色的兔皮。眼睑红肿,眼角上夹着黄眵,看上去很是恶心。我的祖父,这个往常里桀骜不驯的人,在这样一个糟老头子面前竟然毕敬毕恭,让我们感到诧异又感到忿忿不平。那个人就这样在我家住了下来。他在我们家肆无忌惮地抽烟、吐痰,把鼻涕抹在我们家的门框上,还在饭桌前响亮地放屁。我们偷偷地在母亲面前表示对这个人的反感,乃至愤恨,希望母亲告诉祖母,祖母再转告祖父,把这个老家伙尽早地从我们家里轰出去。但母亲严肃地说:"闭上你们的嘴巴!如果我再听到你们说这样的话,就用针把你们的嘴巴扎烂。"母亲从墙上拔下那根缝麻袋用的、生满了红锈的大针,在我们面前比划着,让我们意识到这个问题的严重性。这个人到底是什么来历,他为什么可以这样放肆地在我们家住下来?母亲不回答,只是把那根大针在我们面前再次晃动着,警告我们闭嘴。过了几天,我们的婶婶,终于忍耐不住了,在做饭的时候,低声地发起牢骚来。母亲对婶婶摆手制止。过了几天,那个人还没有走的意思,不但不走,对饭食也挑剔起来。他还嫌厢房里炕太凉,要求给他好好烧炕。婶婶在厢房的炕洞里塞满了碎草,还抓上了一把六六六药粉,浓烟滚滚,呛得他像一只吃多了盐巴的老山羊一样吭吭地咳嗽。爷爷和奶奶慌忙跑去安慰,并批评婶婶。婶婶挨了骂,心中不平,嘈杂地骂起来。叔叔为了让爷爷下台,打了婶婶几下子。家里大乱,但那个老家伙,就像聋了似的,一声不吭。为了给他改善伙食,爷爷把家里的一辆胶皮轱辘小推车推到集上去卖了,换回了白面和肉,还打回来三斤烧酒。他喜笑颜开,说好酒好酒。让我用一把小锡壶温酒,酒着了火,燎了我的眉毛。他倒了一盅酒给我,说:"小伙子,来,压压惊!"我渐渐地对这个人有了好感,感到他很潇洒。他大碗喝酒,大口吃肉,祖母的腮帮子不停地抽动着,知道她心中很疼。但祖母和爷爷还是硬挤出笑脸,伪装出慷慨大度的样子,让他吃。那人刚开始时也让祖母和祖父吃,但祖母和祖父如何舍得吃?我在炕前转来转去,希望能吃点。但那人只顾自己吃,全不把我放在眼里。婶婶牢骚满腹,说从哪里拣来了一个老祖宗养着。他吃光了我们家那辆独轮车,又开始打量我们家那几只母鸡。爷爷毫不犹豫地说:"杀鸡!我们杀鸡。"他吃完了我们三只鸡。

一天上午,他终于说:"我要走了。"但祖父和祖母却挽留他再住几天。他也就顺水推舟地说:"好吧,那我就再住几天吧。"母亲悄悄地对祖母说:"娘啊,拿什么给他吃啊?"祖母为难地说:"那就把你的体己钱拿出来吧。"母亲将她订婚时的四块大洋,和我们兄弟小时戴过的银脖锁,拿出来,让大哥拿到供销社里卖了,换回来十几元钱。叔叔去集上买回来几斤肉骨头,砸碎了,包成包子,给他吃。他瞪着眼问:"肉呢?肉被谁吃了?"婶婶在窗外大声说:"肉被狗吃了!"他说:"狗走遍天下吃屎,狼走遍天下吃肉。"婶婶说:"狗也吃骨头!"爷爷用烟袋锅子敲着窗棂呵斥:"你给我闭嘴!"婶婶不服,继续吵吵。叔叔跑出去踢了婶婶一脚。婶婶回到娘家,发誓不再回来。婶婶的父亲,来到我家,说我倒要见见你们家这个贵客,到底是何方神圣。婶婶的父亲,我们也叫姥爷的,是饱学乡儒,读过四书五经,解放前教过私塾,在乡里很有威望。吃饭时,他引经据典,嘲弄这个人。但这个人只是说一些莫测高深的话,不直接跟姥爷交锋。姥爷急了,说:"你知道什么叫厚颜无耻吗?"他笑了,说:"你是说我厚颜无耻吧?"

姥爷在院子里,大声地教训祖父和祖母,说他们软弱,说你们到底欠着人家什么?或者是有什么把柄落到人家手里了?如果没有把柄,那就轰走他。

他是初春时到我家,一直住到桃花盛开的初夏。他提出要求,让我们家给他做一套单衣。还要好的布料。他托着换下来的棉衣,对我母亲说:"侄媳妇,你给我拆洗一下,缝好,我好冬天时穿。"母亲把他的肮脏的棉衣拆了,洗了,重新给他缝起来。他一再赞叹说:"侄媳妇真是好针线!"

在一个下雨的早晨,他把棉衣打成一个包裹,要去我们家那把画着许仙游湖的油纸伞,沿着河堤走了。我们站在河堤上,目送着他,直到他的背影被树林遮住。

翻

"贤弟,"我小学时的同学,现任我家乡那个镇的党委书记王家驹在电话里忧心忡忡地对我说,"贤弟啊,愚兄碰上麻烦事情了……"

我基本上可以猜到我的这些当了官的同学碰上麻烦是什么,因此就轻描淡写的、含含糊糊地说:"老兄,没有什么大不了的,女人吗……"

他着急地说:"贤弟,你想到哪里去了?如果是那样的事情,我何必找你?"

"到底是什么事?"我从他的口气里,似乎感到了他遇到的问题的严重性,便说,"只要是我能帮上的……你尽管说……"

于是我的这位小学同学,就在电话里,给我讲述了他碰到的麻烦事情。

我这位同学的妻子,是我们的小学同学宋丽英。他们的结合是门当户对的。王的父亲是公社党委副书记,宋的父亲是供销社的党总支书记。他们都是吃商品粮的,中学毕业后都参加了工作。他们这样的人,按说是不允许生第二胎的,但我这两位同学却生了第二胎。当时的政策是,夫妻双方如果都是吃商品粮的,如果要想生第二胎,只有第一胎生了残疾或是智障的孩子才可以。他们二位第一胎生了一个女孩,过了三年后,他们又生了第二胎,这一胎是个儿子。尽管我们都知道他们的女儿是个又聪明又漂亮的女孩,但对外他们却说这个女孩是个智障。前几年我探家时,父亲经常对我夸奖我这两个同学。其时,王家驹是我们镇的镇长,他的妻子宋丽英是我们镇供销社的副主任。我父亲说:你看看人家王镇长,多么聪明,硬是捡了一个大胖儿子。我父亲对我坚决执行国家的独生子女政策很有意见。我说,他们就不怕别人去告他们? 我父亲说:谁去伤这个天理呢?

"贤弟,"王家驹忧心忡忡地说,虽然是电话千里传音,但我仿佛看到了他愁容满面的样子,"你是知道的,我的那个儿子,名字叫小龙的,今年五岁,长得胖头大脸,人见人爱,四岁时就能背诵五十多首诗歌,还会唱十几首歌曲,像那首《我家住在黄土高坡》,那是多么高的调门? 一般人根本唱不上去,可是小龙就能唱上去,还有形有架的,很像个小小歌星,可是这个孩子,最近得了一个怪症候,翻东西。就是见到什么都要翻过来。最早是把一个气球翻了过来,还没有什么,气球,小孩子都翻过,接着就把一双袜子翻了过来,这当然更正常,甚至可以说是好习惯。接着把枕头翻了过来,弄得满床都是荞麦皮。荞麦皮里有很多虫子,一种黑色的虫子。我想也许是虫子在枕头里啃咬荞麦皮发出的声音被他听到了,小孩子好奇,于是他就把枕头给翻了过来。这不是坏事,甚至也可以当成好事,要不是他,我们每天都枕着虫子睡觉,要是钻到耳朵里去几个,那就不得了了是不是? 前几天下雨,灌出来许多蚯蚓,他把那些蚯蚓,像翻鹅肠子一样通通翻了过来,弄得双手腥臭无比。暑假时,他到姥姥家去住,把他姥姥家的几只母鸡,也全部翻了过来。翻出来内脏,还不罢休,接着把那些脏器和肠子,统统地翻过来。仿佛他要从里边寻找什么东西。他姥姥吓坏了,打电话让我们去领孩子。趁着这工夫,他把姥姥邻居家的一只小狗也给翻了过来。我老岳母一见我就说:'快快领走,你们的孩子疯了。'我看到那些死得很惨的母鸡,和那条肝肠涂地的狗,赶快掏出钱来息事宁人,并做张做势地打了儿子一巴掌,他没有哭,仿佛没有感觉到我打了他。他的眼睛怔怔地盯着那头拴在木桩上的骡子,仿佛在盘算着该从哪里动手把这个大家伙也翻过来。我把儿子带回家,严肃地教育他,并威胁他如果再敢乱翻东西,就剁掉他的手指。他撇着嘴,手里翻着一个玩具狗熊,哭了。夜里,我突然感到肚子上痒痒的,睁眼一看,是我的儿子,用指头在我的肚子上比量着,我知道他是想把我翻过来。我一巴掌就把他扇到了床下。他哇哇地哭着,顺手把一只鞋子翻了过来……贤弟,你说怎么办?"

船

月光,树下,男人和女人在一起。他们的影子暗淡,与树影重叠,看上去很神秘。一只鸟在树上扑棱翅膀。湖中银光闪闪,有人在水中游泳,头皮光溜溜的,看上去像漂浮在水面的西瓜。有一艘船从远处划过来,船上点着灯笼,有女人在船上吹箫,伴着箫声歌唱的也是女人。渐渐地近了。可以看到船头上摇橹的那人亮晶晶的鼻子,闪着釉光的胳膊。越来越近。仿佛是从明朝摇到现代。吹箫的和唱歌的女人,穿着那已经看厌了的古装,精致的绣花衣裳,质地很光滑,月光在上边流淌。女人的脸有些模糊,但轮廓很美。船上没有客人,不知道她们为谁吹奏为谁歌唱。船更近了,与那个探到湖中的木栈桥连接在一起,箫声和歌声也停了,有余音在水面上缭绕。船夫手扶着橹把子,将左腿抬起,放在右腿的膝盖上。船似乎在等人,不着急,很悠闲。树下的男女原本是拥抱着的，这时分开，手拉着手，走上栈桥，跳到船上去。看来他们与船家早有约定。船慢慢离开，船后被搅动的水面，像跳动的水银。船上又起来音乐，箫声，歌声，有几分凄凉，似亡国之音，但更多的是一种颓唐的怀旧情调。那个一直坐在岸边，借着月光夜钓的人，长叹一声，知道自己已经很老了。

驴　　人

老莫跟随着熙熙攘攘的游客，绕着著名的歌剧院院子走了一圈。天很蓝，海水很绿，歌剧院很宏伟，但老莫也就是看看而已，并没有太多的感受。在歌剧院附近一条小巷的拐角，老莫看到了一个用逼真的驴皮道具把自己打扮成驴子的人。老莫起初真的以为那是一头驴子，仔细观察后，才明白那是一个人。那驴人后腿跪在地上，前腿——姑且称为前腿吧——撑在地上，对着来来往往的观光客叩头。老莫想：世上常见人顿首，今日始见驴叩头。游客们多半昂首而过，仿佛这头驴人是路边的一处毫无新意的景物。也有个别的游客瞥他一眼，然后走过去。当然也有人，从口袋里摸出零钱——多半是硬币——弯一下腰——也有根本不弯腰的——扔在驴人面前的搪瓷盘里。如果是硬币就会发出清脆的声响。每当有人施舍，驴人的叩头的动作就更大更频。

老莫被这个具有惊愕效果的驴人打动了心，掏空了口袋里的硬币，放在他面前的盘子里。硬币落盘时发出了叮叮当当的声音。驴人把跪在地上的后腿直立起来，屁股高高撅起，对着老莫频频鞠躬。老莫在农村时养过驴，知道作为一头驴，这样四肢直立是最轻松的姿势，但他想到藏在驴皮里的人，马上就仿佛感同身受了一样，知道这种姿势较之后腿跪地更为吃力。那也就是说，藏在驴皮里的人，为了感谢老莫的施舍，就像卖艺者拿出绝活一样，把最高级的姿势展示出来。想到此老莫心中涌起了一阵感动，心中洋溢着对驴人的好感。

老莫再次掏口袋,没有硬币了,就把一张面值五十的澳元在驴头前晃了晃,然后轻轻地放在磁盘里。尽管没有施舍硬币那种清脆响亮的效果,但驴人却猛然地直立了起来,将双蹄抱在胸前,对着老莫作揖,并同时发出了嘹亮的、高亢的驴叫声。老莫养过驴,对驴叫自然不陌生。这个人叫得比真驴还好,真是可惜了一条好嗓子。在歌剧院旁边的小巷拐角处,一个蒙着驴皮的人,有一条比毛驴还要好的嗓门。老莫想反正明天我就要回国,索性把兜里的澳元全部给他得了。于是就给了。老莫想也许这个人会从道具中露出头来,向他表示感谢,也许这还是一个熟人,也许这还是一个女人,也许……但那驴人并没有因为老莫的慷慨施舍而显身。老莫悻悻地回到宾馆,但他知道驴人是对的。你可以施舍,也可以不施舍。他可以显身,也可以不显身。这是规矩。

夜里,老莫梦到自己成了一头驴,在歌剧院附近的广场上乞讨。人们从他面前昂然而过,没有人理睬他。只有一个名叫小熊的女子将一枚硬币投过来。硬币落到瓷盘里,发出清脆悦耳的声响。老莫透过面具,看到了她那张全世界最美丽的脸。小熊啊……老莫大喊,眼泪夺眶而出,湿了枕巾。

(二〇〇四年十一月)

蓝 色 城 堡

奥德修斯从海滩上站起来，拖着几乎失去知觉的身体，爬上一个小山坡，进入一片茂密的森林。他回头望了一眼银光闪烁的大海，便一头栽倒在两棵枝叶繁茂的橄榄树下。他感到身体僵硬，如同岩石；地面柔软，宛若奶酪。他听到森林深处传来女人的说笑声，衣裙的窸窣声，似乎还嗅到了燃烧檀木的香气。难道又落入了卡吕普索的圈套，使我的返乡之梦再度破灭？他试图站起来，应对眼前的复杂局面，但身体不听头脑的支配。他感到身体在下沉，就像一座巨石雕像陷落淤泥。橄榄树盘结的树根试图兜住他，但它们最终难以承重，可怜地断裂了。他快速下沉，上边出现一条与他仰着的身体同样形状的通道。他看到那片天空渐变渐小，最后成为一个针尖大的亮点。他意识到自己被埋葬了，或者，就像传说中的，坠入了地狱。于是，一阵悲哀涌上心头。这时，他却感到身体落在了坚硬的地方。

他睁开眼睛，首先看到的是昏黄的天空。没有星斗，也没有日月；不是白天，也不是夜晚。他慌忙坐起来，看到自己身处一个巨大广场的中央；北面一箭之地，有一座金碧辉煌的城楼，弧形的门洞上方，悬挂着一幅巨大的画像；楼前有三座白色的石拱桥，有两队身穿橄榄绿色军衣的士兵，步伐整齐地走过来。他本能地去摸腰间的佩剑，但只摸到了冰凉的肚腹。这时，他羞愧地发现，自己赤身裸体，肌肤上沾着滩涂上的淤泥，毛发上挂着海中的绿藻。他看到，周围有许多人，穿着他在梦中也没见过的奇装异服，身上散发着他从未嗅到过的气味，嘴巴里发出他从未听过的语言。他们有的面露惊讶之色，有的脸上浮现着古怪的笑容；有的目不转睛，有的左顾右盼；有的人手持亮晶晶的方型小匣，瞄着他，然后迸出一束刺目的亮光；有的人用长长的木杆，戳着他的脚底上那块疤痕，仿佛在辨认他的身份。他看到几个威武的士兵，分拨开围成圈子的人，对着自己走过来。他猛地跳起来，一只手掩私处，一只手挥舞着，冲了出去。

他在奔跑中纵身跳起，从路边一棵树上扯下一根树枝遮住下体。他看到右侧是一条像滔滔大河一般宽阔的道路，路上奔驰着五颜六色的怪物。它们眼睛明亮，状如甲虫，没有脚，如蛇贴地爬行，肚腹透明；中间有人端坐。这让他立即想起自己设计制造、让特洛伊人吃尽苦头的木马。他飞速穿越一条南北向的道路，那些怪物碰撞在一起，发出凄厉的尖叫，散发出刺鼻的气味。他踏着那些甲虫的背，仿佛踩着敌人的盔甲。长年的海上生涯，使他天然地具有了感受方位的能力，沿着那座有高大石柱支撑的宫殿，朝着西方奔跑。他看到了一轮黄色的太阳，如同柠檬，正沿着昏暗的天际滑落；身后有成群的人在追赶，前边也不时有人摆出一副拦截的架势，但只要他冲到跟前，他们便尖叫着逃跑了；也有几个大胆的，扑上来扯住了他的胳膊，他猛地一拨，便看到他们像小孩子一样连连倒退着，有的仰面跌倒，有的坐在地上。

他在一片稀疏的小树林中奔跑着。从隐藏在树林中的几只像巨大的长方形匣子一样的怪物里，钻出了几十个身体魁伟、动作敏捷的男子，就像那些隐藏在木马肚腹中的希腊勇士，他们左手持盾，右手持棍，头盔在暮色中闪闪发光；他们排成弧形，对着他包抄过来。他一眼就看出这批人身手非凡，即使是阿喀琉斯也难对付他们。于是他折身往南奔跑。他看到迎面是一座淡蓝色城堡，形状椭圆，既像一只巨大的鸭蛋,又像一座美丽的岛屿。他一步跨越五级台阶,转瞬间便跳到了蓝色城堡入口处;几个身穿蓝色服装的守门人惊愕地盯着他,仿佛被施了魔法一样目瞪口呆。

他沿着一条灯火灿烂的通道往前跑。通道中央矗立着两排方形的耀眼灯柱,头上仿佛罩着一层薄冰,冰上波纹游动,分明是水的映像。当他跑到通道尽头时,迎面来了两个人,对他弯腰鞠躬。

他凭直觉得知这两个人没有恶意,便停下脚步,右手捂住胸膛,彬彬还了一礼。他看到这两个人,一个年过七旬,身体瘦削,鼻梁直挺,眼窝深陷,眼珠深蓝,目光忧郁;另一位身体肥胖,年约五十,头发半秃,眼睛细长。尽管他暂时还听不懂他们的语言,但他还是猜到了他们的意思。于是他跟随着他们,沿着一条黑色的能自行旋转的梯子,登上了蓝色城堡的上一层。地上的大理石色彩斑斓,光可鉴人;高大的穹隆上,镶贴着深红的木板;墙壁上绘着艳丽的图画,图画上的女人,竟跟自己二十年没有见面的妻子十分相似,一群目光贪婪的男人围绕着她,似乎在纷纷向她表示爱意。他感到心中一阵焦虑。老者示意他回头往外看,他于是看到了那条甲虫奔跑的大道,看到了路边那些灯柱上成簇的巨大的球形灯盏放出的璀璨光芒。最让他惊奇的是,透明的墙壁外边那一池碧水正在微微地荡漾着,城堡的影子倒映其中,显得既美丽又神秘。

目光忧郁的老者,带着他缓步参观,并用一种勉强可以听懂的语言对他解说着,颇似一个主人,对客人炫耀着自家的房屋,就像俄奇吉亚岛上的女主人炫耀她的宫殿和珍宝一样。解说者语气中的自炫,让他略有反感。那个跟随在他侧后的肥胖男人一声不吭,每当目光相碰,脸上就会出现尴尬的笑容,那半秃的头颅,也在微笑中轻轻颤抖。这人让他想起故乡的那位谦卑的牧猪人欧迈俄斯。想当年,每当他去视察自己的猪圈时,牧猪人便这样跟随在侧,脸挂笑容,诺诺连声。

他们坐在了大堂的一角,一个身穿红色长裙、身上散发着薰衣草香气的美丽女郎,为他们献上了红葡萄酒。"这是世界上最好的葡萄酒。"老者说着,举杯一饮而尽。他也依样饮尽。"我们用这酒招待最尊贵的客人。"他突然觉得自己已经能很好地理解老者的语言,好像这酒是消除语言障碍的灵丹妙药。

"奥德修斯,我们从荷马的史诗里,知道了您过去的英雄事迹和不幸遭遇,也知道了您今后的命运。"老者轻轻地说,"您很快就会返回故乡,杀死那些吃光了您的奶酪、喝干了您的酒窖的无赖,与您的妻子珀涅罗珀团聚。您现在身处四千年后的中国首都,这里是刚刚落成的国家大剧院,一座梦幻般的建筑,我是这座建筑的设计师法国人保罗·安德鲁,这一位,"老者指着那个中年胖子,说,"是中国作家莫言,我的朋友。我们俩是荷马的崇拜者,他把您的事迹唱成了史诗;从他的史诗里,我们得到了高尚的艺术灵感。荷马的史诗是一切艺术的源头;而您,是所有英雄的楷模。"

在倾听保罗·安德鲁谈话的过程中,红衣女郎连续给奥德修斯上酒,他一连喝了十几杯,心情感到轻松愉悦。这时,灯光转暗,帷幕拉开,舞台上正在演出歌剧:

在森林里,奥德修斯用橄榄树枝遮掩着下体放声歌唱。舍利亚岛国王的女儿瑙西卡面带微笑站在他的面前。

(二〇一二年)

图书在版编目(CIP)数据

与大师约会/莫言著.—杭州：浙江文艺出版社,2017.10
(2019.8 重印)
(莫言作品全编)
ISBN 978-7-5339-4918-1

Ⅰ.①与… Ⅱ.①莫… Ⅲ.①短篇小说—小说集—中国—当代 Ⅳ.①I247.7

中国版本图书馆 CIP 数据核字(2017)第 140254 号

策划统筹　曹元勇
责任编辑　曹元勇　李　灿
封面设计　一千遍工作室
插页设计　何　浩　周伟伟
责任印制　吴春娟

与大师约会
莫言 著

出版	浙江出版联合集团 浙江文艺出版社
地址	杭州市体育场路 347 号　邮编 310006
网址	www.zjwycbs.cn
经销	浙江省新华书店集团有限公司
印刷	浙江新华数码印务有限公司
开本	650 毫米×970 毫米　1/16
字数	267 千字
印张	20.75
插页	5
版次	2017 年 10 月第 1 版　2019 年 8 月第 3 次印刷
书号	ISBN 978-7-5339-4918-1
定价	37.00 元

版权所有　侵权必究
(如有印、装质量问题,请寄承印单位调换)